Unicorn
独角兽书系

THE WHITE QUEEN

白王后

[英]菲利帕·格里高利 —— 著
江唐 —— 译

PHILIPPA
GREGORY

金雀花与都铎系列

THE WHITE QUEEN

Chinese Simplified Translation copyright © 2022 by CHONGQING PUBLISHING HOUSE CO, LTD.
Original English language edition Copyright © 2009 by Philippa Gregory Limited All Rights Reserved.
Published by arrangement with the original publisher, Touchstone, A Division of Simon & Schuster, Inc..

版贸核渝字（2017）第207号

图书在版编目（CIP）数据

白王后 /（英）菲利帕·格里高利著；江唐译 . —重庆：重庆出版社，2022.10
书名原文：The White Queen
ISBN 978-7-229-15881-1

Ⅰ. ①白… Ⅱ. ①菲… ②江… Ⅲ. ①长篇小说—英国—现代
Ⅳ. ① I561.45

中国版本图书馆 CIP 数据核字（2021）第 113069 号

白王后
BAIWANGHOU

[英]菲利帕·格里高利 著 江 唐 译
责任编辑：邹 禾 方 媛 崔明睿
装帧设计：徐 图
责任校对：何建云

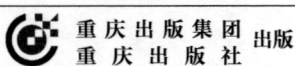

重庆出版集团 出版
重庆出版社

重庆市南岸区南滨路162号1幢 邮政编码：400061 http://www.cqph.com
重庆出版社艺术设计有限公司 制版
重庆豪森印务有限公司 印刷
重庆出版集团图书发行有限责任公司 发行
E-mail:fxchu@cqph.com 邮购电话：023-61520646
全国新华书店经销

开本：890mm×1230mm 1/32 印张：13.125 字数：350千
2022年10月第1版第1次印刷 2022年10月第1版第1次印刷
ISBN：978-7-229-15881-1
定价：85.80元

如有印装问题，请向本集团图书发行有限公司调换：023-61520678

版权所有 侵权必究

菲利帕·格里高利
Philippa Gregory

英国畅销作家，资深记者，媒体制片人。1954年出生于肯尼亚，后随家人移居英格兰，在获得萨塞克斯大学历史学学士、爱丁堡大学18世纪文学博士学位后，她出版了第一部小说《威德克尔庄园》，此书的畅销令她成为一名全职作家。此后她笔耕不辍，以严肃的历史背景为依托，融入女性写作者特有的细腻情感，创作了多部系列小说，其中"金雀花与都铎"系列作为她的代表作被多次改编为影视作品，收获广泛关注，也为她带来"英国王室历史小说女王"的美誉。

"金雀花与都铎"围绕14至16世纪的英国宫廷女性写作。许多女性在历史上并未留下浓墨重彩的痕迹，菲利帕结合想象与考据，丰满了史书间女人们的名字。这是一个相当庞大的系列，且仍在持续更新中。

在小说之外，她还写过童书、短篇集，并与大卫·巴德文及麦克·琼斯合著非虚构类作品《玫瑰战争中的女性》。同时，她还是英国广播公司第四频道《英国问答》的常客，都铎王朝时代频道的专家。

目前她和家人一起住在英格兰北部。她喜爱骑马、散步、滑雪和园艺，另外在冈比亚建立了一所园艺学习慈善机构。

金雀花与都铎 系列

另一个波琳家的女孩

女王的弄臣

处女的情人

永恒的王妃

波琳家的遗产

另一个女王

白王后

红女王

河流之女

拥王者的女儿

白公主

国王的诅咒

驯后记

三姐妹三王后

最后的都铎

献给安东尼

白王后人物关系简表

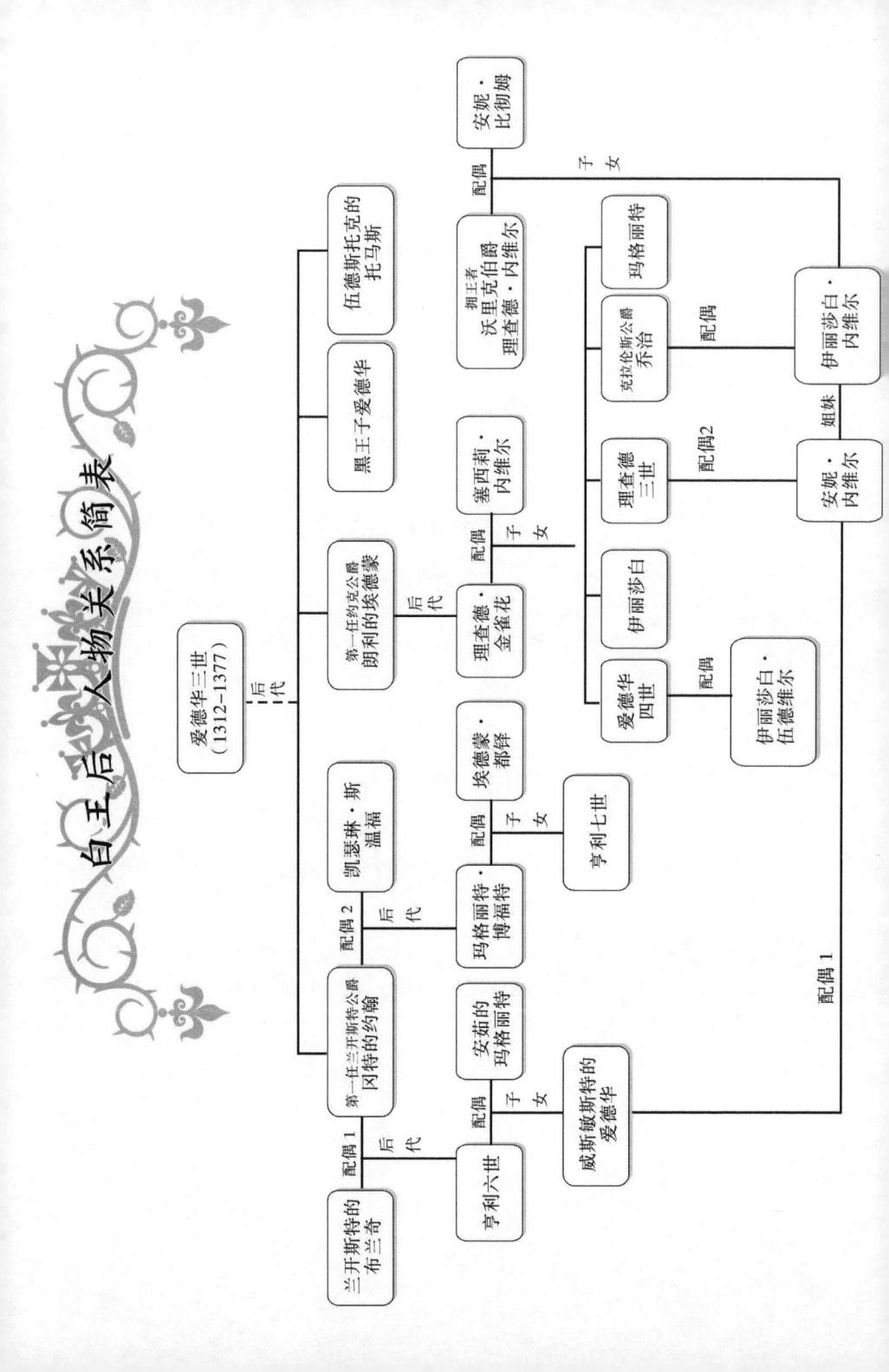

爱德华三世 (1312–1377)

后代：

- **第一任兰开斯特公爵 冈特的约翰**
  - 配偶1：**兰开斯特的布兰奇**
    - 后代：**亨利六世** ← 配偶：**安茹的玛格丽特** → 子女：**威斯敏斯特的爱德华**（配偶1 → 伊丽莎白·伍德维尔）
  - 配偶2：**凯瑟琳·斯温福**
    - 后代：**玛格丽特·博福特** — 配偶：**埃德蒙·都铎** → 子女：**亨利七世**

- **第一任约克公爵 朗利的埃德蒙**
  - 后代：**理查德·金雀花** — 配偶：**塞西莉·内维尔**
    - 子女：
      - **爱德华四世** — 配偶：**伊丽莎白·伍德维尔**
      - **伊丽莎白**
      - **理查德三世** — 配偶2：**安妮·内维尔**（姐妹：**伊丽莎白·内维尔**）
      - **克拉伦斯公爵 乔治** — 配偶：**伊丽莎白·内维尔**
      - **玛格丽特**

- **黑王子爱德华**

- **伍德斯托克的托马斯**

拥王者 沃里克伯爵 理查德·内维尔
- 配偶：**安妮·比彻姆**
- 子女：**安妮·内维尔**、**伊丽莎白·内维尔**

在幽暗的森林里，年轻的骑士听到泉水汩汩作响，又过了许久，他才看到映出粼粼月光的平静水面。他正要走上前去，渴望把自己的脑袋浸在水里，痛饮清冽的泉水，这时，他看到有个暗影在深水中移动，不由屏住了呼吸。在这片溢满泉水的凹陷盆地中，有一个绿色的身形，它像一条大鱼，又像一具溺水者的尸体。这时它动了起来，站直了身子，他惊愕地发现，这是一位沐浴的裸女。当她直起身子时，水从她的身体侧面流泻而下，她的肌肤比白色的大理石钵更洁白，她那头湿漉漉的秀发像影子一样黝黑。

她是水之女神梅露西娜，人们会在信奉基督教的国度内、任何一片森林里隐蔽的涌泉和瀑布处发现她的芳踪，即使在希腊那样遥远的国度也不例外。她也在摩尔人国度的喷泉里沐浴。在这些北方国度，他们给她取的是另一个名字，那里的湖泊水面封冻，平滑如镜，当她的身影冉冉升起时，冰面会噼啪作响，碎裂开来。男人们可以爱她，只要他能对她的事严加保密，在她沐浴时让她孤身独处。在男人违背自己许下的诺言之前，她也会献出自己的爱作为回报。然而男人们总是背弃自己的诺言，她会用自己的鱼尾将男人扫落深潭，把他那不忠的血液变成水。

不论用何种语言讲述，不论用何种曲调吟咏，梅露西娜的悲剧都是这样的：男人总是对自己无法理解的女人，许下无力兑现的承诺。

1464年春

我父亲是英国贵族,里弗斯男爵理查德·伍德维尔爵士,土地领主,真正的英国列王——他们都是兰开斯特家族的人——的拥护者。我母亲来自勃艮第公爵家族,因此身体里有梅露西娜女神那如水一般的血①。这位女神同蒙她垂青的公爵情人缔造了他们的王室家族,在极端困难的时候,她仍然会显灵现身,当继承爵位的儿子危在旦夕、家族岌岌可危之际,她就会在城堡的屋顶上现身示警。总之相信这类事情的那些人是这么说的。

我将这两种截然相反的血统集于一身:一方面是坚实的英国土地,另一方面是法兰西的水之女神,人们可以对我寄予各种期望,希望我会是个女巫,或者是个平淡无奇的姑娘。有人说,我两者都是。然而如今,我格外小心地梳理头发,在头顶戴上最高耸的发饰,握着我那两个没了父亲的孩子的手,走上去北安普敦的路。我宁愿竭尽全力,展现出自己最大的魅力。

我必须引起一个年轻男子的注意,他正在骑马赶赴下一场战斗,去迎击难以战胜的敌人。也许,他根本不会看到我。也许,他懒得搭理乞讨或

---

① "里弗斯"原文即为"rivers",河水、溪流之意。在作者格里高利的剧情设计中,"里弗斯"一名的来源是由女主角的母亲雅格塔为丈夫而起,相关剧情可参考《河流之女》。本书注释如未另行标明,均为译者注。

卖弄风情的女人。我必须得激起他对我的处境的怜悯之心,让他对我的需求产生同情,我要给他留下足够深刻的印象,好让他为我的处境和需求做出一些安排。这个人夜夜都有美女纵体入怀,他有权安排的每个职位,都有数百人期待着据为己有。

他是一个篡夺王位的暴君,是我的敌人,也是我敌人的儿子,但我的忠诚不该献给别人,首先得留给我自己和我的儿子。我父亲曾参与反对此人的陶顿战役①,未蒙难,如今这个男人以英国国王自居,虽说他只不过是个自吹自擂的小子而已。当我父亲从陶顿回到家时颓丧不堪,我从没见过比那更颓丧不堪的样子,他拿剑的那条胳膊鲜血淋漓,浸透了外衣,他脸色苍白,说这个小子是我们前所未见的将领,我们的理想已经无望实现,只要他还活着,我们就毫无希望。在那小子的指挥下,有两万人丧命沙场;在此之前,英国从未有过规模如此巨大的伤亡。父亲说,这根本不像战争,更像是兰开斯特阵营的人纷纷主动请死。正统的亨利国王与妻子(安茹的玛格丽特王后)被这场伤亡惨重的战役吓昏了头,逃到了苏格兰。

我们这些留在英格兰的人没有轻易投降。抵抗僭主——这个约克家族的小子——的战役接连不断。三年前,在圣奥尔本斯,我先夫在战场上指挥骑兵,结果命丧沙场。如今,我成了寡妇,原本属于我的田地和财富,在胜利者的默许袒护之下,被我的婆母接管。这位胜利者就是这个小国王的主子,是操纵这个傀儡的大木偶师,有着"拥王者"的名声,沃里克伯爵理查德·内维尔。他把这个分文不值、只有二十二岁的小子变成了国王,把英国变成了我们这些仍在捍卫兰开斯特家族的人的地狱②。

如今在这片国土上,每一栋大宅里都住着约克派的人,每一样赚钱的

---

① 1461年3月29日发生在约克郡陶顿村附近高原上的战役,是英国历史上规模最大的战役之一,兰开斯特派损失惨重。

② 相关剧情可参考《拥王者的女儿》。——编者注

生意、职位或税金，都成了他们的囊中物。他们的小国王坐上了王位，他的拥护者组建了新的宫廷。我们这些失败者变成了自己家里的乞丐，自己国度里的异乡人，我们的国王变成了一个流亡分子，我们的王后变成了一个与宿敌法兰西密谋复仇的外人。我们只能向这位约克家族的暴君妥协，暗中祈求上帝推翻他，祈求我们真正的君主能集结大军再战疆场，横扫南方。

与此同时，像许多丈夫战死、父亲战败的女人一样，我必须七拼八凑，把我的生活补缀完整。我必须收复自己的财产，虽说看起来家族的亲戚和朋友都帮不上什么忙。我们都背上了叛逆的名声。我们得到了宽恕，却得不到宠爱。我们无权无势。我只有自己替自己说话，向一个小子陈情，而他根本不明白什么是公平正义，他胆敢与自己的亲人、天定的国王同室操戈。对这样一个野蛮人，我该向他说什么好呢？

我儿子托马斯今年九岁了，理查德则是八岁，他们都穿着最漂亮的衣服，头发用水打湿，梳得顺溜溜的，他们的脸用肥皂洗过，显得容光焕发。他俩站在我的身侧，一边一个，我紧紧握住他们的手，因为他们都是不折不扣的调皮鬼，很容易就会把自己弄得浑身是土，仿佛有什么魔法在作祟一般。假如我松开他们一秒钟，那么一个就会把鞋子磨坏，另一个会弄破鼻子，他俩都会搞得满头树叶，灰头土脸，托马斯肯定会摔倒在小溪里。现在我用手把他们牢牢抓紧，他们烦得要命，单腿跳来跳去，直到我说"安静，我听到了马蹄声"，他们才站直了身子。

马蹄声初听起来像是一阵骤雨，不一会儿，就变得有若隆隆雷声。马具的叮当声、旗帜的猎猎声、锁子甲的哗啦声、马匹的喘息声、一百匹马的声音、气味、嘶鸣声充斥四周，令人难以抵御，尽管我决心站出来截停他们，还是禁不住往后退缩。当这些人在战场上挺着长枪策马奔驰时，矛枪就像一面疾驰的墙一样，面对这一情景的人心里会是何种滋味？哪里能有人面对得了呢?

托马斯看到这场喧嚣正中,有个人头上没戴头盔、露着金发,于是像这个年龄段的孩子那样喊道:"好哇!"我看到,那个人听到他的高声呐喊,转过头来,看到了我和孩子们,他抓紧缰绳,喝道:"停!"他的马用后腿直立起来,猛然站定,整支队伍改变了状态,停了下来。士兵们对突如其来的停止行军抱怨不已,随后,一切突然变得鸦雀无声,尘土在我们周围翻涌飞扬着。

他的马喷着鼻息,摇晃着脑袋,但骑手坐在高高的马背上一动不动,宛如雕像。他望着我,我望着他,寂静逼人,我能听到头顶的橡树枝头有只画眉在叫。它叫得真是婉转动听。上帝啊,它叫得就像是在唱一支得意扬扬的歌,就如同把那种欢乐化作了声音一样。我以前从未听过那样的鸟鸣,仿佛它在唱的是幸福的颂歌。

我上前一步,手里仍然抓着儿子的手,准备开口陈情,但在这时,就在这个至关重要的当口,我不知道自己应该说什么好。之前我已经作过充分的准备。我准备了一小段说辞,但现在,我一句也说不出口。感觉就像是,我压根儿不需要诉诸言语一般。我只是望着他,就莫名地希望他能明白所有的一切——我对未来的恐惧、对这两个孩子寄予的希望、金钱的匮乏、对父亲怒其不争——这使我无法忍受寄居在他的屋檐之下的生活、夜间我的床笫冰冷、我想再要一个孩子的渴望、我的人生已然结束之感。亲爱的上帝呀,我只有二十七岁,我的理想已经无望实现,我的丈夫已经亡故。我要像那些余生寄人篱下、看人脸色过日子的穷寡妇那样吗?永远都不会有人吻我了吗?我永远都不会感到欢乐了吗?永远都不会了吗?

那只鸟还在啼啭,仿佛在说:*只要心怀希望,就会得到欢乐。*

他向身边那位年长些的人做了个手势,那人喊出一句号令,士兵们策马走到路边,到树荫下乘凉。而国王从那匹大马上跃了下来,丢开缰绳,朝我和孩子走来。我是个身材高挑的女人，但他还要高我一头；他肯定不止六英尺高。我的孩子为了看清他，仰起了脖子，对他们来说，他是个巨人。他长着一头金发，灰色眼睛，面庞晒成了古铜色，脸色和蔼，面带微笑，他不乏魅力，风度翩翩。这是一位我们以前从未在英国见过的国王：一个人们一见就会喜欢的男人。他两眼直盯着我的脸，好像我知晓一个秘密，而他也必须知晓这个秘密似的，像是我们早已熟识对方。我感到自己双颊发烫，但我无法把目光从他身上移开。

正派女人应当垂下目光，望着自己的鞋子；恳求别人的人应该俯身鞠躬，伸出一只恳求的手。但我笔直地站在那儿，对自己的表现感到惊愕，我就像无知的乡巴佬那样直勾勾地盯着看，我发现自己无法从他身上，从他那微笑的嘴巴，从他那凝视双眼移开自己的目光。他的目光仍然令我脸颊发烫。

"你是什么人？"他仍然望着我，问道。

"陛下，这位是我母亲，伊丽莎白·格雷夫人。"我儿子托马斯恭谨有礼地说。他摘下帽子，跪地行礼。

另一边，理查德也跪了下来，嘴里小声咕哝着，就好像别人听不见似的："他就是国王？真的吗？他是我这辈子见过的个子最高的人！"

我放低身段，屈膝行礼，但我无法移开目光。我直勾勾地看着他，就像女人用火热的眼神看心上人时那样。

"起来吧，"他声音不高，只让我一个人听得清楚，"你是来看我的吗？"

"我需要您的帮助。"我几乎语不成句。我有一种感觉，仿佛是我母亲泡在我头巾里的春药正在从我的头饰里往外冒，正在对我自己，而不是对他发挥着药效。"我无法得到亡夫的田地和遗产，我是寡妇，"面对着他那好奇、微笑的面庞，我磕磕绊绊地说，"我是个寡妇，没有办法维持生计。"

"你是位寡妇？"

"我的亡夫是约翰·格雷爵士。他亡故于圣奥尔本斯。"我说。这就等于是供认了他的叛逆之罪和我儿子的戴罪之身。国王会认出敌军骑兵指挥官的名字。我咬紧了嘴唇。"他们的父亲以为自己职责所在,陛下,他忠于那个他认为是国王的男人。但我的儿子是无辜的。"

"这两个孩子是他留给你的?"他笑着望着我的儿子。

"他们是我最宝贵的财富,"我说,"这是理查德·格雷,这是托马斯·格雷。"

他朝我儿子点了点头。他们望着他,仿佛他是某种血统高贵的马,对他们来说太过高大,不容亵玩,只能肃然起敬。然后他又望着我。"我渴了,"他说,"你家在附近吗?"

"我们很荣幸……"我瞥了一眼与他同来的卫兵们。他们肯定有一百多人。他轻声笑了起来。"他们可以继续前进。"他作出决定。"黑斯廷斯!"那位年长者转身待命,"你们继续前进去格拉夫顿吧。我会赶上你们的。斯摩莱特和福布斯留下,跟我一起走。一小时左右我就会赶到。"

威廉·黑斯廷斯爵士上下打量着我,仿佛我是一块待价而沽的美玉。我毫不示弱地回望着他,他摘下帽子向我鞠躬,然后向国王行了个礼,喊起号令让卫兵上马。

"您要去哪儿?"他问国王。

小国王望着我。

"我们要去我父亲里弗斯男爵理查德·伍德维尔爵士家。"我自豪地说,尽管我知道,国王会认出这个在兰开斯特宫廷身居高位、为兰开斯特家族而战的人。当兰开斯特家族和约克家族剑拔弩张之际,我父亲曾亲口说过尖刻的话。我们彼此十分了解,但我们都谨遵这一礼数:忘记我们都曾效忠于亨利六世,直到后来,效忠于他才变成了叛逆之举。

威廉爵士扬了扬眉毛,对国王选择在这儿歇脚感到不可思议。"那我很怀疑您会愿意久留。"他不悦地说着,上马走了。当他们跑过时,大地为之颤抖,他们离开之后,我们周围暖洋洋、静悄悄的,尘埃纷纷落定。

"我父亲得到了宽赦,他的头衔得到了恢复,"我分辩说,"在陶顿战役后,是您亲自赦免了他。"

"我认识令尊和令堂,"国王平静地说,"我从小就认识他们,那时年头时好时坏。我只是感到惊讶,他们从来没有介绍你给我认识。"

我好容易才憋住没笑出来。这个国王出了名地会勾引人。任何有理智的人都不会让自己的女儿认识他。"您这边请吧?"我问,"稍走一段,就到我父亲家了。"

"你们想骑一段马吗,孩子们?"他问他们。他们像小鸭子似的连连点头。"你俩都可以上来,"他说着,把理查德和托马斯先后拎到马鞍上,"抓紧了。你抓紧你兄弟,你是托马斯,对吧?你抓紧前鞍桥。"

他把缰绳挽在胳膊上,把另一只臂膀递给我,这样我们就可以穿过树林,借着阴凉走回我家了。我能透过开缝的袖子布料感觉出他胳膊的温度。我不得不克制住自己,不让自己往他那边倚。我向前望着宅子,望着母亲那间房的窗口,从窗玻璃格子后面的小动作里,我看到母亲正在往外瞧,她正期盼着见到这一场面。

当我们到达时,她在门口,马夫站在她的身旁。她屈膝行礼。"陛下,"她讨人喜欢地说,仿佛国王每天都来似的,"非常欢迎您驾临格拉夫顿庄园宅邸。"

马夫跑上前来,接过缰绳,把马牵到了马厩所在的院子里。我的两个儿子跟着马走出了几码远,这时我母亲走过来,躬身将国王接入门厅。"您愿意来一杯麦芽啤酒吗?"她问,"要不,尝尝我在勃艮第的亲戚送来的上好葡萄酒?"

"我还是喝啤酒吧,"他愉快地说,"骑马让人觉得口渴。现在还是春天，天气未免有点热。日安，里弗斯夫人。"

大厅里那张贵宾桌上已摆出了最好的玻璃杯，一壶麦芽啤酒，还有葡萄酒。"你们已经做好招待客人的准备了？"他问。

母亲朝他一笑。"在这个世界上，没有谁能骑着马从我女儿身边跑过，"她说，"当她告诉我，她想亲自去请您时，我就让下人取出了我们最好的麦芽啤酒。我猜您会停下的。"

她的自豪让他笑了起来，他笑着望向我。"的确，只有瞎子才会骑马从你身边跑过。"他说。

我正要说点恭维话，这时又发生了那种事。我们双目交汇，我想不出任何话来跟他讲。我们只是站在那儿，长时间地彼此对望，直到母亲递给他一杯酒，低声说："祝您健康，陛下。"

他摇摇头，如梦初醒。"令尊在家吗？"他问。

"理查德爵士骑马去邻居家了，"我说，"我们等他回来吃晚饭。"

母亲拿起一只干净的玻璃杯，对着光看了看，嘴里啧啧有声，仿佛发现杯子上有什么瑕疵。"失陪了。"她说着，便离开了。国王和我单独置身于大厅里，阳光从长桌后面的大窗里倾泻而入，屋里寂静无声，仿佛所有人都在屏息聆听。

他走到桌子后面，在主人的椅子上坐了下来。"请坐。"他说，指了指他身边的那张椅子。我在他右手边坐了下来，让他给我倒了一小杯啤酒，仿佛我是王后一般。"我会查看你就土地提出的诉请，"他说，"你想要自立门户吗？跟父母住在一起，你不开心吗？"

"他们待我很好，"我说，"但我在自己家住惯了，我习惯于经营自己的田产。如果我不能重新夺回亡夫的土地，我的儿子就一无所有了。这是他们应得的遗产。我必须捍卫儿子的权利。"

"这段时间确实挺不好过，"他说，"但只要我能保住王位，我就能再次看到英格兰全国恢复法制,你的儿子长大成人时,将再也不必经受战争带来的恐惧。"

我点点头。

"你是效忠于亨利国王的吗?"他问我,"你有没有像你的家人那样,为兰开斯特王室忠心效力?"

我们过去的所作所为不容否认。我知道,这位国王和我父亲曾经在加莱有过一次激烈的争吵,当时他还只是一个约克家族的年轻子嗣,而我父亲已经是兰开斯特家族的大贵族之一了。我母亲是安茹的玛格丽特宫廷里的第一贵妇人,她肯定见过、屈尊接待过这位约克家族的英俊幼子很多次。但谁知道呢,风水轮流转,如今里弗斯男爵的女儿要恳求这个幼子,让他设法取回她自己的土地。"我的父母原先在亨利国王的宫廷里身居高位,但如今我和家人接受了您的统治。"我飞快地说。

他笑了。"算你们识时务,因为赢的是我,"他说,"我接受你们的臣服。"

我咯咯一笑,他的脸色顿时有了暖意。"这场战争一定得早日结束才行,愿上帝保佑,"他说,"亨利已经没有别的了,只剩下无法无天的北方的几座城堡。他可以像任何不法之徒那样,召集一伙强盗土匪,但他没办法组织起一支像样的军队。他的王后也不能没完没了地把英国的敌人找来,跟自己的同胞作战。那些为我作战的人将会得到犒赏,但那些与我为敌的人也会看到,我会取得胜利、赏罚分明。我会让我的统治一直延伸到英格兰北面,突破他们的据点,一直延伸到苏格兰边境。"

"您现在就是在北上吗?"我问。我呷了一口啤酒。这是我母亲酿得最好的酒,但酒里有种特殊的味道:她准是往里加了几滴药剂,几滴让人欲念勃发的春药。我根本不需要这些东西。我已经变得呼吸急促了。

"我们需要和平,"他说,"与法兰西和平相处,与苏格兰人和平相处,兄弟之间、亲属之间和平相处。亨利必须投降，他的妻子必须停止唆使法国军队与英军作战的举动。约克家族和兰开斯特家族不该继续对立下去，我们都是一国同胞。没有什么比内战更对国家不利的了。内战搞得我们家破人亡。这场战争必须终结，我会把它终结。我今年就会把它终结。"

我再次感觉到了那种恐惧，这个国家的人近十年来已经熟悉了这种恐惧。"还要再打一场战役吗？"

他微笑起来。"我会尽量让这场战事远离你的家门，夫人。但仗是非打不可，而且必须尽快开战。我先前原谅了萨默塞特公爵，对他友好相待，可现在他再一次投靠了亨利，他是个兰开斯特家族的叛徒，毫无忠义可言。珀西家族正在北方举兵作乱。他们痛恨内维尔家族，而内维尔家族是我最大的盟友。现在的情况很像是跳舞：舞者已经就位，必须迈出舞步去才行。他们一定会开战，战事无可避免。"

"王后的军队会开往这边？"尽管我母亲爱她，并且是她的第一侍女，但我不得不说，她的部队是一支绝对可怕的作战力量——外国雇佣兵，根本不在乎英国如何；法国人憎恨我们；英国北方的野蛮人将我们肥沃的田野和繁华的城镇看成是他们的战利品。上一回，她同苏格兰人达成了协议，他们可以任意掠夺，以此作为他们的酬劳。也许她的所作所为其实是引狼入室。

"我会阻止他们的，"他简简单单地说，"我会在英格兰北部迎击他们，打败他们。"

"您怎么这么肯定？"我失声惊呼。

他冲我微微一笑，我屏住了呼吸。"因为我从没打过败仗，"他直接明了地说，"我永远不会打败仗。在战场上，我动作迅捷，武艺精湛；我有气魄，也有好运。我的部队比其他所有部队行动都要迅速，我让他们全副武装地急速行进。我能识破敌人的动向，在速度上胜过敌人。我不会打败仗。在战场上,我一向运气绝佳,就像我在情场上一样。两样我都没输过。我不会输给安茹的玛格丽特,我会赢的。"

我笑他的自信,装作不为所动,但实际上,他令我叹服不已。

他喝干自己那杯啤酒,站了起来。"多谢你的款待。"他说。

"您要走啦?这就要走?"我结结巴巴地说。

"你会把你的诉请写下来给我看的,是吗?"

"是的。可是——"

"得有名字、日期之类。你主张应当归你所有的那片土地的情况,还有你的权属的细节也得写上。"

我几乎是在扯着他的袖子挽留他,如同乞丐一般。"我会的。可是——"

"那我就告辞了。"

我没有任何办法可以挽留他,除非我母亲已经想到要弄瘸他的马。

"好的,陛下,感谢您。不过我们很欢迎您留下。我们很快就要用晚饭了……要不然——"

"不了,我非走不可。我朋友威廉·黑斯廷斯在等我呢。"

"当然,当然。我不想耽搁您的行程……"

我陪他走向门口。他走得这么突然,让我感到苦恼,但我想不出任何法子可以让他留下。来到门口,他转身拉住了我的手。他低下头,兴味盎然地把我的手掌翻了过来,在我的掌心印下一个吻,然后把我的手指并拢,裹住那个吻,像是要把它牢牢捂紧一样。当他露出笑容时,我看到,他十分清楚,他的这一举动让我几乎快要融化,我会一直并拢手掌,直到上床就寝,那时,我会把它送到唇边。

他俯视着我沉醉的脸庞,我不由自主地伸出去抓他袖子的手。这时他宽厚地说:"明天,我会亲自来拿你写好的文书。我当然还会再来。你以为我不来了吗？你怎么能那样想？你以为我会舍你而去，再也不回来了？我当然还会回来。明天中午。到时见好吗？"

他一定听到了我急促的喘息。我的脸上又恢复了血色，我的双颊又一次变得滚烫。"好的，"我结结巴巴地说，"明……明天。"

"中午。如果可以的话，我会留下吃午饭。"

"我们十分荣幸。"

他向我鞠了一躬，随后转身走过大厅，穿过猛然打开的双层门，走进明晃晃的阳光里。我把双手放在身后，把身子倚靠在大木门上，支撑住自己。真的，我的双膝已经没有了站立的力气。

"他走了？"我母亲问，她悄悄穿过小侧门，走了过来。

"他明天还会再来，"我说，"他明天还会再来。他明天还会再来看我。"

⬟

太阳西下，我儿子做起了晚祷，他们在木板床边，把自己满是金发的头搁在合十的手上。我母亲在前面领路，带我走出家门，走上那条蜿蜒的小径，来到那座横跨托夫河河面、用两块厚木板搭成的小桥前。她从桥上走过，圆锥形的发式拂过头顶的树枝，她呼唤我跟上她的步子。在河对岸，她把一只手放在一棵大白蜡树上，我看到有一根黑丝线缠绕在粗大、表皮粗糙的树干上。

"这是什么？"

"往树上缠吧，"她简单地说，"每天往树上缠一英尺左右。"

我把手放在丝线上，轻轻拽了拽。很容易拉动，丝线的另一头拴着某种又小又轻的东西。我看不到那东西是什么，它跟丝线延伸着越过了河面，扎进了芦苇丛另一边的深水里。

"这是魔法。"我无力地说。父亲禁止在他的宅子里施行这类法术。法术是法律所明令禁止的。假如有谁被证实是女巫,那她必死无疑,会被绑在椅子上沉入水里淹死,或者被小村庄的铁匠勒死。像我母亲这样的女人,在当今的英国是不被允许施展法术的;我们的施术者身份是被禁止的。

"是魔法,"她平静地表示同意,"是为了善意的动机而施展的强大魔法。这个险值得冒。你每天都来缠吧,每次缠一英尺。"

"在您这根钓丝的另一头,"我问她,"会拉上来什么呢?我会捉到什么大鱼?"

她冲我微微一笑,把手放在我的脸上。"会捉到你真心想要得到的东西,"她轻柔地说,"我把你养大,可不是为了叫你做个穷寡妇。"

她转身过了桥,我照她说的那样扯着丝线,拉回十二英寸,再次把它系牢,然后跟上她的步伐。

"那您为什么把我养大呢?"我问她,我们肩并肩地往家走去,"在您的安排之中,我会变成什么样的人?看起来,在这个乱世里,尽管您有预见未来的先见之明和魔法,我们还是输的一边啊?"

新月正在冉冉升起,月牙状若镰刀。我们不发一言,都在心里暗暗许愿;我们行了个屈膝礼,当我们从口袋里掏出小硬币时,我听到了叮当的响声。

"我把你养大,是为了让你努力成为最理想的人,"她直率地说,"我原先并不知道什么样的人才是最理想的,我现在仍然不知道。但我把你养大,不是为了让你当一个孤独的女人:想念亡夫,努力确保儿子的安全,独守寒床,把美貌白白浪费。"

"嗯,阿门,"我简单地说,眼睛望着那一弯月牙,"但愿如此。但愿这轮新月会给我带来更好的运道。"

次日中午,女仆冲进来通报,说国王陛下骑着马,来到大厅外面那条路上了,这时,我正穿着平时穿的衣服坐在自己屋里。我没有跑到窗边去寻觅他的身影,也没有匆忙跑到母亲的屋里去照那面银镜子。我只是放下针线活儿,走下宽大的木楼梯,于是,当房门打开,他走进客厅时,我正在沉稳镇定地下楼,看起来就像刚刚搁下家务活,迎接一位意外来到的宾客一样。

我微笑着向他走去,他在我面颊上彬彬有礼地吻了一下,我感觉到了他皮肤的温热,从半闭的眼帘中看到了他后颈上柔软的卷发。他的头发散发出微微的香气,脖子上的皮肤有着清爽的气味。当他望着我时,我从他的面孔中看到了欲望。他慢慢松开我的手,我不情愿地后退一步,离开了他。我转身行屈膝礼,这时我父亲和两个兄弟安东尼、约翰走上前来,鞠躬致意。

午餐时,席间难免会有一番虚伪做作的交谈。我们全家对这位新登基的英国国王毕恭毕敬,但不容否认的是,我们曾把身家性命投入到反对他的战争之中,我丈夫并不是家里唯一一个殒命沙场的人。但是在这场被人们称之为"表亲战争"的战斗中,情况总会如此:兄弟相残,他们的儿子也要拼出个你死我活。我父亲得到了宽恕,我哥哥也一样,眼下胜利者跟他们一起分享着面包,仿佛忘了自己曾在加莱嘲笑过他们,仿佛忘了我父亲曾经在陶顿染血的雪地里死里逃生。

爱德华国王举止从容自在。他博得了我母亲的欢心,逗得我兄弟安东尼和约翰笑了起来,后来理查德、爱德华、莱昂内尔加入了饭局,他们也被国王给逗乐了。我的三个妹妹也在家,她们默不作声地吃着饭,眼睛睁得大大的,满怀钦慕,但一声不吭,生怕自己说错话。安东尼的妻子伊丽莎白文雅娴静地坐在我母亲身旁。国王对我父亲恭谨有加，向他打听着狩猎和土地，打听着小麦价钱和劳动力是否充足等情况。等到佣人上蜜饯和糖果时，国王已经像全家人的朋友那样，拉起了家常。我也放松下来，坐在椅子上望着他。

"该说正事了，"他对我父亲说，"伊丽莎白夫人告诉我，她失去了丈夫遗留的土地。"

父亲点点头。"给您添麻烦了，真是抱歉，我们曾努力和费雷斯夫人、沃里克大人讲道理，但没有结果。这部分地产在……"他清了清喉咙，"在圣奥尔本斯之后被收回了，您明白的。她丈夫是在那场战役中阵亡的。现在她没法把自己继承的土地讨还回来。哪怕您认为她的丈夫是叛逆，她本人也是无辜的，至少她应该能保留自己作为寡妇应得的那份遗产。"

国王转而问我："你已经写好土地产权声明了吗？"

"是的。"我说。我把文书呈递给他，他匆匆浏览了一下。

"我会跟威廉·黑斯廷斯爵士谈谈，着他把这件事办妥，"他简单明了地说，"他会为你申辩的。"

听起来，似乎事情很容易解决。转眼之间，我就可以不用受穷，重新拥有了自己的财产；我儿子将会得到一份遗产，我也不再是全家人的累赘了。假如有人向我求婚，我会带着这份财产一起过门。我再也不用依靠别人的施舍了。别人向我求婚，我也用不着心怀感激了。我用不着感谢肯娶我的人了。

"感谢您的恩典，陛下。"父亲宽慰地说，他向我点头示意。

我恭顺地起身施礼。"感谢您，"我说，"对我来说，这件事意味着一切。"

"我会是一名公正的国王，"他望着我父亲说，"希望我登基掌权，任何英国人都不会受到损害。"

我父亲好容易才忍住没说，我们当中已经有人受到损害了。

"再来点葡萄酒好吗？"母亲适时地插话道，"陛下？夫君？"

"不了，我得走了，"国王说，"我们正在北安普敦全郡范围内征兵，为士兵配备装备。"他把椅子往后一推，站了起来，我们所有人——父母、兄弟、妹妹，还有我，也像木偶一样赶紧站了起来。"在我离开之前，你能带我游览一下花园吗，伊丽莎白夫人？"

"我很荣幸。"我说。

父亲张了张嘴，想要提议亲自陪同前往，但母亲飞快地插嘴说："是啊，去吧，伊丽莎白。"我俩单独走出了屋子。

我们从漆黑的客厅走出来，他把胳膊伸出来给我，我们挽着胳膊，默不作声地走下台阶，来到花园，外面温暖如夏。我选了那条绕着小结纹园①走的路，我们走着弯弯曲曲的小路，望着整齐的树篱，整洁的白石头，但我什么也没有看进去。他把我放在他胳膊下面的那只手拉得更近一些，我感觉到了他的体温。薰衣草开花了，我能闻到那股香气，像橙花一样甜蜜，像柠檬一样刺激。

"我只有一点时间，"他说，"萨默塞特和珀西正在集结兵力对付我。假如亨利本人神志清醒②，能够带兵，他本人也会走出城堡，率兵作战。可怜的家伙，他们告诉我说，他现在恢复了神智，但他随时都有可能再丧失神智。王后肯定正在筹划，把法兰西援军带入英国，我们一定会在英国国土上与法军兵戎相见。"

"我会为您祈祷的。"我说。

"死神离我们所有人都很近，"他郑重地说，"但是对于一个通过战争赢

---

① 小结纹园（Knot garden），设计规整的小花园，外围为方形，其中往往种有多种植物。

② 亨利六世患有间歇性疯癫症。

得王位，如今又要再度应战的国王来说，死神是一个常在身边的同伴。"

他停住脚步，我也停了下来。这儿很静，只有一只鸟在叫。他一脸凝重。"今晚我可以派一名侍从接你去我那儿吗？"他悄声问，"我对你倾慕有加，伊丽莎白·格雷夫人，我从未对任何其他女人抱有如此的渴慕。你愿意来吗？我这样问你，不是以国王的身份，甚至不是以可能殒命沙场的战士的身份，只是以一个见到最漂亮的女人的普通人的身份。来找我吧，我恳求你，来找我吧。这可能是我最后的心愿。今晚你会来吗？"

我摇摇头。"请原谅我，陛下，但我是个贞洁的女人。"

"我以后也许再也不会问你了。上帝知道，也许我再也不会问任何女人了。这件事没有什么不贞洁的。我可能下星期就阵亡了。"

"就算这样也不行。"

"你不觉得孤独吗？"他问。他离我那么近，他的嘴唇几乎在摩擦我的前额，我能感觉到他喷到我脸上的温热气息。"你对我毫无感觉吗？你能说你不想要我吗？一次也没有想过吗？你现在不想要我吗？"

我缓缓抬起头，望着他的面庞。我的视线在他嘴上停留片刻，然后我往上看去。

"亲爱的上帝啊，我一定要得到你。"他喃喃地说。

"我不能做您的情妇，"我直截了当地说，"我宁肯死，也不愿玷污我的名誉。我不能让我的家族蒙羞。"说到这里我停了下来，生怕自己把话说得太绝，让他气馁。"不管我心里怎么想。"我轻声说。

"但你确实想要我，对吗？"他孩子气地问，我让他看到我脸上的热切之情。

"啊，"我说，"我不该告诉您……"

他等我往下说。

"我不该告诉您我有多想。"

突然，我从他眼中看到一丝胜利的光芒。他以为他要得到我了。

"那你会来吗？"

"不。"

"那我就非走不可了？我非离开你不可了？我能不能不……"他把脸俯向我，我抬起了我的脸。他的吻就像羽毛拂过一样柔软。我嘴唇微启，我能感觉到，他颤抖得像是被缰绳勒紧的马。"伊丽莎白夫人……我发誓……我得……"

在这美妙的舞蹈中，我后退了一步。"只要……"我说。

"我明天还会来，"他突兀地说，"晚上。日落时分。在我第一次看到你的地方见我好吗？在那棵橡树下面。你会在那儿见我吗？在我北上之前，我要向你道别。我一定要再一次见到你，伊丽莎白。假如不能做别的事情的话。一定。"

我默默点头，望着他转身大步走回宅子。我目送他走进拴马的院子，过了片刻，他策马而来，声如惊雷，两名侍从跟在他身后，一路飞奔远去了。我望着他消失在视线以外，之后走过河上的小桥，找到那根缠在白蜡树上的丝线。我仔细地把线又缠上一截，系紧，然后走回家中。

次日吃午餐时，阵势像是全家召开家庭会议一样，国王送来一封信，信上说，他的朋友威廉·黑斯廷斯爵士将会在布拉德盖特支持我就房产和土地提出的要求，我一定能讨回自己的财产。父亲挺高兴，但我的兄弟们——安东尼、约翰、理查德、爱德华和莱昂内尔——都以男人的自负态度，对国王抱有怀疑。

"他是个臭名昭著的好色之徒。他一定会要求见她，他一定会召她进宫。"约翰断言。

"他取回她的土地，可不是凭空发善心。他会要求报答的，"理查德表示同意，"宫里没有一个女人没被他睡过。他凭什么放过伊丽莎白？"

"伊丽莎白是兰开斯特家族的人。"爱德华说，仿佛这已经足以说明我们彼此憎恨的关系。莱昂内尔一本正经地点着头。

"他是个很难叫人拒绝的男人。"安东尼颇有哲理地说。他比约翰有见识得多，他曾周游信奉基督教的各个国家，跟随大思想家学习，我父母经常听取他的意见。"我认为，伊丽莎白，你可能会妥协。我担心你会觉得，你有义务报答他。"

我耸耸肩。"我一点也没这么想。我并没有额外获得什么东西，只是物归原主而已。我请国王秉公做主，得到公道的结果也是理所应当，这跟其他请求帮助的人一样，都是公理公道的事。"

"尽管如此，假如他提出请求，你可不能进宫去，"父亲说，"这个人与伦敦一半有夫之妇有染，如今又在染指兰开斯特家族的女性。这个人可不像尊敬的亨利国王那样让人敬重。"

不像尊敬的亨利国王那样头脑愚蠢，我心想，但我大声说："当然，父亲，一切听您吩咐。"

他目光锐利地望着我，对我如此轻易地表示服从，感到有些怀疑。"你不觉得他帮了你的忙，你欠他一份情吗？你笑什么呀？"

我耸耸肩。"我请他作为国王主持公道，没请他帮忙，"我说，"我可不是什么服务都可供买卖的杂役，也不是可以宣誓效忠的农民。我是好人家的贵妇人。我有我看重的忠诚和义务。这些忠诚和义务可不属于他。它们不属于任何人。"

母亲掉过头去掩饰她的笑容。她是勃艮第的女儿，水之女神梅露西娜的后人。她这辈子从不觉得自己有义务做任何事；她也从不认为自己女儿有义务做任何事。

父亲看了看她,又看看我,然后耸了耸肩,仿佛勉强承认了任性的女人由来已久的独立自主。他朝我弟弟约翰一扬下巴,说:"我要骑马去老斯特拉特福德村。你愿意跟我一起去吗?"他俩一起离开了。

"你想进宫吗?你爱他吗?爱得不顾一切?"其他哥哥出去时,安东尼悄悄问我。

"他是英国国王,"我说,"假如他邀请我,我当然会去。这还用问?"

"也许就因为父亲刚才说不让你去,我建议你别听他的。"

我耸耸肩。"知道了。"

"在这个邪恶的世界上,除了进宫,可怜的寡妇哪里还有活路哟?"他逗我。

"可不是嘛。"

"要是你把自己贱卖了,可就傻了。"他提醒我说。

我眯缝着眼睛望着他。"我根本没打算把自己卖掉,"我说,"我不是布匹,也不是火腿。谁也买不到我。"

❀

日落时分,我站在那棵橡树的树荫里等他。路上传来了一匹马的蹄声,我感到一阵宽慰。假如他带了一名士兵前来,我就会溜回家,为自己的安全感到担心。不管他在父亲家的花园里表现得有多温柔,我都不会忘记,他是约克军的首领,而约克军把强奸妇女、杀死她们的丈夫当作理所当然的事情。他心肠肯定很硬,才能看得下去那些不堪入目的事情;他肯定也犯过最可怕的罪行。我可不能相信他。不管他的笑容多么令人陶醉,不管他的眼神多么诚挚,不管我在多大程度上认为,他是一个雄心勃勃、够得上伟大的小伙子,我都不能相信他。如今已经不是侠义时代了;如今已经不是黑森林骑士和月亮泉美女承诺彼此相爱、谱写流芳百世的爱情之曲的时代了。

不过当他勒住马,以一个轻松的动作翻身下马时,是有些像黑森林骑士。"你来了!"他说。

"我不能久留。"

"你毕竟还是来了,我真高兴,"他几乎有些慌张地笑自己,"今天我就像个小男孩一样——昨晚我因为想你,无法入睡,今天白天我又在想,不知道你会不会来,你还是来了!"

他把马的缰绳拴在树枝上,用手环住了我的腰。"甜蜜的夫人,"他在我耳边说,"发发慈悲吧。你能不能摘掉头饰,把头发放下来?"

我没想到,他竟然会对我提出这样微不足道的请求,惊讶之余,我立刻答应了。我的手马上摸到了发带。

"我知道。我知道。我觉得你搞得我神魂颠倒了。我整天想的就是你会不会让我解开你的头发。"

作为回应,我解开了高锥形发饰的绑绳,把它摘了下来。我小心地把它放在地上,转身面对着他。他像宫女一样小心翼翼地把手放在我的头上,抽出象牙发针,把它们全都收进他的上衣口袋。我能感到他温柔地吻着我那厚厚的、披散下来的头发,仿佛有金色的瀑布流到了我脸上。我摇了摇头,厚厚的金色鬃毛般的头发甩到脑后,我听到他那由于欲望变得粗重的喘息声。

他解下斗篷,把它丢在我脚边的地上。"跟我一起坐坐!"他用命令的口气说,不过他的意思是"跟我一起躺下",我们心里都明白。

我小心地坐在他的斗篷边上,我支起双腿,用双臂环住它们,我穿的那件上等丝绸面料的长袍垂了下来,罩住了我的身子。他抚摸着我披散的头发,他的手指越探越深,直到他摸到了我的脖子,然后他转过我的脸,与他面面相对,亲吻我。

他轻轻朝我挤过来,把我压在身下。这时我感到他的手在拉我的长袍,把它往上拽,我把双手放在他的胸口,轻轻把他推开。

"伊丽莎白。"他喃喃低语。

"我告诉过您,我不要这样,"我坚决地说,"我是说真的。"

"是你来见我的!"

"是您要我来的。我可以走了吗?"

"别!留下!留下!别跑,我发誓我不会……让我再吻吻你。"

我的心跳那么响,我对他的抚摸甘之如饴,我不由心想,我可以和他一起躺下,放纵一次……但接下来我挪到一边,说:"不。不。不。"

"要的,"他更有力地说,"不会对你造成伤害的,我发誓。你会进宫的。你提什么条件都行。亲爱的上帝啊,伊丽莎白,让我得到你吧,我要受不了了。自从我在这儿看到你的那一刻起……"

他的体重压在了我身上,正在把我往下压。我转过头,但他吻在我的脖子和乳房上,欲念让我喘息起来,这时我突然感到怒不可遏,我意识到:他不再是热切地抚慰我,而是在对我用强,把我压在身下,仿佛我是柴堆后面的某个下贱女子一般。他正在扯我的长袍,好像把我当成了妓女;他正在把膝盖往我双腿中间顶,好像我已经同意了似的。怒气把我变得无比强悍,我又一次将他猛地推开,从他那根粗皮腰带上摸到了刀柄。

他把我的上装扯了上去,正在摸索着他自己的短上衣和紧身裤。再过一会儿,反抗就没有意义了。我从刀鞘里拔出匕首。匕首发出嘶的一声,他大惊之下,往后一闪,我从他身边躲开,握着出鞘的匕首跳了起来,刀身雪亮,在暮色里闪着邪光。

他马上站直身子,机警地躲闪着,不愧是一名战士。"你要拔刀行刺国王吗?"他啐了一口,"你知道你这么做,犯下了叛逆罪吗,夫人?"

"我拔刀刺我自己。"我飞快地说。我拿尖端抵住自己的喉咙,我看到他眯起了眼睛。"我发誓,如果您再走近一步,再走近一寸,我就刺穿自己的喉咙,在您玷辱我的地方流血至死。"

"你是在做戏!"

"不是。陛下,对我来说,这可不是什么游戏。我可不会做您的情妇。我起初找您是为了寻求公正,今晚我来为的是爱情,我来了,来得很傻,我请您原谅我的愚蠢。但我也夜不能寐,对您满怀思念,我也一再怀疑您会不会来。但尽管如此……尽管如此,您不该……"

"我能在一刹那的工夫,夺下你的刀。"他威胁说。

"您忘了我有五个兄弟。我从小就玩过剑和匕首。我会在您碰到我之前,刺穿自己的喉咙。"

"绝对不会。你是个女人,女人没有那么大的勇气。"

"试试看啊。试试看啊。您不知道我有多大的勇气。您会后悔的。"

他犹豫了一秒钟,他自己的心也在怦怦直跳,混合着危险的怒气和欲望,接着他控制住自己,举起双手,做了个投降的姿势,往后退去。"你赢啦,"他说,"你赢啦,夫人。你可以留着那把匕首作为战利品。给!"他解下刀鞘丢在地上。"把这该死的刀鞘也拿走得了。"

暮色中,珍贵的宝石和上了釉彩的黄金闪闪发亮。我蹲下把它捡起来,双眼须臾也没有离开过他。

"我送你回家,"他说,"我要看着你平安回家。"

我摇摇头。"不行。我不能让别人看到您跟我在一起。不能让任何人知道我们私下见过面。我会蒙羞的。"

有那么一刻,我以为他会再作争辩,但他躬首同意。"那你先走,"他说,"我会像侍从,像你的仆人一样跟在后面,直到我看到你平安还家。我像狗一样跟在你后面,你尽可以为这一成功感到陶醉。既然你把我当傻瓜对待,那我就像傻瓜一样服侍你;你就好好享受吧。"

他怒气冲冲，我没有了说话的余地，于是我点点头，转身走在他前面，照他说的那样。我们一言不发地走着。我能听到他的披风在我身后簌簌作响。当我们走到森林边缘，从我家能看到我们时，我停住脚步，转身面朝着他。"到了这儿，我就安全了，"我说，"请您原谅我的愚蠢。"

"请你原谅我对你用强，"他生硬地说，"也许，我太习惯按照自己的方式做事。但我必须说，从没有女人对我动过刀子，我从未遭到这样决绝的拒绝。而且还是我自己的刀子。"

我调转刀柄，把刀柄递给他。"您愿意拿回去吗，陛下？"

他摇摇头。"你留作纪念吧。它是我送给你的唯一一件礼物，一件分别赠礼。"

"我再也见不到您了吗？"

"永远见不到了。"他简短地说，微鞠一躬，走开了。

"陛下！"我喊道，他停住脚步，转过身来。

"我不愿与您交恶后分别，"我无力地说，"希望您能原谅我。"

"你拿我当傻瓜，"他说，声音冷冰冰的，"你可以自我庆贺一番，你是头一个这么做的女人。但你也会是最后一个。我永远都不会再被你愚弄了。"

我行了个屈膝礼，听到他转过身，披风在道路两旁的灌木上掠过时发出嗖嗖的声音。我一直等到听不到他的声音，才起身回到家里。

我身上有一部分，作为年轻女人的那一部分，想要跑进屋里跳上床号啕大哭，直至睡去。但我没有那么做。我跟妹妹们不一样，她们很容易就会哭泣和欢笑。她们是那类姑娘，遇上了事情总感到难以接受。但我可不像傻姑娘，我能忍耐。我是水之女神的女儿。我的血脉里有水，血统中有魔力。我是促成事情发生的女人，我还没有失败。我没有被那个刚刚赢得王冠的小子打败，没有哪个男人能从我身边走开，确信自己不会再回来。

所以我没有即刻回家。我从小桥上过了河,走到那棵绑着母亲丝线的白蜡树前,又往上绕了一段丝线,系紧,最后才在稀薄的月光里沉思着,往家走去。

※

之后我等待着。一连二十二天,每天晚上我走过河去拉丝线,像个耐心的渔夫一样。有一天,我发现它不再那么虚荡无力,变得紧绷绷的,似乎另一端的那个东西,不管它是什么,从水边的芦苇丛中摆脱出来了。我轻轻拽着,就像把鱼拖上来似的,这时我感到线又变得松了,响起一声小小的水声,似乎有个又小又重的东西落进了深水,在水流中翻滚着,然后落在河床的卵石上不动了。

我回到家。母亲正在鲤鱼池边等我,她凝视着自己水中的倒影,那是在灰暗暮色中的一抹银亮。她的倒影看起来像是一条长长的、银色的鱼,在水里掀起层层涟漪,又像是一个游泳的女人。她背后的天空里云影飘飘,犹如灰白绸缎上的白色羽毛。月亮升起来了,现在月亮正在由盈转亏。这天晚上水位高涨,池水轻舔着小小的码头。当我站在她身旁,往水里看去时,感到我们两人就像是池水的精灵,从水里冉冉升起。

"你每天晚上都去吗?"她问我,"去扯丝线?"

"去了。"

"不错。真不错。他有没有给你送过信物?或者捎过话?"

"我什么也不指望了。他说过,他再也不见我了。"

她叹息道:"唉。"

我们打道回府。"听说他正在北安普敦集结兵力,"她说,"亨利国王在诺森伯兰郡集结兵力,即将挥师南下,直取伦敦。王后将会在赫尔带一支法国军队与他会师。假如亨利国王获胜,那么不论爱德华说过什么,想过什么,就都不重要了,因为他必死无疑,真正的国王将会重掌政权。"

我倍感矛盾,伸出手去拽住了她的衣袖。母亲动作敏捷,像吓人一跳的蛇一样,抓住了我的手指。"怎么啦?你受不了别人说他会战败?"

"别说了。别说了。"

"别说什么?"

"我不能忍受他会战败这一想法。我不能忍受他会死的想法。他曾经请求我把他当做一个即将赴死的士兵,和他温存一番。"

她发出一声刺耳的笑声。"他当然会这么做。什么人要上战场了,会不抓紧机会,利用好眼前的一刻?"

"唔,我回绝了他。假如他没有回来,我会为自己回绝过他而抱恨终生。我现在就在后悔。我会永远都觉得后悔。"

"干吗后悔?"她奚落我说,"反正你的土地都能要回来。要么是爱德华国王下令帮你要回来,要么他死了,亨利国王夺回王位,也会把土地归还给你。他是我们的国王,真正的兰开斯特家族的国王。我想,我们应该希望他能得胜,篡位者爱德华以死收场。"

"别说了,"我重复道,"别希望他遭厄运。"

"先别管我怎么说,你自己想想看,"她严厉地劝告我,"你是个兰开斯特家族的姑娘。你不能与约克家族的继承人相爱,除非他成为获胜的国王,你的爱情才有利可图。如今这段时间,我们很不好过。死神常伴我们左右。你不要以为你可以对他若即若离。你会发现他会与你亲近。他已经害死了你丈夫,听我说,他还会害死你父亲、你兄弟和你儿子。"

我伸出双手阻止她。"别说了,别说了。您的话听起来就像是梅露西娜在警告她的家族,有人要死掉了。"

"我是在警告你,"她冷酷地说,"你面带微笑地四处游荡,似乎生活是那么容易的事,你以为你可以把一个篡位的国王玩弄于股掌之间,就是你的这种想法把我变成了梅露西娜。你并不是生在一个无忧无虑的时代。你会在一个分裂的国家生活。你得杀出一条血路来，你会尝到丧亲之痛。"

"就没有一点儿好事吗？"我咬紧牙关问，"亲爱的母亲，您就没有为女儿预见到一丁点儿好事吗？诅咒我有什么意义呢，我已经要哭出来了。"

她没有再往下说，预言家的冷峻面容消失了，恢复了慈母的温情。"我认为你会得到他的，假如这就是你想要的。"她说。

"想得要命。"

她笑我，不过依然和颜悦色。"啊，别这么说，孩子。在世上没有什么比生命更重要的东西。你不知道，你还有很长的路要走、很多东西要学呢。"

我耸耸肩，挽起她的胳膊往家走。

"等这场仗打完了，不论谁输谁赢，你的几个妹妹必须进宫。"母亲说。她总是在做安排。"她们可以住在鲍彻家，或者沃恩家。她们几个月之前就应该去，但我承受不住这样的想法——她们离家在外，无依无靠，国内局势又这么动荡，教人总也不知道往后会出什么事，总也打听不到消息。不过等这场仗打完了，也许生活就会恢复原样了，只是掌权的不是兰开斯特家族，而是约克家族而已。女孩子们可以去我们的亲戚家受受教育。"

"对。"

"你的儿子托马斯很快也够大了，可以离家了。他应该到亲戚家住住，学习如何做一名绅士。"

"不。"我的语气蓦然加重了，她转过身来望着我。

"有什么问题吗？"

"我要把儿子留在身边，"我说，"我的儿子不能离开我。"

"他们需要接受适当的教育，他们应该到领主家里去效力。你父亲会找到合适的人家，也许他们的教父家……"

"不，"我又一次说，"不，母亲，不行。这样的事，我连想都不能想。绝不能让他们离开家。"

"孩子？"她把我的脸转过来，对着月光，好把我看得更真切，"这可不是只凭一时兴致就能随意决定的事。世上的每个母亲都应该让儿子离家锻炼，让他们长大成人。"

"我儿子绝不能离开我，"我听到我的声音在发颤，"我感到害怕……我为他们感到害怕。我怕……我为他们害怕。我不知道我怕的是什么。但我绝不能让我的儿子到陌生人中间去。"

她用温暖的胳膊搂着我的腰。"这是很自然的，"她温和地说，"你失去了丈夫，决心确保儿子安全无忧。但他们总有一天会离开你，你知道的。"

我没有向她的温和姿态让步。"我并不是一时胡思乱想，"我说，"我这种感觉更……"

"你是预见到未来了吗？"她低声问，"你知道他们会出事？你看到了吗，伊丽莎白？"

我摇摇头，泪如泉涌。"我不知道，我不知道。我说不上来。但一想到他们离开我，由陌生人来照顾他们，我半夜醒来时知道他们不在我的屋檐下，早晨醒来时听不到他们的声音，一想到他们去了陌生的住处，由陌生人照顾，看不到我，我就没法忍受。哪怕只是想一想，我都觉得无法忍受。"

她抱住了我。"别说了，"她说，"别说了。别想这件事了。我会跟你父亲说的。等你愿意的时候再让他们去好了。"她握着我的手。"呀，你这样凉。"她惊讶地说。她忽然很有把握地摸了摸我的脸。"当你在月光下，身子又冷又热的时候，你形成的想法并不是胡思乱想，而是预言。亲爱的，你预见到你的儿子会有危险。"

我摇摇头。"我不知道。我说不准。我只是知道,谁也不应该把孩子从我身边带走。我永远都不应该让他们离开我。"

她点点头。"很好。起码你已经把我给说服了。你看到,如果你的儿子被带离你身边的话,会遇到某些危险。那就这样吧。别哭了。你把儿子留在身边,我们一起确保他们安然无恙。"

然后我等待着。他当时说得很清楚,我永远都不会再看到他了,所以我的等待是徒劳无益的,我非常清楚,我等不来什么。但不知怎的,我忍不住要等待。我做梦也想着他。半夜里,我会从充满激情与渴望的梦境中醒来,床单扭绞得不成样子,因为欲望的关系,我身上大汗淋漓。父亲问我,为什么我不吃东西。安东尼假装悲伤地冲我摇头。

母亲瞟了我一眼,说:"她没事。她会吃的。"

妹妹低声问我是不是害了相思病,想念英俊的国王。我高声说:"这根本是瞎说。"

然后我等待着。

我又等了七天七夜,就像童话中高塔里的少女一样,就像在森林中的涌泉里沐浴的梅露西娜一样,等待着一名骑士闯入无人行经的小径,爱上她。每天晚上,我都会把线拽过来一截,到了第八天,我听到一声轻响,是金属磕在石头上的声音,我往水里看去,看到一抹金光。我弯腰把它拽了出来。是一枚金戒指,款式简单而美丽。它一面是平整的,另一面铸成了星星点点的形状,就像王冠的尖端一样。我把它放在他吻过的那只手掌心里,它看起来就像是一顶小王冠。我把它戴在右手的手指上——我不敢把它戴在戴婚戒那根手指,生怕招来厄运——它大小正合适,戴起来很舒服。但我耸耸肩膀,把它摘了下来,仿佛它不是用上等的勃艮第黄金打造的一般。我把它放进衣兜,护着它回到了家里。

让人意外的是,家门前有一匹马,高高的马背上有个骑手,他头顶上方有一面旗帜,约克家族的白玫瑰家徽在风中招展着。门开着,父亲站在门口念着一封信。我听到他说:"请转告陛下我备感荣幸。我后天就去。"

来人在马背上鞠了一躬,向我随意地行了个礼,调转马头离开了。

"是什么事?"我走上台阶问道。

"集合令,"父亲冷冷地说,"我们又要打仗了。"

"您不能去!"我害怕地说,"您不能去,父亲,别再去打仗了。"

"不是我去。国王命令我从格拉夫顿出十个士兵,从斯托尼的斯特拉特福德出五个士兵,要他们做好准备,全副武装,听从他的调遣,与兰开斯特家族的国王开战。我们要改变立场了。原来我们招待他一顿饭,竟要付出这么大的代价。"

"谁来带领他们呢?"我生怕他说是我哥哥,"不是安东尼吧?不是约翰吧?"

"他们是去威廉·黑斯廷斯爵士麾下,"他说,"他会把他们合并到受过训练的部队里。"

我犹豫地问:"他有没有说别的?"

"这是集合令,"父亲暴躁地说,"不是邀请我们五朔节去吃早餐。他当然没说别的,只说他们后天早晨到,到时这些人必须作好集合的准备。"

他转身进屋去了,我留在门口,那只状若王冠的金戒指隔着衣兜顶着我。

吃早饭时,母亲建议我妹妹、我,还有跟我们同住的两个表妹去看部队行军,目送我们的人出发参战。

"干吗要看这个,我真想不通,"父亲没好气地说,"我还以为你们已经看够男人去打仗了呢。"

"我们去露面支持一下是好事,"她镇定地说,"假如他打了胜仗,他会觉得我们是自愿派人出战的,这对我们有好处。假如他打了败仗,没有人会记得我们看着他行军经过,我们也可以矢口否认。"

"我不是正要给这些新兵付钱吗?我不是正要用自己的武器给他们配备装备吗?我上回出战剩下的兵器,如今不是用在了反对亨利王的战争中了吗?我正要召集他们,把他们派出去,还得给那些没靴子的人买靴子。我觉得,我已经用行动表明我支持他了!"

"那咱们就做得体面一点儿。"母亲说。

父亲点点头。在这些问题上,他总会向母亲让步。她原本是公爵夫人,嫁给贝德福德公爵,当时我父亲还什么都不是,只是她丈夫的随从。她是勃艮第皇族圣波尔伯爵的女儿,也是地位最高的贵妇人。

"我想让你跟我们一起来,"她接着说,"我们也许还得从财库里找一袋金子,献给陛下。"

"一袋金子!一袋金子!用来资助反对亨利国王的战争?莫非咱们现在已经变成约克派了吗?"

她等他的愤怒平息下来,然后才继续。"这样可以显示我们的忠心,"她说,"假如他打败了亨利国王,得胜回朝,那么朝廷就是他的天下了,受宠的人才能获得财富和机会。到时候,封赏田地、爵位、御准成婚的人可都是他了。咱们有一大家子人,姑娘也不少,理查德爵士。"

有那么一会儿,我们全都低头噤声不语,等着父亲大发雷霆。这时他不情愿地笑了起来。"上帝保佑你,会蛊惑人心的老婆,"他说,"你说得对,你一向都说得对。我会照办的,尽管这跟我的行事方式格格不入。你可以叫姑娘们戴上白玫瑰,如果这么早,她们能弄得到的话。"

她俯身在他脸上吻了一下。"灌木篱笆那儿的犬蔷薇结骨朵儿了,"她说,"虽然不如盛开的花那么好,但他会明白咱们的一番心意,就足够了。"

当然，当天剩下的时间里，我的妹妹和表妹们忙成了一团，她们试衣服，洗头发，换发带，重新练习行屈膝礼。安东尼的妻子伊丽莎白和两个娴静一些的嫂子说她们不去，但我的妹妹全都激动得忘形。国王和他朝廷里的多数伯爵都会由此经过，这可是给英国的新主子们留下深刻印象的大好时机！当然，前提是他们能够获胜。

"你穿什么？"见我毫不激动，玛格丽特问我。

"我就穿我的灰长袍，戴灰面纱。"

"那不是你最好的装扮，只是你星期天穿的衣裳罢了。为什么不穿你那身蓝衣服？"

我耸耸肩。"因为母亲叫咱们去，我才会去，"我说，"我不指望有谁会多看我们一眼。"我从衣橱里拿出那条裙子，把它抖开。它剪裁得纤细苗条，后面有一个小小的半拖尾。我穿上它，系上那根低垂在腰间的灰色腰带。我没有对玛格丽特说，但我知道，它比我那条蓝裙子更合身。

"当国王应你的邀请来吃饭时，"她大呼小叫地说，"他干吗不多看你一眼？上次他看得就不少。他肯定喜欢你——他把你的土地还给了你，他还来咱家吃饭，他还和你一起在花园里散步。他怎么可能不再到咱们家来呢？他怎么可能不喜欢你呢？"

"因为从那时到现在，我已经得到了我想得到的东西，而他没有，"我毫不掩饰地说，把裙子扔到一边，"事实证明，他并不是歌谣里唱的那种好国王。要他发善心，需要付出高昂的代价，我可付不起。"

"他从来没有想要得到你吗？"她惊恐地小声问道。

"他就是想得到我。"

"哦，上帝呀，伊丽莎白。你说什么了？你做什么了？"

"我说不。但事情并不是这么简单。"

她大为愤慨。"他试图对你用强吗？"

"没怎么用强,这无关紧要,"我喃喃地说,"好像对他来说,我只是个无足轻重的路边丫头似的。"

"要是他冒犯过你,也许明天你还是别来的好,"她建议说,"你可以跟母亲说你不舒服。如果你愿意,我去跟她说。"

"哦,我会去的。"我说,我装作满不在乎一般。

到了早晨,我就没有这么大的勇气了。我一夜无眠,早餐只吃了一片面包和牛肉,我脸色不怎么好看。我像大理石一样苍白,尽管玛格丽特在我嘴唇上搽了一些红色,我仍然脸色憔悴,仿佛女幽灵一般。我置身于衣着鲜艳的妹妹和表妹中间,身穿灰裙,戴着头饰,就像修道院的见习修女一样,黯淡无光。但是当母亲看到我时,她满意地点头嘉许说:"你看起来像一位贵妇,不像卖力打扮去赶集的农家姑娘。"

如果这话是种非难,那它可没有发挥出什么效果。能去看集合仪式,姑娘们欢欣雀跃,一点也不在乎母亲是不是怪她们穿得太鲜艳了。我们一起来到通向格拉夫顿的那条路上,看到我们前方的大路旁,有十来个人步伐散乱地走着,他们都手持棍棒,有一两个拿的是短棍,他们是父亲找来的新兵。他给了他们一人一块白玫瑰徽章,提醒他们说,他们如今要为约克家族而战。他们原本是兰开斯特家族的步兵,他们必须记住,他们的立场如今已经改变了。当然,他们并不在乎自己换了效忠的对象。他们按照他的吩咐去出战,是因为他是他们的领主,是他们的田地、村舍、他们身边几乎所有一切的主人。他们在他的磨坊里碾米,他们喝酒的酒馆要向他交租子。他们有些人从来不曾走出过他的领地。他们很难想象这样的世界:"乡绅"这个词除了理查德·伍德维尔爵士,或爵士的继承人,还能代表别的什么人。当他还是兰开斯特家族成员的时候,他们也属于兰开斯特家族。后来他获得了里弗斯这一封号,但他们仍然是他的人,他仍然是他们的主子。现在,他派他们去为约克家族而战,他们会像从前一样,全力以赴。领主已经向他们许诺,打仗会得到报酬,如果他们阵亡,孤儿寡妇会得到照顾。他们只需要知道这些就够了。父亲的讲话并没有把他们变成士气高昂的队伍,但他们还是向我父亲发出一阵不怎么整齐的欢呼声,摘下帽子向我们姊妹露出感激的笑容,当我们走来时,他们的妇孺纷纷向我们屈膝行礼。

这时响起一阵喇叭声,每个人都朝着声音的方向转过头去。路口出现了国王的旗帜和号兵,他们疾步行进着,后面是传令官,再后面是他的侍从,他就在这一阵喧嚣和飘扬的旗帜的中央。

有那么一会儿,我觉得自己就要晕过去了,但母亲的手紧紧撑住了我的腋下,我站稳了脚跟。他举手示意停下,队伍停止了行进。在最前方的骑兵后面,是一支长长的队伍,由手持武器的士兵组成;再后面是其他新兵,看起来,他们像我们的新兵一样局促不安;接着是运送粮草物资、武器的车队,四匹结实的夏尔马①拉的一尊大炮;最后是些小马、妇女、营地仆役和游民。整支队伍就像是一个移动的小城镇:一个致命的小城镇,在行进中给敌人带来伤害。

爱德华国王旋身下马,来到我父亲面前,父亲躬身行礼。"陛下,恐怕这就是我能召集到的全部士兵了。不过他们全都宣誓听从您的号令,"父亲说,"这是一点心意,希望有助于您的战事。"

母亲上前献上那袋黄金。爱德华国王接过来,掂了一下分量,随后热情地亲吻了母亲的两边脸颊。"你们真是慷慨,"他说,"我不会忘记你们的支持。"

---

① 一种高大温和的挽用(用以耕地或拉车)马,有极强的负重能力。——编者注

他的视线越过了她,瞄向了我,我和妹妹们站在一起,我们一起屈膝行礼。当我站起来时,他还在看着我,有那么一瞬间,军队、马匹和人们发出的所有喧嚣声凝结了,消失了,仿佛全世界只剩下他和我两个人。我不假思索地一步步走上前去,仿佛他向我发出了无声的召唤,我走过父母亲,跟他面对面站在一起,我们挨得那么近,如果他想吻我,就能吻到。

　　"我夜不能寐,"他用很小的声音说,只有我能听到,"我夜不能寐。我夜不能寐。我夜不能寐。"

　　"我也是。"

　　"你也睡不着?"

　　"我也睡不着。"

　　"真的吗?"

　　"真的。"

　　他深深地叹了口气,仿佛感到大为安慰。"那么,这就是爱情了?"

　　"我觉得是。"

　　"我吃不下饭。"

　　"我也是。"

　　"我心里想的全都是你。我忍不下去了,我不能这样上战场。我变成了一个傻乎乎的毛头小子。我就像毛头小子一样,为你痴狂。我不能没有你,我不能没有你。不管要付出什么代价。"

　　我感到血色像热气一样涌上了我的脸颊,多少天来第一次,我感到自己笑了出来。"我心里想的全都是您,"我低声说,"没有别的。我觉得自己就像生病了似的。"

　　那枚形似王冠的戒指在我的口袋里,沉甸甸的,我的头饰在我的头上飘动着,但我迷迷糊糊地站着,眼前一无所见,只有他的身影,除了他温暖的呼吸喷洒在我的脸颊上,我什么也感觉不到,只能闻到他的马和马鞍的皮革味，还有他的味道：玫瑰香味和汗味。

"我为你痴狂。"他说。

当我终于凝望着他的脸庞时，我感觉到我的笑容牵动了双唇。

"我也为您痴狂，"我低声说，"真的。"

"那么，嫁给我吧。"

"什么？"

"嫁给我。没别的。"

我紧张地笑了一声。"您在跟我开玩笑。"

"我是认真的。要是我不能拥有你，我会死的。你愿意嫁给我吗？"

"我愿意。"我喃喃地说。

"明天早上，我会早早骑马赶到。明天早上，在你们这儿的小教堂嫁给我。我会带我的军中牧师一起来，你带上见证人。选一个你信任的人。这场婚礼必须暂时保密。你愿意吗？"

"愿意。"

他第一次露出了笑容，温暖的笑意在他的发间和宽脸盘上弥漫开来。"伟大的上帝啊，我现在就可以抱你了。"他说。

"明天。"我低声说。

"明早九点。"他说。

他转身向着我父亲。

"我们可否款待您用膳？"父亲问，他看看我飞满红霞的脸，又看看笑呵呵的国王。

"不用了，不过如果可以的话，明晚我会到府上与你们共进晚餐，"他说，"我会在附近打猎，祝大家今天过得愉快。"他向我和母亲鞠了一躬，向我妹妹和表妹行了个举手礼，旋身上马。"集合，"他命令手下，"这是一场短途行军和正义之战，等你们停止行军之后就可以吃晚饭。你们对我忠诚，我也会善待你们。我从未打过一场败仗，你们跟我作战，会平安无事的。我会带你们取得丰厚的战利品，把你们平安地带回家。"

对他们就应该说这番话。他们顿时显得兴高采烈，步伐散乱地走到队尾。我的几个妹妹挥舞着白色的玫瑰花蕾，喇叭齐鸣，整支军队再次前行。他严肃地向我点点头，我挥手道别。当他走过时，我低声说道："明天。"

我不敢相信他的话是真的，尽管我吩咐母亲的男仆早上早起，做好了去教堂唱圣歌的准备。甚至在我去跟母亲说，英国国王亲口说要与我秘密成婚，请她来做见证，另外带上她的侍女凯瑟琳时，我还是不敢相信他的话是真的。当我穿上我最好的那件蓝袍子，早晨站在寒意料峭的小教堂里时，我还是不敢相信他的话是真的。我一直不敢相信，直到我听见他大步走进小过道，直到他的胳膊揽住我的腰，吻我的嘴，我听到他对牧师说："为我们主持婚礼吧，神父。我的时间不多。"这时我才相信了。

男仆唱起圣歌，牧师宣读了经文。我和他都宣了誓。朦胧中，我看到了母亲喜悦的脸庞，彩窗玻璃在我们脚边的石头地面上洒下一道彩虹。

这时牧师说："戒指呢？"

国王说："戒指！我真是个傻瓜！我忘了！我没有给你带戒指来。"他转身问我母亲："夫人，可以借戒指一用吗？"

"哦，我有一枚，"我吃惊地说，"在这儿。"我从兜里掏出那枚戒指，它是我花了十二分耐心，从河里慢慢拽出来的，水的魔力送来了这枚形似英国王冠的戒指，戒指实现了我的心愿——英国国王本人把它作为结婚戒指戴在了我的手上。我成了他的妻子。

我也成了英国王后，或者说，起码是约克家族的英国王后。当男仆唱起祝福歌时，他的胳膊紧紧地搂着我的腰，然后国王转身问我母亲："夫人，我可以带新娘去哪儿呢？"

母亲笑着给他一枚钥匙。"河边有一座打猎时住的小屋，"她转身对我说，"就是那座河边小屋。我已经叫人收拾好了。"

他点点头，抱着我出了小教堂，把我放在他那匹高大的猎马上。他上了马，坐在我身后，挽起了缰绳，这时我感到他的双臂又一次紧紧地搂住了我。我们沿着河岸徐徐前行，当我往后倚靠时，我能感觉到他的心跳。我们能透过树丛看到小屋，烟囱里升起了袅袅炊烟。他旋身下马，把我抱了下来，将马牵到屋后的马厩里，我则去打开了房门。这是一间小屋，壁炉里生着火，木桌上放了一壶喜酒和两只杯子，桌边放了两个凳子，我们可以坐着吃面包、奶酪和肉，屋里还有一张大木头床，上面铺着最好的亚麻床单。当他来到门口，低头进门时，屋里的光线也变暗了。

"陛下……"我开口说，旋即纠正了自己的口误，"我的主人。夫君。"

"我的妻子，"他满意地低声说，"去床上吧。"

✦

我们上床时，朝阳照在门梁和用石灰粉刷的天花板上，那么明亮，现在却已经临近傍晚，夕阳把这里照成了金黄色。他对我说："感谢圣母，令尊请我去吃晚餐。我饿得没有力气，快要饿死了。让我下床吧，你这个迷人精。"

"两小时前，我想给你拿面包和奶酪来着，"我指出，"可你不肯让我走到三步以外，到桌子那儿给你拿过来。"

"当时我太忙了。"他说着，把我拉回了赤裸的臂膀里。闻着他的气息，抚摸着他的肌肤，我感到我对他的欲望又涌了上来，两个人又温存了一番。当我们躺下时，余晖将屋里染成了玫瑰红色，他下了床。"我必须清洗一下,"他说,"我从院子里给你拿一壶水好吗?"

他的脑袋紧挨着天花板,体格健硕。我十分满意地打量着他,就像马贩子打量着一头漂亮的种马一样。他又高又瘦,肌肉结实,胸膛宽厚,肩膀有力。他朝我一笑,令我怦然心动。"你看起来就像要把我吞下去似的。"他说。

"我会把你吞下去的,"我说,"我真想不出,怎样才能满足我对你的欲望。我觉得我得把你囚禁在这儿,每天吃你一小块,做成炸肉排吃。"

"如果我把你囚禁在这儿,我会狼吞虎咽地把你一口吃掉,"他笑着说,"不过你得生完孩子,我才会放你出来。"

"哦!"这个最美妙不过的念头触动了我,"哦,我会给你生好几个儿子,他们会是王子。"

"你将会成为英国王后,约克家族的王后,将会永远统治下去,愿上帝保佑。"

"阿门,"我虔诚地说,我丝毫没有感到悒郁不安和恐惧颤抖,"但愿上帝保佑你安然无恙地打完仗,回到我身边。"

"我一向打胜仗,"他极为自信地说,"高兴些,伊丽莎白。你是不会在战场上失去我的。"

"然后我会成为王后。"我再一次说。我第一次懂得了,真正懂得了,如果他得胜归来,真正的国王亨利死去的话,到时这个年轻人将是无可置疑的英国国王,我将会统治这个国家。

用过晚餐后,他向父亲辞别,准备启程去北安普敦。他的侍从去马厩给马喂足草料,饮过水,把马牵到门口。"我明晚还会回来,"他说,"白天我必须看看士兵,鼓舞士气。傍晚我就来找你。"

"到那间猎舍去吧,"我低声说,"我会做个贤妻,备好晚餐等你。"

"明天晚上。"他保证说。之后他转身感谢我父母的款待,他们鞠躬行礼,他点头致意,离开了。

"陛下待你很殷勤,"父亲说,"你可别晕头转向啊。"

"伊丽莎白是英国最美的女人,"母亲流利地回答,"他喜欢美女。不过她知道自己必须做什么。"

然后我又得等待。晚上,当我和两个儿子玩牌,听他们祷告,准备上床就寝时,我等待着。夜里,当我疲惫不堪,身体感到甘美的酸痛,但却无法成眠时,我等待着。整个半天,我走路、说话都像在梦游一般,我等待着夜晚的来临,一直等到他低头进门,走进小屋,抱着我说"我的妻子,咱们上床吧"的那一刻。

我度过了三个销魂的夜晚,最后一晚,他说:"我必须走了,我的爱人,等一切结束之后,我们再会。"我感觉就像有人把冰块扔到了我的脸上,我惊愕地问:"你要去打仗了吗?"

"我已经召集起了军队,我的探子禀报说,亨利正在按照他妻子的意图,前往东海岸与她会师。我要马上出兵迎击亨利,紧接着东进,等他妻子一登陆,就迎击她。"

他穿上衬衣,我一把将衬衣拽住。"你不会现在就走吧?"

"今天就走。"他说,他轻轻推开我,继续穿衣。

"可是离开了你,我如何受得了?"

"你会觉得受不了,但你要克制。好好听我说。"

现在的他,不再是与我度过三晚蜜月的那个欣喜不已的年轻情郎。我心里只想着我们的欢愉,没有别的;而他却在运筹帷幄。现在的他,是捍卫自己王国的国王。我等着听取他的谕示。"如果我获胜了——我会获胜的——我会尽快回来与你团聚,我们会公布我们的婚讯。会有很多人感到不满，但木已成舟，他们也只能接受。"

我点头同意。我知道他倚重的重臣沃里克伯爵正打算安排他跟一位法国公主成婚，而且沃里克伯爵惯于向我年轻的丈夫发号施令。

"假如天不佑我，我阵亡了，那你绝不要透露我们的婚事和这些天的事情，"他抬手不让我表示反对，"作为死去的僭主的未亡人，你将会一无所得，到时我的首级会挂在约克家族的大门上示众。你会受牵连的。到目前为止，人们还都把你当做是忠于兰开斯特家族的姑娘。你应该把这一身份保持下去。我希望你会为我祈祷。但这是你我和上帝之间的秘密。上帝和死去的我会一直沉默下去。"

"我母亲知道……"

"令堂知道，要保全你的身家，最好的方式就是别让她的男仆和侍女说出去。她已经做好了准备，她明白，我已经给了她钱。"

我压下自己的哽咽："那就好。"

"我希望你能再嫁一次。找个好男人，一个爱你、关心孩子的男人，幸福地生活。我希望你能幸福。"我感到悲苦难言，垂下了头。

"如果你发现自己有了身孕，你必须离开英国，"他命令道，"你要马上告诉令堂。我跟她讲过，她知道应该怎么做。勃艮第公爵统领着整个佛兰德斯领地，看在他与令堂的血缘关系以及他对我的关爱上，他会为你安排住处。假如你生的是女孩，你就等待时机，请求亨利原谅，再回英国来。假如你离开一年，你会变成尽人皆知的女人，男人们会疯狂地追求你。你会是觊觎王位者死后撇下的漂亮寡妇。为了我，我恳求你利用这个机会。

"但如果你生的是儿子，情况就大不一样了。我儿子将会是王位继承人，约克家族的继承人。你一定要确保他的安全。你要不事声张地把他悄悄养大，直到他有能力对王位提出要求。他可以用化名生活，他可以和穷人住在一起。不要虚荣自负。把他藏在安全的地方，等到他长大成人，足够强大，能够要求继承王位为止。我兄弟理查德和乔治会做他的叔叔和监护人。你可以信任他们，他们会保护我的儿子。亨利和他的儿子很可能早早殒命，到时，你的儿子就是英国王位的唯一继承人了。我信不过兰开斯特家玛格丽特·博福特那个女人。我儿子应该坐上王位，这是我的心愿。如果他能赢得王位，或者理查德和乔治能够为他赢得王位，就由他来做国王。你明白吗？为了我，你必须把我的儿子藏在佛兰德斯，确保他的安全。他会是约克家族的下一位国王。"

"明白。"我简短地说。我明白，我对他所怀抱的悲伤和担忧，将不再是我个人的事情。如果我们在这些缠绵的长夜有了孩子，那他不只是爱的结晶，还将是王位继承人，是约克家族和兰开斯特家族这场长年殊死相争的新角逐者。

"这对你来说并不容易，"他望着我苍白的面庞说，"我希望这样的局面永远都不要出现。不过你要记住，如果你要确保我的儿子安然无恙，佛兰德斯是你的避难所。令堂有钱，她知道应该怎么办。"

"我会记住的，"我说，"你要回到我身边来。"

他笑了。这不是强装出来的笑容，而是一个对自己的运气和本领充满信心、感到幸福的人露出的笑容。"我会回来的，"他说，"相信我吧。你嫁的是一个会老死在床上的男人，也许那时，他是在跟英国最美的女人做爱之后死去的。"

他伸开双臂，我走上前去，感受他怀抱的温暖。"你一定要回来，"我说，"我一定会保证，你眼里最美的那个女人永远是我。"

他吻了我，但不无仓促，仿佛他的心思已经转到了别的地方，他离开了我的怀抱。在他低头走出门梁之前，他的心早已离开了我，我看到他的侍从已经把他的马牵到门前，准备动身了。

我跑出去挥手作别，他已经跨上了马鞍。他的马正在原地腾跃，这是一匹强壮有力的红褐色大马。它梗着脖子，试图后腿直立，抵抗爱德华拉紧的缰绳。在太阳的映衬下，英国国王骑在高头大马上的威武形象使我在一瞬间相信，他是战无不胜的。"祝你平安，祝你好运！"我喊道，他向我行了个举手礼，拉着马跑了一圈，然后策马上路了。这位正统的英国国王，将会为了这个国家，与另一位正统的英国国王开战。

我站在那里举手道别，直到我看不见他身前的那面约克家族白玫瑰旗帜，直到我听不见他的马蹄声，直到他离我远去。这时我哥哥安东尼从树荫下向我走来，吓了我一跳，他把这一切都看在了眼里，天晓得他看了多久。

"你这个荡妇。"他说。

我瞪着他，仿佛我压根儿听不懂这个词。

"什么？"

"你这个荡妇。你玷污了我们全家的名声、你的名声，还有你那为抵抗僭主而阵亡的可怜亡夫的名声。愿上帝宽恕你，伊丽莎白。我这就去告诉父亲，他会把你送进修道院的，假如他不先把你掐死的话。"

"不！"我大步走过去抓住他的胳膊，但他甩开了我。

"别碰我，你这个贱女人。你觉得你的手摸过他之后，我还会让你碰我吗？"

"安东尼，事情不像你想的那样！"

"我的眼睛会骗我不成？"他粗野地啐了一口，"难道这是什么魔法？你是梅露西娜？在森林里沐浴的美丽女神，刚走的他是发誓为你效劳的骑士？难道这里是卡米洛特①？难道这是一场值得尊重的爱情？这是一场浪漫的风流韵事，而不是无耻的私通？"

"这是值得尊重的！"我不由回答说。

---

① 英国亚瑟王传奇中亚瑟王的王宫所在地。

"你根本不懂尊重这个词是什么意思。你是一个荡妇,下次他和威廉·黑斯廷斯骑马来的时候,他会把你转手让给他,就像他对所有的荡妇一样。"

"他爱我!"

"他对每个女人都这么说。"

"他真的爱我。他会回来找我……"

"他一向都是这样许诺的。"

我狂怒不已地伸出手去,他以为我会出拳揍他,于是蹲下身子一躲。这时他看到,那枚戒指在我手上闪着金光,结果他笑了起来。"这是他给你的?戒指?我应该被这个定情信物打动吗?"

"这不是定情信物,是一枚婚戒。是结婚时赠与女方的、正统的戒指。我们结婚了。"我做出了胜利宣言,但马上就后悔了。

"亲爱的上帝啊,他把你骗了。"他懊恼地说。他抱住我,把我的脑袋按在他的胸口。"我可怜的妹妹,我可怜的傻瓜。"

我挣脱出来。"放开我,我不是任何人的傻瓜。你胡说什么?"

他难过地望着我,但嘴角露出了挖苦的笑容。"让我猜猜,你们是不是在小教堂里举行了一场秘密婚礼?他的朋友和大臣是不是都没有出席?沃里克伯爵是否并不知情?是对外保密的吧?假如别人问你,你要矢口否认,对不对?"

"对。可是……"

"你没结婚,伊丽莎白。你被骗了。这样的婚礼只是幌子而已,在上帝和世人眼里都得不到承认。他用一枚不值钱的戒指和假牧师把你骗了,为的是和你上床。"

"才不是这样。"

"这个人是想当英国国王的男人。他必须跟一个公主结婚。他才不会从敌对阵营里，娶一个站在路边求他讨回遗产的穷寡妇。如果他要娶英国女人的话，肯定是娶兰开斯特家族地位最高的女人，也许是沃里克伯爵的女儿伊莎贝尔。他才不会娶对头的女儿。他很可能会娶一个欧洲的公主，西班牙或是法国的公主。他必须通过婚姻，让自己的王位变得更牢固，通过婚姻缔结盟友。他才不会出于爱情，娶个美人儿回去。沃里克伯爵根本不会答应。他也不会傻到让自己吃亏的地步。"

"他用不着顺从沃里克伯爵的心意！他是国王。"

"他是沃里克伯爵的傀儡，"我哥哥残忍地说，"沃里克伯爵决定支持他，就像沃里克伯爵的父亲支持爱德华的父亲那样。没有了沃里克的支持，你的情郎和他父亲什么也做不成，根本就坐不上王位。沃里克是拥立国王的人，是他拥立你的情郎做了英国国王。王后的人选肯定也会由他来决定。他决定让爱德华娶谁，爱德华就会娶谁。"

我震惊难言。"但他没这么做。他不能这么做。爱德华娶的是我。"

"不过是做戏、闹玩、表演而已。"

"不是的。我们有婚礼见证人。"

"谁？"

"其中有一位是母亲。"我终于说了出来。

"咱们的母亲？"

"她和侍女凯瑟琳都是见证人。"

"父亲知道吗？他也去了？"

我摇摇头。

"那就是了，"他说，"见证人都有谁？"

"母亲、凯瑟琳、牧师、唱圣歌的男仆。"我说。

"哪个牧师？"

"我不认识。是国王指派的。"

他耸耸肩。"他要是个真牧师,那还好。很可能是个傻子或戏子,为了捞好处而假扮的。就算他是经过正式任命的牧师,国王仍然可以否认婚姻的效力,只有三个女人和一个男仆不同意英国国王的话。随便罗织个什么罪名,把你们三个抓起来关上一年多,是件很容易的事,一直关到他跟哪个公主成亲为止。他把你和母亲当傻瓜耍了。"

"我向你发誓,他爱我。"

"也许是真的,"他作了让步,"就像他爱每一个跟他上床的女人一样,这样的女人有好几百个。等他打完仗骑马归来的时候,在路边再看到一个漂亮姑娘呢?他一个礼拜就把你忘了。"

我用手擦了擦脸颊,发现脸颊已经被泪水打湿了。"我要把你说的话告诉母亲。"我无力地说。我从小就这样威胁他,他向来不怕。

"咱们一起去。等她醒悟过来,发现自己被人欺骗、让女儿蒙羞,她也不会高兴的。"

我们默不作声地穿过树林,走过小桥。我们走过那棵大白蜡树时,我瞥了一眼。缠在上面的丝线已经没有了,表明魔法曾经存在的证据已经没有了。河水涨了上来,淹没了我曾拽出戒指的一切痕迹。没有任何证据能表明魔法曾经发挥过效力。也没有任何证据,证明世界上有过魔法这么一回事。我只有这枚形似王冠的小金戒指,也许它什么也代表不了。

母亲正在宅子旁边的药草园里,当她看到哥哥和我倔强无言、一前一后地走来时,她站起身,挎着装药草的篮子,等我们走上前去,准备应对这件麻烦事。

"儿子。"她呼唤哥哥。安东尼跪下接受她的祝福,她把一只手放在他的头顶,低头向他微笑。他站起身,握着她的手。

"我认为国王欺骗了您和妹妹,"他直来直去地说,"这场婚礼太秘而不宣了,没有可靠的人能够证实。我认为,他是通过假结婚骗她上床,他会否认他们结过婚。"

"哦，你是这样认为吗？"她平静地说。

"是的，"他说，"这不是他第一次为了骗女人上床，而采取假结婚的手段了。他以前玩过这样的把戏，那个女人最后生了个私生子，也没有得到结婚戒指。"

母亲耸了耸肩，她真是了不起。"他过去做过什么，是他自己的事，"她说，"但我看到他结了婚，入了洞房，我敢打赌他会回来，公布你妹妹是他妻子的。"

"绝无可能，"安东尼直截了当地说，"她的名节会被毁掉。如果她怀了孩子，这件事将会成为奇耻大辱。"

母亲望着他怒气冲冲的面孔，笑了起来。"假如你说得对，他否认婚姻的话，那她的确前景堪忧。"她同意道。

我扭过头去不看他们。刚才我的爱人还告诉我，怎样保证他的儿子安全。现在这个孩子却被他们说成是我的祸根。

"我要去看我儿子了，"我对他俩冷冰冰地说，"我不想再听到这种话，也懒得搭茬。我对他忠贞不贰，他也会对我忠贞不贰，你们会为自己曾经怀疑过我们而感到难过的。"

"你是个傻瓜，"哥哥无动于衷地说，"起码我会为这一点感到难过。"他对母亲说："您在她身上押了很大的赌注，这是一场豪赌；但您是把她的一辈子和她的幸福，押在一个众所周知的骗子说的话上。"

"也许吧，"母亲不为所动地说，"你是个聪明人，儿子，一位哲人。但就算是现在，有些事情我也比你更清楚。"

我昂首走开了。他们都没有叫我回去。

我必须等待，全国上下都必须再次等待，看到了最后，是谁称雄。我哥哥安东尼派了一个人北上探听消息，我们全都在等他回来，告诉我们双方是否交火，爱德华国王是否行了大运。终于，到了五月，安东尼的仆人回到家里，说他去了偏远的北方，在赫克瑟姆附近遇到一个人，了解到全部的情况。那是一场恶战，一场血战。我在门口犹豫着，我想知道的是结果，而不是细节。我不用亲眼看，就能想象出一场战争的战况；我们变成了一个听惯了战争故事的国度。人人都曾听说身边的人被部队征了兵，或者看见过冲锋、撤退及重整军力时的疲惫休整，或者每个人都认识这么一位，曾经亲临这么一座城镇，得胜的军人来这座城里寻欢作乐、奸淫掳掠。每个人都知道女人尖叫着求救，奔向教堂寻求庇护的故事；每个人都知道这些战争将我们的国家搞得四分五裂，破坏了我们的繁荣昌盛、邻里友好、对陌生人的信任、兄弟之爱、行路的安全、对国王的爱戴；但看起来没有什么能够阻止战争。我们不断地寻求着决定性的胜利，以及能带来和平的、获胜的国王，然而胜利与和平始终没有到来，王位之争始终未能停息。

安东尼的信使讲到了紧要关头：爱德华国王的部队打了胜仗，而且是大获全胜。兰开斯特部队出发后，可怜的、精神恍惚的亨利国王有些弄不清自己身在何方，当初他在威斯敏斯特的宫殿时就是这样，结果他跑进了诺森伯兰郡的沼泽地。现在他的人头正在被悬赏，仿佛他是个没有随从、没有朋友，甚至没有追随者的不法之徒似的，仿佛他是个边境地区的反贼似的。

他的妻子，安茹的玛格丽特王后，曾经是母亲最亲密的朋友，带着他们的继承人逃到了苏格兰。她被打败了，她丈夫失踪了，但人人都知道，她不会接受自己的失败,她会为自己的儿子密谋打算,就像爱德华告诉我,我必须为我们的儿子密谋打算一样。她永远都不会罢休,一定会再次踏足英国,挑起战争;她永远都不会罢休,除非她的丈夫和儿子都命丧黄泉,她没有人可以往王位上推举为止。如今,要有丈夫或儿子,才能算得上是真正的英国王后。近十年来,她一直面对着这样的局面,一切始于她丈夫变得无力治国,英国成为了一只受惊的野兔一般,来到成群的猎犬四处狂奔的田野上。更糟的是,我知道,如果爱德华回来见我,声明我是新王后,我们生出继承王位的儿子的话,这种局面将由我来面对。我爱的这个年轻人将会统治一个并不稳定的国家,我必须当一个由讨要土地的女人转变而成的王后。

他确实来了。他给我传话说,他打了胜仗,攻破了班堡城堡的合围之势,部队南下时,他会前来造访。他写信告诉父亲,说他会来吃晚餐。在他潦草写就的一张便笺里,他说他会留下过夜。

我拿便笺给母亲看。"你可以告诉安东尼,我丈夫对我是真心实意的了。"我说。

"我不会告诉安东尼任何事。"她别扭地说。

但至少,父亲对获胜的国王将会大驾光临满怀喜悦。"我们派兵这件事做对了,"他对母亲说,"为此,愿上帝祝福你,亲爱的。他成了获胜的国王,你又把我们变成了胜利的一方。"

她朝他莞尔一笑。"像往常一样,机会原本不好把握,"她说,"让他转过头来的是伊丽莎白。现在他也是来看她的。"

"咱家有没有风干得不错的牛肉?"他问,"我带约翰这些孩子打猎去,给你弄点野味回来。"

"咱们请他好好吃一顿。"她向父亲保证说。但她没有告诉父亲,他有更好的理由值得庆祝:英国国王娶我为妻了。她缄口不言,我怀疑,她也认为国王只是逢场作戏。

但不管怎样,当母亲行屈膝礼迎接他时,谁也看不出母亲的真实心意是怎样的。她没有流露出岳母对女婿的亲近,但也没有冷落他。假如她认为他欺骗了我们两人,她无疑会冷落他的。确切地说,她像接待获胜的国王那样迎接他,而他也像对待贵妇人、前公爵夫人那样对她,他们两个对我的态度都像对待被全家人所宠爱的女儿一样。

不出所料,晚宴办得颇为成功,父亲不时大声嚷嚷,亢奋不已,母亲像往常一样文雅端庄,我妹妹还是对国王钦慕得一塌糊涂,兄长们沉默得惊人。国王辞别了我的父母后便骑马上路,像是要即刻返回北安普敦似的。我匆匆披上斗篷,一路跑到河边的那间猎舍。

他先到了,那匹高大的战马已经在马厩里了,侍从在草料棚里,国王默默地抱住了我。我也没有说话。我才不会傻到用猜疑和怨言来问候男人,而且,当他爱抚我时,我只想要他的爱抚,当他亲吻我时,我只想要他的亲吻,我只想听到世间最甜蜜的话语。他对我说:"去床上吧,我的妻子。"

早上,我对着银镜梳理头发,把它挽起来。他站在我身后注视着,有时拿起一绺金发,绕在手指上,望着它熠熠闪光。"你这样做,可不是在帮忙。"我笑着说。

"我不想帮忙,我就想捣乱。我喜欢你的头发,我喜欢它披散开的样子。"

"我们什么时候才会宣布我们的婚讯呢,我的陛下?"我望着他映在镜子里的面孔问。

"现在还不行,"他很快地说,他回答得太快了,可见他对这一回答早有准备,"沃里克伯爵拼命想让我娶萨伏依①的博娜公主,以此作为与法国缔结和平的保证。我得花一些时间说服他,让他相信这样做是不行的。他得适应我的想法。"

"需要好几天?"我问。

"好几个星期,"他支支吾吾地说,"他会大失所望,天知道他收了什么贿赂,想要促成这门亲事。"

"他对你不忠?有人收买了他?"

"不,他没有。他是收了法国人的钱,但没有背叛我。我们无分彼此,就像一个人一样。我们从小就认识。他教我怎样骑马打仗,他给了我第一把剑。他父亲对我视若己出。真的,他待我亲如兄弟。假如不是他支持我,我是不会争夺王位的。他的父亲将我父亲扶上了王位,使他成为英国王位的继承人,现在轮到理查德·内维尔支持我了。他是我的良师益友。我的所有作战本领、治国方略都是他传授的。我要花些时间,慢慢地告诉他我们的事,跟他解释,你令我无法抗拒。我需要向他解释。"

"他对您来说这样重要?"

"他是我生命中最重要的人。"

"但您会告诉他,您会带我进宫,"我设法轻声细气、轻描淡写地说,"在朝廷上公布我是您的妻子。"

"等到时机合适的时候。"

"至少,我可以告诉我父亲,这样我们就可以以夫妻身份公开见面了,行吗?"

他笑了。"你还可以告诉市镇传报员②。不行啊,我的爱人,你还得多

---

① 历史上的地名,是从前位于法国东南、瑞士西部和意大利西北部的一个公国。

② 沿街向市民大声宣读公告和政令的人。

保密一段时间。"

我把高高的发饰和大面纱戴在头上,什么也没说。它的重量压得我头疼。

"你相信我,对吗,伊丽莎白?"他甜蜜地问。

"是的,"我撒谎道,"完全相信。"

※

国王策马离开时,安东尼来到我身边,他向我举手行礼,脸上带着虚假的笑容。"不跟他一起走吗?"他含讥带讽地问,"不去伦敦买新衣裳?不进宫接受引见?不作为王后出席感恩节弥撒?"

"他得跟沃里克伯爵说这件事,"我说,"他得作一番解释。"

"沃里克伯爵会跟他解释的,"我哥哥直白地说,"伯爵会告诉他,英国国王不能跟平民结婚,英国国王不能跟不是处女的人结婚,英国国王不能跟没有门第和财产的英国女人结婚。你亲爱的国王会解释说,那场婚礼没有经过上帝和朝臣的见证,他的新娘甚至都没有跟家里人说这件事,她没有把戒指戴在手上,而是藏在兜里。他们会一致认为,他们可以权当这场婚礼没有发生过。他以前这样做过,以后也会这样做,只要英国还有蠢女人。也就是说,永远都会这样。"

我满脸痛苦地转身看着他,他不再揶揄我了。"啊,伊丽莎白,别那样看着我。"

"我不在乎他是否承认我,你这个傻瓜!"我难以自持地喊道,"这根本不是我想不想当王后的问题,甚至根本不是这场恋爱是否光彩的问题。我为他痴狂,我疯狂地爱着他。哪怕要赤着脚走路,我也会去找他。我是他许多女人当中的一个,这又怎么样?我不在乎!我已经不在乎什么名分和自尊了。只要能让我再拥有他就行,我只想爱他。我想要确定的只有一件事：我还会见到他，他爱我。"

安东尼拥我入怀，拍着我的后背。"他当然爱你，"他说，"哪个男人会不爱你呢？要是他不爱你，他才是傻瓜。"

"我爱他，"我凄苦地说，"哪怕他是一介凡夫俗子，我也爱他。"

"不，你不会的，"他温和地说，"你彻头彻尾都是母亲教育出来的孩子。你拥有女神的血统，这可不是无缘无故的。你生来就要做王后，也许一切都会好起来。也许他爱你，会忠心地支持你。"

我仰头看着他的面孔。"但你并不相信。"

"不相信，"他老老实实地说，"老实说，我觉得你不会再见到他了。"

1464年9月

他给我寄来一封信。信上写着伊丽莎白·格雷夫人收，在信中他没有称我为"妻子"，而是写着"我的爱人"，因此假如他想否认婚事的话，那他并未落下什么把柄。他写道，他很忙，但近期就会来与我相会。御前会议在雷丁①召开，他很快就会跟沃里克伯爵说清楚。眼下正在召开政务会，有很多事要做。失败的亨利国王仍然没有被抓获，他还躲在诺森伯兰郡山里的某个地方；王后跑回法国老家求援去了，因此，此时与法兰西结盟，把她从法国的政务圈里排挤出去，确保她孤立无援，显得格外重要。他没有说，与法国人缔结婚约会起到这样的作用。他说他爱我，对我苦苦思念。都是些情话，情人的许诺，没有什么有约束力的内容。

这位信使还带来了一份传召令，传我父亲前往雷丁出席御前会议。这是一封普普通通的信，英国的每一位贵族都会收到这样的信。我哥哥安东尼、约翰、理查德、爱德华和莱昂内尔会陪他一同前往。"把所有的事都写在信里告诉我。"我们送他们上马时，母亲这样叮咛父亲。母亲的这些具有优良血统的儿子就像是一支小小的军队。

"他召集我们去，是要宣布他与法国公主结婚的消息，"父亲嘟哝着，俯身系紧马鞍下面的肚带，"跟法国结盟对咱们挺有利的。以前与法国结盟

---

① 英格兰中南部的一个自治市镇，位于伦敦西侧。

时，对咱们就挺有利的。不过，要想让安茹的玛格丽特失去影响力，非这样做不可。法国新娘会在宫里欢迎你这位亲戚的。"

听说爱德华要娶法国新娘，母亲连眼睛都没眨。"尽快写信给我，说明情况，"她说，"上帝与你同在，夫君，他会保佑你平安的。"

他俯身吻她的手，然后拨转马头，往南去了。哥哥们甩着鞭子，抬高帽檐，大声道别。妹妹们挥着手，伊丽莎白嫂子向安东尼行了个屈膝礼，安东尼向她、母亲和我举手道别。他的表情颇为凝重。

但两天后，安东尼写了一封信给我，他的男仆像疯了似的骑马赶来，把信送到我的手上。

妹妹：

你大获全胜了，我由衷地替你高兴。国王和沃里克伯爵大吵了一通，吵得惊天动地。因为伯爵像所有人预期的那样，呈给国王一纸婚约，让他迎娶萨伏依的博娜公主。婚约摆在国王面前，笔握在他的手里，这时他抬头告诉伯爵说，他不能娶这位公主，因为实际上，他已经结婚了。一时鸦雀无声，静得都能听到羽毛落地、天使呼吸的声音。我发誓，当沃里克伯爵让国王重复一遍他的话时，我能听到伯爵怦怦的心跳。国王脸色苍白，像个姑娘家似的，但他直面沃里克伯爵（换作是我可做不到），告诉他，伯爵所作的种种计划和许诺都是白费劲。伯爵抓着国王的胳膊，像对孩子似的，把他从屋里拽进了一间密室，我们其余的人议论纷纷，惊诧不止，就像在炖菜里上下翻腾的萝卜丁一样。

我抓住时机，把父亲拉到角落，告诉他，我认为国王可能会宣布他和你的婚讯，以免我们到时目瞪口呆，像傻瓜一样。老实说，就在这时，我也生怕国王承认，与他结婚的是别的什么女人。人们确实说起过一位门庭显贵、胜过咱家的夫人，她给国王生了个儿子。原谅我这么说，妹妹，不过你不晓得，他的名声有多糟。父亲和我不知如何是好，而这时密室的房门紧闭，国王和拥立他的人关在里面，上帝知道，伯爵刚刚有没有把他废黜掉。

当然，莱昂内尔和约翰也想知道，我和父亲在嘀咕些什么。谢天谢地，爱德华和理查德出去了，所以只要告诉他俩就行。他们也像父亲一样感到难以置信，我好不容易才让他们保持安静。你想象不到当时是种什么情况。

一小时过去了，但是谁也不忍离开会议室，大家都想知道事情会如何收场。妹妹，他们宁愿往壁炉里小便，也不肯离开大厅。后来门开了，国王走了出来，他显得震动不安，沃里克伯爵也走了出来，脸色阴沉，国王露出最欢快的笑容说："伯爵，感谢你的耐心。我喜悦并自豪地告诉诸位：我已经与伊丽莎白·格雷夫人成婚了。"他向父亲点头致意，我可以发誓，他向我使了个眼色，恳求我稳住父亲，于是我搂住他老人家的肩膀，身体用力往前顶，让他站稳身形。爱德华搂着他的另一边，莱昂内尔给自己画了个十字，仿佛他已经当上大主教了似的。父亲和我满怀自豪地鞠躬，傻笑着，仿佛我们早已凭洞察力知道了自己是英国国王的内兄和岳丈，只是没有说破而已。

在这个最不合时宜的时候，约翰和理查德走了进来，我们只好小声告诉他们：世界发生了天翻地覆的变化。他们表现得超乎想象的好，他们闭上了嘴巴，站在父亲和我身边。人们以为我们四个目瞪口呆的表情其实是默不作声的自豪。我们这四个傻瓜努力表现得温和有礼。你可以想象随之而来的怒吼和呼喊，抱怨和麻烦。当着我的面，没有什么人说国王太自贬身份了，但我知道，有很多人这样想，他们今后也会这样想。但国王昂着头、觍着脸不以为意，父亲和我来到他的身旁，兄弟们站在我们身后，没有人能够否认，我们是像模像样的一家人，起码木已成舟，不容否认了。

你可以告诉母亲,她的豪赌赚了一千倍:你将成为英国王后,我们将会成为英国的王室家族,尽管全国上下没有谁愿意接受我们。

父亲什么也没说,直到我们离开会场,不过我发誓,他彻底昏了头,就像傻瓜一样,我们回到下榻的住处,我才把事情的原委告诉他,至少是我知道的那部分。他感到愤愤不平,竟然没有人事先通知过,因为他本可以把事情安排得妥妥帖帖、谨慎得当。不过鉴于他已经当上了英国国王的岳丈,我认为他会原谅你和母亲背着他做事的。你的兄弟们都出去赊账喝酒去了,换做是谁都会这么做。莱昂内尔发誓说,他会当上教皇的。

你的新郎官显然快被人们吵晕头了,他会发现,很难跟他从前的主子沃里克伯爵和解。伯爵今晚没有与国王一起吃饭,他可能会变成一个危险的敌人。而我们与国王共进晚餐,如今他的利益就是我们的利益。对我们里弗斯家族来说,世界已经变了,我们已经变得那么了不起,我甚至自信地认为,我们能飘到山上去。现在我们变成了约克家族的热烈支持者,不难预料,父亲会在灌木篱笆墙那儿种上白玫瑰,还会在帽子上也佩戴白玫瑰。你可以告诉母亲,不管为了促成这一切,她使用了什么魔法,她的丈夫和儿子都满心钦佩。假如所谓魔法不是别的,只是你的美貌,我们也同样满心钦佩。

国王召你马上进宫,就在雷丁这儿。圣旨明天就会送到。妹妹,我先提醒你,穿得得体一些,随从别带多了。这样做并不能阻止别人的嫉妒,但我们应该谨慎行事,不要让情况更加恶化。我们已经与英国所有的家族为敌了。就连那些我们根本不认识的家族也会诅咒我们的好运,希望我们完蛋。那些拥有美貌女儿、胸怀野心的父亲们永远都不会原谅你。我们下半辈子都得小心点。你给我们带来了巨大的机遇,同时也带来了极大的危险,妹妹。我变成了英国国王的内兄,但我必须说,今晚我最大的愿望就是,老了之后能够平静无忧地死在自己的床上。

White Queen
05.9

你的哥哥

安东尼

不过与此同时，我觉得在我寿终正寝之前，我应该请他册封我为公爵。

母亲安排我们去雷丁的行程，还安排了召集家族亲戚的事，仿佛她是出战的女王一般。我们从英国的每一个角落，邀请到每个会因为我们地位提升而从中受益的亲戚，还有每个可能有助于巩固我们地位的亲戚。我们甚至还邀请我们勃艮第家族的成员——母亲的亲戚——到伦敦参加我的加冕礼。她说，他们会为我们赋予我们所需要的王室和贵族身份。此外，鉴于世情变化莫测，有实力强大的亲戚可以依靠和寻求庇护，终归是件好事。

她开始开列适合于我哥哥、妹妹婚配的男女贵族名单；她开始为出身高贵的孩子们着想，为了我们的好处打算，他们将会得到保护，在王家育婴所里成长。她明白英国宫廷的官职委任和权力运作是怎么一回事，她开始向我谆谆传教。她对这些了若指掌。她与第一任丈夫贝德福德公爵成婚，等于是加入了王室家族，之后她成了地位仅次于兰开斯特家族王后的第二尊贵的贵妇人，如今，她会成为地位仅次于约克家族王后——也就是我——的第二尊贵的贵妇人。没有人比她更懂得如何耕耘英国王室这一农场。

她向安东尼发出一系列指示，让他请来男女裁缝，这样一来，我在那边就有新裙子穿了，但她也接受了他的这一劝告：我们应当不事声张地接受荣耀的地位，不要因为从战败的兰开斯特家族一跃成为胜利的约克家族的新同伴而表现得矜骄自负。我的妹妹、表妹和嫂子们与我们一起骑马前往雷丁，但绝不能大队人马打着旗帜、吹着喇叭招摇过市。父亲来信说，很多人眼红我们的财富，但他最担心的是国王最好的朋友威廉·黑斯廷斯爵士、国王的重要盟友沃里克伯爵和国王的亲人——他的母亲、兄弟姐妹，因为一旦国王在宫廷里有了新的亲信，他们会是损失最大的人。

我记得黑斯廷斯，当我第一次见到国王时，他曾经打量过我，就像打量路边小贩的货物一样。我保证，他再也不会那样无礼地看我了。我觉得，我能对付得了黑斯廷斯。他真心爱戴国王，他会接受爱德华做出的任何决定，并且会捍卫它。但沃里克伯爵让我感到害怕。他是一个不容任何人妨碍他的人。小时候，他曾目睹自己的父亲背叛正统国王，扶持约克家族与之竞争。当他的父亲和爱德华的父亲双双被杀之后，他立刻秉承父业，将爱德华这个十九岁的少年奉为国王。沃里克比他年长十三岁，他们一个是成人，一个还是孩子。显然，他做过这样的打算：把一个孩子扶到王位上，自己在背地里进行统治。爱德华选择了我，这将是向他的导师宣布独立的第一份宣言，沃里克将会很快采取行动，避免其他的独立宣言出现。人们把他称作拥王者，当我们还是兰开斯特家族的人时，我们说，约克家族不过是傀儡，而沃里克和他的家族则是木偶师。现在，我嫁给了沃里克的傀儡，我知道，他也会努力控制我，让我按照他的心意行事。但时间来不及了，我只能吻别我的儿子，叫他们保证自己会听家庭教师的话，乖乖的，然后我骑上国王为这次行程送来的新马匹。母亲与我并排骑行，嫂嫂妹妹们跟在后面，我们向雷丁进发，迎接等待着我的命运。

我对母亲说："我感到害怕。"

她拨马来到我身旁，把斗篷的面纱拨到后面，让我看到她自信的笑容。"或许吧，"她说，"但我曾经在安茹的玛格丽特的宫廷里待过，我发誓，你做王后不会比她差。"

我不由得笑了出来。这话出自安茹的玛格丽特从前最信任的女侍、宫廷第一贵妇之口。"您的态度变了。"

"啊，因为我改弦易辙了。但我说的是实话。你做王后，不会比她逊色。愿上帝保佑她，不管她眼下在哪儿。"

"母亲,她嫁给了一个半辈子疯疯癫癫的丈夫。"

"不论他是圣洁的、清醒的,还是疯癫的,她都一向自行其是。她找了一个情人,"她愉快地说,没有注意我有多震惊,"她当然是这么做的。不然你以为她的儿子爱德华是从哪儿来的?并不是国王的种,她怀孕生产那年,他几乎整年又聋又哑。我期待着你比她更出色。你不必怀疑,你一定能胜过她。爱德华也一定会比那个圣洁的傻瓜强。愿上帝保佑那个可怜的人。另外,你应该给你丈夫生个继承王位的儿子,维护贫穷、无辜的人,维护家人的希望。你需要做的就是这些,你都能做到。只要有一颗正直的心,一个帮助出谋划策的家庭,用不完的钱财,任何傻瓜都能做到。"

"会有很多人忌恨我,"我说,"有很多人忌恨我们。"

她点点头。"那就要确保在别人向国王进谗言之前,你能得到你想要得到的好感,以及你需要得到的地位,"她直截了当地说,"有那么多好职位,可以安排你兄弟担任;你妹妹能嫁的贵族只有寥寥几位。在第一年里,确保你能得到你想要的一切,然后你就占领了高地,做好迎战的准备了。不管遇到什么样的敌人,都可以与之一战。哪怕你在国王那儿的影响力降低了,我们也可以平安无虞。"

"沃里克伯爵……"我不安地说。

她点点头。"他是我们的敌人,"她说,这是血战的宣言,"你要留神他,你要警惕他,我们都得防备他。还有国王的兄弟——克拉伦斯公爵乔治,他总是不乏魅力;还有那个孩子,格洛斯特公爵理查德。他们也会成为你的敌人。"

"国王的兄弟为什么会是敌人?"

"你生下的儿子将会夺去他们继承王位的权利,你对国王的影响力将会削弱他们的影响力。他们三兄弟没有了父亲,一直为家族并肩作战。他把他们称作约克三子。他曾看到过这样的征兆:他们会荣享至福。但如今他想和你在一起，而不是和他们在一起。他原本可能封赏给他们的土地和财富，将会赏给你和你的儿子。作为王位继承人，现在乔治排在爱德华后面，理查德排在乔治后面。一旦你生了儿子，他们的位次都还要往后再排一位。"

"我要做的是英国王后，"我抗议道，"您却说得像是要殊死作战一样。"

"就是要殊死作战，"她非常直白，"做英国王后，就得这样。你不是梅露西娜，从泉水里升起，安享快乐。你不能只做一个什么都不会，只会魔法的宫廷美人。你选的这条路意味着你要终身运筹帷幄，毕生争战不休。作为家人，我们的任务就是确保你能胜利。"

在幽暗的森林里，他看到了她，他轻轻地念着她的名字，梅露西娜。随着这一声召唤，她浮出水面，他看到她腰部以上是美艳绝伦的女儿身，腰部以下像鱼一样生有鳞片。她向他保证，她会来找他，做他的妻子；她向他保证，她会像凡间的女人一样让他快活；她向他保证，她会抑制自己狂野的一面，以及自己控制潮汐的本性，她会做一个普通的妻子，一个令他骄傲的妻子。作为回报，他要给她留一点时间，让她能够重新做回自己，重新回到水的环境里，洗去做女人的苦累，重新当一会儿水之女神。她知道，做一个凡间的女人，心要受苦，脚要受苦。她知道，她会时常需要在水中、在水下独处，让自己的鱼尾反射出水面的涟漪。他向她保证：他会给她一切，她想要的一切。恋爱中的男人都会这样做。她不禁相信了他。恋爱中的女人都会这样做。

父亲和哥哥们骑马来到雷丁城外迎接我们，这样我在进城时，就有男性亲属陪同在身旁了。道路两旁站满人群,数百人看到父亲策马上前,摘下帽子,下马跪倒在尘土中,向我行拜见王后的大礼。

"快起来,父亲!"我惶恐地说。

他缓缓起身,再次躬身行礼。"你必须习惯,夫人。"他对我说,然后把头躬向膝部。

我等到他站起身望着我笑时,说:"父亲,我不喜欢看到您给我行礼。"

"你现在是英国王后了,夫人。除了国王,所有的男人都要向你行礼。"

"但您还是会叫我伊丽莎白的,对吗,父亲?"

"只有在我们独处的时候。"

"您可以给我您的祝福吗?"

他咧嘴大笑,让我感到安心:一切都像从前一样。"女儿,我们必须扮得像君臣一样。你是最新的、最非同寻常的一位王后,即将加入一个新的、非同寻常的家族。我没想到,你能俘虏国王的心。当然,我也没想到这小子真能坐上王位。我们正在创造一个崭新的世界,缔造一个崭新的王室家庭,我们得表现得无比高贵,否则人们不会信服。我到现在还觉得难以置信呐。"

兄弟们纷纷下马脱帽,在大路上向我跪拜。我俯视着安东尼,他曾说我是荡妇,说我丈夫是骗子。"你就不用起来了,"我说,"现在是谁说对了?"

"你对了,"他欢快地说,站起来吻我的手,重新翻身上马,"我为你的胜利感到喜悦。"

兄弟们围着我吻我的手,我微笑着俯视着他们。此情此景仿佛并不真实,仿佛我们大家马上就要哄堂大笑一般。"谁能预料得到呢?"约翰惊奇地说,"就算是做梦,又有谁能梦到呢?"

"国王在哪儿?"我们一行人穿过城门时,我问。街道两旁站满市民、工匠、学徒，人们为我的美貌欢呼，还有人在嘲笑我们这一行人。我看到安东尼听到两个猥亵的笑话，涨红了脸，我把手放在他戴着手套的拳头上，他正抓着前鞍。"别激动，"我说，"人们肯定会挖苦我们。我举行的是秘密婚礼，这一点我们不能否认，我们必须让人们忘记这一丑闻。假如你面露不快，可帮不上我的忙。"

他马上装出一脸最要命的傻笑。"这是我的宫廷笑容，"他嘴角向上说，"我跟沃里克和公爵们说话，就用这副笑容。你觉得怎么样？"

"棒极了，"我说，努力克制着不笑出来，"亲爱的上帝啊，安东尼，你觉得咱们能平安渡过这一关吗？"

"咱们会平安过关，大获全胜，"他说，"不过咱们必须团结一心。"

我们转入大路，这里装点着匆忙赶制的旗帜和圣人像，挂在高处的窗户上，欢迎我进城。我们策马赶往教堂，我在朝臣中间看到了爱德华，他穿着一袭金色的衣裳，披着红斗篷，头戴红帽。谁也不会把他认错，他在人群中是个子最高、最英俊的，他是无可置疑的英国国王。他看到了我，我们的眼神交汇了，再一次，仿佛其他所有人都不复存在了。看到他我大为宽慰，我像小姑娘似的朝他挥了挥手，他没有等我下马踏着地毯走过去，而是撇下众人，快步来到我身边，把我从马上抱了下来，搂住了我。

旁观者发出欢呼，这一满怀激情、不合礼仪的做法使朝臣们大为震惊，鸦雀无声。

"我的妻子，"他在我耳边说，"亲爱的上帝，抱着你，我真高兴。"

"爱德华，"我说，"之前我好怕！"

"我们赢了，"他简短地说，"我们会永远在一起。我要让你成为英国王后。"

"我会让你幸福，"我重复了结婚时许下的誓言，"我会在床笫和餐桌上美惠愉悦的。"

"我才不管什么吃饭的事呐。"他粗鄙地说。我把脸埋在他的肩头,笑了起来。

我还得拜见他的母亲。用晚餐之前,爱德华带我去了她的私人房间。朝臣们欢迎我时,她不在场,她是有意怠慢我,这样的事还会有很多,这一点我没有领会错。他把我留在她门前。"她想单独见你。"

"她会怎样对我?"我紧张地问。

他咧嘴笑了。"她能做出什么事来?"

"这正是我在进去面对她以前想知道的事。"我干巴巴地说。卫兵打开她谒见室的门,我从他身边走了过去。母亲和我的三个妹妹与我同行,勉强作为我的班底、我刚宣布的侍女。我们向前走去,就像一群被拖去接受审判的女巫一样不情愿。

公爵遗孀塞西莉坐在一张大椅子上,椅子上罩着一袭极尽华丽的布料,她甚至懒得起身问候我。她穿着一件袍子,褶边和胸前饰有珠宝;她头上戴着一顶方形的大头饰,傲气逼人,形似王冠。很好,眼下我还只是她儿子的妻子,还不是受到承认的王后。她没有义务向我屈膝行礼,她把我当成是一个兰开斯特家族的人,她儿子的一个敌人。她转过去的脸和冷淡的笑容清楚地表明,对她来说,我只是一介平民,就好像她生来不是个普普通通的英国女人似的。在她座椅后面是她的女儿安妮、伊丽莎白和玛格丽特,她们装扮低调朴素,以免比她们的母亲更胜一筹。玛格丽特是个漂亮姑娘:金发,高个子,像她的兄弟们一样。她腼腆地朝我这个新嫂子微笑,但没有人上前亲吻我,整个房间就像十二月份的湖水一样寒意逼人。

出于对婆母的尊重,我向公爵遗孀屈膝行礼,但没有屈得太低。在我身后，我看到母亲行了最大的礼，然后静静地站着，昂着头，她本人就是一个女王，只缺一顶王冠。

"我不会假装对这门私下举行的婚事感到满意。"公爵遗孀无礼地说。

"是不宜公开的。"母亲漂亮地插话说。

公爵遗孀惊讶地顿住话头，扬起了形状弯得恰到好处的眉毛。"抱歉，里弗斯夫人。您刚才说话了吗？"

"就目前而言，我女儿和您儿子都不会忘记，他们是秘密成婚的。"母亲说，她的勃艮第口音突然恢复了。对全欧洲来说，这种口音都是最高贵典雅的。她让每个人清楚地想起，她是圣波尔伯爵的女儿，生来就是勃艮第皇族的人。她跟王后十分亲密，对她直呼其名，她坚持称王后为玛格丽特·德·安茹，并重读名字里代表贵族头衔的"德"字。她初次结婚时，嫁给了具有王室血统的贝德福德公爵，兰开斯特家族的头领，而当时，这个如此傲慢地坐在那儿的女人不过是拉比城堡的塞西莉·内维尔夫人。"当然那场婚礼并不是私下举行的。我和其他见证人到场作了见证。那是一场不宜公开的婚礼。"

"您的女儿是个寡妇，年龄比我儿子大好几岁。"公爵遗孀打起了嘴仗。

"他也不是什么纯情少年，他声名狼藉。他们只差了五岁。"

公爵遗孀气呼呼的，她的女儿们一时惊慌失措。玛格丽特同情地望着我，仿佛想要说，接下来的羞辱将是无可避免的。妹妹和我稳若磐石，就像是原本手舞足蹈的女巫突然中了魔咒一般。

"好在，"我母亲说，话里多了一丝热情，"我们至少能确定，他们都能生养。我听说，您的儿子有几个私生子，我女儿有两个嫡出的英俊男孩。"

"我儿子生在一个多子多孙的家庭。我生了八个男孩。"公爵遗孀说。

母亲点点头，她的自豪使她头饰上的头巾像涨满风的小帆一样鼓了起来。"哦，您说的没错，"她说，"您是生了八个男孩。但是只有三个男孩活了下来。真是悲惨。而我有五个儿子。五个。还有七个女孩。伊丽莎白出自多子多孙的王室家族。我觉得，我们可以指望上帝保佑这个新的王室家族多子多孙。"

"虽然如此，但她并不是我相中的人，也不是沃里克伯爵相中的人，"公爵遗孀重复道，她的话音颤抖着，饱含怒气，"假如爱德华不是国王的话，这场婚礼就会毫无意义。如果他是排行第三或第四的儿子，自暴自弃，搞出这么一档子婚礼，也许我会假装没看见……"

"也许您说得对。可这不关我们的事。爱德华是国王，国王就是国王。上帝知道，他打了足够多的仗，证实王位非他莫属。"

"我可以否认他是国王，"她脾气暴躁、面红耳赤地说，"我可以不认他，我可以让乔治坐上王位，取代他。这就是您所谓的不宜公开的婚礼取得的结果，您觉得怎么样啊，里弗斯夫人？"

公爵遗孀的女儿们面色苍白，惊慌后退。玛格丽特爱她的兄弟，她低呼道："母亲！"但不敢再多言语。爱德华一向不是他们母亲最心爱的孩子。她最心爱的埃德蒙与父亲一起战死在韦克菲尔德，兰开斯特家族的胜利者们曾把他们的首级挂在约克家大门上示众。他的弟弟乔治是母亲的心肝宝贝，全家人的宠儿。最小的理查德是黑发的幼子。她根本不可能改变儿子的长幼次序。

"怎样做呢？"母亲尖锐地问，戳破她的虚张声势，"您要怎样做，才能推翻您自己的儿子呢？"

"只要我说，他不是我丈夫的子嗣——"

"母亲！"玛格丽特哀叫道。

"这怎么可能呢？"母亲问，她的口吻犹如毒药一般甜蜜，"您说自己的儿子是私生子？说您自己是个下贱的女人？只是为了泄愤，为了拒绝我们，您愿意自毁名声，给您的亡夫戴绿帽子？当他们把他的首级挂在约克家的大门上时，他们往他头上放了一顶纸王冠来嘲笑他；要是您现在给他戴上绿帽子，那么相比之下，他当初遭到的嘲笑就算不了什么。您会玷辱自己的名誉吗？您会比尊夫的敌人更恶劣地羞辱他吗？"

女人们发出一声低呼，可怜的玛格丽特站立不稳，几欲晕倒。我和妹妹们是半人半鱼之身，可不是娇弱的姑娘家，我们只是来回望着母亲和国王的母亲，她们就像是比武赛场上的一对手持战斧的战士，说着让人难以想象的话。

"会有很多人相信我的话。"国王的母亲威胁说。

"那您更应该觉得可耻，"母亲尖刻地说，"有关他父亲的谣言遍布全国。的确，有少数人觉得像您这样一位出身高贵的夫人不会做出如此令人不齿的事情来，我就是这少数人中的一个。不过我曾听说，我们都曾听说过有关一个弓箭手的闲话。他叫什么名字来着……"她假装一时想不起来，然后一拍前额说，"啊，想起来了，布雷伯恩。据说这个名叫布雷伯恩的弓箭手就是您的奸夫。但是我说，甚至就连安茹的玛格丽特王后也说，像您这样高贵的夫人不会自轻自贱，跟一个普普通通的弓箭手鬼混，把他的私生子混进贵族子嗣的摇篮里。"

布雷伯恩这个名字就像一枚炮弹，砰的落在屋里。你几乎可以听到它不断滚动，直至停下不动的声响。母亲真是无所畏惧。

"不管怎么说，就算您能让贵族大臣们推翻爱德华国王，谁会支持您的新国王乔治呢？您能相信他的弟弟理查德，不会也试着自己坐一坐王位吗？您的同族、挚友沃里克伯爵不想自己坐一下王位吗？他们为什么不会彼此冲突，制造出新一批的敌人，分裂国土，再次兄弟相残，毁灭您儿子为自己、为约克家族赢得的和平？您愿意只为了泄愤，就毁掉一切吗？我们都知道，约克家族愿意为野心而疯狂；我们会看到您像受惊的母猫吞吃自己的小猫那样，害死自己的儿子吗？"

她说得太多了。国王的母亲朝我母亲伸出一只手,像是在央求她别说了。"别说了,别说了。够了。够了。"

"我这番话是以朋友身份说的,"母亲像河鳗一样油滑,她飞快地说,"您有欠考虑、反对国王的话不会传出这间屋子。我和我的女儿不会向别人转述这一番极其可耻的言语。我们会忘记您说过这样一番话。我只会为您曾有过这样的想法感到难过。您竟然会说出来,真叫我吃惊。"

"够了,"国王的母亲再一次说,"我只想让您知道,这场思虑不周的婚姻不合我的心意。不过我看,我只能接受它了。您已经向我表明,我只能接受它了。不管它多么让我恼火,它对我儿子和我们家族的名望有多大的损害,我只能接受它。"她叹息道:"我就把它当成是无法摆脱的负累吧。"

"这是国王的抉择,我们都必须遵从他的旨意,"母亲说,她稳占了上风,"爱德华国王选择了自己的妻子,她会成为英国王后,全国最有权势的女人。谁也不会怀疑我女儿会成为英国有史以来最美的王后。"

国王的母亲——当年她也颇有艳名,人们称她为拉比的玫瑰——终于很不情愿地正眼瞧了我第一眼。"希望如此。"她勉强地说。

我再次屈膝行礼。"我可以称您为母亲吗?"我高高兴兴地问。

✦

爱德华母亲欢迎我的这场考验一结束,我就得为面见朝臣做准备。安东尼在伦敦裁缝那儿定做的衣服及时送到,我有一件新的长装可穿了。它是颜色最浅的灰色长裙,上面装饰着珍珠,正面胸口开得挺低,带有华贵的珍珠腰带和长长的绸缎袖子。我穿这件衣服时,用高耸的锥形头饰作搭配,头饰上垂着一根灰白色的头巾。它既华贵,又低调悦目,当母亲来我的房间看到我穿戴完毕时,她握着我的双手,亲吻了我的双颊。"你真美,"她说,"没有人会怀疑他对你一见钟情,是因为爱情才娶了你。这是行吟诗人所歌颂的爱情，愿上帝保佑你俩。"

"他们在等我吗？"我紧张地问。

她朝我寝室外面的房间点点头。"他们都在：沃里克伯爵、克拉伦斯公爵，还有另外六位。"

我深吸一口气，抬手扶稳头饰，点头示意女侍打开双层房门，像王后那样高昂着头走出房间。

沃里克伯爵穿了一袭黑衣，正站在壁炉旁。他身材高大，快有四十岁了，肩膀宽得像个恶匪。他正望着炉火，侧脸流露出严峻的神情。当他听到房门打开时，他转过身来看到了我，眉头一皱，随后换上了一副笑容。"夫人。"他说着，深鞠一躬。

我向他屈膝行礼，不过我看到，他的笑容并没有让他的黑色眼眸带上暖意。他本以为爱德华会继续对他言听计从。他已经向法兰西国王做过保证，说他能让爱德华与之达成婚约。现在对他来说，一切都出了问题，人们在问，他是否还能左右得了新国王，爱德华是否已经开始自己拿主意。

克拉伦斯公爵——国王亲爱的弟弟乔治，站在他身旁，看起来像是个真正的约克家族王子，一头金发，面带笑容，即使他一动不动，也流露出优雅，他就像是我丈夫的一个更俊美的化身。他皮肤白皙，体格强健，鞠躬的动作像意大利舞者一样优雅，他的笑容颇有魅力。"夫人，"他说，"我的嫂嫂。我为你们令人惊讶的婚姻感到高兴，希望您在新居住得好。"

我伸出手去，他把我拉向他，热情地亲吻我的双颊。"我真心祝您快乐，"他愉快地说，"我哥哥真是个幸运的男人。我很乐意叫您嫂子。"

我转向沃里克伯爵。"我知道，我丈夫爱戴您，信赖您，把您当做兄长和朋友看待，"我说，"见到您很荣幸。"

"感到荣幸的人是我，"他敷衍地说，"你们准备好了吗？"

我看了看身后：妹妹们和母亲已经列队准备与我一道前行了。"我们准备好了。"我说。克拉伦斯公爵站在我的一侧,沃里克伯爵站在我的另一侧,我们缓缓走进教堂的礼拜堂,走过人群,人群纷纷为我们让路。

✦

我的第一印象是:我在宫廷见过的每个人都来了,他们穿着最体面的衣裳来恭迎我,也有几百个陌生面孔,他们是约克家族的人。贵族们在前排,斗篷上饰有貂皮,担任各种官职的绅士们站在他们身后,闪耀着珠光宝气。伦敦的市政官员和议员们一批批上前接受引介,其中有不少市政府高级官员。雷丁的市政领导也到了,他们在大大的无边帽和羽饰周围努力挪着步子,好看清场面,也让自己露上一脸。他们身后是雷丁的行会会员,以及全英格兰的贵族。这是国家大事,所有能买到一身紧身衣、借到一匹马的人都来看这位名声不佳的新王后。我必须单独面对他们,身边是我的敌人,上千人把我看在眼里,把我从头看到脚。他们看到了我薄薄的面纱、长装上的珍珠、精细得体的衣装剪裁、遮挡我的肩膀同时也衬出了我白皙肌肤的完美蕾丝花边。缓缓地,如同轻风拂过树梢,众人纷纷脱帽鞠躬,我意识到,他们承认我是新王后了,代替安茹的玛格丽特的王后,英国王后,英国地位最高的女人,我的人生从此将会变得大不一样。我向两旁的人群微笑着,对他们的祝福和赞颂的低语表示答谢,但我发现,我握紧了沃里克的手,他低头朝我微微一笑,仿佛感受到我的不安反而让他感到高兴,他说:"夫人,您觉得不安是正常的。"的确,平民感到不安是正常的,但公主绝不会有这样的感觉,我向他报之以微笑,无法为自己辩解,甚至说不出话来。

✦

当晚,上床欢爱之后,我对爱德华说:"我不喜欢沃里克伯爵。"

"是他造就了今天的我,"他简略地说,"为了我,你必须喜欢他。"

"还有你弟弟乔治?威廉·黑斯廷斯?"

他翻身躺到一旁,朝我咧嘴笑了。"他们是我的同伴和兄弟,"他说,"你是在战争中嫁给我的。我们不能挑选盟友,我们不能挑选朋友。不管是谁与我们并肩作战,我们都要欢迎。亲爱的,为了我,也喜欢他们吧。"

我恭顺地点点头。但我觉得,我能分辨出谁是我的敌人。

1465年5月

国王决定,为我举行英国有史以来最盛大的加冕礼。这样做不光是为了恭维我。"我们要让你成为王后,无可置疑的王后,全国的每一位贵族都要向你跪拜。我母亲……"他停口扮了个苦相,"我母亲必须向你致敬,这是庆典仪式的一部分。谁也不能否认,你是王后和我的妻子。这样做,会让那些说我们的婚姻无效的人闭嘴。"

"是谁说的?"我问,"谁敢这么说?"

他朝我咧嘴一笑。他还是个孩子。"你以为我会告诉你,让你把他们变成青蛙吗?别管是谁说了不赞成我们婚姻的话。只要他们是在角落里窃窃私语,那就无关紧要。为你举行盛大的加冕礼,也是将我的君主地位昭告天下。每个人都会看到,我是国王,那个可怜的亨利只是一个游荡在坎布里亚某处的乞丐,而他妻子只是她在安茹的父亲的跟班而已。"

"非常盛大?"我问,对这一想法并不十分欢迎。

"珠宝的重量会把你压得东倒西歪。"他向我保证。

这场典礼甚至比他事前说的还要豪华,超乎我的想象。我从伦敦桥进入伦敦,但那条肮脏的老路撒上了一马车又一马车闪闪发亮的沙子,变得像是比武的场地。表演者们穿得像天使一般,在迎接我,他们的服装是用孔雀的羽毛做成的,他们的翅膀熠熠生辉,仿佛一千只蓝色、灰绿和靛青色的眼睛。演员们演绎了圣母玛利亚和圣人们的戏剧场景,意在劝诫我忠贞不渝,多子多孙。人们视我为上帝选中的英国王后。当我进城时,唱诗班唱起圣歌,往我身上抛撒花瓣。我本人就堪称是一出戏:兰开斯特家族的英国女人变成了约克家族的王后。我就是和平与团结的象征。

加冕礼前夜,我是在伦敦塔豪华的王室房间里度过的,这里为我刚做过装饰。我不喜欢这座塔,坐在轿子里穿过闸门时,我打了个寒战,站在我身旁的安东尼瞥了我一眼。

"怎么了?"

"我讨厌那座塔,它有股潮湿的味儿。"

"你变得挑剔了,"安东尼说,"你已经被宠坏了,现在国王赏给了你原有的大片土地,包括格林尼治和希恩的庄园。"

"并不是那样,"我说,努力把我的不适说清楚,"好像这儿有鬼魂似的。我儿子今晚要留在这儿过夜吗?"

"没错,全家人都在这儿的王室房间里。"

我扮了个苦相。"我不喜欢让我儿子来这儿,"我说,"这儿是个不祥之地。"

安东尼给自己画了个十字,跳下马,把我抱了下来。"面带笑容。"他小声叮嘱我。

戍守塔的卫士正在等着欢迎我,他给了我钥匙。这可不是我预见未来的时机,也不是丧命已久的少年鬼魂闹事的时机。

"最亲切的王后,向您祝贺。"他说。我握着安东尼的手,面带微笑。我听到人们低声说,我的美貌超乎他们的想象。

"没有什么超乎寻常的事。"安东尼在我耳边说。我转过头去,憋着不笑出声来。"比如和我们的母亲一比,一切都显得再平常不过。"

次日,我的加冕礼在威斯敏斯特大教堂举行。宫廷传令官在呐喊着报出公爵、公爵夫人和伯爵的名字,对他来说,这一串显赫的名字是英国和基督教国家最位高权重的家族。我母亲与国王的姊妹伊丽莎白和玛格丽特一起捧着我的长裙拖尾,对她来说,这是她的胜利;对安东尼这个如此世俗但又如此超然的人来说,我认为,他会觉得这里就像是愚人船,他巴不得跑得远远的;对爱德华来说,这是向渴望一睹富有、大权在握的王室家族的国民们,生动地展现自己财富和权力的一次昭告;对我来说,这是一场模糊不清的仪式,我没有别的感受,只觉得焦虑不安:要按照正确的步伐行走,要记得上锦缎地毯前把鞋脱掉,赤着脚走上去,要用双手各接过一根节杖,要露出胸部接受圣油,要稳住头上沉重的王冠,光是记住这些就够要命了。

有三位大主教给我加冕,其中包括托马斯·鲍彻,还有一位男修道院院长、几百名神职人员,以及上千名唱诗班歌手唱着我的赞歌,祈求上帝降福于我。我的同族女亲戚护送着我,她们竟然有几百人之多。国王的家人先行,然后是我的妹妹、嫂嫂伊丽莎白·斯格勒斯、我表妹、我的勃艮第的亲属、只有我母亲能攀得上的同族亲属,以及其他每一个勉强能算得上亲属的漂亮女士。每个人都想做我的加冕礼女宾,每个人都想在我的宫廷谋一个位置。

按照惯例,爱德华并不伴我同行。他在一面屏风后面观看着,我年幼的儿子与他在一起。我甚至不能看他,不能从他的笑容中汲取勇气。我必须独自完成这一切,我的一举一动都被成千上万个陌生人看在眼里。没有什么能贬损我的地位提升:我从贵妇人变成了英国王后,从一个凡人变成了接近上帝的神圣存在。当他们为我加冕、涂抹圣油时,我变成了一个崭新的人,超乎凡人之上的人,离上天宠爱、选中的天使们只有一步之遥。我感到脊背滑过一丝战栗,意识到上帝选中了我,让我做了英国王后;但仪式结束后,我没有别的感觉,只感到一阵轻松,对接下来举行的盛大宴会有些不安。

　　三千名贵族夫妇与我一起坐下用餐，每一道菜都有近二十只碗碟。我摘下王冠进餐，在旧菜撤下、新菜上桌之间再把王冠戴回去。这就像是一场拉长了的舞蹈，我必须谨记舞步，一跳就是好几小时。为了不让人们窥探，在我进餐时，什鲁斯伯里伯爵夫人和肯特伯爵夫人跪着拉起一道纱帐。出于礼节，我品尝了每一道菜，但几乎什么也没吃。王冠死死压在我头上，我的两鬓隐隐作痛。我知道自己登上了人间最高的权位，但我只想要我的丈夫和我的睡榻。

　　当晚有那么一刻，或许是在上第十道菜前后吧，我真正觉得，自己犯下了大错，假如我还在格拉夫顿，没有要求过高的婚姻，不用晋身王族，我会快活得多，但这时后悔已经太迟了。我感到腻味，就连最美味的菜肴尝起来也索然无味，我必须不停地笑靥迎人，把沉重的王冠一再戴回去，把最好的菜肴传给国王宠信的人。

　　第一道传出去的菜给了国王的弟弟克拉伦斯公爵、一表人才的青年乔治，以及约克家的幼子、格洛斯特公爵、十二岁的理查德。当我递给理查德一些炖孔雀肉时，他朝我腼腆地笑笑，就埋下了头。他和哥哥们截然不同，个子矮小，腼腆羞涩，一头黑发，体格羸弱，性情文静，而他的哥哥们都身材高大、一头金发、气势不凡。我一下子就喜欢上了理查德，我觉得他会跟我儿子结成不错的玩伴，他们的年龄只比他略小一点。

　　晚宴结束时，几十名贵族和上百名神职人员护送我回房。我高昂着头，好像我并未感到疲惫和困窘一般。我知道，今天，我变成了一个比凡俗女性更伟大的人：我变成了半神。我变成了类似我的女祖先梅露西娜那样的女神灵，而梅露西娜生来就是女神，后来变成了人类的女子。为了从一个世界进入另一个世界，她必须与人的世界缔结一个艰难的契约。她必须放弃在水中游动的自由，才能得到陪伴在丈夫身边行走的双脚。我不由心想：为了成为王后，我又失去了什么。

他们将我安置在王家寝室里，安茹的玛格丽特的睡榻上，我把金色的床单拉到耳际，等待他应酬完宴会来找我。六名级别不高的贵族和男仆护送他来到卧室，他们一本正经地服侍他脱衣，直到他只穿一件睡袍为止。等他们离开后，他关上门，看到我大睁着眼睛望着他，笑了起来。

"现在我们是王族了，"他说，"这些繁琐的仪式必须要忍受，伊丽莎白。"

我伸出胳膊去搂他。"只要你没有变就行，哪怕在你戴上王冠的时候。"

他摘下王冠，裸着身子向我走来。他肩膀宽厚，皮肤光滑，大腿、腹部和身侧的肌肉晃动着。"我是你的。"他简单地说。当他钻进我身边的冰冷床侧时，我完全忘记了我们是国王和王后，心里想着的只有他的爱抚和我的欲望。

✦

次日举行了一场隆重的马上比武，贵族们盛装进入竞技场，由他们的侍从朗诵他们作的诗篇。我的儿子跟我一起待在王室包厢里，他们是第一次观看马上枪术比赛，他们目瞪口呆地看着典礼、旗帜、迷人的美女和人群、比赛的盛大规模。妹妹和安东尼的妻子伊丽莎白坐在我身旁。我们已经开始成为宫廷的一道风景了；人们已经说起，他们以前从未在英格兰见过这般的典雅秀美。

勃艮第家族的亲戚们展现了自己的本领，他们的铠甲款式最美，他们作的诗有着最出色的韵律。但我哥哥安东尼更胜一筹：宫廷上下为他疯狂。他优雅地坐在马上，带着我赏赐的信物，打败了十二名战士。他作的诗也无人能及。他用南方的浪漫风格赋诗，讲述了略带悲愁的欢乐，一个男人笑对悲苦。他还作了这样的诗：关于无望实现的爱情，关于希望，它鼓舞男人穿越沙漠,女人穿越海洋。难怪宫廷里的每个女士都倾心爱上了他。安东尼笑着捡起女士们扔进场地的花,将手放在心口鞠躬致意,没有让任何一位女士赠送信物。

"我只知道他是我舅舅,不知道他有这么大的本事。"托马斯说。

"他是今天最受宠的一个。"我对父亲说,他来到王室包厢,吻我的手。

"他在想什么?"他不解地问我,"在我们那个年代,我们会把对手干掉,而不是给他们作诗。"

安东尼的妻子伊丽莎白笑了起来:"这是勃艮第式的风格。"

"如今是侠义时代了。"我告诉父亲,对他满脸的疑惑报以微笑。

但今天的赢家是托马斯·斯坦利男爵,他是个英俊的男人,他掀起面盔过来领奖,对自己获胜颇为高兴。他的家族格言颇有气势地写在他的旗帜上:"*Sans Changer*。"

"那是什么意思?"理查德小声问他兄弟。

"从不改变,"托马斯说,"现在你知道,你是浪费掉的时间多,还是学习的时间多了。"

"你从来不改变吗?"我问斯坦利男爵。他望着我:一个彻底改头换面的家族之女,从支持一个国王改为支持另一个国王,这个女人从一个寡妇变成了王后。他鞠了一躬,说:"我从不改变,我遵奉这样的先后次序——支持上帝、国王和我的权利。"

我笑了。问他如何知道上帝的心意,如何知道哪位国王是正统,如何确定他的权利是否正当。这些问题都是对和平秩序的质疑,而我们的国家已经为了复杂的问题深陷战乱太久了。"您在竞技场上英武不凡。"我说。

他笑了。"我很幸运,没有被分派去与您的兄长安东尼对阵。但我为自己能在您面前比赛感到自豪,夫人。"

我从王后包厢俯身为他颁奖,奖品是一枚红宝石戒指。他伸出手来让我看，他的手太大，戒指太小，配不上他。

"你一定要娶一位美丽的女士，"我逗他，"一个贞洁的女人，她的价值远在红宝石之上。"

"英国最好的女人已经结婚了，还戴上了王冠，"他向我鞠躬，"我们这些被忽视的人要怎样才能打发我们的不幸呢？"

我被逗笑了，我们勃艮第家族的男人们就爱说这样的话，他们把调情变成了一门高雅的艺术。"你必须努力，"我说，"像你这样强大的骑士应该缔造一个大家族。"

"我会缔造我的家族的，您还会看到我再次获胜。"他说。听了这话，不知怎的，我感到一丝寒意。我觉得，这个男人不但在竞技场上表现出众，也会在战场上表现神勇。这是一个会毫不犹豫地追求自己利益的人。的确令人敬畏。希望他真能按照座右铭行事，对约克家族的忠诚永不改变吧。

当女神梅露西娜爱上骑士时，他向她保证，只要她肯做他的妻子，她还可以做回自己。他们约定，她做他的妻子，用双脚行走，但每月有一次，她可以回到自己的房间，接一大浴池水，只在这一夜，她可以像鱼一样做回自己。就这样，他们幸福地生活了好多年。因为他爱她，而且他明白，女人不能总像男人那样生活。他明白，她不可能总是像他想的一样，像他一样走路，呼吸着他吸入的空气。她永远都会是与他不同的生灵，聆听着另一种音乐，听取不同的声音，熟悉不同的元素。

他明白，她需要独处的时间。他明白，她必须合上双眼，潜入水下，摇摆鱼尾，用鳃呼吸，忘记作为人妻的欢愉和困难。这只是暂时的，每月仅此一次。他们一起生儿育女，孩子们健康成长，出落得美丽动人。他变得更为富足,他们的城堡以富贵和优美而闻名,也以女主人的甜美动人而闻名,游客们慕名而来,一睹城堡、城堡主人和他那美丽神秘的妻子的面貌。

我一成为加冕完毕的王后,就开始着手为我的家人作出安排,母亲和我变成了英国地位最高的媒人。

"这样做不会招来忌恨吗?"我问爱德华,"我母亲列了一份贵族名单,好把我妹妹许配出去。"

"你们必须这么做,"他让我放心,"人们抱怨说,你是从不为人知的人家出来的穷寡妇。你们必须把她们嫁入豪门,提升你们家族的声望。"

"我们家有那么多人,那么多姊妹,我发誓,我们会把所有符合条件的年轻男人都占用掉。到时候没婚配的贵族可就所剩无几了。"

他耸耸肩。"这个国家被瓜分成约克和兰开斯特家族的时间太久了。再给我缔造一个大家族出来,如果约克家族动摇了,或者兰开斯特家族构成威胁时,这个大家族可以支持我。你我二人需要和贵族阶层打成一片,伊丽莎白。让你母亲放手去做吧,我们需要让堂表姊妹、小姑小姨遍布英国的每一个郡。我会把你的兄长和父姓格雷的儿子都册封为贵族的。我们需要缔造一个大家族,围绕在你身旁,这既是为了提高你的地位,也是为了保护好你。"

我相信他说的是真心话。我去找母亲,发现她坐在我房间的大桌子旁,身边摆满了家谱、婚约和地图,就像是运筹帷幄的将领。

"依我看,您就是爱神。"我说。

她匆匆望了我一眼,聚精会神地蹙眉思索。"这可不是为了爱,这是交易,"她说,"你必须得为家族做打算,伊丽莎白,你最好得把他们许配给有钱的丈夫或妻子。你得缔造出一个家系。你作为王后的任务就是观察本国的贵族，给他们排定次序：不能让某个男人独大，不能让某个女人落入贫贱。我懂这个，我和你父亲的婚姻就是破禁的，我们不得不请求国王开恩，还支付了一笔罚金。"

"我还以为，你会因此更看重自由和真正的爱情呢。"

她呵呵笑了几声。"在事关我的自由和爱情时，没错。在事关你的宫廷的适当秩序时，不行。"

"安东尼已经结婚了，您肯定觉得遗憾，要不然我们可以给他安排一门好婚事。"

母亲皱起了眉头。"我感到遗憾的是，你嫂子不能生养，身体也不好，"她坦率地说，"你可以留她在宫廷做侍女，她是我们家最理想的人选，但我觉得她是不会再生儿子和继承人了。"

"你会有好几十个孙子和继承人的。"我望着她的长名单和我妹妹与英国贵族男士之间大胆的箭头，这样预言说。

"我会的，"她满意地说，"他们每一个至少都会是男爵。"

于是我们举行了很多场婚礼。我的每一个妹妹都嫁给了一名男爵，除了凯瑟琳，我把她安排得更好，许给了一位公爵。白金汉公爵亨利·斯塔福德，他还不满十岁，是个爱绷着脸的孩子。沃里克本打算把自己的女儿伊莎贝尔许配给他的。不过由于这孩子的父亲已经身故，他成了王室养子，因此就随我安排了。我做他的监护人，能领到一笔酬金，我还可以按照自己的想法为他做出安排。在我看来，他是个傲慢无礼的孩子，他觉得自己出身高贵，骄傲非凡，我很乐意逼着这个不知天高地厚的小家伙与凯瑟琳成婚。他觉得凯瑟琳和我们所有人都不堪忍受地位居他之下。他觉得与我们家族通婚，贬低了他的身份。我曾听到他像小孩子似的夸夸其谈，告诉他朋友说，他会报复的，总有一天，我们会怕他，总有一天，他会让我为侮辱过他感到后悔。这话让我听了直想笑。凯瑟琳能做公爵夫人感到很高兴，尽管要找这么一个爱绷着脸的孩子做丈夫。

我二十岁的弟弟约翰颇为幸运，仍是单身，他将会娶沃里克伯爵的姑妈凯瑟琳·内维尔夫人为妻。她是诺福克公爵遗孀，曾经嫁给一位公爵，与之欢好，并且埋葬了他。这一安排不啻是扇了沃里克一记耳光，让我感到一种恶作剧的快意，因为他姑妈快有一百岁了，跟她结婚就像是一个最残酷的笑话。这下沃里克该知道，是谁在英国纵横捭阖了吧。此外，过不了多久她就会死掉，到时我弟弟将会再次恢复自由身，富有得难以想象。

我为我亲爱的儿子托马斯·格雷安排了年幼的安妮·霍兰德。她母亲是埃克塞特公爵夫人、我丈夫的亲姐姐，她为这一婚约要价四千马克，我记下了这一价格，如数支付了，这样一来，托马斯就可以继承霍兰德家的家产。我儿子将会像基督教国家的任何王子一样富有。我这样做，也是抢走了沃里克伯爵的战利品——他想把安妮·霍兰德许给他的外甥，差一点就谈妥了，但我比他多付了一千马克。这可是一大笔钱，我可以支配，而沃里克支配不了。爱德华册封托马斯为多塞特侯爵，以使他的身份与他将获得的财富相称。一旦我找到合适的姑娘，能给我儿子理查德·格雷也带来一笔财富，我就会安排他与之婚配；与此同时，他会被封为爵士。

我父亲变成了一位伯爵；安东尼没有得到他曾戏言的公爵爵位，不过他得到了怀特岛领主的贵族身份；我的其他几个兄弟在王室部门或教堂谋得了职位，莱昂内尔如其所愿，将会成为主教。我运用王后这一高位，把我的家人安排成了权贵，任何女人都会这样做，任何从贫贱擢升为高贵的女人，都会有人建议她这么做。我们会有自己的敌人，我们必须建立关系和联盟，我们必须遍布各处。

在这一长串婚礼和加官进爵之后，没有人能在英国生活而不遇到我们家族的亲人：你做生意、耕田、打官司，不可能不遇到一位里弗斯家族的大人物或是他们的亲戚。我们遍布全国；国王安排我们到哪儿，我们就去哪儿。有朝一日，每个人都反对他的时候，他会发现，我们这个根深蒂固的里弗斯家族将会像护城河一样，护卫着他的城堡。当他失去其他所有盟友时，我们仍然是他的朋友，我们大权在握。

我们对他忠心耿耿，他也照拂着我们。我对他发誓，我忠于他、爱他；他知道，这个世界上没有人比我更爱他。我的兄弟、父亲、堂表亲和姊妹，还有他们新娶的新娘、她们新嫁的新郎都发誓绝对效忠：不论发生了什么事，不论谁反对我们。我们缔造了一个兰开斯特和约克以外的新家族；我们伍德维尔一家被册封为里弗斯家族，我们是国王的后盾，就像一堵水墙。半个英国的人尽可以忌恨我们，但我已经把我们变得如此强大，可以对这些忌恨我们的人全然不予理睬。

爱德华开始着手治理这个习惯于没有国王掌管的国家。他任命法官和郡治安官，代替那些在战争中丧生的人，他命令他们在郡内施行法纪。借战争之机欺压邻居的人必须退回土地，退伍军人必须还乡，战后在外惹是生非的作战单位将遭到缉拿法办，行路安全必须恢复。爱德华开始努力把英格兰从战争国度恢复成和平国度。

终于，我们抓获了从前的国王亨利，长年的战争结束了。他半疯癫半清醒，躲在诺森伯兰郡的山里，爱德华命人把他带到伦敦塔来，这么做既是为了他的安全着想，也是为了我们的安全着想。他并非始终处于清醒状态，上帝看管着他。他住在塔里，似乎知道自己在什么地方；流浪许久之后又回到了家里，他似乎感到高兴。他静静地生活着，与上帝谈心，一位牧师日夜陪伴在他的左右。我们甚至不知道，他是否还记得自己的妻子，以及她告诉他说是他嫡出的儿子；当然，他从来不曾说起过他们，也不曾问起过远在安茹的他们。我们甚至不确定，他是否一直记得自己曾是国王。世人早已将他遗忘，可怜的亨利，我们从他那里夺取的一切，他已经全部忘记了。

1468年夏

爱德华信任沃里克，派他带使团出访法兰西，沃里克趁机离开了英格兰，离开了朝廷。他不能容忍我们的崛起和他本人的日渐失势。他打算与法兰西国王达成一项条约，并向法兰西国王保证，英格兰政府仍然处于自己的掌控之下；他还要为约克家族的女继承人玛格丽特挑选夫婿。但他是在撒谎，人人都知道，他大权在握的日子结束了。爱德华听取我母亲、我、我兄弟以及其他顾问的意见，他们说，勃艮第公爵一直是忠实的朋友，而法国一直是敌人，由于我们的亲戚关系，与勃艮第结盟有利于发展贸易，还可以通过让爱德华的妹妹玛格丽特嫁给新公爵查尔斯，使我们之间的关系变得更加牢固；查尔斯刚刚继承了勃艮第的肥沃土地。

查尔斯是英格兰的重要朋友。勃艮第公爵拥有佛兰德斯的所有土地，还拥有他本人的勃艮第领地，因此掌管了位于德国和法兰西之间的所有北方土地，也掌管着南方的富庶土地。他们是英国布料的大买家，对我们来说，既是贸易伙伴又是盟友。他们的港口与我们的港口隔着英国海遥遥相望；法兰西与他们常年为敌，他们寻求与我们结盟。从传统上讲，他们就是英国的朋友，如今通过我牵线搭桥，他们成了英国国王的亲戚。

当然，这所有种种安排还没有征求姑娘本人的意见；当我在威斯敏斯特宫的花园里散步时，玛格丽特激动不已地来找我，她听人说，她与葡萄牙的堂·佩德罗的婚约被搁置了,现在她要嫁给出价最高的人,要么是法兰西王子路易,要么是勃艮第的查尔斯。

"没事的。"我对她说,我握着她的手,让她陪我走走。她才只有二十二岁,并非从小就被当做国王的妹妹来养育。自己的丈夫人选会随着时间推移而改变,这件事她还适应不了,而她母亲正因为儿子们彼此竞争,不知该帮哪一个好,顾不上自己的女儿了。

当玛格丽特还小的时候,她认为自己会嫁给英国贵族,住在英国城堡里,生儿育女。她甚至还曾梦想过做修女——她和她母亲一样,对教会满怀热情。当父亲要争夺王位,她弟弟赢得王位时,她没有意识到,要保有权力,始终都要付出代价,需要她付出代价,正如我们其他人也要付出代价。她还没有意识到,尽管当兵打仗的是男人,但吃苦受罪的却是我们女人——也许受的罪不亚于男人。

"我不愿意嫁给法兰西人。我恨法兰西!"她激烈地说,"我父亲曾经与他们作战,他不会愿意让我嫁给法兰西人的。我弟弟根本不该这样想。我不知道我母亲是怎么想的。她曾经随英国部队一起去过法兰西,她知道法兰西人是一副什么德行。我是约克家族的人。我可不想做法兰西女人!"

"你不会做法兰西女人的,"我坚定地说,"那是沃里克伯爵的安排,国王不会听他的。没错,他是收了法国人的贿赂,他也偏爱法兰西;但我建议国王与勃艮第公爵结盟,这样的结盟对你来说更好。想想看,你跟我会变成同族的亲戚!你嫁给勃艮第公爵之后,会住在像里尔这样漂亮的地方。你的未婚夫是约克家族的忠实朋友,从我母亲这边说,他也是我的同族亲戚。他是个好朋友,你可以从他的宫殿还乡做客。等我的女儿长得够大了,我会把她们送到你那儿去,让你教导她们勃艮第的风雅宫廷生活。没有比勃艮第的宫廷更风雅、更美妙的地方了。作为勃艮第的公爵夫人,你还会给我儿子做教母。怎么样?"

她略感宽慰。"但我是约克家族的人,"她又说,"我想留在英国。起码待到我们最终打败兰开斯特家族为止,我想看到约克家族的第一位王子——你儿子的洗礼仪式,我还想看到他被册封为威尔士亲王……"

"不管他什么时候出生,你都可以来参加洗礼仪式,"我向她保证,"他会知道,她的姑姑是个称职的监护人。你在勃艮第,可以更好地满足约克家族的需要,确保勃艮第始终是约克家族、英国的朋友。如果爱德华遇到了麻烦,他知道,他可以请求勃艮第给予财力和武力的支持。如果他再次因为信错了朋友而陷入危险,他可以向你求援。你会成为我们在国外的盟友,我们的庇护。"

她把小脑袋靠在我肩上。"夫人,姐姐,"她说,"我觉得自己很难下决心离开。我已经失去了父亲。我说不准,我哥哥是不是仍然身处危险境地;我说不准,他和乔治是不是真正的朋友;我不确定,乔治是不是嫉妒爱德华,我怕沃里克男爵会做出什么事来。我想留下,跟爱德华和你待在一起。我爱我的哥哥乔治,我不想就此离开他。我不想离开我母亲。我不想离开故乡。"

"我知道,"我轻轻地说,"但是成为勃艮第公爵夫人,你会更有实权,会成为让爱德华和乔治满意的好妹妹。我们会知道,总有一个国家是我们的盟友,可以依靠。我们会知道,那里有一位漂亮的公爵夫人,是彻头彻尾的约克家族的人。你可以去勃艮第生儿子,他们也是约克家族的子嗣。"

"你认为我可以在国外建立起约克家族吗?"

"你会建立起新的支脉,"我向她保证,"我们也会乐意知道那儿有你在,我们会去看你的。"

她露出了勇敢的神情。沃里克不置可否,护送她去了马尔盖特市①的港口,我们把这位小公爵夫人送走了。我知道,在爱德华的兄弟姐妹中,乔

---

① 英国东南部一海滨城市,位于伦敦东部。

治不堪信任，理查德还是孩子，我们刚刚把最令人疼爱、最忠诚、最可靠的约克家族成员送走了。

对沃里克来说，这是他又一次栽在我和我们家族手上。他曾保证过，玛格丽特会嫁给法国丈夫，但他不得不领她去勃艮第公爵那儿。他原打算与法兰西结盟，还说自己能在英国说了算，但玛格丽特还是嫁到了我母亲的勃艮第王室家族。由此人人都可以看出，英国是由里弗斯家族掌控，国王只听我们的。沃里克护送玛格丽特去结婚时，脸色活像吸了柠檬汁一样难看，我看到他在势力和人数上都敌不过我们，不由掩面而笑。我认为，我们是安全的，他的野心和怨恨伤害不了我们。

1469年夏

我错了，我大错特错。我们还没有那么强大，我们还不够强大。我本应该多加小心的。我没有想到，沃里克心怀妒忌与憎恨，而我，当年在见到他之前就已经对他心怀恐惧的我，本应该想到的。我没有预见到——把儿子带在身边的我作为王后应该预见到——沃里克和爱德华心怀不满的母亲可能会勾结到一起，想要立约克家的另一个孩子为王，取代他们原先选中的爱德华。这位拥王者要拥立一个新的国王。

在我的家人接管了沃里克的职权、赢得了沃里克本想拥有的土地时，我应该对他多加警惕的。我还应该想到，年轻的克拉伦斯公爵乔治会勾起他的兴趣。乔治同爱德华一样，是约克家族的子嗣，但更容易控制，容易摆布，并且还没有成婚。沃里克看着我和爱德华，看到我把里弗斯家族的人散布在爱德华周围，看到里弗斯家族的实力和财力日渐增长，开始打起了另立新王的算盘——再一次另立新王，这个新王将对他更加恭顺。

我们生了三个漂亮的女儿，一个还是婴儿，我们希望——日渐渴望——能有一个儿子。爱德华接到消息，约克郡出了个叛贼，自称罗宾。雷德斯代尔的罗宾，真是个稀奇古怪、毫无意义的名字，一个小蟊贼，用传说中的名字掩盖自己的身份，正在招兵买马，诋毁我的家族，声称要伸张正义、赢得自由之类，都是老一套的胡言乱语，诱骗好端端的人丢下农田不管，去枉送性命。爱德华起初并没把这件事放在心上，我也愚蠢地对此毫不在意。他正在与我的家人、我的父姓格雷的儿子理查德和托马斯、他的小弟弟理查德一起朝圣，一来让人民看到自己，二来感谢天恩；我则正带领姑娘们前去与他会合。尽管我们每天通信，却一点也没有留意起义的事，他甚至根本没在信中提及。

父亲告诉我，有人在资助这些叛逆分子——他们可不是用干草叉作武器，他们穿的是做工精良的靴子，行军秩序井然。甚至在这时，我也没有在意他的话。甚至在几天后，当他说起，这些人是有领主的，这些农民、佃户、士兵是向一位领主宣誓效忠的，我也没有把他来之不易的智慧之言听进去。甚至当他向我指出，并没有什么人举起镰刀，想要发动一场战争，是有人，是那位领主下的指示，甚至在这时，我也没有注意听取他的话。当我弟弟约翰说，那是沃里克的故乡，叛军很可能是沃里克招募的，我仍然没有当回事。我刚生了一个宝宝，我的世界在围着她的金色雕栏婴儿床转动。我们正在前往英格兰的东南部，那儿的人民热爱我们，夏日天气晴朗，我想——这时我还是转了一下念头——叛军会回家收粮食的，动荡自会平息下去。

我没有多加在意，直到我弟弟约翰来找我。他脸色灰暗，发誓说叛军有好几百人，也许有好几千人，全副武装，这场乱子肯定又是沃里克伯爵搞出来的，别人不可能招募到这么多军人。他又在拥立新王了。上一次，他让爱德华取代了亨利国王；这一次他要让克拉伦斯公爵乔治、国王的弟弟、这个无足轻重的儿子取代我丈夫爱德华。当然也会取代我和我的家族。

爱德华按照我们事先的安排，在福瑟临黑不事声张地与我会合。我们原打算在仲夏的天气里，欣赏这里的房舍农田，然后一同前往繁华市镇诺威奇，在进入这个最富庶的城市前举行盛大的入城仪式。我们计划参与各个乡镇的朝拜和宗教节日庆典，主持正义，施加恩惠，让人们衷心认可我

是国王与王后——认可我们与伦敦塔里的疯子国王和躲在法国的更疯狂的王后截然不同。

"但现在我必须回北方处理这件事，"爱德华向我抱怨道，"新的叛徒就像雨后春笋一样不断出现。我以为只是一个感到不满的乡绅在作祟，但如今整个北方又揭竿而起了。是沃里克在搞鬼，一定是他，尽管他没有对我说过。我让他来见我，他没有来，我还觉得纳闷，不过我知道他在生我的气。今天我听说，他和乔治一起上船走了，他们一起去了加莱。他们真是该死，伊丽莎白，我一直是个轻信的傻瓜。沃里克已经带着乔治从英国逃走了，他们去了防备最强的英国要塞，他们形影不离。所有那些说他去平定雷德斯代尔的罗宾的人，都是被乔治或沃里克收买的爪牙。"

我惊呆了。突然之间，我们所掌握的这个太平无事的王国变得四分五裂。

"这一定是沃里克的计划，他把我们用来对付亨利的花招都用来对付我，"爱德华把自己的想法大声说了出来，"如今他支持乔治，像从前支持我一样。如果他照这样进行下去，如果他用加莱这一要塞作为跳板入侵英格兰，就会爆发兄弟之战，就像从前的表亲战争一样。这可真是该死，伊丽莎白。我把这个人视为兄长。是他把我扶上了王位。他是我的亲人，我最信任的盟友。他是我最好的朋友！"

他转身背对着我，不让我看到他脸上的气愤和悲伤，我一想到这位大人物，这位大指挥官与我们为敌，几乎无法呼吸。

"你确定吗？乔治与他同行？他们一起去了加莱？他想为乔治赢得王位？"

"我什么也不确定！"他怒吼道，"他是我最重要的朋友，我的亲兄弟与他勾结在一起。在战场上，我们曾并肩作战；我们曾是战友和亲人。在莫蒂默路口战役中，天上有三个太阳。我亲眼所见，三个太阳。人人都说这是上帝向约克三子——我、乔治和理查德——展现的征兆。怎么可以有一个儿子背弃另两个？还有谁与他一起背叛了我？假如我连亲兄弟都不能相信，还有谁会支持我？我母亲肯定知道这件事：乔治是她最宠爱的孩子。他一定会告诉她，他在密谋反对我，她为他保守住这个秘密。他怎么可以背叛我？她又怎么可以背叛我？"

"你母亲？"我重复道，"你母亲支持乔治对付你？她为什么要这么做？"

他耸耸肩。"老一套的故事。我是不是我父亲的儿子。我是不是嫡出的、正统的约克家族的人。乔治说我是私生子，他才是真正的继承人。上帝知道，她为什么要支持这种说法。我娶了你、袒护你，她一定是怀恨在心。"

"她竟敢这样！"

"我谁也不能相信，只能相信你和你的家族了，"爱德华大声说，"我信任的其他人都舍弃了我，现在我听说，这个罗宾在约克郡提出了一系列要求，想要让我一一满足。沃里克对人们说，他认为这些要求是合理的。合理的！他承诺说，他和乔治将会带领一支军队登陆，对我进行劝谏。劝谏！我知道他说这话是什么意思！我们当初不就是这样对待亨利的吗？我不知道怎样整垮一位国王吗？沃里克的父亲难道没有与我父亲去劝谏过亨利国王、打算把他从妻子和盟友那里隔离出来？他难道没有教我父亲怎样把一位国王从妻子、盟友那里隔离出来？如今他想用同样的花招毁掉我。他以为我是傻子吗？"

"理查德呢？"我想到了他的另一个弟弟，担忧地问。那个腼腆的孩子已经变成了一个沉默寡言、有头脑的年轻男人。"理查德是否忠诚？他和他的母亲采取同一立场吗？"

他首次露出了笑容。"我的理查德对我仍然忠诚，感谢上帝，"他简要地说，"理查德对我一向真心实意。我知道你觉得他是个容易窘迫、阴沉的孩子。我知道你妹妹笑话他,但他对我诚实、忠诚。而乔治会拿人好处,任人摆布。他是个贪婪的孩子,不是个男人。上帝知道沃里克答应给他什么好处。"

"这我知道,"我不加遮掩地说,"很简单。你的王位。还有我女儿的继承权。"

"我会把它们都保住的,"他拿起我的双手亲吻着,"我发誓,我会把它们保住。你按我们原先的计划去诺维奇市吧。做你应该做的,发挥王后的职责,要表现得像是没有遇到任何困难一样,把自信的笑脸展现给他们。趁这些毒蛇的阴谋还没有发动,我去粉碎它们。"

"他们承认他们希望推翻你吗?还是他们坚持说,他们只想对你进行劝谏?"

他做了个鬼脸。"情况更像是他们想要推翻你,亲爱的。他们想把你们家族和你的顾问逐出宫廷。他们的一大意见就是:我听信你们的不当谏言,你的家族正在使我走向毁灭。"

我喘不过气来。"他们在诽谤我?"

"这只是个幌子而已,"他说,"你别当真。这是种老套的手法:叛逆者声称他们并不反对国王,只是反对他邪恶的谏言者。这套手法我、我父亲还有沃里克都用过。当年我们说,都是王后和萨默塞特公爵不好;现在他们说,是你和你周围的家人不好。怪罪王后总是容易的,谴责王后带来了不好的影响,要比自称反对国王容易得多。当然,他们也想毁掉你,还有你的家族。我一旦变成孤家寡人,众叛亲离的时候,他们就会毁掉我。他们会逼我声明,我们的婚姻是虚假的,我们的女儿是私生女。他们会让我指定乔治继承王位,也许还会让我把王位禅让给他。我必须逼他们现出公然造反的原形,然后打败他们。相信我,我会保证你安全的。"

我把前额抵在他的前额上。"真希望我给你生过一个儿子,"我低声说,"那样,他们就会知道,继承人只有唯一的一位。真希望我给你生过一个王子。"

"时间还多得是,"他坚定地说,"我也爱咱们的姑娘们。咱们会有儿子的,我毫不怀疑,亲爱的。我会确保王位的安全,好把王位留给他。相信我吧。"

我让他去了。我们都有事情要做。他骑马从福瑟临黑出发,身前是猎猎作响的军旗,身边是做好迎战准备的护卫队,前往诺丁汉的大城堡,等待敌人现身。我带女儿前往诺维奇,表现得像是天下尽在我手一样,表现得像是约克家族的玫瑰依然盛开在宜人的花园里。我无所畏惧。我带着父姓格雷的儿子同行。爱德华提出要带上他们,一起骑马去初次体验战争的滋味,但我为他们感到担心,于是带他们和女儿们与我同行。所以在我前往诺维奇时,身边有两个年轻男人紧绷着脸,一个十五岁,一个十三岁,什么事都没法让他们高兴起来,因为他们心里正惦记着自己的第一战。

我举行了花车游行,唱诗班在我前面唱歌,抛撒花瓣,戏剧颂扬着我的德行,欢迎着我的女儿。爱德华在诺丁汉等待时机,再次调集士兵,等待敌人登陆。

在我们各有各忙的等待期间,我们考虑着敌人将会何时来到,他们会在何处登陆。这时,我们听到了更多的消息。在加莱市,经过教皇的特别许可——肯定是我们的大主教们私下促成的——乔治娶了沃里克的女儿伊莎贝尔·内维尔为妻。现在他成了沃里克的女婿,如果沃里克能把乔治扶上爱德华的王位,沃里克就会让自己的女儿当上王后,她会夺走我的王冠。

当我想到我们的大主教背叛变节,偷偷地写信给教皇,帮助我们的敌人,想到乔治和沃里克的女儿站在圣坛前面,想到沃里克长期图谋不轨的野心,我几欲作呕。我想到那个面色苍白的姑娘,沃里克只有两个女儿,她就是其中之一,沃里克没有儿子,看起来也不会再有孩子了。我发誓,

白王后

只要我还活着,我就不会让她戴上英国王后的王冠。我想到了乔治,他像个被人宠坏的孩子一样背叛了我们,又像个蠢孩子一样被沃里克所利用,我发誓要报复他俩。我确信战争难以避免。我丈夫与他从前的导师沃里克进行了一场苦战。沃里克突然登陆,在班伯里附近的埃吉考特荒原迎战并击溃了正在集结的王家军队,而此时爱德华还没来得及走出诺丁汉城堡,我大吃一惊,爱德华也大吃一惊。

这是一场灾难。彭布罗克伯爵威廉·赫伯特爵士战死沙场,一千个威尔士人包围了他。他的被监护人亨利·都铎变成了无人监护的孩子。爱德华赶往伦敦,用最快的速度策马前行,准备赶回来将这座城市武装起来,迎接攻城战,警告大家沃里克已经来到了英国。这时一支部队拦住了他的去路。

沃里克的亲戚、我们任命的大主教内维尔,上前将爱德华扣为囚犯,此时爱德华已经身陷重围。他告诉爱德华,沃里克和乔治已经来到英国,王家军队已经被打败了。战争结束了,爱德华输了,尽管还没有宣战,尽管他还没有给战马披挂好战甲。我一直以为战争的结局是以我们赢得的和平而收场,而现在战争的结局是我们败了,爱德华甚至还没有来得及拔出剑来,约克家族将会由傀儡乔治主宰,而不是由我未出世的儿子。

我正在诺维奇,装得满怀自信,装出王后的典雅仪态,这时他们把我丈夫派来的、一名身上沾有污泥的信使带到了我面前。我展信读了起来:

最亲爱的妻子:

  准备迎接坏消息吧。

  令尊和令弟在埃吉考特附近的战事中被沃里克俘虏。我也变成了阶下囚,被扣留在沃里克位于米德尔赫姆的城堡里。他们正准备带我上路,去见你。我和他们都没有受伤。

White Queen
0.95

沃里克声称令堂是女巫，他说我们的婚姻是你和她使用巫术的结果。所以要当心：你们两人都处于万分危险的境地。令堂必须马上离开英国，如有可能，他们会把令堂作为女巫扼死。你也要做好流亡的准备。

你尽管带我们的女儿去伦敦吧，把塔楼武装起来迎接围城战，动员全城的人。一旦全城做好迎接围城战的准备，你必须带女儿们去佛兰德斯避难。使用巫术这一指控十分严重，亲爱的。如果他们能够证实这一指控，他们可能会将你处死。确保你的安全，这是最重要的。

如果你觉得把姑娘们尽快送走更好，那就这样做吧，不要声张，把她们安排在下等人中间，藏匿起来。不要骄矜自负，伊丽莎白，选一个没有人会注意的避难所吧。如果我们想要东山再起，必须熬过眼下这一关。

最让我难过的，是让你和女儿们身陷危险境地。我已经写信给沃里克，询问他要多少赎金，才肯放令尊和令弟约翰平安回家。我毫不怀疑他会放他们走，让他们回到你的身边，他要多少赎金，你都可以从国库支取。

你的丈夫

唯一的英国国王

爱德华

有人在敲谒见室的门，门猛地打开了，我一下子跳了起来。我不知道，也许我以为来的会是沃里克伯爵本人，带来一捆火刑柱要烧死我和母亲；但来人是诺维奇的市长，几天前他刚以隆重的仪式接待了我。

"夫人，我有紧急消息禀报，"他说，"是坏消息，抱歉。"

我轻轻地呼吸了几下，让自己平静下来。"告诉我吧。"

"是令尊和令弟。"

我知道他想要说些什么。并不是因为我提前预见到了，而是因为他一想到自己给我带来的是这样的噩耗，就已不由得担忧到圆脸盘上堆起了层层皱纹。他身后的人围在一起,怀着传递噩耗的人的那种尴尬。我的侍女们发出悲叹,围拢在我的椅子后面。我光从这些迹象,就已判断得出他要说些什么了。

"不,"我说,"不。他们被囚禁了。他们是被讲信义的英国人囚禁了。必须把他们赎回来。"

"敝人是否应当先行告退?"他问。他望着我,仿佛我生病了似的。他不知道该对这样一位王后说什么好,她来到他的城市时得意扬扬,离开时却身处重大危机之中。"敝人是否应当先行告退,晚些时候再来,夫人?"

"告诉我吧,"我说,"现在就告诉我,这是最坏的情况,我能承受得住。"

他望着我的侍女,期待她们能帮上什么忙,然后又用黑色的眼眸望着我。"我很抱歉,夫人。抱歉之极,难以言表。令尊里弗斯男爵和令弟约翰·伍德维尔爵士在战斗中被俘——这是一场在新的敌对双方之间展开的新一轮战争——一方是国王的部队,另一方是克拉伦斯公爵、国王的亲弟弟乔治。公爵似乎与沃里克伯爵结成了同党,对付尊夫——也许您知道?他们联手对付尊夫和您。令尊和令弟为您出战,结果被俘,他们被处决了。他们遭到了斩首。"他飞快地看了我一眼。"他们没有受什么折磨,"他自己加上一句,"我确信整个过程很快。"

"指控的罪名是什么?"我几乎说不出话来。我的嘴失去了知觉,就像有人狠狠地打了我的脸一样。"他们是为正统的国王清除叛逆而战。他们有什么过错?他们能有什么罪名?"

他摇摇头。"是沃里克伯爵下令将他们斩首的,"他低声说,"没有经过审判,也没有指控罪名。似乎眼下,沃里克伯爵的话就是法律。没有经过审讯或宣判,他就下令将他们斩首了。我可否代您命人护送您回伦敦?还是为您安排一艘船?您要去海外吗?"

"我要去伦敦,"我说,"伦敦是我的都城,是我的国土。我不是什么外国来的王后,会逃到法兰西去。我是英国女人。我生在这里,也要死在这里。"我纠正了自己的话:"我要在这里活下去,在这里战斗。"

"请允许我向您和国王致以最深切的吊唁。"

"你有国王的消息吗?"

"我们希望您能有好消息?"

"我什么也没有听说。"我佯称。他们不会从这里听说,国王被囚禁在米德尔赫姆的城堡里,我们被打败了。"我今天下午就动身,两小时后出发,告诉他们吧。我会赶回伦敦城,收复国土。我丈夫从未打过败仗。他会战胜敌人,把叛徒带回来接受审讯和裁判的。"

他鞠了一躬,他们全都鞠了一躬,退了出去。我像王后一样端坐在椅子上,头上罩着金色的头纱,直到他们关上房门,我才对侍女们说:"你们去吧,我想一个人待着。准备打点行装。"

她们感到不安和犹豫,停留了很长时间,想要安慰我,但看到我冷峻的面容时,她们慢慢地走开了。我独自坐在阳光充足的房间里,我看到,我坐的这把椅子有残缺,我手底下的雕刻有瑕疵,我头上顶着的头纱蒙上了灰尘。我看到,我失去了父亲和弟弟,他们是女儿最挚爱的慈父和好弟弟。我失去了他们,只剩了一把残损的椅子和蒙尘的头纱。我对爱德华的爱情和我对王位的野心,把我们所有人都推到了战争的最前沿,让我付出了第一笔血的代价:我亲爱的父亲和弟弟。

我想起父亲把我放在我的第一匹小马上,告诉我抬起下巴,手不要抬起来,紧紧握住缰绳,让小马知道谁才是主人。我想起他用双手捧着我母亲的脸颊,告诉她说,她是英格兰最富有才智的女人,他不会听别人的,只听她的;然后他一意孤行,谁的话也不听。我想起当年他是她第一任丈夫的护卫,而她是女主人时,他爱上了她,而她不能让别人看到自己留意

白王后

过他。我想起当她守寡时,他不顾所有戒条,娶她为妻,他们被称作是英格兰最俊俏的一对,他们为爱情而结合,这一点只有他们两个才能做到。我想起安东尼说的,父亲在雷丁时,装作对一切情况了然于胸,其实完全昏了头。我想到他告诉我,只有私下独处时,他才可以叫我伊丽莎白,如今我成了王后,我们都要学会适应,对他的爱让我情不自禁地笑了起来。我想起当我告诉他,我把一位公爵夫人许配给他儿子,他本人会成为伯爵时,他骄傲地挺起了胸膛。

然后我想到,母亲将要如何承受丧夫之痛。到时会由我来告诉她,他毕生为兰开斯特家族而战,如今为我而战,却作为叛徒被处死。我想到所有这一切,内心前所未有地虚弱和难过,远甚于当年父亲从陶顿战役归来,说我们的目标已经无望实现的时候,远甚于当年我丈夫在圣奥尔本斯阵亡,他们告诉我他在向约克军发起冲锋时英勇战死的时候。

我感到前所未有的痛苦,因为现在我知道了,让国家陷入战争,远比恢复和平局面来得容易。战争中的国家是个饱含苦难的地方,让人难以生活下去;是个危险的地方,让人无法安心抚养女儿;是个险恶的地方,让人不敢对生育儿子寄予希望。

❂

伦敦城欢迎我归来,把我当作女英雄一般,全城都支持爱德华;但如果那个屠夫沃里克将他杀害在狱中,这种支持就没有意义了。我和女儿、父姓格雷的儿子住在严加防守的伦敦塔里,他们变得乖巧听话,像小狗一样惴惴不安,现在他们知道了,不是每一场战争都能打赢,不是每个心爱的人都能平安归来。约翰叔叔的死令他们震动不安,他们每天都问国王是否平安。我们都感到悲伤:我女儿失去了慈爱的外公和亲爱的叔叔,也知道她们的父亲正身处险境。我写信给勃艮第公爵,请他在佛兰德斯为我和儿女准备一个安全的藏身之所。我告诉他，得找一个不起眼的小镇和一户穷苦人家，他们要能装作是接待英国来的亲戚。我必须找地方把女儿藏起来，让别人一辈子也找不到她们。

公爵发誓说，他不光要做到这些事。如果伦敦市支持我和约克家族，他会向伦敦市提供支援。他许诺提供人员和部队。他问我有没有国王的消息，他是否安好。

我无法回信让他安心。有关我丈夫的消息是无法说明的。他身为国王，却被囚禁了起来，就同可怜的亨利国王一样。为什么竟然会有这样的事？这样的事态怎么竟会持续发展下去？沃里克还把他关押在米德勒姆的城堡里，劝说贵族们否认爱德华曾经是国王。有传言说，他们给了爱德华两个选择：要么让位给他弟弟，要么上绞刑架。沃里克不是得到爱德华的王冠，就是得到他的首级。还有人说，几天前他们听说，爱德华落败，逃到勃艮第去了，或者死了。我打听不到确切消息，只好听这些谣言，我不知道自己会不会在失去父亲和弟弟的同一个月里变成寡妇。如果真是这样，教我如何承受得了？

在我守夜的第二周，母亲来找我了。她从格拉夫顿的老家赶来，双眼干涸，不知为何弓着身子，仿佛是因为腹部受了伤，伤口太过疼痛而弯起了身子。我一看到她，就知道我用不着亲口告诉她，她已经知道自己成了寡妇。她知道自己失去了毕生至爱的人，她的手一直放在腰带的结上，仿佛正捂紧一道致命的伤口。她知道自己的丈夫死了，但还没有人告诉她是为什么、怎么死的。我把她带到我的私人房间，关上了孩子们的房门，找到合适的词句讲述了他们父子俩的牺牲。他们身为好人，却命丧叛逆之手，死得有失体面。

"对不起，"我跪在她脚边，握住她的双手说，"真对不起，母亲。我会取下沃里克的首级，报仇雪恨。我会亲眼看着乔治死去。"

她摇摇头。我抬头望着她,在她脸上看到了皱纹,我可以发誓,在此之前,她的脸上并没有皱纹。她失去了心满意足的女人所具有的那种神采,她的欢乐从脸上消失了,只留下了倦怠的皱纹。

"不,"她轻轻拍着我头上的辫子说,"嘘,别说了。你父亲不会愿意让你悲伤的。他对打仗是何等危险知道得一清二楚。上帝知道,这并不是他第一次上战场。给。"她把手伸进长袍,递给我一封手札。"这是他给我写的最后一封信。他祝福我,还寄语说他爱你。他写得就像是他们告诉他,最终会释放他似的。我认为他是知道真实情况的。"

父亲的字迹像他的话语一样清清楚楚。我不能相信,今后我再也听不到他的话,看不到他的字了。

"约翰……"她顿了顿,低声说,"约翰是我的损失,也是他兄弟姐妹的损失。你弟弟约翰这么年轻就走了,他还没有怎么生活呢。"

她停了停。"等你把孩子养大成人时,你就开始觉得,他安全了,你不会再心碎了。等你的孩子熬过多病的童年,当瘟疫年来到,夺走了邻居孩子的生命,而你的孩子依旧活着时,你就开始觉得,他会永远安然无恙。每过一年,你都觉得,离危险远了一年,离长大成人近了一年。我养大了约翰,养大了所有的孩子,气喘吁吁,满怀希望。我们把他婚配给了那个老太婆,为了获得她的头衔和财产,我们知道他会活得比她长,我们乐不可支。对我们来说,这桩婚姻是个天大的笑话,我们知道这是一场少夫老妻的婚姻。我们嘲笑着她的年纪,知道她离坟墓比他近得多。如今,她会眼看着他下葬,把自己的财产完好地保留下来。怎么会这样呢?"

她长叹一声,仿佛万念俱灰。"我本该知道的。在所有人当中,我是最应该提前知道的。我能提前预见事情,我应该提前看清楚的,但有些东西太黑暗了,无法预见。现在是艰难的时世,英国是一个悲伤的国度。没有哪个母亲能肯定,自己不会白发人送黑发人。当国家陷入战争,亲人和兄弟之间征战不休，没有哪个男孩子是安全的。"

我坐在脚跟上。"国王的母亲、公爵夫人塞西莉应该尝尝这种痛苦。她应该像您一样尝到痛苦的滋味。等乔治死掉，她会尝到丧子之痛，"我愤恨地说，"我发誓！她会看到他以骗子和变节者的下场死掉。您已经失去了一个儿子，她也应该有同样的遭遇，我言出必行。"

"如果冤冤相报，你也会有同样遭遇的，"母亲告诫我，"死亡、争斗、孤儿寡妇会越来越多。难道今后，你愿意像我现在一样，为死去的儿子哀悼吗？"

"在解决掉乔治之后，我们可以平息纷争，"我倔强地说，"他们必须为此受到惩罚。从今天起，乔治和沃里克死定了。我发誓，母亲。从今天起，他们死定了。"我站起身，来到桌边。"我要从这封信上撕下一角，"我说，"我要用我的血在父亲的信上写下他们的死咒。"

"你错了。"她低声说，但她让我从那封信上剪下一角，我把信还给了她。

有人敲门，我先拭去脸上的泪水，之后让母亲喊"进来"，但来人把门无礼地一把推开，爱德华，我亲爱的爱德华大摇大摆地进了屋，就好像他出去打了一天猎，想提早回来吓我一跳。

"我的上帝啊！是你！爱德华！是你吗？真的是你？"

"是我，"他确认道，"也向您致以问候，雅格塔夫人。"

我猛地扑到他怀里，闻着他那熟悉的气息，感受着他那有力的胸膛，他的抚摸让我哭了起来。"我以为你还被关押着呢，"我说，"我还以为他会害死你。"

"他没那个胆子，"他简短地说，又是拍我的背，又是解开我的头发，"汉弗莱·内维尔爵士以亨利的名义煽动约克郡叛乱，沃里克去对付他的时候，没有人肯支持他。他开始意识到，没有人愿意让乔治当国王，而且我也不肯签署让位的协议。他连想都别想。他也不敢砍我的头。老实说，我不认为他能找到肯做这件事的刽子手。我是有王冠的国王，他可不能把我的脑袋当做柴火，说砍就砍。我是天定的君主，我的躯体是神圣的，就连沃里克也不敢冷血地弑君。

"他拿着我的退位书来找我，我告诉他，我是不会签的。我很乐意住在他家里，厨师很棒，酒窖也比我的更好。我告诉他，要是他想永远请我做客，我很乐意把整个宫廷都挪到米德勒姆城堡来。我说，我看不出为什么我不能在他的城堡，花他的钱，来施行我的统治。但我绝不能否认自己是国王。"

他笑了，自信地大笑起来。"亲爱的，你真应该看看他的样子。他还以为只要把我的人控制起来，他就可以只凭一句话，便把王冠弄到手。但他发现我不肯合作。看着他那不知所措的样子，感觉真是不错。我一听说你在伦敦塔安然无恙，我就什么都不怕了。他以为只要抓住我，我就会垮掉，但我没有屈服。他以为我还是当年那个仰慕他的孩子呢。他没有意识到，我已经长大成人了。我在那里可是一位上宾。我吃得不错，有朋友来看我的时候，我要求按照王室的规格招待他们。起初，我要求到花园里散步，之后要求到森林里散步。再然后我说，我想骑马，让我去打猎，有什么坏处呢？他开始让我骑马外出了。我的枢密院幕僚来要求见我，他不知如何拒绝他们。我与他们见面，批准了一两部法令，这样人人都知道，一切照旧，毫无变化，我仍然是在位的国王。要让我憋着，不当着他的面笑出来，可真不容易。他自以为是在囚禁我，结果却只是负担了全套的宫廷花销而已。亲爱的，我要求吃饭时要有唱诗班，他不知该怎样拒绝我。我还聘请了舞者和戏子。他开始意识到，仅仅把国王关押起来是不够的，还必须毁掉他，杀掉他。但我不会给他任何东西；他知道，就算是杀了我，我也不会给他任何东西。

"然后，有一天早上——四天以前——他的马夫犯了个错误，他把我自己的那匹马交给了我，我的战马'复仇女神'，我知道，他的马厩里没有任何一匹马能追上它。于是我想，我可以跑得远一点，比平时快一点，就是这样。我觉得我大概能跑到你的身边来，我做到了。"

"就这样？"我不敢相信地问，"你逃掉了？"

他自豪地咧着嘴笑了，笑得像个孩子似的。"要是有哪匹马能追上我的'复仇女神'，我倒想见识一下，"他说，"他们把它放在马厩里，喂了两星期的草料。我还没喘过一口气来，就已经跑到里彭了。哪怕我想让它停下，它也不听我的！"

我笑了，分享着他的快乐。"亲爱的上帝，爱德华，我真的吓坏了！我还以为我再也见不到你了。亲爱的，我还以为我再也见不到你了。"

他吻我的头，轻抚我的背。"我们结婚时，我不是说过吗，我永远都会回到你身边。我不是说过，我会死在自己的床上，至死都是你的丈夫。你不是保证说，你要给我生儿子吗？你以为会有哪座监牢能将你我永远分开吗？"

我把脸靠在他的胸膛上，仿佛要把我自己埋在他的身子里似的。"我的爱人，我的爱人。你会带着卫兵回去逮捕他吗？"

"不，他的实力太强大了。他仍然掌控着北方的大部分地区。我希望我们可以再一次讲和。他知道这次叛变已经失败了，已经结束了。他还是够明智的，他知道自己大势已去。他、乔治和我必须达成和解。他们会恳求我原谅，我会原谅他们。不过他已经认清了，他是不能关押我的。如今我已经是国王了，这一点他否认不了。他发誓服从我，正如我曾发誓要统治全国一样。我是他的国王。就是这样。英国已经不想再看到争夺王位的战争了。我不想再挑起战争，毕竟我曾发誓要给英国带来正义和和平。"

他从我头发上拔下最后一根发针，用脸磨蹭着我的脖子。"我想你，"

他说，"还有女儿们。他们刚把我带到城堡时，关在一间没有窗户的牢房里，那时我心情很不好。我为你父亲和兄弟感到难过。"

他抬起头望着我母亲。"对您丧夫丧子的遭遇，我深感难过，难以言表，雅格塔夫人。"他真诚地说，"战争难免会有死伤；但您的丈夫和儿子是很好的人，实在让人惋惜。"

母亲点点头。"您要与那个杀害我丈夫和儿子的人讲和，会立下什么样的约定？我认为，您要在这件事上也原谅他，是吗？"

爱德华听到她强硬的言辞，扮了个苦相。"你们不会喜欢的，"他告诫我俩，"我会册封沃里克的外甥为贝德福德公爵，他是沃里克的继承人。我必须在我们的家族，王室家族，给沃里克安排一个位置，我必须把他跟我们系在一起。"

"您把我从前的头衔给了他？"母亲难以置信地问，"贝德福德的头衔？我第一任丈夫的头衔？给了一个叛徒？"

"我不在乎他外甥是不是能得到公爵封号，"我连忙说，"害死我父亲的是沃里克，不是那个小子。我不在乎他外甥的事。"

爱德华点点头。"还有，"他不自在地说，"我决定把我们的女儿伊丽莎白嫁给小贝德福德公爵。她会把我们缔结的联盟关系变得更紧密。"

我转身问他："伊丽莎白？我的伊丽莎白？"

"我们的伊丽莎白，"他纠正我的说法，"没错。"

"她还不到四岁，你就替她许下婚约，把她许给害死她外公的人家？"

"对。这是一场亲族之间的战争，也必须在亲族之间和解。亲爱的，你是阻止不了我的。我必须让沃里克与我达成和解。我必须给他一大笔英格兰的财富。通过这样做，我甚至给了他一个机会，让他的后人有机会继承王位。"

"他是个叛徒、杀人凶手，你却要把我的小女儿嫁给他外甥？"

"对。"他坚决地说。

"我发誓，这绝不会实现！"我激动地说，"还不止是这样，我告诉你，我可以预言，这绝不会实现。"

他笑了。"我对你们出众的预知本领深表钦佩，"他说着，向我和母亲动作华丽地深鞠一躬，"你们的预言正确与否，只有时间能够证实。但与此同时，只要我还是英国国王，有权决定女儿的婚配对象，我就会尽最大努力，不让你们的敌人把你俩当做女巫浸到水里淹死，或者带到路口扼死。我告诉你们，我是国王。唯一一种能够确保你俩、每一个女人和她的儿子在这个国家安然无恙的方法，就是设法停止这场战争。"

1469年秋

沃里克像一位亲爱的朋友、忠诚的师长那样回到了宫廷。我们要像偶有争吵，但依然相亲相爱的家人一样对待他。在这一点上，爱德华做得相当不错。我用冷若冰霜的笑脸迎接沃里克。我应该装得好像他并不是杀害我父亲和弟弟、监禁我丈夫的凶手一样。我照做了：我没有无意说出一个愤怒的字眼。尽管没说，沃里克也知道，他为自己的下半辈子树了一个危险的敌人。

他知道我什么也不能说，他见到我时浅浅地鞠了一躬，像是在宣告他的胜利一样。"夫人。"他温和有礼地说。

像往常与他在一起时一样，我感到自己如同小姑娘一般，处于下风。他是个叱咤风云的大人物，当他还在筹划王国的命运时，我在意的是自己对待婆婆格雷夫人的举止是否得体，是顺从我的丈夫。他望着我的样子，就好像我现在还应该在格拉夫顿喂鸡似的。

我想要表现得冷酷一些，但又怕自己只是露出一副阴沉相。"欢迎回宫。"我不情愿地说。

"您总是那样亲切，"他笑着回答，"您是生来就注定要做王后的。"

我儿子托马斯·格雷生气地哼了一声，发起了孩子脾气，离开了房间。沃里克向我微笑示意。"啊，年轻一代，"他说，"这孩子大有前途。"

"他没有和祖父、亲爱的叔叔一起去埃吉考特荒原，我只为此感到庆幸。"我满怀憎恨地说。

"哦，同感同感！"

他尽可以让我感觉自己像个傻瓜，像个无能为力的女人；但我能做到的事，我一定会做。在我的首饰盒里，有一个黑色的、退去光泽的小银盒子，我用血把他的名字，理查德·内维尔，和克拉伦斯公爵乔治的名字写在父亲最后一封信的角上，锁在小盒内部的黑暗里。他们是我的敌人。我诅咒他们。我要看着他们死在我的脚边。

1469年冬—1470年

在冬至这最漫长的夜晚最黑暗的时刻,母亲和我来到泰晤士河畔,它像玻璃一样乌黑,威斯敏斯特宫花园里的小路沿着河岸向前延伸,今夜河水高涨,但在夜色中显得黑沉沉的。我们几乎看不到河,但我们能听到河水冲击着防波堤,冲刷着墙壁,我们可以触摸到它,它是一个又黑又宽的东西,像一只蜿蜒油滑的巨兽那样呼吸着,像大海一样缓缓地起伏着。这是适合于我们的环境:我吸入冷水的气息,就像长年在外的游子嗅着自己生身之地的泥土芳香一样。

"我必须生一个儿子。"我对母亲说。

她笑着说:"我知道。"

她从兜里掏出三件穿在丝线上的小饰品,接着像渔夫穿鱼饵一样,把它们小心翼翼地扔进河里,把线头交给我拿着。每一件小饰品入水的时候,我都听到小小的水声,我想起了五年前,我从河里拽上来的那枚金戒指。

"你选吧,"她对我说,"你选一根拽出来。"她把三根线展开,放在我的左手上,我紧紧地握住它们。

月亮从乌云后面出来了。这是一轮渐亏的月亮,它又大又亮,一丝月光照在黑沉沉的河水上,我选了一根线,用右手握住。"这一条。"

"你确定吗?"

"确定。"

她马上从兜里掏出一把银剪刀,剪断了另外两根丝线,这样一来,不论上面系的是什么,都被黑沉沉的河水吞没了。

"它们是什么?"

"它们是不可能发生的事情,它们是我们永远都不可能知晓的未来,它们是不会出生的孩子,我们不会遇上的因缘,我们不会有的运数,"她说,"它们消失了,它们不会发生在你身上。看看你选中的是什么吧。"

我伏在宫殿的墙上,拽着丝线,它从河里升了起来,还滴着水。丝线另一端是一把银勺子,一柄漂亮的银色小勺子,是给宝宝用的那种。当我把它拿在手心,我借着明亮的月光看到,勺子上雕刻着一顶小王冠,还有一个名字:"爱德华"。

我们把伦敦的圣诞节变成了和解的宴会,仿佛只要举办一场宴会,就能把沃里克变成真正的朋友似的。我始终记得,可怜的亨利国王曾一再努力与敌人和解,让他们宣誓友善待己。我看到,当宫廷里的其他人看到沃里克和乔治被尊为上宾,他们不由掩口而笑。

爱德华下令,宴会必须搞得豪华隆重,在主显节之夜,近两千名英国贵族坐下来与我们共进晚餐,沃里克是他们当中地位最高的宾客。爱德华和我头戴王冠,穿着用最华贵的布料制作的最新款服装出席。在这个冬日,我的衣着只有银白和黄金两色,人们说我就是约克家的白玫瑰,我确实无愧于这一称号。

爱德华和我向一千名来宾发放了礼品,向所有人发放了纪念品。沃里克是最受欢迎的客人,他和我以最恭谨的礼节相互问候。我甚至还听从我丈夫的安排，与我的内弟乔治手挽手地跳了一支舞，我还对他那张英俊、孩子气的脸庞露出了笑容。它再次让我惊奇地觉察到，他与我丈夫爱德华何其相似，他们同样是英俊的金发男子，他就像是更年轻、更秀气的爱德华。人们刚一看到他，就会喜欢上他，这一点再次让我感到惊讶。他完全拥有约克家族的人能够轻易讨人欢心的魅力，却丝毫没有爱德华的威仪。但我没有忘记仇恨，我也决不宽恕。

我向他的新娘伊莎贝尔·沃里克的女儿致以亲切的问候，欢迎她到宫里来，还祝她身体健康。她是个可怜、羸弱、苍白的姑娘，看起来，她被她自己必须在父亲的计划中扮演的角色给吓坏了。现在，她在她丈夫曾背叛过的国王的宫廷中举行了婚礼，嫁入了英国最背信弃义、最危险的家庭。她需要一些善意的关照，我感觉自己就像她的姐姐，对她钟爱有加。假如有个陌生人，在这个最热情好客的时节进宫拜访我们，他会觉得我对伊莎贝尔的怜爱就如同对同族的女亲戚一样。他会以为我并没有失去父亲和弟弟。他会觉得我没有任何记性。

但我并没有忘记。在我的首饰盒里，有一个黑色的小匣子，黑色的小匣子里有父亲最后一封信的一角，在那一小片信笺上，有我用血写下的名字：沃里克伯爵理查德·内维尔和克拉伦斯公爵乔治。我没有忘记，总有一天他们会知道的。

沃里克仍然给人以高深莫测之感，他是全国仅次于国王的大人物。他怀着冷冰冰的庄严神态接受了我们的敬意和礼物，仿佛一切都是他应当得到的一般。他的同谋乔治就像一只小猎狗一样跳来跳去，曲意逢迎着。乔治的妻子伊莎贝尔与我的女侍坐在一起，夹在我妹妹和我嫂子伊丽莎白中间，当我看到她丈夫翩翩起舞时，她把头转过去不看他，当他嚷嚷着祝酒词向国王敬酒时，她厌恶地瑟缩了一下，我不禁笑了起来。金发圆脸的乔治一向是约克家族的宠儿，在这场圣诞宴会上，从他对兄长的种种表现来看，仿佛他不但已经得到了原谅，而且不管他做出什么事都会得到原谅似的。他是被家族宠坏了的孩子——他真的以为自己做什么都不要紧。

约克家的幼子格洛斯特公爵理查德如今已经十七岁，出落成了一个俊秀的少年，他也许是整个家族年龄最小的，但他从来不是最受宠爱的一个。在约克家族的所有孩子中，他是唯一一个像他父亲的，他的头发是黑色的，骨骼瘦小，在约克家族强壮、金发的后代中显得像个丑小鸭。但他是一个令人称道、有头脑的年轻人；多数时间住在英国北方的自家大宅里，过着简朴的生活，对百姓勤勉尽责。我们华而不实的宫廷令他感到窘迫，就好像我们在基督徒的宴会上夸耀自己是异教徒似的。我发誓，他看我的眼神，不像是在看水里的美人鱼，而像是在看一条贪婪地趴在财宝上的龙。我猜他的眼神中既有欲望，也有恐惧。他还是个孩子，对自己永远也无法理解的女人感到恐惧。在他身边，是我的两个父姓格雷的儿子，他们只比他年轻一点，但要世故和活泼得多。他们一直邀请他与他们一起打猎，去啤酒屋饮酒，微服上街找乐子，而他紧张不安地予以拒绝。

我们举办圣诞宴席的消息传遍了基督教界。人们纷纷说，英格兰的新宫廷是欧洲最美丽、最典雅、最讲究礼节、最亲切的宫廷。爱德华断定，约克家族的英国宫廷在时尚、美与文化方面，将会与勃艮第齐名。他喜爱动听的音乐，我们每顿饭都有唱诗班唱歌或乐师演奏；我和我的侍女学习了宫廷舞蹈，还自编了舞蹈。在这方面，我哥哥安东尼是个不错的教练兼顾问。他去过意大利，大谈自己的新鲜见闻和艺术，谈到希腊、罗马古城的美丽以及它们的艺术和学问可以如何翻新。他向爱德华进言，建议从意大利引进画家、诗人和音乐家，用国库的财富建立学校和大学。他谈起新的知识、科技、算术、天文以及所有新奇美妙的东西。他说起从零开始的数字是如何转化成天地万物的。他说起一门技术可以测算出无法丈量的距离：用这门技术，有可能会计算出月亮离我们的距离来。他的妻子伊丽莎白静静地望着他，说他是个占星家，一个智者。我们的宫廷汇集了美、优雅和学识，爱德华和我掌管着所有最美好的东西。

我对维持宫廷运转所要花费的费用、营造所有这些美所要花费的费用甚至用餐的费用、朝臣们接连不断的要求感到惊奇。朝臣们要求陈述意见，要求贵族身份，要求赏赐一小块封地或别的奖赏，要求征税员或帮助打遗产官司的职位。

"做国王就是这样，"爱德华签完当天的最后一份请愿书，对我说，"作为英国国王，我拥有一切。每个公爵、伯爵、男爵保有土地，都仰赖于我的恩惠。如果说贵族获得的利益是大河，那么贵族下面的每个骑士、侍从获得的利益就是小溪。他们下面的每个小农户、佃户和土地主、农民都仰赖于我的恩惠。我必须付出财富和权力，让河流保持流动。假如出了什么问题，或者至少，有出问题的迹象，就会有人说，他们希望亨利回来掌权，还是以前过得好。或者，他们觉得亨利的孩子爱德华或乔治会更慷慨大方。再或者，有别的什么人要求做国王——咱们换个人，不妨就说是兰开斯特家族的玛格丽特·博福特的儿子亨利吧——河水的流速就会减缓。为了保住我的权力，我必须慎重选定下放权力的速度和对象。我必须让每一个人都满意。但不能对任何一方给得太多。"

"他们都是些贪得无厌的农民，"我不满地说，"他们的忠诚是跟着利益走的。他们什么也不考虑，只顾考虑自己的欲望。他们连农奴都不如。"

他朝我笑了。"确实如此，他们每个人都是这样。他们每个人都想得到自己的小地位、小家族，就像我想要王位，你想要希恩的庄园，想给你的同族加官进爵一样。我们都急于获得财富和土地，而我拥有所有一切，我必须慎重地向外付出。"

1470年春

天气转暖,晨光变得更加明媚,鸟儿在威斯敏斯特宫的花园里啼啭。爱德华的密探来信说,林肯郡爆发了另一场起义,起义以亨利国王的名义进行,就好像他没有被全世界的人遗忘似的。亨利安安静静地住在伦敦塔里,比起囚犯,他更像是一名隐士。

"我得去一趟,"爱德华拿着信对我说,"不管这个挑头的人是谁,假如他是给安茹的玛格丽特打前锋,那我必须在她的大军抵达之前,将他击败。看起来,好像是她打算用这个人试探一下自己的支持度,让这个人承担举兵的风险,等她看到他组建起一支英国部队之后,她就会率法军登陆,到时我就得面对他们两股敌军。"

"你去对付这个连名号都不敢亮出来的家伙,"我问,"会没事吗?"

"像从前一样,"他坚定地说,"但我不会再让部队离开我先行出战了。我必须亲自到场,领兵作战。"

"你忠诚的朋友沃里克在哪儿?"我尖酸地问,"还有你那值得信赖的兄弟乔治?他们是否为你招募了士兵?他们是否打算尽快陪你出战?"

我的语气让他笑了起来。"啊,这次你可错了,我猜忌的小王后。我有一封信,是沃里克写的,他主动提出要招募兵力陪我出征,乔治说他也会来。"

"那你要确保你得监督他们作战,"我说,我丝毫没有觉得释然,"以前不是没有过上了战场在最后一刻倒戈相向的人。大敌当前时别忘了留意身后,看看你那忠诚的朋友在后面做些什么。"

"他们已经宣誓效忠了,"他安抚我,"真的,亲爱的,相信我吧。我能打赢胜仗。"

"我知道你能,我知道你会打赢,"我说,"但是看到你出征,我总觉得心里不好受。何时才是尽头?何时他们才会不再为已经无望实现的理由举兵作乱?"

"很快,"他说,"他们会看到我们团结一致,不可战胜。沃里克会带上北方的部队协同作战,乔治会证明自己是个真正的兄弟。理查德一向跟我一条心。一打败这个人,我就马上赶回来。我会早早赶回家,在五旬节早上陪你跳舞,你会笑逐颜开的。"

"爱德华,你知道吗,就这一次,我觉得我不放心让你去。理查德不能带兵吗?黑斯廷斯陪他一起去不行吗?你不能留下陪我吗?就陪我这一次,一次就好。"

他拿起我的双手,按在他的嘴唇上。我的焦虑没有打动他,反倒让他觉得好笑。他笑了。"哦,为什么?为什么这一次不行?为什么这一次这么要紧?你有什么事要告诉我吗?"

我不能拒绝他。我也笑了。"我确实有事要告诉你。但我一直瞒着你没有说。"

"我知道,我知道。你以为我不知道吗?告诉我吧,你以为我不知道的那个秘密是什么?"

"它会让你平安回到我的身边,"我说,"它会让你很快回到家里,回到我身边,不会让你出去耀武扬威。"

他笑着等待着。我为这个秘密感到扬扬自得,他等我说出来。"告诉我,"他说,"你把这个秘密保守了好长时间。"

"我又有喜了,"我说,"我知道,这一次是个男孩。"

他把我揽过去,轻轻抱着我。"我知道,"他说,"我知道你有喜了。我心里很清楚。你怎么知道是男孩呢,我的小女巫,小迷人精?"

我笑着,望着他,他很相信女人的神秘直觉。"啊,你不需要知道我是怎么知道的,"我说,"不过你可以知道的一点是,我很有把握。你可以相信我。我们就要有儿子了。"

"我的儿子,爱德华王子。"他说。

我笑了,想起了我在冬至夜晚从闪着粼粼银光的河里捞出的那把银钥匙,"你怎么知道他会叫爱德华这个名字?"

"他当然要叫这个名字。好几年前我就决定了,要给他取这个名字。"

"你的儿子,爱德华王子,"我重复道,"所以你一定要早早平安归来,迎接他的出生。"

"你知道是什么时候吗?"

"秋天。"

"我会平安回来,给你带桃子和盐鳕鱼的。当初你怀塞西莉的时候,你想要什么来着?"

"圣彼得草①,"我笑了,"你还记得,我真高兴!给我再多我也要。你回家的时候,一定要给我带圣彼得草,还有我想要的其他东西。这次是男孩,一个王子,他必须要什么有什么。他会含着银勺子出生的。"

"我会回家看你的,不用担心。我可不想让他出生时皱着眉头。"

"你要提防沃里克和你弟弟。我信不过他们。"

"答应我,好好休息,高高兴兴的,让他在你肚子里长得结实点。"

"答应我,平安归来,让他坐稳王位。"我回答。

---

① 欧洲的一种海滩植物,具有肉质叶和伞状花序的小白花。

白王后

"一言为定。"

他错了。亲爱的上帝,爱德华犯了大错。感谢上帝,在"打胜仗"这件事上,他没有错。人们把这场战役称作丢盔卸甲战役,当我丈夫发起冲锋时,那些为傻瓜国王而战的赤脚傻瓜们丢盔卸甲,忙不迭地逃命。为了遵守向我许下的承诺,及时回家,给我带回桃子和圣彼得草,他把他们打得落花流水。

他错在相信沃里克和他弟弟乔治的忠心上,原来这场起义是乔治出钱安排的,他认定这一次爱德华必败无疑。他们打算杀死我的爱德华,让乔治坐上王位。他的亲弟弟和他从前最好的朋友沃里克两人认定,要打败爱德华,唯一的办法就是在战场上从背后捅刀子,要不是爱德华在冲锋时马跑得太快,无人能及,他们就这么做了。

在这场战役开始之前,小头目理查德·威尔斯男爵跪着向爱德华供认了这一计划,还出示了沃里克的命令和乔治出的钱。他们出钱让他以亨利国王的名义领兵起义,但实际上,这只是一个幌子,真实目的是把爱德华引到战场上,杀死他。沃里克学乖了。他知道,他不可能把我的爱德华扣押起来。只有杀死他,才能打败他。他的亲弟弟乔治狠下了心,置兄弟情义于不顾。他准备在战场上割开哥哥的喉咙,踩着他的血,得到王冠。他俩收买、命令可怜的威尔斯男爵举兵起义,把爱德华引入险境。然后,他们再次发现爱德华太强大,不是他们所能对付的。当爱德华看到指证他们的证据时,他以亲人的名义召见他们,一个是待他如兄长的朋友,另一个是他的亲弟弟;他们没有来。这时他终于知道该如何看待他们了,他以召见叛徒的名义召他们答话,但他们早已逃走了。

"我要眼看着他们死掉。"我对母亲说,我们坐在威斯敏斯特宫我的私人房间里，窗子敞开着，我们坐在窗旁，用羊毛和金线纺纱，给宝宝做一件华贵的斗篷。这件斗篷用最纯净的羊毛和无价的金子做成，给一位小王子穿，他将是基督教界最伟大的王子。"我要眼看着他们死掉。我发誓，不管您怎么说。"

我正在梳理羊毛，她正拿着纺锤，她点点头说："别把恶念织进他的小斗篷里。"

我按停纺车，把羊毛放到一边。"好吧，"我说，"这个活儿可以等等再做，但这股恶念等不下去。"

"你知道吗，爱德华曾向理查德男爵许诺，只要他招认自己的叛逆罪行，揭发这场阴谋，就不再追究他的罪责；但理查德男爵招认以后，爱德华食言了，他处死了他。"

我摇摇头。

母亲神情凝重。"现在博福特家族正在哀悼他们的同族威尔斯，爱德华给了敌人一个新的口实。他食言了。没有人还会再相信他；没有人再敢向他投降了。他的做法表明，他是一个不堪信任的人，像沃里克一样恶劣。"

我耸耸肩。"上了战场，就要各安天命。对这一点，玛格丽特·博福特跟我一样清楚。反正她怎么样也不会觉得高兴，因为她是兰开斯特家族的继承人，我们却征召她丈夫亨利·斯塔福德跟我们随军出征，"我开怀大笑，"可怜的人，夹在她和我们的征召中间。"

母亲忍俊不禁。"她肯定整天跪地祈祷，"她刻薄地说，"她自称能上动天听，却没有显示出什么效果。"

"不管怎么说，威尔斯无足轻重，"我说，"是死是活都不要紧。要紧的是，沃里克和乔治将会前往法兰西宫廷，说我们的坏话，意图招募起一支军队。我们有了新的敌人，这次是我们家族的自己人，我们自家的继承人。约克是个什么样的家族啊！"

"他们现在在哪儿?"母亲问我。

"据安东尼说,他们在海上,正在前往加莱。伊莎贝尔怀了身孕,和他们一起在船上,除了她母亲沃里克伯爵夫人,没有别人照料她。他们希望去加莱组建军队。沃里克在那儿很受欢迎。如果他们去了加莱,隔海虎视眈眈,威胁我们的船只,我们的安全就毫无保障了。加莱离伦敦只有半天的航程。一定不能让他们进入加莱;我们必须阻止这件事。爱德华已经派舰队出海了,但我们的船恐怕已经追不上他们了。"

我起身,把身子探出窗口,伸到阳光里。天气暖暖和和的。在我的身子下方,泰晤士河像泉水一样闪着光,它平静无波。我往西南方望去。地平线处有一线乌云,海上似乎气候恶劣。我把嘴唇噘起来,吹了个口哨。

我听到母亲在我身后也放下了纺锤,接着我也听到了她柔和的口哨声。我紧盯着那一线乌云,嘶嘶地吹着气,声音就像风暴一样。她来到我身后,用胳膊搂着我圆润的腰身。我们一起往春风里轻轻地吹着口哨,送出一场风暴。

慢慢地,乌云开始猛烈堆积,它们相互堆叠,直到远方的南部海域上空堆满大片乌黑、充满威胁的雷暴云砧。风势加强了。突如其来的寒意让我打了个寒战,天色变暗,空气转凉,第一阵雨落了下来,我们转身关上了窗子。

"看来海上要有暴风雨了。"我说。

✦

一星期后母亲拿着一封信来找我。"勃艮第的亲戚送来了消息。"她说,"乔治和沃里克的船被风暴吹离了法兰西海岸,在加莱海域的惊涛骇浪里险些沉船。他们请求边界堡垒看在伊莎贝尔的分上,让他们进去,但堡垒不肯接纳他们,还锁上了港口的大门。一场不知从哪里刮来的风和海浪差点把他们扔到墙上。堡垒不让他们入港,他们的船无法停靠。在风暴中,可怜的伊莎贝尔分娩了。他们颠簸了好几个小时,她的孩子死掉了。"

我给自己画了个十字。"愿上帝可怜这个小家伙,"我说,"没有人希望他们遇上这样的事。"

"没有人希望这样,"母亲有力地说,"但要是伊莎贝尔没有跟叛徒们一起上船,留在英国,有助产士和朋友照料她,她是不会有事的。"

"可怜的姑娘,"我说,把一只手放在我的大肚皮上,"可怜的姑娘。这门高贵的婚姻没有让她感受到多少欢乐。你还记得圣诞节时她在宫廷的表现吗?"

"还有更坏的消息,"母亲接着说,"沃里克和乔治见到了他们的好友法兰西国王路易,现在他俩又和安茹的玛格丽特在昂热见了面,正在策划新的阴谋。他们跟我们一样,正在想办法。"

"沃里克还要跟我们作对?"

母亲扮了个苦相。"他一定是个意志坚定的人,当时全家都在逃亡,又眼看着自己的外孙生下来就死掉了,他就算险些葬身大海,也要背弃效忠于国王的誓言,他不肯放弃。没有什么能阻止他。你会以为,晴空变幻出狂风暴雨会让他感到惊愕,但没有什么能让他感到惊愕。现在他正在向自己从前的敌人——安茹的玛格丽特献殷勤。他准是跪在她面前半小时,请他的大敌原谅自己。如果他没有悔悟之举,她是不会见他的。愿上帝保佑她,她总是端着很高的姿态。"

"您觉得他有什么打算?"

"现在是法兰西国王在密谋策划。沃里克认为自己是拥王者,但现在他成了傀儡。法兰西国王路易,人称'蜘蛛①',我得说,他编织罗网的能力远在我们之上。他想把你丈夫拉下王位,吞并我们的领土。他要借沃里克

---

① 此处一语双关,spider也指设圈套的人、阴谋家。

和安茹的玛格丽特之手来完成这件事。玛格丽特的儿子,所谓的威尔士王子——兰开斯特家族的爱德华王子将会娶沃里克的小女儿安妮为妻,用他们无法反悔的婚约把他们惯于欺骗的家长绑在一起。我想,接下来他们会一起到英国来,把亨利从塔里释放出来。"

"安妮·内维尔那个小姑娘?"我一下子乐了,"他们把她许配给那个怪物爱德华,来确保她父亲不会出尔反尔?"

"他们是要这么做,"母亲说,"她只有十四岁,他们要把她许给这个小子,这小子十一岁的时候,家里人就让他决定怎样处决敌人。他们把他培养成了一个魔鬼。安妮·内维尔肯定会怀疑,自己是生来注定要做王后,还是注定要遭噩运。"

"但对于乔治来说,情况变得大不一样了。"我把自己的想法大声说了出来,"原先,他打算弑兄继位——可现在呢?他什么好处也捞不到,干吗还要跟爱德华作战呢?他为什么要对抗兄长,把兰开斯特家族的国王和王子扶上王位?"

"我想,当他带着即将临盆的妻子,还有一心想要赢得王位的岳父出海时,并没有预料到事情会发展到这一步。但现在,他的儿子和继承人没有了,岳父又眼看着要做王后的二女儿,摆在乔治眼前的情况大不一样了。他应该能体会得到。您觉得他能明白过来吗?"

"应该有人提醒提醒他。"我们彼此对视了一眼,我用不着跟母亲明说,我们完全心意相通。

"你愿意在晚餐之前见见国王的母亲吗?"母亲问我。

我把脚从纺车的踏板上抽出来,用手按停它。"咱们现在就去见她吧。"我建议说。

她正与侍女们坐在一起缝制祭坛罩。她们做活儿时，其中有一位在朗读着《圣经》。她的虔诚是出了名的。她怀疑我们不像她一样圣洁，也许更糟，比如我们是异教徒；最糟不过的，就是我们有可能是女巫，这是她不赞成我的许多理由之一。这么多年过去了，她对我的印象还是没有改观。她不愿意让我嫁给她的儿子，甚至直到现在，尽管我已经证明了自己的生育能力，还有我的贤淑，她还是忌恨我。因为她对我确实太无礼了，爱德华把福瑟临黑赐给了她，让她远离宫廷。至于我，我并没有被她的圣洁所打动：假如她真是这样品德贤良的女人，那她就会把乔治教育得更规矩一些。如果她能上动天听，她就不会失去自己的丈夫和儿子埃德蒙了。我们进去时，我向她屈膝行礼，她也起身向我行礼。她点头示意侍女们把活计拿到一边去。她知道，我可不是来找她拉家常的。我们不可能亲如一家，今后也不会。

"夫人，"她不动声色地说，"我很荣幸。"

"母亲，"我笑着说，"荣幸的是我。"

我们同时落座，以免分出尊卑先后。她等我开口发话。

"我很担心您，"我甜言蜜语地说，"我能肯定，您在为乔治担心，他远离家乡，背上了叛徒的名声，险些被叛徒沃里克欺骗利用，疏远了兄长和家人。他的第一个孩子没保住，他自己也性命堪忧。"

她眯起了眼睛。她没想到，我会关心起她最宠爱的乔治来。"当然，我希望他能跟我们一条心，"她慎重地说，"兄弟失和一向令人难过。"

"刚才我听说，乔治连自己的家族都抛弃了，"我痛心地说，"他成了一个变节者，不光背弃了他的哥哥，还背弃了您和他的家族。"

她望着我母亲，希望我母亲能作出解释。

"他与安茹的玛格丽特结成了一伙儿,"母亲坦率地说,"您的儿子,一个约克家族的人,将会为兰开斯特家族的国王而战。实在可耻。"

"他必败无疑,爱德华一向都打胜仗,"我说,"然后他只会作为叛徒遭到处决。乔治打起了兰开斯特家族的旗帜,就算爱德华还顾念兄弟之情,又如何还能宽恕他?想想看吧,他死的时候衣领上还戴着红玫瑰徽记!您不觉得耻辱吗!他父亲会做何感想?"

她真的惊呆了。"他永远都不会追随安茹的玛格丽特,"她说,"那是他父亲的死对头。"

"安茹的玛格丽特把乔治之父的首级用长枪挑着,挂在约克家的墙头上,现在他成了她的跟班,"我斟词酌句地说,"我们大家谁还能原谅他?"

"不会发生这样的事,"她说,"他也许很想跟沃里克结成一伙。他很难屈居于爱德华之下,而且——"她顿住了话头,但我们都知道,乔治谁都嫉妒,嫉妒他弟弟理查德、黑斯廷斯、我和我所有的亲戚。我们知道,她向乔治的头脑中灌输过这样的疯狂念头:爱德华是私生子,所以乔治才是真正的王位继承人。"再说,他——"

"他又能捞到什么好处?"我口齿伶俐地补充道,"我明白您是怎么看待他的。的确,他一向只考虑自己的利益,从不看重自己的言辞和自己的荣誉。他一心只考虑自己,从不为约克家族着想。"

这番话让她变得脸红了,但她不能否认,乔治这孩子是最受溺爱的一个,被惯坏了,他以前就曾经背叛过。

"他原以为,跟沃里克走到一起,沃里克就会拥立他做国王,"我直言不讳地说,"后来他们发现,只要爱德华还活着,就没有人愿意让乔治当国王。全国只有两个人觉得,乔治比我丈夫强。"

她等我往下说。

"那就是乔治本人和您,"我把话说得清清楚楚,"然后他和沃里克一起逃走了，因为他在再次背叛爱德华之后，不敢面对他。现在他发现，沃里克改变了计划。沃里克不会再让乔治坐上王位，他要把自己的女儿安妮许配给兰开斯特家族的爱德华；他会把兰开斯特家族年轻的爱德华扶上王位，从此变成英国国王的岳丈。乔治和伊莎贝尔已经不再是他心目中的英国国王和王后人选了，如今换成了兰开斯特家族的爱德华和安妮。乔治顶多能指望，自己今后不再是正统的约克家族国王的弟弟，而会成为兰开斯特家族的篡位国王的姐夫。"

乔治的母亲点了点头。

"他捞不到什么好处，"我说，"还得出很多力，冒着掉脑袋的风险。"

我让她思忖片刻。"现在，如果他再次转变立场，回哥哥这边来，衷心悔过，爱德华还会让他做回以前的公爵，"我说，"爱德华会原谅他。"

"他会吗？"

我点点头。"我可以保证。"我没有说的是，我永远都不会原谅他，他和沃里克都死定了，自从他们在埃吉考特荒原处死了我父亲和弟弟之后，他们就死定了，不管他们今后如何悔改，都无济于事。他们的名字已经被关在了首饰盒的黑匣子里，在他们本人坠入永恒的黑暗之前，他们的名字永远也不会再次见到天日。

"要是有人能不事声张地私下给乔治一个忠告，告诉他，他可以平安回到兄长这里，该有多好，"母亲望着窗外的流云，随口说道，"年轻人有时候就是需要别人从旁劝告。有时候，他需要有人告诉他，虽然他走上了歪路，但是还可以回到正路上来。像乔治这样的年轻人不应该为兰开斯特家族而战，到死时衣领上还留着红玫瑰徽记。像乔治这样的年轻人应该陪伴在家人身边，在爱他的哥哥身边。"她停住话头，让他母亲想通此节。这件事做得确实漂亮。

"要是有人能告诉他，大家欢迎他回来，那么您就能和儿子团聚了，兄弟们可以再次联手，为约克家族而战，乔治不会有任何损失。他还是英国国王的弟弟、克拉伦斯公爵，像以前一样。我们可以保证，爱德华会恢复他的爵位。这才是他的未来。否则的话，他就成了——人们会如何评价他？"她停住话头，考虑着人们会如何评说塞西莉的爱子，这时她找到了适当的字眼："一个彻头彻尾的缺心眼儿。"

国王的母亲站了起来；母亲也起了身。我依然坐着，朝她微笑，让她站在我的面前。"能跟你们两位谈话，我总是很高兴。"她说，她的嗓音因为恼怒而颤抖。

这时我站起身来，把手放在隆起的腹部上，等她向我屈膝行礼。"哦，同感。再见了，母亲。"我愉快地说。

这样就完成了，就像施巫术一样轻而易举。不必多说一句，甚至不必让爱德华知道，国王的母亲身边的一位侍女决定去见一见她的好朋友——乔治的妻子，可怜的伊莎贝尔·内维尔。这位侍女戴着厚面纱乘船赶往昂热，找到伊莎贝尔之后，没有浪费一点时间在伊莎贝尔的房间里号哭，而是马上找到乔治，告诉他，他母亲对他关爱有加，并为他感到担心。乔治告诉她，在与这位发过誓还联过姻的盟友结盟后，他感到越来越不自在。因为他们的头一个孩子死在了暴风雨之中，他认为上帝对他们的结合是不赞成的。而且自从他娶了伊莎贝尔之后，他觉得所有的事都不对头。当然，这样糟糕的事永远也不应该发生在他身上。如今他发现自己跟家族的仇敌为伍，更糟的是，他又要再一次屈居人下。变节者乔治说，他会随同兰开斯特家族的入侵部队一起前往英国，但只要他一踏上亲爱的哥哥的王国，他就会告知我们，队伍是在何处登陆，兵力如何。他会装作兰开斯特家族的威尔士王子的姐夫，与他们并肩作战，等到两军交火时，他就会从后方袭击他们，杀出敌阵与兄弟会合。他仍会做约克家的儿子，约克三子之一。我们可以信任他。他会摧毁眼前的盟友以及妻子的家族。他对约克家族是忠诚的。在他的内心深处，他始终对约克家族忠心耿耿。

我丈夫把这个可喜可贺的消息告诉了我，他还不知道这件事是女人做成的，是女人在男人周围布下了罗网。我在躺椅上休憩着，感受着胎动。

"这不是很棒吗？"他兴高采烈，"乔治要回到我们这边了！"

"我知道你爱乔治，"我说，"但你也必须承认，他是个两面三刀的东西，对谁都不忠诚。"

我那宽宏大量的丈夫笑了。"唉，他是乔治嘛，"他和善地说，"你别对他太苛刻了。他一向是所有人的宠儿，只顾着自己高兴。"

我勉强地笑了笑。"我对他可不算太苛刻，"我说，"我很高兴他回到了你这边。"我在心里暗自说，但他死定了。

1470年夏

我扶着便便大腹，跟在丈夫后面，在威斯敏斯特宫盘曲的长廊上奔跑着。仆人们抱着东西跑在我们后面。"你不能走。你跟我发过誓，要陪着我等待我们的孩子出生。这是个男孩，是儿子。你一定要陪着我。"

他转过身来，脸色严峻。"亲爱的，要是我不去，我们的儿子就没有王位可坐了。沃里克的内兄亨利·菲茨休在诺森伯兰郡起兵了。我确信无疑，沃里克将会攻打北方，然后玛格丽特会在南方登陆。她会直取伦敦，把她丈夫从塔里救出来。我必须走了，我必须尽快出发。我必须打败一方，然后挥师南下，赶在她抓到你之前打败她。我甚至不敢停下来享受跟你拌嘴的乐子。"

"那我呢？我和女儿们怎么办？"

他向侍从低声发出命令，侍从带着小写字板跟在他后面奔跑着，他朝马厩大步走去。他停下脚步，向侍从武官大声喊出命令。士兵们奔往军械库，取出武器和铠甲；掌旗军士大喊着让军人集合。人们往大马车上装载帐篷、武器、粮食和装备。约克大军又要出征了。

"你必须去伦敦塔，"他转身命令我，"我必须确保你安全无虞。你们所有人，还有你母亲，去塔里的王室房间住。在那儿准备给孩子接生。你知道，我会尽快赶回来。"

"敌人不是远在诺森伯兰郡吗?你在几百英里以外御敌,我干吗还要到塔里去?"

"因为只有魔鬼知道,沃里克和玛格丽特会在哪儿登陆,"他简短地说,"我猜他们会兵分两路,一路支援北方的起义军,另一路在肯特郡登陆。但我不确定。我还没有收到乔治的消息,不知道他们是怎么计划的。假如我在诺森伯兰郡抗敌时,他们沿泰晤士河而上,该怎么办?我的爱人,勇敢些,像个王后那样,带女儿们去伦敦塔,确保你们安全。我会打胜仗,回到你们身边。"

"我的儿子呢?"我低声说。

"你儿子会跟我一起出战。我会尽可能地确保他们安全,但现在是他们为我们的战争出力的时候了,伊丽莎白。"

胎儿在腹中转了个身,仿佛他也不同意这样的说法,这一动作让我一时说不出话来。"爱德华,我们什么时候才会安全?"

"我打赢的时候,"他坚定地说,"现在让我走吧,我会打赢的,亲爱的。"

我让他走了。我觉得,这个世上没有什么能阻止他,我告诉女儿们,我们会住进伦敦塔,她们最喜欢的地方之一。她们的父亲和同母异父的哥哥去和那些依然追随从前的亨利国王的坏人们打仗去了,尽管亨利已经成了伦敦塔里的囚徒,无声无息地待在我们楼下的房间里。我告诉她们,她们的父亲会平安归来的。当她们夜里做噩梦,梦到恶王后和疯国王,还有坏伯伯沃里克,哭着要爸爸时,我向她们保证,她们的父亲会打败坏人,回到家里。我保证,他们会把她们的哥哥平安地带回来。他保证过。他从来不打败仗。他会回家的。

但这一次,他没有回来。

这一次,他没回来。

白王后

一天凌晨,他与战友们——我哥哥安东尼、他弟弟理查德、他的挚友威廉·黑斯廷斯爵士、忠心耿耿的支持者们——在唐卡斯特震惊地得知:国王的两名歌手在嫖妓之后醉醺醺地归来,偶然朝城堡墙外瞥了一眼,看到路上有人打着火把走来。是敌军先遣护卫队在夜间行军,这无疑是沃里克的指挥风格。先遣部队再过一小时,也许再过一小会儿就要到了,他们会赶在国王与部队会合之前抓住国王。整个北方都起兵造反了,准备为沃里克而战,国王一行人马上就要被他们捉获。沃里克在北方的影响力根深蒂固,沃里克的兄弟和沃里克内兄原本也对爱德华不忠,也为他们的亲戚和亨利国王出兵,一小时之内,他们就会抵达城堡。没有人会怀疑,这一次沃里克不会再把他们关押起来了。

爱德华派人尽快护送我的儿子回来,他和理查德、安东尼、黑斯廷斯连夜策马飞奔,拼命逃遁,以免让沃里克或他的亲戚捉到,他们确信,这一次,沃里克会将他们立刻处死。沃里克尝试过活捉和关押爱德华的滋味,就像我们活捉并关押亨利一样,他发现除非爱德华死掉,不然他不会彻底取胜。他不会再次关押爱德华,等待所有人认输投降了。这一次,他要把爱德华置于死地。

爱德华与亲友一道连夜逃走,没有时间派人给我送信,告诉我到哪里与他会合;他甚至不能写信告诉我,他要到哪里去。我怀疑他自己也不知道。他所做的一切,就是逃离必死无疑的危险处境。如何回来要留到日后才能考虑。眼下,今晚,国王要逃过这场劫难。

1470年秋

消息传到伦敦，谣言四起，都是些坏消息。正如爱德华预料的那样，沃里克在英国登陆了，但他没有料到的是，贵族们纷纷倒向叛徒的阵营，效力于那个他们在过去五年里置之不理、任由其在伦敦塔里腐烂的国王。什鲁斯伯里伯爵投靠了他。加斯帕·都铎——他可以招募威尔士的大部分兵力——投靠了他。托马斯·斯坦利男爵——就是在我的加冕礼的马上比武中，赢得红宝石戒指并告诉我他的座右铭是"始终不变"的人——投靠了他。众多小贵族们纷纷仿效这些实力强大的将领，在爱德华自己的王国里，叛军的数量很快超过了支持者的数量。兰开斯特家族的所有人都找出他们的旧兵器来擦亮，希望再次出战，赢取胜利。这种情况就像他曾警告过我的那样：他往外散财，不可能速度足够快、足够公平、满足数量足够多的人。我们没能把我的家族影响力散布得足够深远。如今他们认为，他们在沃里克和又老又疯的国王的统治下，会比在爱德华和我的家族的统治下过得更好。

如果他们捉住了爱德华，会将他当场处死；但他们没有抓住他——这一点是清楚无误的。但没有人知道他眼下身在何方。有人每天都来向我保证，说他们看到他重伤在身，命不久矣，或者看到他逃去了法兰西，或者看到他在一副棺材上，已经死了。

我儿子风尘仆仆、疲惫地回到伦敦塔，为他们没有跟国王一起逃走感到大为不满。我努力控制着自己，不比平日更频繁地抱紧他们，亲吻他们，但我几乎不敢相信，他们平平安安地回到了我的身边。正如我不敢相信，我丈夫和我哥哥没有平安回家一样。

我派人去格拉夫顿接我母亲过来同住。我需要她的建议和陪伴，如果我们确实输了，我只能逃到国外去，我希望她和我一起走。但跑腿的人面如死灰地回来了。

"令堂不在。"他说。

"她在哪儿？"

他眼神躲躲闪闪的，像是希望能由别人把坏消息告诉我。"马上告诉我，"我恐惧地尖声问道，"她在哪儿？"

"她被捕了，"他说，"是沃里克伯爵下的命令。他命令人逮捕她，他的手下来格拉夫顿把她带走了。"

"沃里克抓走了我母亲？"我能听到自己怦怦的心跳声，"我母亲成了犯人？"

"是的。"

我听到一阵咔哒咔哒的声音，然后我看到，是我的双手，它们抖得那么厉害，把我的戒指磕在了椅子扶手上。我深吸一口气，让自己镇定下来，握紧了扶手，不让自己继续颤抖下去。我儿子托马斯走过来，站在我椅子边上。理查德来到了另一侧。

"罪名是什么？"

我想，不可能是叛国罪：除了给我建议，谁也不能说我母亲还做过什么事。她给在位的国王做过好岳母，给王后做过良伴，谁也不能指控她叛国。就因为一个女人爱自己的女儿，就指控她叛国，将她斩首，如此令人不齿的事，就连沃里克也做不出来。但这个人曾经毫无缘由地杀死了我父亲和弟弟，他心里想的一定只有让我心碎和把爱德华从我们家族的支持中抢夺过去这个理由。如果我落入他的魔爪，他会把我也杀掉。

"很抱歉，夫人——"

"什么罪名？"我问。我喉咙发干，轻轻地咳嗽了一下。

"施行巫术。"他说。

要处死女巫，不必非得经过审判，尽管审判也无一能为女巫开脱罪责：很容易找到目击证人，发誓说他家的牛死了，或者他家的马把他们从马背上摔了下来，原因是女巫曾经照看过它们。但目击证人和审判并不是非有不可。只需要一位牧师，就能证明一个女巫有罪，或者像沃里克这样的贵族，可以简单地说她有罪，没有谁能为她辩护。然后她会被人扼死，埋在村口。人们往往找铁匠扼死女巫，因为这份职业使他的双手强劲有力。我母亲是高个子，是脖颈颀长的有名美女。任何男人都可以在几分钟之内把她扼死，甚至不必非得找健壮的铁匠来动手，沃里克的任何一名士兵都能轻松做到，只要沃里克一声令下，他就会马上欣然从命。

"她在哪儿？"我问，"他把她带到哪儿去了？"

"格拉夫顿没有人知道他们去哪儿了，"这人说，"我问了所有人。来了一队人马，他们让你母亲骑在为首的军官身后的后鞍上，带着她往北去了。他们没有告诉任何人他们要去哪儿。他们只是说，她因为施行巫术被捕了。"

"我得写信给沃里克，"我飞快地说，"去吃饭，再找一匹精神饱满的马。我要你尽快赶过去。你准备好尽快动身了吗？"

"马上就准备好。"他说着，鞠躬告退了。

我写信给沃里克，让他释放我母亲。我写信给曾经支持过我们的每一位大主教，任何一个我认为能为我们说话的人。我写信给母亲的老朋友以及跟兰开斯特家族关系密切的家族。我甚至写信给玛格丽特·博福特，作为兰开斯特家族的继承人，也许她有一定的影响力。然后我去小教堂，王后专用的小教堂，整夜跪地祈祷，祈求上帝别让那个邪恶的人害死这个善良的女人，她没有什么不良的品行，只有预见未来的神通，几种异教徒的魔法，缺乏别人的敬重。黎明时分，我把她的名字写在鸽子的一根翎羽上，让它顺流而下，以此通知梅露西娜，她的女儿身处险境。

之后我只能等待消息了。我整整等了一个星期，没有听到任何消息，我一直担惊受怕。每天都有人告诉我说，我丈夫已经死了。现在我生怕他们说我母亲也死了，那样的话，在这个世上，我就是孤苦伶仃的一个人了。我向上帝祈祷，向河流低声诉说：得有人救我母亲。后来，我终于听说她被释放了，两天后，她来到了伦敦塔。

我跑进她怀里哭了起来，仿佛我这个女儿只有十岁大。她抱着我，摇晃着我，仿佛我还是她的小女儿，当我抬起头望着我深爱的她的面容，我看到她的脸上也挂着泪水。

"我没事，"她说，"他没有伤害我，也没有审问我，只是把我关押了几天。"

"他为什么把您放了？"我问，"我给他写过信，我给所有人写了信，我祈祷、许愿；但我不认为他会对您心慈手软。"

"是因为安茹的玛格丽特，"她笑着扮了个鬼脸，回答说，"全世界有那么多女人，竟然是她起了作用！她一听说沃里克逮捕了我，就马上命令他把我放了。我们曾是好友，现在我们也还是亲戚。她还记得我曾在她的宫廷效力，她命令沃里克放了我，否则她会兴师问罪。"

我感到难以置信，笑了起来。"她命令沃里克放了您，他就照办了？"

"现在她是他女儿的婆婆了，也是他的王后，"母亲指出，"他是向她发过誓的盟友，还指望着她出兵支援他收复国土呢。当年她作为新娘来英国时，我是她的女伴，而且在她做王后的日子里，我一直是她的朋友。那时我还是兰开斯特家族的人，我们都是兰开斯特家族的人，直到你和爱德华结婚为止。"

"她救了您，真好。"我承认道。

"这是一场亲族之间的战争，"母亲说，"我们在敌方都有自己爱的人。我们必须眼看着亲人遭到屠戮。有时我们会发发善心。上帝知道，她可不是个心慈手软的人，但她觉得，她会对我发发善心。"

在伦敦塔内华美的王室房间里，我睡得仍不安稳，河面反射出来的月光闪闪烁烁，照在我卧床的帘幕上。我仰面躺着，胎儿的重量沉沉压着我的腹部，身子里面隐隐作痛。我时梦时醒，恍惚中看到上方的挂毯上显现出了我丈夫的面容，就像月光一样明亮。他的脸憔悴而苍老，他像发疯一般，在夜色中纵马飞驰，身子低伏在飘舞的马鬃上，周围只有不到十二个人。

我哭了一会儿，在枕头上转了转头。华美的刺绣抵住了我的脖子，我又睡着了；但我再次醒来，看到爱德华在连夜策马狂奔，走在一条陌生的路上。

我半醒过来，对着自己在心里看到的画面哭了起来，就在半梦半醒之际，我看到在一个小小的钓鱼码头，爱德华、安东尼、威廉和理查德在捶打着一扇门，与一个人争辩着，要租他的船，还不停地回首西望，留意着敌人的动向。我听到他们向船主百般许诺，只要他肯开船带他们去佛兰德斯就行。我看到爱德华脱下皮大衣，抵作酬劳。"拿去吧，"他说，"它比你的船贵两倍有余。拿去吧，就当是我雇你的费用。"

"不。"我在睡梦中说。爱德华正在离开我，离开英国，他正在离我而去，还违背了他的诺言，他说过他会陪我把我们的儿子生下来。

白王后

　　海港外海水涨得高高的，黑色的浪花顶部泛着白色的泡沫。小船起起落落，在海浪中旋转，水花击打在船头上。看起来，它好像无法攀上浪峰，落在了浪头之间的低谷中。爱德华站在船尾，抓住船舷稳住身子，被船的起起落落甩来甩去，一边还回头望着他原先还称作是属于自己的国家，望着追兵手中火把飘摇的火光。他失掉了英国。我们失掉了英国。他曾登上王位，加冕为国王。他封我为王后，我相信，我们的地位已经无可动摇。他从未打过一场败仗，但沃里克对他太过分了，沃里克行动太快，太阳奉阴违了。爱德华走上了流亡之路，像之前的沃里克一样。他正在驶向一场狂风暴雨，像之前的沃里克一样。但沃里克去找法兰西国王，找到了盟友和军队。我看不出，爱德华如何还能归返。

　　沃里克东山再起，卷土重来，如今，我丈夫、我哥哥安东尼和我内弟理查德成了逃亡者，上帝知道，什么风才能把他们再次吹回英国。我和女儿、肚子里的孩子，成了新的人质、新的囚徒。眼下我还在伦敦塔的王室房间里，但用不了多久，我就会被关进下面的囚室，窗户上满是栅栏，到时亨利国王就又可以睡在这张床上了。人们会说，看在基督仁慈的分上，应该释放我，这样我就不会老死狱中，再也无缘一睹自由的天空了。

　　"爱德华！"我看到他仰面望着上方，仿佛他能听到我在睡梦中的呼唤一般。"爱德华！"我不相信他会离开我，不相信我们在争夺王位的斗争中竟会败北。为了让我保住王后的位置，我的父亲和弟弟已经献出了生命。如今我们要变得一无是处，难道只是觊觎王位的人享受了几年好运气而已吗？这对国王和王后走得太远，运气已经用光了吗？我女儿会成为可耻叛贼的女儿吗？她们会嫁给拥有乡下田产的小乡绅，希望人们遗忘她们父亲的耻辱吗？我母亲要屈膝逢迎安茹的玛格丽特，重新赢得她的宠爱吗？我要在流亡和监禁之间做出选择吗？我的儿子、还没出生的宝宝呢？沃里克会让他活着吗？我们关闭了他去加莱的大门，用女巫的邪风吹出惊涛骇浪,让她女儿失去了孩子,让他失去了自己的外孙和唯一的继承人。

我放声叫道:"爱德华!别离开我!"我声音中的恐惧让我彻底醒了过来,母亲在隔壁借着火点燃一支蜡烛,推开了我的房门。"要生宝宝了吗?产期提前了?"

"没有。我做梦了。母亲,我做了个最可怕的噩梦。"

"没事了,没事了,别怕。"她马上安慰我说。她点燃我床边的蜡烛,用穿着拖鞋的脚一踢,让炉火烧得更旺。"没事了,伊丽莎白,你安全了。"

"我们并不安全,"我肯定地说,"问题就在这里。"

"为什么,你梦到什么了?"

"爱德华在船上,遇到了一场风暴。当时是夜里,大海茫茫。我甚至不知道他坐的船是否能安然度过这场风暴。那是一场凶恶的狂风,母亲,他正在遭遇一场凶恶的风,是我们召唤出来的那场风,是我们召唤出来把乔治和沃里克吹走的那场风。我们把它召唤了出来,但它没有平息下去。爱德华正身陷我们制造的暴风里。爱德华穿得像个仆人、穷人:他一无所有,只有一身衣裳。他把自己的大衣送人了。安东尼也在,他的斗篷也没有了。威廉·黑斯廷斯,还有爱德华的弟弟理查德也跟他们在一起。他们就是幸免于难的所有人了,他们就是逃走的所有人了。他们正在……"我闭上眼睛,努力回想,"他们正在离我们而去,母亲。噢,母亲,他离开英国了,他离开我们了。他输了,我们输了。爱德华走了,安东尼也走了。我确定。"

她拿起我冰冷的双手,用自己的手摩擦着,"也许这只是一个噩梦而已,"她说,"也许只是一个梦。怀孕待产的女人会有奇思异想、活灵活现的梦……"

我摇摇头,把被子丢到一边。"不,我能确定,这是一次预见。他输了,他正在逃亡。"

"你认为他去佛兰德斯了吗?"她问,"到他妹妹、玛格丽特公爵夫人和勃艮第的查尔斯那里避难去了吗?"

我点点头。"当然,他当然是去那儿了。他会给我送信来的,我不怀疑。他爱我,爱女儿们,他曾发誓绝不离开我。但他走了,母亲。安茹的玛格丽特肯定已经登陆了,她会带兵前来伦敦,释放亨利。我必须把女儿们转移走。大军到来时,我们不能留在这儿。如果他们发现我们在这儿,会关我们一辈子。"

母亲把一条围巾围在我肩上。"你确定吗?你能不能出行?要我传信给码头备船吗?"

我犹豫了。我的宝宝要出生了,我很害怕出海航行。我想起了伊莎贝尔,她在摇晃的船上痛得大哭,没有人帮她接生,还没有牧师给孩子起名,孩子就死掉了。她的遭遇,狂风在帆缆之间的怒号,我可无法面对。我生怕我用口哨召唤出来的风还在海上肆虐,只有一个婴儿死去恐怕不能满足它的邪恶本性,它也许正在海天交接处寻觅着,寻找不结实的船帆。如果那场风看到我和女儿来到了海上,我们准会葬身大海。

"不行,我受不了。我不敢那么做。我害怕那场暴风。咱们去避难所,去威斯敏斯特大教堂。他们不敢在那里伤害我们。我们会安全的。伦敦人民仍然爱戴我们,玛格丽特王后不会捣毁避难所的。如果亨利国王神志清醒,他永远也不会让她破坏避难所。他相信,上帝的力量在世上运行。他会出于对避难所的尊重,让沃里克放过我们的。我们带女儿和儿子去避难所吧。至少待到我儿子出生为止。"

1470年11月

当我听到绝望的人吊在教堂大门的门环上要求庇护，朝捉贼的人喊出不逊的话，或者像小孩子玩追人游戏似的冲出走廊，把手放在高高的祭坛上时，我总会想，从今以后，他们就得靠吃百家饭过活了，得用跪垫当枕头，睡在长凳上。其实也并没有那么糟。我们住在圣玛格丽特墓地内的教堂地下室里，这里也在大教堂的属地范围内。有点像是住在地窖中，但我们能从房间一侧低矮的窗口望见河水，从另一侧房门的格栅看到街道。我们过着穷苦人家的日子，依靠爱德华的支持者和伦敦市民的善心过日子，他们原本就爱戴约克家族，如今依然如此，尽管世界已经变了个样：约克家族韬光养晦，亨利国王再度称王。

沃里克，大权在握的沃里克男爵，杀害我父亲和我弟弟的凶手、囚禁我丈夫的人，得胜归来，进入伦敦，他那闷闷不乐的女婿乔治陪伴在他身旁。乔治也许是他们阵营中的探子，暗中属于我们这一边，但也可能他再次转变了阵营，如今希望从兰开斯特家的王族捞到一点好处。不管究竟如何，他都没有给我捎信，也没有为确保我们的安全采取任何行动。他紧跟在拥王者身边，仿佛他没有兄弟、嫂子似的，也许他还希望能有机会亲自做国王吧。

沃里克得意扬扬地把宿敌亨利国王从塔里带了出来，宣布他已经完全康复，可以执政。如今他成了国王的解救者、兰开斯特家族的救星，举国欢腾。亨利国王被事情的转折给搞糊涂了，但他们向他作了解释，每天慢慢地、耐心地解释一遍：他又是国王了，他的亲戚、约克家族的爱德华已经跑掉了。甚至，他们可能还跟他说，我们，爱德华的家人正在威斯敏斯特大教堂里躲着，因为他下令——或者别人以他的名义下令——神圣场所的庇护权应予遵守，我们在这个半自愿入住的监狱里是安全的。

每天，肉贩给我们送来肉，面包师给我们送来面包，就连在城里牧场工作的挤奶女工也给我们送来成桶的牛奶，肯特郡的水果商把采摘到的最好的水果带到教堂，给我们留在门边。他们告诉教堂的守门人，水果是给那位时运不济的"可怜王后"的，这时他们想起还有一位新王后——安茹的玛格丽特，她只等刮起一阵好风时，就会扬帆出海，重掌王位。他们斟酌再三，最后说："你知道我说的是谁。一定要送到她手上，因为肯特郡的水果对于临盆的妇女很有助益，会让生产变得更顺利。告诉她，我们希望她健康平安，我们还会再来的。"

父亲音讯渺茫，自己还得待在这么几间小屋里，几个女儿却难以接受——因为她们生来就享受惯了最好的东西。她们以前一直住在英国最豪华的宫殿里，如今却受到了这样的限制。她们可以站在板凳上望着窗外的河流，过去她们曾乘坐王家的游船往来于河道各处；她们还可以站在椅子上透过栅栏望着伦敦的街道，过去她们曾骑马上街，听人们赞美她们的名字和美貌。我的大女儿伊丽莎白只有四岁，但她好像能够理解，我们正在经历一段悲苦的时期。她从不问我她那些驯服的鸟儿到哪儿去了，从不让我找那些哄她玩的仆人来，从不要她的金冠、小狗，或是贵重的玩具。她表现得那么乖巧，就像是在这片小地方出生、长大的一般，她跟自己的小妹妹玩，仿佛她是花钱请来的育婴女佣一样，遵从主人的命令，表现得欢欣愉快。她提出的唯一一个问题就是：父亲到哪儿去了？我必须学会习惯她扬着脸，迷惑不解地皱着眉头问我："父亲现在还是这儿的国王吗，母亲？"

最难挨的是我的两个儿子，他们就像被关在小地方的狮子，他们走来走去，口角不断。最后，母亲给他们找了事情做，拿扫帚柄当剑玩儿，学习诗歌，每天必须玩跳跃和追逐的游戏，他们记下了比分，希望能把自己锻炼得更加强壮，在他们渴望的战斗中发挥出重要作用，为爱德华重新赢回王位。

随着白昼变短，夜晚变黑，我知道，我临盆在即，宝宝就要呱呱坠地了。我最怕的是我会在分娩时送命，到时就只有我母亲孤苦一人留在敌人的城市照顾孩子们了。

"您知道会出什么事吗？"我直截了当地问，"您有没有预见到什么？我女儿会怎么样？"

我从她的眼中看出，她知晓一些情况，但她的脸上没有忧愁的痕迹。"你不会死的，如果这就是你想知道的，"她直言相告，"你是个健康的年轻女人，国王的枢密院派斯克洛普夫人和两个助产士来照顾你。你以为自己会死？没理由这样想，其他人也不会死。我还指望你渡过这一关，生养更多的孩子呢。"

"那宝宝呢？"我问，试图从她脸上看出端倪。

"你知道他平安无恙，"她笑着说，"试过这孩子踢蹬的人都知道，他结实着呢。你没必要担心什么。"

"但还有别的事，"我确信地说，"我的宝宝、爱德华王子，您预见到了他的一些事。"

她望了我一会儿，最后决定实话实说。"我看不到他会做国王，"她说，"我看过纸牌，看过水中的月影。我试着问过水晶，看过烟雾。我尝试了上帝的律法中规定的、可以在这个神圣的场所中实行的、我所知道的一切办法。但老实说,伊丽莎白,我看不到他能当上国王。"

我大笑起来。"就这样吗?只是这样而已?亲爱的上帝啊,母亲,我连他父亲能重做国王都看不到,他还经过加冕和任命了呢!我也看不到我还会做王后,我还在胸前涂抹过圣油,把权杖拿在手中呢。我不指望他能做威尔士王子,只希望他是个健康的宝宝。只要他生下来身体结实,能长大成人,我就满意了。我不需要让他做英国国王。我只想知道,我和他能渡过眼前这一关。"

"哦,你们会渡过这一关的。"她说。她把手一挥,一阵轻盈的风吹拂过狭窄的房间、角落里女儿们睡的带轮小床、另一个角落里佣人睡的草垫子、屋里的贫穷、地下室的阴冷、石墙的潮湿、烟气缭绕的炉火、孩子们鼓起的不屈不挠的勇气——他们正在忘记自己曾有过更舒适的生活。"这算不了什么。我还指望着看到我们东山再起呢。"

"怎么可能?"我不敢置信地问她。

她俯过身子,把嘴贴在我的耳边:"因为你丈夫可不是在佛兰德斯种葡萄、酿葡萄酒,"她说,"他也不是在梳理羊毛、学纺织。他正在为远征准备行装、结交盟友、筹集军饷、计划攻入英国。伦敦商人并不是唯一一帮更希望约克家族掌权的人。爱德华从未打过一场败仗,你还记得吗?"

我不敢确定地点点头。尽管他逃走流亡,但他确实从未打过一场败仗。

"所以当他迎击亨利的部队时,尽管这一部队为沃里克所统帅,为安茹的玛格丽特所驱使,但你不认为,赢的会是他吗?"

这不是正统的分娩隔离。正统的分娩隔离是这样的:在产期到来前六周,王后举行从宫廷隐退的典礼,在遮光的专用房间里休养。

"乱讲,"母亲轻松地说,"你已经隐退了,不是吗?分娩隔离?没有哪个王后有过这样的分娩隔离。谁在圣所里分娩隔离过呢?"

这不是正统的王室生产,正统的王室生产是这样的:有三名助产士和两名奶妈,哄孩子的人、有贵族身份的教母们、保育员站在旁边待命,各国大使带着丰厚的礼品等待着。兰开斯特宫廷派斯克罗普夫人来,确保我需要的东西都备齐了,我认为,这是沃里克伯爵在向我示好。但我必须就这样把孩子生下来,他的父亲和一班朝臣没有在门外等候,几乎没有人能帮助我,他的教父是威斯敏斯特大教堂的主持,他的教母是斯克罗普夫人:他们是唯一陪在我身旁的人,既不是拥有土地的大贵族,也不是外国国王,担任皇家子弟教父的通常是这些人,但他们是善良的好人,和我们一起留在威斯敏斯特大教堂里。

我照宝宝父亲的心愿和从河里捞起的银勺子的预言,给宝宝取名叫爱德华。安茹的玛格丽特的舰队驶向英国,结果被风暴给困住了,她派人捎信给我,让我给孩子取名为约翰。她不想让英国再出现一名爱德华王子,与她的儿子争夺王位。我对她的话置之不理,仿佛这话是个无足轻重的人说的。为什么我要按安茹的玛格丽特的心愿行事?我丈夫给他取名叫爱德华,从河里捞起的银勺子上也有他的名字。他就是爱德华:哪怕我母亲说得对,他永远也当不成爱德华国王,那他也会成为威尔士王子爱德华。

在我们这些人中间,我们叫他宝宝,没有人称他为威尔士王子。在生产之后,我把他搂在怀里,暖暖和和的,他们之前给了我一杯生产时喝的酒,我半醉半醒地陷入睡眠时心想,也许这个孩子不会成为国王。没有人为他的降生鸣放礼炮,或是在山顶点起篝火。伦敦的泉水和喷泉没有溢满葡萄酒,市民们没有纵酒狂欢,没有使者奔向欧洲各国宣告他的降生。就好像降生的是个凡夫俗子,而不是王子。也许他会成为一个平凡的孩子,我也会再次成为一个平凡的女人。也许我们不会成为被上帝选中的大人物,但也能过得开开心心。

1470年冬至1471年

　　我们在避难所度过了圣诞节。伦敦的肉贩送我们一只肥鹅，我和儿子、小伊丽莎白一起玩牌，我有意输给伊丽莎白一枚六便士银币，她上床时兴奋不已，像个真正的赌鬼一样。我们在避难所度过了主显节之夜，我和母亲用服装、面具和魔法，给孩子们编了一出戏。我们把祖传的梅露西娜的故事讲给他们听，美女梅露西娜半人半鱼，在森林的泉水中现身，为了爱情嫁给了一个凡人。我把自己包在一张床单里，床单包在脚上充当鱼尾，还把头发放了下来，当我从地上起身时，女儿们为鱼美人梅露西娜激动不已，儿子们喝起彩来。母亲把用纸做的马头绑在一根扫帚上，进了屋，穿着看门人的短上衣，戴着一顶纸冠。女儿们完全没有认出她来，看得很投入，仿佛我们是世界上最伟大的宫廷花钱请来的演员似的。我们把故事讲给他们听：半人半鱼的美女的求爱，她的情人劝她离开森林里的泉水，抓住机会见识一下外面的广阔世界。我们只讲了故事的一半：她和他住在一起，给他生下了漂亮的孩子，他们幸福地生活在一起。

　　当然，故事的内容比这要多。但我发现，我不愿意去想，因为爱而建立的婚姻最终以分手收场。我不愿意去想，身为一个女人，在男人建立的世界里过不下去，是种什么滋味。当我被困在避难所，我们所有人，梅露西娜的女儿们被困在这样一个地方，无法做完整的自己时，我不愿意去想，梅露西娜离开泉水，把自己关在一座城堡里，是种什么滋味。

梅露西娜的凡人丈夫爱她，但她令他难以理解。他不理解她的本性，与这个谜一样的女人在一起生活，他觉得不满意。一位客人劝他偷偷地窥视她，他听从了。他躲在她浴室的帘幕后面，看到她在浴室的水下游动，惊恐地看到鳞片上的闪闪水光，知晓了她的秘密：尽管她爱着他，真心实意地爱着他，但她仍然是半人半鱼之身。他不能忍受她的真实面目，而她又无法强忍着不做自己。于是他离开了她，因为在心里，他担心，她是个本性分裂不一的女人——他没有认识到，所有的女人都是本性分裂不一的造物。他不能忍受这样的想法：她有秘密，她有一种不为他所了解的生活。事实上，他不能容忍这一事实：梅露西娜是这样一个女人，她了解不为人知的深水，她在深水中游弋。

可怜的梅露西娜，她那么卖力地想要做个贤妻，却不得不离开那个爱她的男人，回到水中，她感到在地上行走的生活太艰难了。像许多女人一样，她不能令丈夫完全称心如意。她的脚疼，不能在丈夫选择的道路上行走。她试着跳舞，让丈夫开心，但她不能否认自己感到痛楚。她是勃艮第王室的祖先，我们作为她的后人，仍然努力地行走在男人的道路上，有时我们也会感到，这条路走得无比艰苦。

我听说，新的宫廷举行了一场圣诞宴会。亨利国王恢复了神智，兰开斯特家族的人扬扬得意。从避难所的窗口，我们可以看到驳船在河上驶来驶去，载着贵族们从河畔的宫殿前往威斯敏斯特宫。我看到斯坦利的船驶过。这位曾在加冕礼比武中亲吻我的手，告诉我他的座右铭是"始终不变"的斯坦利男爵,是沃里克登陆英国时最早恭迎他的人之一。结果,他到底是兰开斯特家族的人;也许他会始终忠于他们,永不改变吧。

我看到了博福特家的船,威尔士的红龙旗帜在船尾飘扬着。威尔士的大人物加斯帕·都铎正要带他那年轻的侄子亨利·都铎进宫面见国王,国王是他的同族亲戚。他的血统一半是不受承认的,另一半则是王子血统。我毫不怀疑,加斯帕将会重新回到威尔士的城堡,玛格丽特·博福特夫人会喜极而泣,泪水流满她十四岁的儿子亨利·都铎的衣襟。当初我们把亨利·都铎置于出色的约克派监护人——赫伯特一家的监护之下,他们母子二人被迫分离,她不得不忍受这样的前景:儿子将会娶约克派的赫伯特家女儿为妻。但如今威廉·赫伯特为我们出战而阵亡,玛格丽特·博福特又把儿子置于了自己的看管之下。她会让儿子在宫廷里不断晋升,获得宠爱和地位。她会提出恢复儿子的爵位,让儿子的继承权得到保证。克拉伦斯公爵乔治窃取了属于她儿子的爵位和封地,今后她会提出物归原主的请求。她是最有野心的女人,也是个意志坚定的母亲。我一点也不怀疑,一年之内,她就会从乔治那里讨回里士满的封地,还有可能,她儿子会被指定为兰开斯特家族的王位继承人。

我看到了沃里克男爵的船,它是河面上最华美的一艘,他的桨手和着船尾鼓手击鼓的节拍划着,那艘船轻捷地逆流而上,仿佛没有什么能够阻止他不断前进,就连大河的水流也阻止不了。我甚至看到了他本人,他就立在船头,仿佛连河水都要向他俯首听命一般,他把帽子摘下来拿在手中,让自己的黑发感受着寒意。我噘起嘴唇,想朝他吹一股风,但我还是让他走掉了。这股风吹与不吹没有什么分别。

沃里克的长女伊莎贝尔经过我的地下囚牢时,也许正跟我的内弟乔治手拉着手,坐在船尾的座位上。也许她还记得,那年圣诞节时,她身为一个满心不情愿的新娘来到了宫廷,我待她不错。或许,她宁愿忘记我当白玫瑰王后的宫廷。乔治知道我——他的嫂子、当他不忠时依然保持忠诚的女人——在这儿,生活在困顿和半明半暗之中。他知道我在这儿,他甚至会感觉到我正在看着他,用不屑的眼神眯起眼睛看着他。这个男人原本是约克家族的乔治,如今成了兰开斯特宫廷招人喜欢的同族亲戚。

母亲把手放在我胳膊上。"不要希望他们遭厄运,"她告诫我,"这种恶念会落回到你自己的身上。耐心等待吧。爱德华就要回来了。我毫不怀疑,我一刻也没有怀疑过他。就把这段时间当作是一场噩梦好了。就像安东尼说的那样,是墙上的影子。重要的是,爱德华招募了一支大军,足以打败沃里克。"

"他怎么能做到呢?"我望着宣称忠于兰开斯特家族的这座城市说,"他要从何做起呢?"

"他和你的兄弟、我们的亲戚一直有联络。他正在增强自己的兵力,而且他从未打过败仗。"

"他也从没和沃里克打过仗。他对作战的全部认知,都是沃里克传授的。"

"他是王者,"她说,"尽管眼下,这么说好像没有什么意义。他是经过加冕和神圣任命的,他的胸口涂过圣油,他是国王,这一点谁也无法否认,哪怕另有一位经过加冕和任命的国王坐在王位上。但爱德华拥有好运道,而亨利没有。也许关键就在于此:看你是不是有好运道。约克家族是个行好运的家族。"她笑着说:"当然,他还有我们呢。我们可以祝愿他吉祥,用点儿召唤好运的魔法没有坏处。如果这样还改善不了他的机缘运数,那就无计可施了。"

1471年春

母亲熬制了药剂,把药从窗口倒进河里,用没有人能听到的声音喃喃念咒,把药粉撒到火里,让药粉冒出绿色的火苗和烟雾。她每次给孩子们拌粥时都要喃喃地祈祷,每次上床都要把枕头翻两次,穿鞋之前把它们对着拍打几下,以摆脱厄运。

"这些做法有用处吗?"我儿子理查德望着外婆,问我。她正在把缎带编成辫绳,对着它喃喃低语。

我耸耸肩。"有时候有。"我说。

"这是巫术吗?"他不安地问。

"有时候是。"

然后,三月里,母亲告诉我:"爱德华要来找你了。我确信不疑。"

"您预见到了?"我问。

她咯咯笑了起来:"没有,是肉贩跟我说的。"

"肉贩跟您说什么了?伦敦城里尽是流言蜚语。"

"没错,但他是从史密斯菲尔德的一个人那里听说的,这个人在开往佛兰德斯的船上干活。这个人看到一支小舰队在最恶劣的气候中朝北开进,其中一艘舰艇打着光芒四射的太阳图旗帜:这是约克家族的家徽。"

"爱德华正在攻打过来?"

"也许就在咱们说话的当儿,他正在进攻。"

四月的一天,傍晚时分,我听到外面的街道上响起了欢呼声,我从床上一跃而起,来到窗边听着。在教堂里干活的姑娘砰砰地敲门,跑进屋里嚷嚷着:"夫人!夫人!是他,国王陛下。不是亨利国王,是另一位国王。您的国王。约克家族的国王。爱德华国王!"

我披上睡袍,把手放在发辫上。"已经来了?人们现在就是在为他欢呼?"

"就是在为他欢呼!"她喊道,"正在点亮火把,为他引路。在他前面唱歌,扔金币。有他,还有一班士兵。他肯定是正在往这边来!"

"母亲!伊丽莎白!理查德!托马斯!姑娘们!"我喊道,"起来了!穿衣服!你们的父亲要来了。你们的父亲要来接我们了!"我抓着干活的姑娘的胳膊说:"给我拿热水来,我要洗一洗,把我最好的长袍拿来。生火的事你就别管了,已经不重要了。今后你不用再守着那堆分文不值的火了。"我把她推到屋外,让她取热水。我把晚上睡觉时编的发辫解开,这时伊丽莎白跑进我的房间,大睁着眼睛问:"是恶王后来了吗?母亲,恶王后到了吗?"

"不,亲爱的!我们得救了。是你的好父亲来找我们了。你听,人们不是正在欢呼吗?"

我扶她站在凳子上,让她透过门上的格栅往外张望,然后自己掬水洗脸,把头发编好,戴上头饰。那个姑娘把长袍拿给我,慌慌张张地给我系上衣带,这时我们听到他在猛力敲门,伊丽莎白喊叫着跳下地打开门,他进了屋,比她记忆中的模样还要高大英武,她退到了后面。刹那间,我赤着脚朝他跑去,又回到了他的怀抱。

他拥抱我，吻我，用他那胡子拉碴的下巴磨蹭着我的脖颈，然后他问："我的儿子呢？我儿子在哪儿？他结实吗？健康吗？"

"他又结实又健康。到这个月，他有五个月大了。"母亲说着，抱着他进了屋，他被紧紧地裹在襁褓里，母亲向爱德华行了一个大礼，"欢迎回来，我儿爱德华，陛下。"

他轻轻地放开我，很快来到母亲身边。我都忘了他的脚步是如此轻捷，就像一名舞蹈家。他从母亲怀里接过儿子，尽管他低声说着"谢谢你"，但他并没有看到她，他的心思都放在了儿子身上。他把宝宝抱到窗旁，借着光亮看着宝宝，爱德华宝宝睁开深蓝色的眼睛，打了个哈欠，他那玫瑰花蕾般的小嘴大张着，仿佛是回应那双灰色眼睛的热切审视一般，他望着父亲的面孔。

"我的儿子，"他悄声说，"伊丽莎白，原谅我，让你迫不得已在这儿生下他。我不会再让这样的事情发生了。"

我默默点头。

"他是不是如我所愿，接受了洗礼，被命名为爱德华？"

"是的。"

"他长得好吗？"

"我们刚要开始喂他吃固体食物，"母亲自豪地说，"他挺爱吃的，睡得很香，是个聪明的孩子。伊丽莎白亲自照料他，没有哪个奶妈能做得比她更好了。我们给您养育了一个小王子。"

爱德华望着她。"谢谢您照顾他，"他说，"也谢谢您陪伴我的伊丽莎白。"他低下头，他的女儿们——伊丽莎白、玛丽和塞西莉围在他身旁，直勾勾地望着他，仿佛他是一头奇怪的动物，也许是独角兽，突然闯进了她们的保育室里。

他温和地蹲下身，以免显得自己高高在上，同时把宝宝搂在臂弯里。

"你们是我女儿，我的公主，"他低声对她们说，"你们还记得我吗？我离开了很长时间，有半年多了，不过我是你们的父亲。我离开你们的时间太久了，但没有一天我不想念你们，还有你们美丽的母亲。每天我都发誓，要回来和你们团聚，让你们再次回到公主的位置上。你们记得我吗？"

塞西莉的下唇哆嗦着，不过伊丽莎白说："我记得你。"她把手放在他的肩膀上，面无惧色地望着他的面孔。"我是伊丽莎白，最大的孩子。我记得你；别的孩子太小了。你记得我吗？我是你的伊丽莎白。伊丽莎白公主。有一天，我会像母亲一样，做英国王后。"

听了这话，我们笑了，他站起身，把孩子交给我母亲，搂住我。理查德和托马斯上前跪拜，接受祝福。

"我的孩子们，"他热情地说，"你们困在这里，心里一定愤愤不平吧。"

理查德点点头。"真希望当初能与您同行，陛下。"

"下次你们会与我同行的。"爱德华向他保证。

"你来英国多久了？"我问，他开始解开我的头发，我的话音一下子变低了，"你有军队吗？"

"我是和你哥哥、真正的朋友们一起来的，"他说，"我弟弟理查德、你哥哥安东尼、黑斯廷斯，当然，都是和我一起流亡的人。眼下，还有别人归附我。我弟弟乔治离开了沃里克阵营，将会为我而战。他、理查德和我又变得亲如手足，就在沃里克的鼻子底下，在考文垂的城墙前。乔治把什鲁斯伯里男爵拉到了我们这边。威廉·斯坦利爵士也归附了我。还有别人。"我想到沃里克的强大实力，兰开斯特家族的姻亲关系，还有玛格丽特即将带来的法国大军，我知道，爱德华现有的力量还不够。

"今晚我可以留下，"他说，"我必须看到你们。但明天我就得去打仗了。"

我几乎不敢相信。"你明天别走好吗？"

"亲爱的,我到这儿来,已经冒了很大的风险。沃里克现在正躲在考文垂,既不投降,也不出战,因为他知道,安茹的玛格丽特即将率军前来,他们两方集合兵力之后,实力将会进一步壮大。乔治投诚了,还带来了什鲁斯伯里和他的手下,但是还不够。我必须把亨利扣作人质,去面对她。他们希望把我困在这里,但我会与他们开战,如果我走运的话,我会与沃里克作战、击败他,之后与玛格丽特交战,把她也击败。"

我口干舌燥,不敢想象他将如何迎战一位大将,然后迎战玛格丽特的大军。"法国军队会与玛格丽特一起来吗?"

"奇迹是,她现在还没有登陆。我们原本是同时准备起航的。原本我们要比一比,看谁先到英国,从二月起,我们两方都被恶劣的天气给耽搁下了。大约一个月之前,她的舰队就已经在翁弗勒尔整装待发,结果她一次次地出航,又一次次地被暴风给吹了回去。我们这边风停了一阵,不到一天的时间。就像魔法一样,亲爱的,我们就趁机出发了,风一路吹到约克郡。不过起码,我有了把他们逐一歼灭的机会,不必同时迎战他们两方的联合部队了。"

他提到暴风时,我朝母亲瞥了一眼,她在笑着,仿佛对此一无所知。"你明天别走好吗?"

"亲爱的,今晚我留下陪你。咱们要聊一整夜吗?"

我们转身进了我的睡房,他抬腿一脚,关上了房门。他像以前一样抱住我,说:"上床,夫人。"

✦

他像从前一样与我纵情欢爱,仿佛久旱初逢甘霖。但今晚,他与往常不同。他的头发和皮肤仍然散发着与从前一样的气味,这足以让我祈求他的爱抚,但他在拥有我之后,紧紧地把我搂在怀里,仿佛一次欢爱还不够,仿佛他想从我这里得到更多的东西。

"爱德华?"我低声问,"你还好吗?"

他没有回答,但他把头埋在我的肩膀和脖子下面,仿佛要用我的体温挡住整个世界。

"亲爱的,我害怕,"他说,他的声音那么小,我几乎听不见,"亲爱的,我害怕到了极点。"

"你怕什么?"我问了一个愚蠢的问题,他死里逃生,在颠沛流离中召集起了一支部队,将要迎战基督教国度最强大的军队。

他转身仰面躺下,他的手仍然把我紧紧地搂在身边,于是我紧紧地贴着他的身子。

"当人们告诉我,沃里克来抓我,乔治和他在一起的时候,我知道这一次他不会把我抓去关押起来了。我知道这次我必死无疑。我以前从不觉得有人能杀得了我,但我知道沃里克能,我知道乔治会让他下手的。"

"但你逃脱了。"

"我逃跑了,"他说,"那不是一次谨慎的撤退,我的爱人,那不是战略调整。那是一次溃逃。我担心自己会送命,就这么跑了,我一直觉得自己是个懦夫。我逃走了,撇下了你。"

"摆脱敌人不是懦弱,"我说,"不管怎样,你又回来迎战他了。"

"我逃走了,丢下了你和女儿们,让你们面对他,"他说,"我觉得自己这件事做得很糟。我没有跑来伦敦找你。我没有来这儿拼死一战。我跑到了最近的港口,上了第一艘船。"

"任何人都会这样做的。我从来没有怪过你,"我趴下,用胳膊肘撑着身子,望着他的脸,"你必须先离开,才能招募起一支军队,回来救我们。所有人都明白。我哥哥和你弟弟理查德也跟你一起走了。他们也认为应该这么做。"

"他们跑得像鹿一样,我不知道当时他们是怎么想的,但我知道自己的感受。我就像个惊慌的孩子,后面有欺负他的人在追他。"

我陷入了沉默。我不知道怎样安慰他,或者该说些什么。

他叹了一口气。"我从小就为自己的王国,或者我的生活而战。我从不觉得自己会输。我从不觉得我会被人俘虏。我从不觉得自己会死。很奇怪,不是吗?你会觉得我愚蠢。但一直以来,甚至在我的父兄被杀以后,我也从不认为自己会死。我从没有想过,自己会被斩首,首级会被挑在城头示众。我认为自己战无不胜,刀枪不入。"

我等他往下说。

"现在我知道,自己并不是那样的,"他说,"我从来没有对别人说过这一点。今后我也不会说给别人听,只会对你说。但我不再是你嫁的那个人了,伊丽莎白。你嫁的是一个英勇无畏的青年。我觉得,这说明我勇敢。但我并不勇敢,仅仅是走运而已。一直走运,直到现在。现在我是一个会感到恐惧,会逃跑的人。"我正要开口,用不真实的甜言蜜语安慰他,但忽然,我觉得,我应该告诉他实话。"什么都不怕才是愚蠢,"我说,"真正的勇敢者是懂得恐惧、敢于面对恐惧的人。你那时逃走了,但现在你回来了。你打算逃走,明天避而不战吗?"

"上帝啊,怎么会!"

我笑了。"那你还是我嫁的那个人。因为我嫁的是个勇敢的青年,你现在仍然是个勇敢的人。我嫁的那个人不了解什么是恐惧,他也没有儿子,不了解爱情。但这些我们都遇到了,它们改变了我们,但并没有搞垮我们。"

他严肃地望着我:"你真的这样想?"

"真的,"我说,"一直以来,我也很怕,但现在和你在一起,我不怕了。"

他把我拉得离他更近了。"我想,我要睡了。"他说。他放松了情绪,像个小男孩似的,我温柔地搂着他,仿佛他是我的孩子。

✦

我早上醒来,惊讶于我的满心欢喜,我的肌肤光滑如绸缎的触感,我腹部的融融暖意,我的复苏和生机勃勃之感。这时,他在我身边动了动,我知道自己安全了,他也安全了,我们又在一起了。所以,阳光照在我裸露的皮肤上,我就醒了过来。然后,我想起来,他必须离开。尽管他十分活跃,但他没有笑容。这令我感到震撼。爱德华一向满怀自信,但今天早晨,他脸色严峻。

"耽搁我的话,一句也别说啦,"他说着下了床,开始穿衣服,"我忍受不了离别。还要和你再次分别,我觉得受不了。要是你不让我走,我会一定动摇的。笑一笑,为我祝福吧,亲爱的。我需要你的祝福,我需要你的勇气。"

我忍住流露恐惧之情的言语。"我祝福你,"我紧张地说,"我永远祝福你。愿你拥有世上所有的好运。"我努力让自己的声音听起来开朗一些,但我的声音在颤抖。"你这就要走吗?"

"我要去把亨利捉来,他们一直称他为国王,"他说,"我要带他出征,把他作为人质。昨天来找你之前,我看到他在塔里。他认得我。他说他知道跟我这个亲人在一起是不会有事的。可怜的家伙,就像个小孩子。他好像不知道自己又当上了国王。"

"英国只有一个国王,"我坚定地说,"在你加冕之后,只有一个英国国王。"

"几天后我就来见你,"他说,"我这就走,不跟你母亲和女儿们道别了。这样最好。我可以迅速行动。"

"你不吃早餐吗?"我不是有心要哭,但他要离开,我觉得受不了。

"我会和士兵们一起吃的。"

"当然,"我开朗地说,"我儿子呢?"

"我会带他们一起走。他们可以充当信使。我会尽可能地确保他们的安全。"

我感到自己也为他们担心不已。"好啊,"我说,"而且,这个星期你就回来,对吧?"

"上帝保佑。"他说。

这个男人以前常对我发誓说,他生来就该在自己的床上寿终正寝,我会守在他的床边。他以前从未说过"上帝保佑"。以前他总是凭自己的意志决定一切,而不是上帝的意志。

他走到门口停住脚步,说:"如果我阵亡了,你就带孩子们去佛兰德斯吧。图尔奈有一户穷人欠我的情。他是你母亲家族的一个私生子亲戚。他会把你当亲戚收留。他为你编好了一套说辞。我去见过他,我们商量过,如果需要的话应该怎么做。我已经给过他钱了,我把他的名字写下来了,就在你屋里的桌子上。你看过之后,就把它烧了吧。你们可以住在他那儿,等风声过去以后,你再自己出来住。不过你得躲一两年。等我儿子长大之后,也许他可以提出自己有权成为国王。"

"别说了,"我激动地说,"你从未打过败仗,你从不失败。你这个星期就会回来,我知道的。"

"的确,"他说,"我从未打过败仗。"他总算露出了一丝严峻的笑容。"不过我以前从来没有与沃里克交战。我也没有足够的时间招募足够数量的士兵。但我有上帝保佑,我们会胜利的。"

说完,他走了。

复活节周的星期六，已经到了黄昏时分，伦敦教堂的钟声开始慢慢敲响，一下，又一下。城里寂静无声，依然沉浸在受难节沉郁不安的祈祷气氛之中：原本有两个国王的首都如今一个国王也没有了，因为爱德华已经带着亨利出征了。如果他们都死了，英国将会怎样？伦敦将会怎样？我和入睡的孩子们将会怎样？

母亲和我花了一天时间缝纫，陪孩子玩耍，打扫我们的四个房间。我们念了复活节周星期六的祈祷文，我们煮了鸡蛋，绘制彩蛋，准备当作复活节礼物。我们听了弥撒，领了圣餐。如果有人把我们的动向禀报给沃里克，他们会说，我们都很平静，他们会说，我们似乎有信心。但现在，随着天色变得昏暗，我们一起站在小窗边上，河流就在离我们很近的地方流过。母亲推开窗，听着静静的流水声，仿佛河水会低声说出爱德华部队的消息似的，仿佛河水会说，这个约克家的儿子在今年春天会不会像以前一样东山再起。

沃里克不再据守考文垂，他带兵长途跋涉，开赴伦敦，确信自己能击败爱德华。兰开斯特家族的贵族们已经聚集在他的麾下，半个英国的人都支持他，另外半个英国在等待安茹的玛格丽特从南岸登陆。曾把她困在海港的那场女巫的风已经停息了，我们失去了庇护。

爱德华先是从城里，接着从伦敦郊区召集了士兵，然后北上，迎战沃里克。他弟弟理查德和乔治与他同行，骑马走在步兵队列旁边，提醒他们约克家族在国王带兵时从未打过一场败仗。所有士兵都爱戴理查德。他们信任他，尽管他只有十八岁。乔治和什鲁斯伯里男爵走在一起，身后是他们的士兵，还有一些人愿意追随乔治，认准了他是主子，不在乎自己身处哪一阵营。全军总共有九千人。威廉·黑斯廷斯策马走在爱德华的右边，忠诚得像是一只狗。我哥哥安东尼断后，留意着身后的情况，像往常一样谨小慎微。

⬟

天色暗了下来，他们正准备扎营过夜，这时爱德华派出去侦察前方敌情的理查德·格雷和托马斯·格雷骑马跑了回来。"他来了！"托马斯说，"大人！沃里克带大军来了，他们在巴尼特外面整队，在与道路交叉的东西向高地上摆出了作战队形。我们过不去。他肯定知道我们来了，他正在等着我们，挡住了我们的去路。"

"小点声，小伙子，"黑斯廷斯语气沉重地说，"用不着让全军都听到。有多少人？"

"我看不清，不知道，天色太暗了，比我们人数多。"

爱德华和黑斯廷斯交换了一个沉重的眼神。"多多少？"黑斯廷斯问。

理查德从兄弟身后站出来。"看起来有两倍多，先生，或许有三倍多。"

黑斯廷斯从马鞍上把身子朝他探过去。"这番话你们也别声张。"他说。他点头示意两个孩子离开，转身对爱德华说："咱们是否应该后撤，等待天亮？也许撤回伦敦？守住伦敦塔？准备迎接攻城战？等待勃艮第支援？"

爱德华摇摇头。"咱们继续前进。"

"如果孩子们所说不差，沃里克占据了高处，兵力是咱们的两倍，正在等着我们……"黑斯廷斯用不着说完自己预测到的形势。爱德华面对大军，唯一的希望就是出其不意的奇袭。爱德华的作战风格正是急速行军，发动奇袭，但沃里克已经掌握了他们的军情。教爱德华如何带兵的，也正是沃里克。沃里克早已好整以暇。老师准备迎战自己的学生，而且对学生的所有把戏都已了然于胸。

"咱们继续前进。"爱德华说。

"再过半个小时,就看不清路了。"黑斯廷斯说。

"没错,"爱德华回答,"他们同样看不见。让士兵们无声无息地前进,传令下去:要绝对无声无息。让他们列队备战,准备迎击敌人。我要让他们列队等待黎明。天光乍亮时,咱们就进攻。告诉他们不准点火,不准点灯,保持肃静。告诉他们,这是我的命令。我会前后巡视,小声告诉他们。我要他们一句话也别说。"

乔治、理查德、黑斯廷斯和安东尼议定之后,开始骑马走遍队伍前后,命令士兵不得出声,安静行军,在高地脚下安营扎寨,面对沃里克大军。就在他们赶路时,天色变得更暗了,高地的地平线和军旗的影子开始隐没在夜色里。月亮还没有升起来,整个世界没入了黑暗之中。

"这就对了,"爱德华说,一半说给自己听,一半说给安东尼听,"咱们几乎看不到他们,他们在上面,身后是天空。他们往下面的山谷里看,根本看不到咱们,只能看到漆黑一片。走运的话,早晨会起雾,他们根本不会知道咱们来了。咱们躲在山谷里,雾气会遮住咱们。他们就在咱们眼前,就像谷仓屋顶的鸽子。"

"你觉得他们会等到早晨吗?"安东尼问他,"像谷仓屋顶的鸽子那样,被我们一窝端吗?"

爱德华摇了摇头。"我不会等到早晨的。沃里克也不会。"

仿佛是为了表示赞同,近处响起了一声震耳的轰鸣,沃里克的大炮喷出了火舌,一条黄色的火焰划破黑暗,照亮了他们上方静静等待出击的大军。

"亲爱的上帝,他们起码有两万人,"爱德华发誓说,"告诉士兵保持肃静,往后传话。不准开火还击,告诉他们,我要他们像老鼠一样安静。我要他们像睡着的老鼠一样安静。"

一个搞笑的家伙学老鼠，吱吱地叫了一声，有人窃笑起来。安东尼和爱德华听到嗾声的命令传达了下去。

炮声再次响起，理查德站了起来，他的马是黑色的，在夜里看不清楚。"是你吗，兄弟？我看不见。炮弹显然是从咱们头顶飞了过去，赞美上帝。他不知道咱们在哪儿，搞错了射程，他以为咱们在半英里开外呢。"

"告诉士兵们保持肃静，就是到了早晨，他也不会知道的，"爱德华说，"理查德，告诉他们，必须隐蔽好：不准点灯，不准点火，要绝对安静。"他弟弟点点头，再次没入黑暗。爱德华勾了勾手指，叫安东尼过来。"你带理查德·格雷和托马斯·格雷去一英里外，点两三堆小火，相互间隔远一点，伪装成我们在炮弹落点处安营扎寨的样子。然后躲远一点。让他们有个好瞄准的东西。火一下子灭了也没关系，别回去，小心挨炮弹。只要让他们以为咱们离他们还远就行。"

安东尼点点头，去了。

爱德华从战马"复仇女神"上翻身下来，侍从上前接过缰绳。"看着它吃饱，卸下马鞍，从嘴里卸下马嚼子，但缰绳别卸，"爱德华下令，"把缰绳放在身边。我不知道咱们晚上能休息多久。做完这些以后，你就可以休息了，孩子，但别休息得太久。黎明前一小时把它给我牵过来，也许还要更早。"

"是，陛下，"小伙子说，"他们正在给马传递草料和水。"

"叫他们小点声，"国王重复道，"告诉他们是我说的。"

小伙子点点头，把马从国王站的位置牵远了一点。

"安排人守夜。"爱德华对黑斯廷斯说。火炮又咆哮起来，响声吓了他们一跳。他们可以听到炮弹嗖嗖地从上方飞过，砰地落在南面的远处，远在隐没的部队以外。爱德华吃吃窃笑："咱们睡不了多久，可他们压根就睡不成，"他说，"半夜两点左右叫醒我。"

他从肩上解下斗篷，铺在地上。他摘下帽子，盖在脸上。尽管炮声和炮弹坠地声定时响起，但他很快就睡着了。黑斯廷斯解下自己的斗篷，把它卷起来，像母亲一样温柔地盖在睡着的国王身上。他转身问乔治、理查德和安东尼："每人守夜两小时如何？第一班我来值守，然后我叫你，理查德，你和乔治一起巡察士兵，派人侦察敌情，然后轮到你，安东尼。"三人点头同意。

安东尼裹上斗篷，在国王身边躺了下来。"乔治和理查德一起守夜？"他小声问黑斯廷斯。

"我会相信乔治才怪，"黑斯廷斯悄声说，"但我相信年轻的理查德，可以把性命托付给他。他会看好他哥哥，让他在交战之前始终站在我们这边。愿上帝保佑我们得胜。"

"胜算不大啊。"安东尼沉吟道。

"从没见过更糟的情况，"黑斯廷斯愉快地说，"但我们师出有名，爱德华是个福将，约克三子又团结一心了。也许咱们能活下去，求上帝保佑。"

"阿门。"安东尼给自己画了个十字，然后睡了。

"再说，"黑斯廷斯悄悄地自语道，"咱们还有什么办法。"

✦

在威斯敏斯特大教堂的避难所里，我没有睡，母亲和我一起守夜。黎明前的几小时，天色最暗，月亮即将落下，母亲推开窗子，我们并肩站着，黑暗的河水滔滔流过。我朝寒夜轻轻呵出一口气，我呵的气凝成了一团雾气。母亲在身边也叹了一口气，她的气息和我的呼吸合在一起，打着旋飘走了。我一次接一次地呼着气，灰蒙蒙的雾气开始在黑色的河面上集结，仿佛一团暗影。母亲叹了口气，雾气沿着河水奔涌着，遮没了对岸，挽留住了漆黑的夜色，遮盖了星光。雾气变成浓雾，开始沿着河水扩散开来，穿过伦敦的条条街道，朝北方和西方扩散过去，在河谷里翻涌着，留住了低处的黑暗，这样一来，尽管天色渐渐变亮，地面仍然被雾气所包裹。沃里克的士兵在巴尼特外面的高地上，在黎明前的料峭寒意中醒着，望着山坡下面，寻找敌人的踪迹，但他们什么也看不到，下面只有一团雾气组成的内海，两旁是山谷的粗重线条。敌军踪影全无，静静地被包裹在他们下方的幽暗之中。

✦

"牵好'复仇女神'，"爱德华小声对侍从说，"我要徒步作战。拿我的战斧和剑来。"其他贵族——安东尼、乔治、理查德和威廉·黑斯廷斯已经披挂完毕，准备大战一场。他们的战马被牵到远处，装上了马鞍和笼头，随时待命。尽管没有人明说，如果形势不妙，就逃走，如果形势大好，就策马冲锋。

"准备好了吗？"爱德华问黑斯廷斯。

"准备好了。"威廉说。

爱德华望了一眼高地，突然说："愿上帝拯救我们。我们犯了错误。"

"怎么了？"

雾气露出一小片空隙，只见爱德华军与沃里克军并不是直冲着对方，爱德华军的位置太偏左了。沃里克军的右翼完全没有遮挡，看起来，就好像是爱德华军短了三分之一似的。爱德华军的左边长出来一小截，那儿的士兵没有敌人可打，他们会往前直冲过去，不会受到阻截，势必会打乱队形，但右边的部队又太短了。

"重新列队已经来不及了，"他断然决定，"我们开局不利，愿上帝保佑我们。擂响战鼓，我们要出击了。"

军旗升起，三角旗在雾气中飘摇着，从雾气中升了起来，仿佛一片突然落光了叶子的树林。喇叭响起，在晨雾中声音变得粗浊喑哑，黎明尚未到来，雾气让一切显得奇异而模糊。"冲锋！"爱德华说，尽管他的部队几乎看不清敌人。片刻的沉默，他感到士兵们像他一样受了浓雾的影响，满怀恐惧。"冲锋！"爱德华吼道，带头朝高地冲去，士兵们跟着他冲向沃里克军，后者刚刚睡醒，听到敌军杀到，但睁大了眼睛却什么也看不到，直到他们像是穿过了一堵墙，看见身材高大的国王率领约克大军挥舞着战斧，如同从黑暗中冲出来的恐怖巨人一般，杀将过来。

在战场中央，国王向前冲杀着，他面前的兰开斯特军纷纷倒下，但在侧翼，空虚薄弱的右翼，兰开斯特军可以长驱直入，数量远远超过约克军，他们是几百个人，而约克军只有寥寥数人在右翼抵挡他们。在黑暗和雾气中，当约克军的左路一路猛攻，向下推进，越来越接近约克军的中段时，数量屈居下风的约克军开始倒下。一名士兵转身就逃，但没跑几步，就被一根大狼牙棒砸开了瓢，但一名士兵的逃跑引得另一名士兵效尤。又一名约克军士兵眼看越来越多的敌人冲下山坡向他们袭来，自己身旁无人掩护，转身跑了两步，躲进浓雾和黑暗掩护的安全地带。一名接一名士兵有样学样。一名士兵往下跑时被一柄剑刺中了后背，他的战友朝后望去，脸色突然变得煞白，丢下武器撒腿就跑。队伍最边上的士兵们动摇了，他们望着身后漆黑诱人的安全地带，又看看上方，听到敌军在怒吼，敌军想必胜券在握，尽管他们几乎看不到自己的双手，但他们嗅到了血和恐惧的气息。没有对手的兰开斯特军左翼冲下山坡，约克军的右翼不敢抵挡。他们丢下武器，像鹿，像受惊的畜群一样四散而逃。

兰开斯特阵营的牛津伯爵手下的士兵马上乘胜追击，像猎犬一样大呼小叫地追赶着，因为他们在雾中目不视物，只好循着敌人的气味追踪，伯爵高呼着鼓舞他们的话，直到他们把战场抛在了身后，战场上的喧嚣声在雾中变得含糊不清，逃跑的约克军踪影尽失为止。伯爵意识到，自己的士

白王后

兵正在各自跑散,他们纷纷冲向巴尼特和酒馆,放慢了战马的步子,擦拭着剑身,炫耀着胜利。他只好跑过去拦住他们,立马拦在路中间。他只好用鞭子抽他们,让各个队的队长责骂、训斥他们。他只好下马,派一名亲信追上去,用詈骂的办法叫停士兵。

"仗还没打完呢,你们这些无赖!"他朝手下喊道,"约克家的国王还活着,他弟弟理查德、他那个叛徒弟弟乔治也还活着!我们都发过誓,要把他们消灭掉。上吧!上吧!你们已经尝过血的滋味,你们已经看过敌人抱头鼠窜了。来消灭他们吧,把其余的敌人歼灭。想想他们身上的战利品!他们已经半死不活、必输无疑了。让我们把剩下的敌人也都打跑。上吧,小伙子们,上吧,去吧,让他们狼狈逃窜吧!"

士兵们重新恢复秩序、整队之后,掉过头来,伯爵率军从巴尼特小跑回到战场,他身前打着大旗,上面是傲然升起的刺芒太阳图。雾气让他辨别不清景象,他急于回到沃里克身边,沃里克之前曾经许诺,今天在他身边作战的人都会得到重赏。但牛津伯爵德维尔不知道,当他率领九百人的部队赶回来时,作战双方的阵型已经掉了个儿。因为约克军右翼被攻破,左翼不断推进,使得战场移到了高地下面,战线在伦敦的道路上来回推移着。

爱德华仍然处于战场中心,但他可以感觉得出自己一方正在失利。沃里克军步步紧逼,他们节节败退。他开始产生挫败感,这种感觉是他过去未曾体验过的,它与恐惧不无相似。在雾和黑暗中,他只能看到进攻者前赴后继从雾中走出来,在他面前现身。他像盲人一样,凭直觉用剑、战斧、大镰刀,抵挡着不断冲上来的敌人。他想到了自己的妻子和幼子,他们还在等他回去,期待着他凯旋。他没有时间细想,如果自己战败他们会怎么样。他能感觉到自己手下的士兵簇拥在自己周围,正在退却,仿佛承受不住沃里克军庞大数量的威压一般。他感到自己疲于应对,无法阻止敌人上前，自己需要不停地挥舞、戳刺、杀戮，否则就会性命不保。在搏杀的间歇，他瞥了一眼身边，清楚地看到他弟弟理查德在不断挥舞着兵器，但他觉得自己拿剑的胳膊变得疲惫无力了。他脑海里出现了这样一幅画面：理查德在独自作战，他已经不在理查德身边了，理查德身边一个战友也没有，独自面对着敌军的冲锋。想到这儿，他怒气填胸，大吼道："约克！上帝在约克一边！"

牛津伯爵德维尔带兵跑来，发出了冲锋的号令，他看到战线就在前方，希望能从后方截杀约克军。他知道这样一来可以给敌军以重创。他们从雾里杀出来，精神饱满，仿佛赶来支援的兰开斯特生力军，同时又像一路令人恐惧的伏兵。他们从黑暗中突然现身，剑和兵器已经拿在手中，上面血迹斑斑，但他们出现在——并非约克军——而是兰开斯特军的后方，此刻兰开斯特军已经扭转了战场的格局，从山坡上下来了。

"有叛徒！通敌者！"一位背后中招的士兵转过身，看到德维尔之后喊道。一名兰开斯特军官扭头一看，看到了战场上最可怖的景象：新的士兵从后方袭来。在雾中，军旗看不分明，但他肯定自己看到的是光芒四射的太阳图，是约克家族的军旗傲然飘扬在这些新出现的士兵上方，他们正从巴尼特赶过来，高擎着剑，挥舞着战斧，呐喊着发起了有力的冲锋。他把牛津的刺芒太阳图旗错当成了约克家族的军旗。他们前面是舍命作战、不断紧逼的约克军，但更多的敌人从后方的雾里冲了出来，仿佛幽灵军团，势不可挡。

"转身！转身！"有人惊慌失措地喊道，又有人喊："重新编队！重新编队！后撤！"命令本身没有什么不妥，但声音里充满了恐慌，这些士兵转过身，从敌军约克部队那里后撤，结果发现身后还有一支部队。他们认不出自己的盟友，还以为自己被包围了，还以为敌众我寡，自己必死无疑，不由惊慌失措。

"德维尔军！"牛津伯爵看见自己的士兵在攻击自己人，赶忙喊道，"德维尔军！为兰开斯特家族而战！住手！住手！以上帝的名义，住手！"但已经来不及了。一些士兵从刺芒太阳图认出了牛津的军旗，他们看到德维尔身处混乱的局面之中，向自己的士兵发号施令，以为他临阵倒戈了——战争中不乏这样的情况——那些从前的至交好友此时对他恨之入骨，恨不得杀之而后快，他们觉得这位战场上的叛徒比敌人更可恨。但在雾气和混乱中，多数兰开斯特军只知道前方有数不清的敌人，大批敌军不断紧逼，现在背后又出现了一股生力军，四周的黑暗和雾气中还不一定隐藏着多少敌人。谁知道会有多少敌人从河里杀出来？谁知道爱德华娶的那个女巫会从河流、泉水、溪流里召唤出什么样的怪物？他们能听到厮杀声、伤者的尖叫声，但他们看不到自己的主子，认不出自己的将领。战场在不断变幻，在半明半暗的奇怪光线下，他们甚至认不出自己的战友。有上百人丢下武器逃命去了。人人都知道，这场仗若是打输了不会被俘，吃败仗的一方只有死路一条。

爱德华在战场中心又劈又刺，威廉·黑斯廷斯在他侧翼，一手运剑，一手拿刀，喊道："胜利属于约克！胜利属于约克！"约克军相信了这声有力的呐喊，兰开斯特军也信以为真，他们腹背受敌，敌人从前方的黑暗和后方的雾气中夹击着他们，他们失去了指挥，沃里克呼喊自己的侍从过来救驾，骑上自己的马逃走了。

这是一个信号：战争自此变成了数千士兵各自逃生的冒险。"牵我的马来！"爱德华喊着侍从，"把'复仇女神'牵来！"威廉合掌把国王托上马背，国王抓住马缰，威廉也翻身爬上自己的战马，去追自己的国王、主人和挚友，约克家族的将领们纷纷上马追击沃里克，骂他溜之大吉了。

母亲叹息着，站直了身子，我们一起关上了窗。我俩通宵守夜，都变得脸色苍白。"结束了，"她确定地说，"你的敌人死了。你最危险的头号大敌——沃里克再也不会拥立国王了。他得去向上帝解释，他对人世间的这个可怜的王国做了些什么。"

"我儿子没事，是吗？"

"我肯定。"

我把双手勾得像猫爪一样。"那克拉伦斯公爵乔治呢？"我问，"你觉得他怎么样了？告诉我，他也阵亡了！"

母亲笑了。"他像平时一样，站在胜利的一边，"她说，"你的爱德华打了胜仗，忠心耿耿的乔治在他身边。你会发现，你必须原谅乔治，尽管他害死了你父亲和弟弟。也许，我只能放弃向乔治寻仇的想法了。也许乔治会活下去，毕竟他是国王的亲弟弟。谁能杀死皇室的亲王？你有什么办法，能把约克家族的亲王置于死地吗？"

我打开首饰盒，取出黑色的搪瓷小盒。我按下小搭扣，打开了小盒。里面有两个名字——克拉伦斯公爵乔治、沃里克伯爵理查德·内维尔——写在我父亲最后一封信的一角上。他给母亲写那封信时满怀希望，还在信中提到了赎金，他从没想到自己认识了这么多年的两个人仅仅是因为心怀恶意，再没有其他任何原因，竟会将自己处死。我把纸片撕成两半，把写有沃里克伯爵理查德·内维尔的那一半用手揉皱。我甚至懒得往火里扔。我把它丢在地上，踩在脚下，就让它变成尘土好了。我把乔治这个名字放回小盒，装进首饰盒。"乔治不会活下去的，"我干脆地说，"如果他落到我的手里，我有机会下手的话，我丈夫这位亲人乔治就没有活路可走。约克家族的儿子并不是不可冒犯的。我会眼看着他死掉。他尽可以在伦敦塔里自己的床上安睡，但我绝不会让他有命活下去。"

❈

爱德华从战场归来后，我和他一起过了两天，这两天里，我们搬回了伦敦塔的王室房间，把可怜的亨利的东西匆匆清理了一下，丢到一边。可怜的疯王亨利又回到了从前那间窗上带格栅的房间，跪在地上祈祷。爱德华吃起饭来狼吞虎咽，好像已经饿了几个星期似的。他纵情欢爱时，就像梅露西娜在深水里沐浴一样肆意尽兴，要我的时候丝毫没有斯文的风度，没有脉脉温情，就像当兵的对自己的姘头一般，然后倒头就睡。他起来之后，向伦敦市民宣布，有关沃里克还活着的种种传言都是不实之辞，他是亲眼看见沃里克毙命的。沃里克是在像懦夫一样逃离战场时死掉的，爱德华下令，将沃里克的尸体陈列在圣保罗大教堂，以此打消民众的怀疑。"但我不允许人们侮辱他的尸身。"他说。

"他们曾经把我们父亲的首级挑在枪上，挂在约克家大门上示众，"乔治提醒他，"还把纸做的王冠戴在他头上。咱们应该把沃里克的首级挑在长枪上，挂在伦敦桥头，把他的尸体分成四段，向全国展示。"

"你为你岳父做的这项安排可真不错，"我说，"你肢解你老婆的父亲，她会不会觉得有点受不了？何况我觉得，你曾经发过誓要爱他、追随他来着？"

"沃里克可以体面地葬在比斯汉姆教堂的家族墓地中，"爱德华下令说，"我们可不是野蛮人。我们不跟死者过不去。"

我们在一起度过了两天两夜，但爱德华在等待着一名探马的回报，让部队整装待命。之后探马回来了，安茹的玛格丽特已在韦茅斯登陆，她已经来不及支援盟友，但仍然决心独自一战。我们马上就接获线报，得知英格兰发生了起义，那些不愿为沃里克出兵的贵族和乡绅们认为，在王后披挂出战、她丈夫亨利被敌人俘虏的情况下，自己有义务支援王后。人们纷纷说，这将是最后一战，决定胜负的一战：这最后一战将会决定一切。沃里克一死，中间人就不存在了，现在是兰开斯特家族的王后对阵爱德华国王，兰开斯特家族对阵约克家族，每个村里的每个人都得做出自己的选择，很多人选择归附她。

爱德华命令所有领地的贵族带兵前来助战，要求每个城镇都要出钱、出兵，无一例外。"我又得走了，"他在黎明时说，"无论如何，也要确保我儿子的安全。"

"无论如何，"我回答说，"也要确保你自己安全。"

他点点头，拿起我的手按在嘴上，然后拢起我的手指，兜住他的吻。"你知道，我爱你，"他说，"你知道吗，我对你的爱像你站在橡树下面那天一样，未曾改变。"

我点点头，说不出话来。他的话像是在诀别。

"好了，"他果断地说，"记住，如果有什么不测，你就带孩子们去佛兰德斯。你还记得图尔奈那个小船夫的名字吧？到他家去躲起来。"

"我记得，"我低声说，"但不会出现什么不测的。"

"愿上帝保佑。"他说完最后这番话，就转身离开，去迎接下一场战斗去了。

双方的部队在速度方面展开了竞逐，玛格丽特的部队开往威尔士召集援军，爱德华展开追击，试图从中阻截。玛格丽特的军队由萨默塞特伯爵统领，她儿子——邪恶的年轻亲王——带着自己的士兵一起出战。大军穿过乡间，向西边的威尔士行进，加斯帕·都铎将在那里举兵响应，康沃尔郡的士兵将会和他们在那儿会师，一旦他们进了山区，就立于不败之地了。加斯帕·都铎和侄子亨利·都铎可以为他们提供安全的避风港和现成的部队。没有人能让他们走出威尔士的堡垒，而他们可以好整以暇地积聚兵力，强力出击英格兰。

沃里克的小女儿、亲王的新娘安妮·内维尔随玛格丽特一同出征，接二连三的坏消息给她带来了一重重打击：父亲身故，姐夫克拉伦斯公爵乔治叛变，母亲因为失去了丈夫，心中悲痛，撇下她进了避难所。他们肯定是绝望三人组，他们把一切都押在了获胜上，结果已经输掉了那么多。

爱德华从伦敦出发追击，边赶路边集结兵力，力求赶在敌军渡过塞文河、消失在威尔士的群山之前将他们截获。几乎可以肯定的是，这一目标难以实现。路途太过遥远，还要急速行军，而他的战士还没有从巴尼特战争中恢复元气，无法及时赶到那里。

但玛格丽特的部队无法在位于格洛斯特的第一个渡河口过河。爱德华下令，不准放敌军过河，任其前往威尔士，而格洛斯特堡垒是支持爱德华这边的，于是在堡垒设置了障碍。这条河是英国水最深、水流最急的河流之一，正处于涨水期，流速迅疾。我笑着想象着，英国的河水如何难住了法国的王后。

结果玛格丽特的部队只好北上，从上游另找地方渡河，这时，爱德华的部队距离他们只有二十英里了，他们像猎犬一样一路小跑，爱德华和弟弟理查德不断催促他们。当晚，兰开斯特军在图克斯伯里外面的一座废弃古堡里安营扎寨，躲在倾颓的墙壁后面躲避恶劣的天气，确信次日可以从浅滩涉水过河。他们自信地等待着，因为约克军已经筋疲力尽，他们从一个战场行进到下一个战场，如今又被迫在一天的时间里奔行了三十六英里，横跨了全英国的横向距离。爱德华也许能够赶上他的敌人，但也会把自己的作战锐气消磨殆尽。他能赶到那儿，但只有一群气喘吁吁的士兵，无济于事。

1471年5月3日

　　玛格丽特王后和她那不幸的儿媳安妮·内维尔，征用了附近的一处名为佩恩宅邸的房子，等待着开战。她们一心以为这一战会让她们成为王后和威尔士公主。安妮·内维尔整夜跪在地上，为她父亲的灵魂祷告，她父亲的尸身如今被公然陈列着，任何人都可以去看，就在伦敦圣保罗大教堂祭坛前的台阶上。她还为悲伤的母亲祈祷，后者刚一踏上英国的土地，就听说自己的丈夫战败，在逃亡时被杀，自己成了寡妇。沃里克公爵的遗孀安妮拒绝与兰开斯特部队继续前行，在比尤利修道院闭门不出，对两个嫁给敌对阵营男子的女儿——她们一个嫁给了兰开斯特家族的亲王，一个嫁给了约克家族的公爵——撒手不管了。小安妮为姐姐伊莎贝尔的命运祈祷，伊莎贝尔的命运与朝三暮四的乔治拴在了一起，她如今又变成了约克家的公爵夫人，她丈夫明天将会为敌人而战。她像平时一样，祈求上帝把理智之光注入她那年轻的丈夫、兰开斯特家族的爱德华亲王心里，亲王变得日益反复无常、日益邪恶；她还为自己祈祷，希望自己不要在这场战争中送命，能再次回到家里。她也不十分清楚，今后哪里才是自己的家。

　　爱德华的部队由他最喜爱的人——他的两个弟弟，假如上天不给他们活路，他也愿意随他们一起死去——率领。他心中怀有恐惧，如今他已经知道了失败的滋味，并且永远都不会忘记。但他也知道，这场战争无可避免：他必须率军以英国人前所未见的速度急速行进,抓住战机。他可以心怀恐惧,但如果他想做国王,就必须战斗,必须取得比以往更丰硕的战果。他弟弟格洛斯特公爵理查德向他们前面的部队下达作战指令,以极大的忠诚和勇敢率领部队作战。爱德华在中间位置作战,威廉·黑斯廷斯负责断后,为阻止伏兵接近国王,哪怕豁出性命,他也在所不惜。至于安东尼·伍德维尔,爱德华另有安排。

"安东尼,我想让你和乔治带一小队长矛兵埋伏在我们左侧的树林里,"爱德华悄声说,"你们要完成两项任务:一是留意萨默塞特是否从城堡废墟里派出部队,袭扰我军左侧;二是观察战局,一旦时机成熟,就发起冲锋。"

"您这样信任我?"安东尼问,他回想起自己与国王是敌非友的日子。

"我信任你,"爱德华说,"不过,安东尼——你知道,你是个聪明人,一个哲人,你知道人的生与死其实是一回事吗?"

安东尼扮了个鬼脸。"我才疏学浅,不过我对我的生活很满意,陛下。我还没有达到超然物外的境界。"

"我也是,"爱德华热切地说,"我对自己的床笫生活也很满意,兄弟。你得保证,让你妹妹再给我生个王子。"他露骨地说:"为了她,你也得保住我的卵蛋啊,安东尼!"

安东尼笑着,作势行了个军礼。"需要的时候,您会打信号吗?"

"我需要的时候,会让你看清楚。当我看起来快要输掉的时候,我就会打信号,"他坦率地说,"你们留到那时再走,这就是我的全部要求了。"

"我会全力以赴的,陛下。"安东尼平静地应承着,转身去布置手下的两百名长矛兵作好埋伏。

爱德华一直等到伏兵就位,兰开斯特军从山上的城堡墙头看不到他们,才向炮兵下令:"开火!"与此同时,理查德的射手部队发出阵阵箭雨。炮弹命中了老城堡破败的石墙，石块和炮弹一起落在城堡里的士兵头上。有一个士兵脸上中箭，发出哀号，然后又有十几人中箭，大喊起来。这座城堡与其说是一处要塞，不如说是一处废墟。墙壁后面也不适合躲藏，断裂的拱门和掉落的石块十分危险，根本无法躲避。士兵们纷纷跑了出来，有些士兵还没收到前进的命令，就朝山下发起了冲锋，一些士兵开始朝图克斯伯里方向撤退。萨默塞特吼叫着，让士兵整队，朝山下的国王军队发起冲锋，但他手下的人在纷纷逃窜。

  兰开斯特家族的部队怒吼着猛冲下来，借助下坡路的地势，他们跑得越来越快，瞄准了约克军的中心位置。高大的国王就在那里，钢盔上戴着王冠，正准备迎战。爱德华从小就体验到了残酷战斗的乐趣，这股乐趣令他感到精神振奋。兰开斯特士兵艰难地推进着，穿过前面的部队朝他杀来，国王一手拿着大砍刀，一手拿着一柄战斧，马上开始招呼起敌人来。他在格斗场和校场上的长期训练开始发挥作用，他的招式流畅自然，犹如一头猛狮：戳、缠、转、刺。敌军接连不断地朝他袭来，他毫不犹豫地接连出击：避开头盔刺向没有防备的喉咙，从没有防护的腋窝往上劈砍敌军持剑的手臂，用脚踢在一个敌兵的裆部，当这个不幸的家伙弯下腰时，他用战斧劈碎了他的头盖骨。

  受到敌军的冲击，约克军开始后退，这时理查德率领的侧翼部队由侧面插入，开始又砍又刺，年轻的公爵率军在战场中心大肆屠戮，他是个心狠手辣的小个子，战场上的杀手，一名可怕的学徒。理查德手下士兵的猛攻打断了兰开斯特部队的冲锋，后者停了下来。就像在白刃战中总有一个间歇，这时即使是最强壮的人也得歇歇气，但在这个间歇中，国王和身边的理查德率领约克军向前推进，开始把兰开斯特军逼回他们的藏身之所。

  这时，战场左侧的树林里，决心死战的士兵们发出一阵令人胆寒的呐喊，敌军不知道那里还有伏兵。两百名长矛兵——不过看起来就像是两千名——全副武装，但脚步轻捷，飞快地冲向兰开斯特军，英国最杰出的武士安东尼·伍德维尔身先士卒。他们的长矛摆在身前，急于挺刺，兰开斯特军的士兵们从战况激烈的战场上往天上一看，炮弹袭来，就像看到暴雨中的霹雳降下一样：死亡来得太快，教人猝不及防。

他们纷纷逃窜，没有别的办法可想。矛枪向他们纷纷刺去，仿佛装在一件致命武器上的两百个刀刃一般，还没打中对手，就听到自己先发出了惨叫。敌军跌跌撞撞地朝山上逃去，理查德手下的士兵紧追不放，痛下杀手，安东尼手下的士兵快步赶上，刀剑齐施。兰开斯特军跑进河里，打算徒步过河，或者游到对岸去，结果被盔甲的重量拽入河中，在芦苇丛中拼命挣扎，溺水而亡。他们朝山谷跑去，黑斯廷斯的士兵对他们迎头痛击，用大镰刀招呼那些受惊的敌人，就像收割者围拢在最后一块麦田四周收割麦子一般。敌军转身往城区的方向跑，爱德华率领自己的部队在后追击，就像追赶精疲力尽的鹿，被追上的人都死在屠刀之下，其中就有人称爱德华亲王、兰开斯特家的爱德华、威尔士亲王的那个孩子，就在城墙外面。爱德华的部队在冲锋中将敌人毫不留情地悉数砍杀，阵阵求饶声中亮起了刀光剑影，血花四溅。

"饶命！饶命！我是兰开斯特家族的爱德华，我有国王血统，我母亲……"剩下的话变成了皇族血液的汩汩作响，一名平民身份的步兵为了得到漂亮的腰带和雕花的剑，把刀子插进了年轻亲王的喉咙，就此断送了安茹的玛格丽特的希望、她儿子的性命、兰开斯特家系的一线生机。

这已经变成了一场无比丑陋的屠杀，参与其中与国王的身份不符，爱德华止剑休息，清理着自己的匕首。他眼看着士兵们割开敌军的喉咙、剖开肚腹、砸碎脑壳、斩断腿脚，兰开斯特军要么倒地惨叫，要么远遁而去，至少这场仗是打赢了。

但每次打仗都要收拾残局，这一幕总是惨不忍睹的。爱德华喜欢在战场上厮杀，对于杀死战俘或折磨俘虏却毫无兴趣。与同时代的多数军阀不同，爱德华对将敌人判罪斩首也不感兴趣。但兰开斯特家的贵族们躲在图克斯伯里大教堂寻求庇护，爱德华不让他们躲在那儿，也不放他们回家。爱德华简短地吩咐弟弟理查德："把他们带出来。"他们决心做一了断。他转身对两个继子、格雷家的孩子说："你们去战场上找找活着的兰开斯特贵族，解除他们的武装，逮捕他们。"

"他们声称自己有避难权，"黑斯廷斯指出，"他们在教堂里，挂在高高的圣坛上。您的妻子能留得性命，就是因为避难权是受到尊重的。您唯一的儿子就是在避难所里平安降生的。"

"她们一个是女人，一个是婴儿，"爱德华简短地说，"避难所是给无助的人准备的。萨默塞特公爵埃德蒙并不是无助的人。他是一个跟死神打交道的叛国者，理查德会把他从教堂里拖出来，带到图克斯伯里市集上的断头台去。行吗，理查德？"

"行，"理查德简略地说，"我对胜利的尊重胜过对任何避难权的尊重。"他手按剑柄，过去砸碎教堂的大门，尽管教堂主持抱住他拿剑的胳膊，求他畏惧上帝的意志，求他开恩。约克军士兵对他的话充耳不闻。这已经不是宽恕的问题了。理查德的手下人把尖叫的哀求者们拖了出来，他和爱德华望着手下的士兵们在教堂庭院墓地用刀杀死俘虏，那些人还在恳求允许把自己赎回去，他们抱着碑石，恳求死者能拯救自己的性命，直到鲜血流淌到教堂的台阶，把台阶变得湿滑，神圣的墓地散发出肉铺的血腥味儿，仿佛世间没有什么神圣的东西一样。因为英国再也没有什么神圣的东西了。

1471年5月14日

我们在伦敦塔上等候消息,这时响起阵阵欢呼声,我知道我丈夫就要回家来了。我跑下石头台阶,我的脚后跟在台阶上啪啪作响,女儿们跟在我身后,但是大门打开,马匹纷纷涌入时,出现的不是我丈夫,而是我哥哥安东尼,他在队伍前方向我微笑。

"妹妹,好消息,你丈夫安然无恙,打了个大胜仗。母亲,请祝福我,我需要您的祝福。"

他跳下马向我鞠躬,然后转向母亲,脱帽跪地,让她把手放在他的头上。当她摸到他的头时,周围在一瞬间变得安静了。这是一次真正的祝福,而不是多数家庭装模作样的空架子。她把心思倾注在他身上,这是她最有天赋的孩子,他向她躬首致意。接着他站起身,面向我。

"详细战况容我随后再讲,不过尽管放心:国王陛下大获全胜。安茹的玛格丽特被我们关押起来,成了我们的俘虏。她儿子阵亡了,她没有继承人了。兰开斯特家族的希望在血和泥土中陨落了。爱德华会回来见你,但他现在正挥师北上,北方出现了以内维尔和兰开斯特家族为名义的更多起义。你的两个儿子与他同行,他们安然无恙,心情也不错。他派我来保护你和伦敦。肯特郡的人正在起兵反对我们,有托马斯·内维尔给他们撑腰。他们当中有一半是好人,只是跟错了人,但另一半只是一心想要劫取战利品的乌合之众。有一小撮人认为，他们能够释放亨利国王，把你抓住，他们发誓要实现这一目标，这些人是最危险的。内维尔带了一支小舰队，正在来伦敦的路上。我要去见市长和市参议员，组织防守。"

"他们要攻打伦敦？"

他点点头。"他们打了败仗，继承人死掉了，但他们仍不放弃战争。他们会为兰开斯特家族再选择一名继承人：亨利·都铎。他们会发誓复仇。爱德华派我来保护你。在最糟糕的情况下，我可以安排你们撤离。"

"我们真的有危险吗？"

他点点头。"很抱歉，妹妹。他们有船，有法兰西的支持，而爱德华把全部兵力带走北上了。"他向我鞠躬，然后转身进塔，对巡官喊话说，让市长马上觐见，他要一份塔的备战情况的报告。

报信的人来确认说，托马斯·内维尔乘船驶离了肯特郡，他发誓，他会派兵从陆路行军前进，同时发兵从水路沿泰晤士河驶入，予以支援，攻占伦敦。我们刚刚取得了巨大的胜利，杀掉了他们的王位继承人，应当已经高枕无忧了，但我们仍然身处危机之中。"他为什么要这么做？"我问，"都已经结束了。兰开斯特家的爱德华死了，他的堂兄弗里克死了，安茹的玛格丽特被俘虏了，亨利也被我们关押在这座塔里。内维尔家的人为什么还要从格雷夫森德开船出航、希望占领伦敦呢？"

"因为还没有结束。"母亲说。我们往塔走去，我怀里抱着宝宝，让他呼吸一下户外的空气，女儿们跟在我们后面走着。母亲和我向下望，可以看到安东尼正在派人调整炮台，对准河下游，命人用河沙装袋，堆在白塔的门窗后面。往下游看，我们可以看到码头上的士兵在堆放沙袋，把装上水的水桶准备好，以防内维尔的船袭来时引发火灾。

"如果内维尔攻下了塔楼，爱德华在北方被打败的话，一切又要从头开始了，"母亲指出，"内维尔可以释放亨利国王。玛格丽特可以与丈夫团聚，也许他们还可以再生一个儿子。要一劳永逸地终结他们的家系，消除战争，唯一的办法就是杀戮，就是杀死亨利。我们已经消灭了继承人，现在我们还得杀死这个父亲。"

"但亨利还有别的继承人呢，"我说，"虽说儿子死掉了。比如说，玛格丽特·博福特就是一个。博福特家族还后继有人，她有儿子——亨利·都铎。"

母亲耸了耸肩。"一个女人，"她说，"没有人会为了让一个女人当女王而舍命出战。让谁来统治英国呢，让一个当兵的？"

"她有儿子，那个都铎家的孩子。"

母亲耸了耸肩。"没有人会为一个小伙子去舍命作战。亨利·都铎无关紧要。亨利·都铎永远都不会成为英国国王。没有人会为了都铎家的某个人，对抗金雀花王朝的国王。都铎家族只有一半王室血统，还是来源于法兰西王族。他对你构不成威胁。"她向下瞥了一眼白墙和带有格栅的窗户，在那间屋里，被人遗忘的亨利国王又回去祈祷去了。"只要他死了，兰开斯特家系就结束了，我们就安全了。"

"但谁能下得了手呢？他是个无助的人，一个半疯癫的人。他已经是咱们的俘虏了，谁能硬起心肠来杀死他呢？"我压低了声音——他的房间就在我们的房间楼下。"他整天跪在祈祷台前面，呆望着窗外，一言不发。杀死他，就像杀死一个傻瓜。有人说他是个圣洁的傻瓜。有人说他是位圣人。谁敢杀一位圣人？"

"我希望你丈夫会这么做，"母亲露骨地说，"唯一让英国王位安全的方法，就是在他脸上捂一个枕头，让他长眠不醒。"

一丝阴影掠过了阳光，我把宝宝爱德华紧紧地搂在怀里，仿佛是为了不让他听到这样残酷的忠告。我打了个寒战，仿佛母亲预言的是我要死掉一般。

"怎么了?"她问我,"你冷吗?咱们进去吧?"

"是塔的缘故,"我急躁地说,"我一直不喜欢这座塔。还有您:您说出了那样卑劣的行径——杀害塔里的那个毫无防备能力的囚徒!您不该说出这样的话来,尤其是当着宝宝的面。我真希望战争已经结束,咱们可以回威斯敏斯特宫去。"

下面,我哥哥安东尼仰望着这边,朝我挥手,示意大炮已经就位,我们准备好了。

"很快咱们就可以离开这里了,"母亲安慰我说,"爱德华会回到家里,你和宝宝就又安全了。"

但当天夜里,警报声响了起来,我们全都跳下了床,我一把抱起宝宝,女儿们跑到我身边,安东尼猛地推开我的房门,说:"别怕,他们朝上游来了,双方会有交火。别靠近窗户。"

我猛地合上窗板,把它插好,我在大床周围拉上帷帐,抱着宝宝,和姑娘们一起跳了进去,倾听着。我们能听到开炮声和炮弹在空中飞过时的呼啸,然后听到炮弹打在塔身上的重击声,我的大女儿伊丽莎白脸色煞白地望着我,小小的下嘴唇哆嗦着低声问:"是坏王后来了吗?"

"你父亲已经打败了坏王后,她现在已经成了咱们的俘虏,像老国王一样。"我说。我想到了我们楼下的亨利,我心想,不知道有没有人想到替他合上窗板,或者让他远离窗户。要是今晚内维尔用一发炮弹干掉了自己的国王,就正好遂了他的愿,也给我们省了很多麻烦。

我们的大炮在塔前的基座上发出了轰鸣,冒出的火光一下子映亮了窗户。伊丽莎白瑟缩到我怀里。"那是我们的炮,在打坏人的船,"我高兴地说,"他是沃里克的堂弟托马斯·内维尔,他蠢得不知道战争已经结束了,我们已经赢了。"

"他想要怎么样?"伊丽莎白问。

"他想要让一切重新开始，"我苦恼地说，"不过你舅舅安东尼已经做好迎战准备了，他让伦敦民兵在伦敦的城墙上待命，所有的学徒工——他们愿意作战——都准备好了，要保卫这座城市。之后你父亲就会回来了。"

她用灰色的大眼睛望着我。她总是想得多，说得少，我的小伊丽莎白。她还是个婴儿时就经历过战争，现在她甚至明白，她是英国这盘棋上的一枚棋子。她知道自己将来会被作为交易的筹码，她明白自己有价值，她明白，她一直生活在危机之中。"到那时就能结束吗？"她问我。

"是的，"我对她那张怀疑的小脸蛋保证，"到那时就能结束。"

我们陷入围困整整三天。三天的炮轰后，肯特郡和内维尔的敌军发起袭击，安东尼和我们的同族艾塞克斯伯爵亨利·鲍彻组织防守。每天，都有更多的家人和亲属纷纷来到塔里，我妹妹和她们的丈夫、安东尼的妻子、我以前的侍女，都认为在城市陷入重围时伦敦塔是最安全的地方，直到安东尼宣布，我们有足够的军官和士兵，可以发起反击了。

"爱德华离我们还有多远？"我紧张地问。

"我上次收到消息时，他离我们有四天的路程，"他说，"太远了。我们不敢束手待援，等他回来。我觉得，我们可以用现有的力量打败他们。"

"要是你输了呢？"我紧张地问。

他笑了。"那样的话，妹妹，王后，你就要亲自主持作战，下令防守这座塔了。你可以坚持好几天。咱们现在必须要做的，就是把他们赶得离咱们远一些，然后他们还会凑上来。如果他们加强了对塔的围攻，或者提高了炮火的火力，或者——上帝可别让这件事发生——他们闯了进来，那么在爱德华回来以前，你就会香消玉殒。"

我点点头。"那就动手吧，"我冷酷地说，"攻击他们吧。"

他鞠了一躬。"你的口吻真像真正的约克派,"他说,"约克家族全都是嗜血之辈,他们就是在战场上出生和长大的。希望当我们最终迎来和平时,他们不会纯粹为了取乐而自相残杀。"

"咱们先迎来和平,再担心约克家的兄弟破坏和平的事也不晚。"我说。

黎明时分,安东尼准备就绪。伦敦民兵全副武装,经过了充分演练。这座城市已经在战争中度过了十六个年头,每个学徒工都有一件武器,并且懂得如何使用。听命于内维尔的肯特郡士兵把营寨扎在塔和城墙周围,但是当塔的后门打开,安东尼带领士兵们悄悄鱼贯而出时,他们还在睡梦之中。我为他们扶着门,亨利·鲍彻是最后一个出门的。"夫人,我的亲人,我们出去后,把门闩上吧,您到安全的地方去吧。"他对我说。

"不,我就在这儿等,"我说,"如果战局不利,我就在这儿开着门,让我哥哥和你们都进来。"

他笑了。"好吧,但愿我们能够凯旋。"他说。

"上帝保佑。"我回答说。

我本应在他们身后关上大门,别上门闩,但我没有那么做。我站在门口观望着。我把自己想象成了故事中的女主人公,美丽的王后派自己的骑士去战斗,自己像天使一样守望着他们。

起初,情况就像是这样。我哥哥没有戴头盔,穿着雕有精美线条的胸甲,悄悄前往敌营,他手里拿着大砍刀,士兵们、我们的忠实朋友和姻亲们跟在他身后。在月光下,他们看起来就像是探险的骑士,河水在他们身后闪耀着波光,头顶是黑暗的夜空。叛军的营寨扎在河边的田野上,还有为数更多的营寨扎在四周狭窄肮脏的街道里。他们都是些穷人,少数人有帐篷和栖身之所,多数人睡在营火旁边的地面上。城墙外面的街道里,满是酒肆娼寮,半数敌军已经喝醉了。安东尼的手下兵分三路,他们悄声说了几句,一切都发生了变化。他们戴上了头盔,拉下帽盔挡住了他们和善的眼神，拔出了剑，放下了重头棒上的重球，从凡人变成了钢铁之躯。

不知怎的，当我站在门边观望时，我感觉到，他们身上发生了那样的变化。尽管是我派他们出战的，他们要保护的也是我，但我感到糟糕的血战一触即发。他们开始奔跑，拔出了剑，挥舞着战斧。"不。"我低语道，仿佛我能阻止他们似的。

睡着的敌军迷迷糊糊地发出惊叫，随即心口中刀，或者脑袋被战斧劈开。一切猝不及防：他们还在做着胜利或还乡的美梦，就身遭利刃，痛苦而死。正在打盹的岗哨惊跳起来，大喊示警，随即被匕首割开了喉咙。敌军乱了阵脚。一个敌军跌入营火之中，痛苦地号叫着，但没有人停下来帮他一把。我们的士兵把营火的余烬踢散，有些帐篷和毯子着起火来，马匹身前的草料也着起了火，马匹惊跳着，发出恐惧的嘶鸣。很快，敌营的人全都醒了过来，开始惊慌逃窜，这时安东尼的士兵默不作声地穿梭其间，痛下杀手，把还在地上翻身试图醒来的敌人捅死，把正在起身的敌人推倒，剖开一个手无寸铁的敌人的肚腹，用大棒猛击一个伸手拿剑的敌人。肯特郡来的部队从睡梦中醒转，开始逃窜。那些留得命在的人随手抓起什么衣服就跑。他们喊醒了那些塔边街道里的人，有些朝田野跑去。安东尼的士兵们士气大振，怒吼着冲过去，他们的剑已经被鲜血染红了，叛军们——他们大多是乡下小子——掉头就逃。

安东尼的士兵追了上去，但他喊他们回来：他不想让塔变得无人防守。他派了一队士兵去码头附近夺取内维尔的船，其余的士兵回到了塔里，他们在清晨的寒气中兴高采烈地喧哗着。他们高声讲着一个男人在睡梦中被捅死，一个女人翻了个身就掉了脑袋，或者一匹马为了从火旁边跳开，弄断了自己的脖子。

我为他们打开了出击口的大门。我不想向他们致意，我不想再看下去，不想再听下去。我上楼回到自己房间，把母亲、女儿、宝宝召集到一起，默不作声地闩上了卧室的房门，就好像我害怕我们自己的军队一般。在这场亲族之战中，我曾听人们说起很多场战役，他们总讲到英雄主义、男人的勇气、战友之间齐心协力的力量、战斗中的狂怒、幸存者之间的兄弟情谊。我曾听过有关重大战役的歌谣，以及歌颂冲锋之美、领袖魅力的诗歌。但我以前并不知道，战争不是别的，只是屠杀而已，它野蛮而又粗拙，就像捅穿猪的喉咙，让它一直流血，使肉质变软一样。我以前并不知道，比武场上的风度和仪态与战场上的杀戮没有任何关联。就像为了吃肉，在猪圈里追杀尖叫的小猪一般。我以前并不知道，战争会让男人变得这样陶醉：他们回来时，就像搞完恶作剧的学童，激动不已地大笑着；但他们手上沾满鲜血，斗篷上留有血污，头发里有烟味，脸上带有异常丑陋的兴奋表情。

我现在明白了，他们为什么会闯入女修道院、强奸女人、为了追杀敌人置避难的圣所于不顾。他们唤醒了自己心中狂野、邪恶的欲望，他们变得更像是禽兽，而不像人。我以前并不知道，战争原来是这样的。我感到自己原先不知道这一点，简直是傻瓜，毕竟我是在战争时代长大成人的，而且我的父亲曾在作战中被俘虏，我的前夫战死沙场，如今我的丈夫是个残酷无情的军人。但现在我知道了。

1471年5月21日

爱德华一马当先,走在士兵前面,一副国王荣归故里的样子,从他的神采、战马和甲胄上,丝毫看不出战争的痕迹。理查德在他身旁,乔治在另一侧,我的儿子们激动不已地跟在他们后面。约克三子又一次团结一心,共同奋斗,伦敦市民见到他们,欣喜若狂。三名公爵、六名伯爵、十六名男爵与他们一起骑马进城,他们全都忠于约克家族,宣誓效忠。谁会想到,我们会有这么多朋友?我就没有想到。想当初,我是在像监狱一样的避难所里,孤零零地待在黑暗和恐惧中,生下了王位的继承人。

在他们的队列后面,是安茹的玛格丽特,她脸色苍白,表情阴暗,坐在骡子拉的轿子上。他们没有把她五花大绑,而是在她的脖子上拴了一根银链子,但我觉得,所有人都明白这个女人失败了,已经不可能东山再起了。当我在塔的门口迎接爱德华时,我带上了伊丽莎白,因为我想让年幼的女儿看看这个她害怕了五年的女人,看看她失败后的样子,让她知道,这个被她称作恶王后的女人再也不会加害我们了。

爱德华当着欢呼的人群,礼数周全地向我致意,但他低声对我耳语道:"我要和你单独待在一起,都快等不及了。"

但他必须等待。他向半座伦敦城的人授予了骑士封号,感谢他们的忠诚,接着还要举行一场宴会,庆祝他们地位的晋升。说真的,我们确实要感谢很多人。爱德华成功卫冕，再次取得了胜利，我仍然是这位常胜不败的国王的妻子。我把嘴凑到他耳边，低声回答说："我也等不及了，夫君。"

宾客们一半喝醉了，另一半为自己重新回归约克宫廷感到欣喜若狂。我们回到爱德华的寝室，上床时已经不早了，爱德华把我放倒在床上，躺在他的身旁，然后像我们刚刚成婚、在河边的猎舍里那样，与我欢好，我又抱紧了他，仿佛他还是当初那个把我从贫困境地中拯救出来、把国家从连年战乱中拯救出来的男人，我很高兴听到他叫我："夫人，我亲爱的夫人。"

他把嘴抵在我的头发上说："亲爱的，当我感到恐惧时，你抱着我，安慰我。谢谢你。我明知自己可能会输，但还是非出战不可，这种情形还是头一次，我怕得要命。"

"我目睹了一场战役。甚至算不上是战役，只是一场屠杀，"我把前额抵在他的胸前说，"战争是件可怕的事，爱德华。我以前不知道。"

他往后躺下，一脸凝重的神情。"战争是件可怕的事，"他说，"没有人比战士更爱惜和平。我会给英国带来和平，让全国对我们效忠。我发誓。为了实现和平，要我做什么都行。我们必须停止这些无尽的战斗。我们必须给这场战争画上句号。"

"战争是件可憎的事，"我说，"战争中没有任何荣耀可言。"

"战争必须结束，"他说，"我必须结束战争。"

我们不说话了，我以为他要睡了，可是他若有所思地躺着，双臂叠在脑后，望着床顶的金色华盖。我问："怎么了，爱德华？你有什么烦心事吗？"

他缓缓地说："没事，不过有件事我必须得去做，做完之后，我今晚才能睡得踏实。"

"我跟你一起去好吗？"

"不用，亲爱的，这是男人的事。"

"是什么事？"

"没什么，没什么好担心的。没事的，睡吧，我晚点儿回来。"

我警觉起来，从床上坐起了身子。"出什么事了，爱德华？你看起来——我说不清——出什么事了？你生病了吗？"

他突然下定了决心，下了床，穿上衣服。"安心吧，亲爱的。我得出去办点事，办完之后，我就能安心休息了。不出一小时我就回来。去睡吧，我会回来叫醒你，再要你一次的。"

他这番话叫我笑了起来，我躺了下来，不过等他穿好衣服悄悄离开之后，我溜下床，披上睡衣，赤着脚悄无声息地踮起脚走出私人房间，穿过谒见室。卫兵们沉默地把守在门口，我没有说话，只朝他们点了点头，他们抬戟让我通过。我在楼梯顶端站定，往下面看去。楼梯扶手在塔的楼梯井里回环盘绕着，我可以看到爱德华的手在不断下移，来到了我们的楼下一层，老国王的房间就在那里。我看到理查德的一头黑发出现在下方，在老国王的门口，好像是在等待着要进屋一般；我听到乔治的声音从楼梯井里传了上来。"我们还以为你改变主意了呢！"

"不，这件事非做不可。"

我知道他们要做什么了。黄金一般的约克三子，他们在有三个太阳的天空下取得了首战的胜利，受上帝福佑，无往不胜。但我没有喊停他们。我没有跑下楼去，扯着爱德华的胳膊，断言说他不该这样做。我知道他也摇摆不定，但我没有表白我自己的想法：应该寄予同情心，可以与敌人一起生活，相信上帝会让我们安全无忧。我没有考虑这一点：如果他们这样做了，别人会怎样对待我们呢？我看到爱德华手里拿着钥匙，我听到锁发出响声，国王的房门开了，他们三个走了进去，我没有吭声。

亨利，不管他是疯子还是圣人，他被尊为国王，他的身躯是神圣不可侵犯的。

他在他自己国家的中心,在他自己的城市、他自己的塔里,他的安全毋庸置疑。看守他的是好人。他是受到约克家族优待的俘虏。他在这里,理应像在自己的宫廷里一样安全,他相信我们会保卫他。对于三名年轻的武士来说,他是一名弱者。他们怎么会毫无同情心呢?他是他们的亲戚,他们的同族,他们都曾发誓爱戴他,忠于他。当三人进屋时,他睡得就像个孩子似的。要是他们下得去手,忍心杀死一个无辜、无助、熟睡的孩子,会有什么事落到我们头上呢?

我知道,我之所以不喜欢这座塔,原因就在于此。我知道,这座矗立在泰晤士河边上的黑暗高塔,之所以总是给我带来不祥的预感,原因就在于此。甚至早在我们动手之前,这一杀人之举就已经让我的良心感到不安了。从今往后,这件事会给我带来多重的心灵负担,只有上帝和我的良心知道。我默默聆听,没有发出一句抗议,为此我要付出什么样的代价呢?

我没有回到爱德华的床上。我不愿意留在他的床上,让他回来找我时双手沾有死亡的气息。我不想留在这儿,留在塔里。我不想让我儿子睡在这儿,睡在据说是英国最安全的伦敦塔里。在这座塔里,全副武装的人可以走进无辜者的房间,拿枕头按在后者的头上。我回到了自己的房间,把火弄旺,在炉火边坐了一夜。我毫不怀疑,约克家族会把我们引向万劫不复的境地,他们在这条道路上又迈进了一步。

1471年夏

在格林尼治皇家宅邸的花园里,我和母亲坐在甘菊花的花床边上,四周是热乎乎的药草气息。这栋宅子是我作为王后获得的礼物,如今依然是我最喜欢的一处乡间别墅。我正在给她的刺绣挑选颜色。孩子们跟女佣一起到河边喂鸭子去了。我能听到他们在远处喧哗,呼唤着他们给鸭子取的名字,在鸭子毫无反应时斥责它们。时不时的,我会听到我儿子发出的与众不同的、欢喜的叫声。每次我听到他的声音,都会由衷地感到自豪:我生了一个男孩,一个王子,他是个快活的宝宝。我母亲也抱着同样的想法,她会满意地点点头。

国内太平无事,人们会以为,从来没有出现过二王相争、两军交战的局面。全国上下都欢迎我丈夫回来,我们不遗余力地推进和平。我们所有人都无比迫切地希望,能在公正的统治下继续生活,忘记过去十六年来的伤痛。哦,也有个别人还在负隅顽抗:玛格丽特·博福特的儿子,如今是兰开斯特家系最没有指望的继承人,他和他舅舅加斯帕·都铎一起躲藏在威尔士的彭布罗克堡,但他们不可能长此以往这样下去。世道已经变了,他们也必须祈求和平。玛格丽特·博福特本人的丈夫亨利·斯塔福德现在就是一个约克派,在巴尼特战役中曾为我方出战。也许在全世界,兰开斯特派也只剩冥顽不灵的她和她那个愚蠢的儿子了吧。

我把各种色度的绿色丝线摆在膝头的白色长袍上，母亲正在穿针引线，她把针线举高对着光，好看个清楚，她先是拿到眼前，然后又拿得远一些。我觉得，这是我有生以来第一次看到她流露出老迈衰弱的迹象。"您看不清针眼吗？"我问她，半是觉得好笑。

她转脸向我微笑，用颇为轻松的口吻说："我现在不光是眼力不济了，我也不光是看不清线头了。我活不到六十岁，孩子。你得有个心理准备。"

仿佛突然之间，天色变得寒冷而阴暗。"活不到六十岁！"我惊呼道，"怎么可能？您生病了吗？您可什么都没说啊！去看医生好吗？咱们快回伦敦去吧？"

她摇摇头，叹了一口气。"我没有患上医生能治愈的病，感谢上帝，我身上没有什么能让傻瓜大夫用刀切掉的部位。是我的心脏出了问题，伊丽莎白。我能听得出来。它跳动的节律不对劲儿了——我听得出，它跳动的时候会遗漏掉一下，然后速度会变得慢下来。我觉得，它不会再强有力地跳动了。我觉得，自己没有机会再看到几个夏季了。"

我惊呆了，甚至一时都没有感觉到悲恸。"我应该怎么做呢？"我手按着腹部问，有一个新生儿正在那里孕育着。"母亲，我应该怎么做呢？您可别那么想！我要怎么办才好？"

"你不能说我没把所有一切都传授给你，"她笑着说，"我把我知道的一切、我相信的一切都教给你了。其中有一些是千真万确的。我确信，你的王位终于坐稳了。爱德华掌握住了英国，他后继有人了，而且你还会再添一个宝宝。"她把头偏向一侧，仿佛在聆听远处的低语声。"我说不准。我不知道这是不是你的第二个男孩，不过我知道，你还会再生个男孩的，伊丽莎白，我确信。他会是一个不简单的孩子！对这一点，我也确信不疑。"

"您一定得陪我，等我生出第二个王子来。您会乐意看到约克家的王子受洗的，"我难过地说，仿佛在用一席宴请挽留她一般，"您会做他的教母,我把他交给您来看管,由您来给他取名字。"

"理查德,"她马上说,"给他取名叫理查德。"

"那您就好起来吧,陪着我,看着理查德出生。"我恳求她。

她笑了,我看到了以前没有注意到的痕迹。尽管她在椅子里坐得笔直,还是露出了倦意,她的肤色犹如凝脂,她的眼睛下面留有阴影。为什么我以前没看出来呢?我那样爱她,每天都会吻她的脸颊,跪着让她赐福。我怎么会没注意到,她变得这样消瘦了?

我把绸缎丢到一边,跪在她脚边,搂着她的双手,突然之间感觉到它们变得瘦骨嶙峋,突然注意到它们长上了老年斑。我望着她那疲惫的面容。"母亲,您陪我走过了所有的风风雨雨。您别丢下我好吗?"

"假如我能决定的话,我也愿意活下去,"她说,"但我已经心痛了好多年了,我知道自己的大限就要到了。"

"什么时候开始痛的?"我激动地问,"您痛了多久了?"

"自从你父亲去世以后就开始了,"她平静地说,"自从他们告诉我他去世那天,他被以叛国罪处决那天,我就觉得身体里面深受触动,仿佛心碎了一般。我想和他待在一起,哪怕是一起死去。"

"但您别丢下我!"我自私地哭了起来,然后我自作聪明地加了一句,"当然,您也舍不得丢下安东尼,不是吗?"

听了这话,她笑了。"你们都长大了,"她说,"没有我,你们也能活下去。你们必须学会离开我怎样生活。安东尼会去耶路撒冷朝圣,他对这一旅程向往已久。你会看到你的儿子长大成人。你会看到我们的小伊丽莎白嫁给一位国王,她也会戴上王冠的。"

"可我还没准备好!"我喊道,像个凄苦的孩子,"离开了您,我没法过啊!"

她温和地笑了，用单薄的手掌抚摸着我的面颊。"没有人能准备好，"她和蔼地说，"但离开了我，为了你自己和你的儿女，你会过得好的。我觉得，我在英国开创的这个家系会出好几位国王，也会出好几位王后。"

1472年春

再过几个月,我就要分娩了,现在宫廷挪到了位于希恩的美丽宫殿里,这里是用于消磨春日的宫殿。这时,爱德华的弟弟理查德传出了结婚的大丑闻,人们津津乐道,我们大感震惊。更令人惊讶的是,谁会想到,理查德竟会惹出什么丑闻?如果是乔治的话倒没什么稀奇,毕竟他一向只考虑一己私利。乔治总是给那些爱嚼舌头的人带来大笔的谈资。乔治只顾自己,荣誉、忠诚和感情都不能令他改变自私的品性。

爱德华同样一意孤行,对别人的看法毫不在意。但理查德!理查德是全家人的乖孩子。他努力锻炼,以求变得强壮;努力学习,以求变得聪慧;虔诚祈祷,以求被上帝宠爱;善待母亲,以求母亲喜爱,但他知道母亲从不把自己放在心上。理查德能惹出丑闻,就好比我最出色的猎犬突然宣称自己再也不去打猎了。这种事根本就是违反天性的。

上帝知道,我曾努力试着去爱理查德,因为他一直是我丈夫的忠实伙伴和好弟弟。我也应该爱他:他一直对我丈夫忠心不贰,甚至曾陪他坐小渔船逃离英国;他与爱德华一起经历流亡,又多次回国陪爱德华一起出生入死。爱德华总是说,如果理查德统领左路部队,他就可以放心,左路一定能挺住;如果理查德的部队负责断后,他就会知道,敌人不会从后方突袭得手。爱德华对理查德寄予了兄弟之间、君臣之间的信赖,而且对他深爱有加。为什么我不爱他呢？为什么当我看到他时，总想眯起眼来把他细细审视一番，仿佛自己漏掉了什么细小的缺陷，没有看清？但现在，这个还不满二十岁的小伙子已经变成了一个英雄，被歌谣传唱的英雄。

"谁会想到，那个沉闷无趣的小理查德会有这样的激情呢？"我问安东尼，他坐在我脚边，我们坐在一个俯瞰着河水的凉亭里。我的侍女和爱德华宫殿里来的六名年轻男子在我周围唱歌、玩球、闲晃、调情。我正在用报春花编一顶王冠，赏给他们即将举行的比赛中胜出的冠军。

"他城府很深。"安东尼断言说。我那十六岁的儿子理查德·格雷听了这话，笑得差点呛着。

"安静，"我对他说，"对你舅舅放尊重点，好吗？给我点儿叶子。"

"城府深，又有激情，"安东尼接着说，"我们所有人都以为他只是沉闷无趣而已。真叫人惊奇。"

"的确，他是很有激情，"我儿子插话，"你们之所以低估他，是因为他不像约克家的其他兄弟那样仪表堂堂，说话嗓门儿那么大。"

我儿子托马斯·格雷在一旁点头。"这话说得没错。"

安东尼听了这番对国王的含蓄批评，扬了扬眉毛。"你俩去叫他们准备比赛。"我说，把他们打发走了。

让宫廷大吃一惊的是可怜的小安妮·内维尔的事，她是兰开斯特家族的爱德华亲王留下的年轻寡妇。图克斯伯里战役后，她被作为战利品的一部分带回伦敦，克拉伦斯公爵乔治马上注意到了这个姑娘和她的家产，他看出，通过这个姑娘，他可以把沃里克的全部财产据为己有。内维尔家两个姑娘的母亲、可怜的沃里克公爵遗孀心灰意冷，去了比尤利修道院，乔治打算把所有财富都据为己有。通过与伊莎贝尔·内维尔成婚，他已经把沃里克的一半财产弄到了手，然后他大肆作秀，把伊莎贝尔的妹妹置于自己的保护之下。他把小安妮·内维尔接了过去，就她父亲的过世和母亲的离去给她以安慰，祝贺她从噩梦般的婚姻——与兰开斯特家族的小妖怪爱德华亲王缔结的婚姻——中脱身，想把她置于自己的保护之下，让她与自己的妻子、她姐姐住在一起，把她的财产牢牢掌握在自己手里。

"真是仗义出手。"安东尼说，他有意惹我急躁。

"这是个好机会，真希望是我最早发现的。"我回答说。

安妮是她父亲权力游戏的小卒、恶魔的遗孀、叛国者的女儿，当她与姐姐、姐夫克拉伦斯公爵乔治同住时，才只有十五岁。她就像我的女儿一样幼稚，根本不知道自己如何才能在这个满是敌人的国家生存下去。她肯定把乔治当成了自己的救星。

但这种情形没有持续多久。

没有人确切知道后来发生了什么事，但乔治想占有内维尔家双姝、把她们的财产全部据为己有的如意算盘出了岔子。有人说，理查德到乔治府上做客时，与安妮重逢了——两人从小就认识，他们相爱了，他像传说中的骑士一样，把她从这种无异于关押的寄住中救了出来。人们说，乔治把她伪装成厨房里的女佣，不让弟弟看到她。人们说，他把她锁在她自己的房间里。但真爱是不可战胜的，年轻的公爵和年轻的亲王遗孀投入了彼此的怀抱。无论如何，这种说法浪漫得不得了，动人得不得了。老老少少的愚人们对这一说法大为欣赏。

"我喜欢这种说法，"我哥哥安东尼说，"我都想写一首十四行诗了。"

但是还有另外一种说法。其他人，那些像我一样并不欣赏格洛斯特公爵理查德的人说，他看到这个刚变成寡妇的寂寞姑娘，是一个可以让自己在英国北方大受欢迎的女人——那里是她的娘家人掌控的土地。这个女人不但可以给他带来大片的土地，这些土地与爱德华赏给他的土地毗邻，还能给他带来大笔的嫁妆，只要他能从她母亲那儿把它窃取到手。这个如此孤独、如此不加防备的年轻姑娘无法拒绝他的要求。这个姑娘习惯了听命于人，只要略加威逼，她就会背叛自己的母亲。这种说法，暗示安妮先是被约克家的一个兄弟关押，又被另一个兄弟夺走，后者是硬逼着她嫁给自己的。

"这种说法就不那么动人了。"我对安东尼说。

"你本可以阻止的，"他突然严肃地说，"你可以把她置于你的保护之下，你可以让爱德华命令理查德和乔治，不要像狗抢骨头一样争夺她这个人。"

"我是应该阻止，"我说，"现在理查德娶了内维尔的女儿，得到了沃里克的财富，还拥有了北方的支持。乔治有南方的支持。如果他们联手，可就危险了。"

安东尼扬了扬一侧的眉毛。"你应该那么做，是因为那么做是对的，"他用自命不凡的大哥口吻对我说，"不过依我看，你脑子里考虑的尽是权力和利益。"

1472年4月

母亲预见未来的本领得到了证实。在她提醒我她的心脏挨不了多久之后，不出一年，她就抱怨自己感到疲惫，总是闭门不出。我在花园里看比赛、编迎春花那天怀着的宝宝早产了，有生以来头一次，我分娩时没有母亲陪伴在身旁。我从暗房里派人给母亲送信，她传回了欢喜的回信。但是等我抱着刚出生的女儿出来时，我发现母亲在自己屋里已经无力起床了。每天下午，我抱着像小鸟一样轻的女婴，把她放在母亲怀里。有一两个礼拜，她俩望着太阳西沉，从窗口消失，之后就像太阳的金色光芒一样，她们的生命也从我身边悄然消逝了。

四月最后一天的黄昏时分，我听到一声呼唤，就像是一只白翼仓鸮在叫。我来到窗前，推开窗板，向外望去：白色的、渐亏的月亮从地平线上升起，后面是白色的天空；白色的天空也在渐渐隐没，在寒光中，我听到一声呼唤，就像唱诗的歌声。我知道，这不是猫头鹰、歌手或夜莺的啼唱，而是梅露西娜的声音。我们的女神祖先正在房顶周围呼唤，因为她的女儿——勃艮第家族的雅格塔就要死去了。

我站在那儿，听了一会儿怪异的嗯哨声，然后关上窗板，去了母亲的房间。我走得并不匆忙。我知道，再也不用匆匆赶到她身边去了。她躺在床上，把新生儿搂在怀里，宝宝的小脑袋抵在母亲的脸颊上。她们都像大理石一样苍白,都双眼紧闭,看起来都像是安宁地熟睡一般,夜晚的阴影令屋里的光线暗了下来。窗外的河水映出的月光,把层层涟漪反射到屋里刷过石灰的天花板上,因此她们看起来就像是在水下一样,就像是与梅露西娜一起在泉水中漂游。但我知道,她俩都逝去了,乘着甜蜜的河水去了故乡的深泉,我们的祖先水之女神正在用歌声送她们上路。

1472年夏

母亲的葬礼也没有为我弥合她去世带来的心灵伤痛，随后的几个月里，时间过得很慢，这一伤痛同样未能治愈。每天早上我醒来时都在思念她，就像她去世次日早晨一样。每天，我都得回想起，我再也不能请教她的看法，或者对她提出的忠告进行争辩，或是笑她说的讽刺之言，或是请教她指点巫术了。每天，我都发现自己对克拉伦斯公爵乔治的怨恨又增加了一分，甚至甚于他害死我父亲和我弟弟的时候。我相信，正是因为他按照沃里克的命令害死了他们，这一消息令母亲满怀爱意的心破碎了。假如他没有像处决叛逆一样害死他们，那么她如今还会活得好好的。

现在已经是夏天了，是纵情欢乐的季节，但我满怀悲恸，去野餐，去乡下，在骑马出行的长路上，在丰收之月高悬的夜空下，都满怀忧伤。爱德华封我的长子托马斯为亨廷顿伯爵，也没有让我高兴起来。除了安东尼，我没有向任何人倾诉我的悲伤，他和我承受了同样的丧母之痛。我们几乎没有说到母亲。似乎我们无法开口说她已经去世了，我们也无法欺骗自己，说她还活着。但我把她心碎、去世的罪责都归咎于克拉伦斯公爵乔治。

"我现在比以前更恨克拉伦斯的乔治了。"我和安东尼一起骑马去肯特郡时，我对他说。我们正前去赴宴，之前我们已经在苹果树之间绿草如茵的小路上走了一个星期。宫廷喜气洋洋，我的心情应该轻松起来，但丧母之痛如影随形，无从排遣。

"那是因为你心存嫉妒。"我哥哥挑衅地说。他一只手拽着马的缰绳，另一只手领着我的幼子，爱德华王子，他骑在自己的小马上。"爱德华爱的人，你就嫉妒。你嫉妒我，你嫉妒威廉·黑斯廷斯，谁款待国王，带他出去狎妓，把他带回家时酩酊大醉，让他感到高兴，你就嫉妒谁。"

我耸了耸肩，对安东尼的揶揄置之不理。我早就知道，国王天性喜欢跟朋友喝得酩酊大醉，喜欢找别的女人。对此我已经能够容忍了，毕竟他的这一喜好从来不会让他远离我的床笫，不论何时我们在一起，都像秘密成婚的那天早晨一样富有激情。他曾经带兵远征，情人无数；他曾多次流亡，女人们争相献宠；现在他是英国国王，伦敦的每个女人都愿意与他欢好——我真的相信，他与伦敦的半数女人都欢好过了。毕竟他是国王。我从来不曾认为自己嫁的是个欲望平平的普通男人。我也从来不指望婚后他能安安分分地待在我身边。他是国王，他一意孤行，是理所当然的事情。

"不，你错了。爱德华乱搞女人，我并不会觉得心烦。他是国王，尽可以随心所欲地享乐。我是王后，他永远都要回到我身边来。这一点人人都明白。"

安东尼点点头，在这一点上勉强做了让步。"但我不明白，为什么你特别憎恨乔治。国王的全家人彼此不分伯仲，都一样坏。我们当初一到雷丁，他母亲就不喜欢你，不喜欢我们所有人。理查德变得一天比一天更不自在、更乖戾。和平显然不合他的胃口。"

"他对我们的所有一切都看不上眼，"我说，"他跟他的两个哥哥大相径庭：他个子又小，又黑，对自己的健康、地位、灵魂无比看重，总是希望获得大笔财富，总是祈祷不休。"

"爱德华活得醉生梦死，仿佛明天不会来似的；理查德活得就像是，不想让明天来到似的；乔治活得就像是，有人会把美好的明天白白送给他似的。"

我笑了。"要是理查德像你们这些人一样坏，我倒会多喜欢他一些，"我说，"如今他结了婚，变得更正派了。他一向瞧不起我们里弗斯家族的人，现在他也看不起乔治。我无法容忍的，就是他那种故作清高的派头。有时，他看我的眼神，仿佛把我当成了某一类……"

"某一类什么？"

"某一类卖鱼的肥婆娘。"

"嗯，"哥哥说，"老实说，你是不年轻了，在某种光线下，你知道……"

我用短马鞭敲了敲他的膝盖，他笑了，朝骑在小马上的爱德华宝贝挤了挤眼睛。

"我不喜欢他把整个北方都纳入自己的掌控。爱德华把他的地位捧得太高了，他把理查德变成了公国里的亲王，这对我们、我们的继承人不无危险。王国将会陷入分裂。"

"爱德华必须要赏赐给他一些东西。理查德一而再、再而三地拼命陪爱德华豪赌。理查德帮爱德华打天下，应该得到自己的一份儿。"

"可这样做，把理查德变成了一个有自己国家的国王，"我表示反对，"把英国北部都交到了他手中。"

"除了你，没有人怀疑他的忠诚。"

"他对爱德华、约克家族是忠诚的，但他不喜欢我，也不喜欢我的家族。他嫉妒我拥有的一切，他不欣赏我的宫廷。这样的话，他是如何看待我们的孩子的呢？他会因为我的儿子也是爱德华的骨肉，就对他忠诚吗？"

安东尼耸了耸肩。"我们已经身居高位了，你知道。你把我们提拔到了很高的位置上。很多人认为我们不配占据这样的高位，认为我们所仰仗的不过是你在路边迷住国王的魅力。"

"我不喜欢理查德和安妮·内维尔的婚事。"

安东尼短短地笑了几声。"哦，妹妹，没有人喜欢看到理查德——英国最富有的男人迎娶英国最富有的年轻女人，但我永远也想不到，你会站在克拉伦斯公爵乔治这边！"

我勉强笑了。乔治那位身为女继承人的小姨子被他的亲弟弟从自己家里夺走了，为此乔治勃然大怒，让我们半年来都感到乐不可支。

"不管怎么说，是你丈夫逼理查德这么做的，"安东尼说，"假如理查德是出于真心的爱，与安妮结婚，那么他可以这样做，她会用自己的爱来报答他。但是，是国王宣布，她母亲的财产应当由两个女儿平分。你那位可敬的丈夫宣布，那位母亲从法律上讲已经死亡了。不过我相信，那位老夫人抗议说自己还活得好好的，并为自己保留土地的权利进行了申辩，是你丈夫从这位可怜的老夫人那里夺走了全部财产，分给了她的两个女儿。通过这种途径，他实际上是把这笔财产分给了自己的两个弟弟。"

"我跟他说过，让他别这么做，"我急躁地说，"但在这件事上，他不听我的劝告。他一向宠爱他弟弟，对理查德的宠爱远胜过乔治。"

"他偏爱理查德没什么错，但他不应该在他自己的国度违犯他自己定下的法律，"安东尼突然变得严肃起来，"这可不是治国之道。抢夺寡妇的财产是不法的行为，他这么做了。她是敌人的遗孀，在比尤利修道院避难。他应该亲切高尚地对待她，应该慈悲一些。如果他是有侠义精神的骑士，他应该鼓励她走出修道院，收回土地，保护她的女儿，制止他弟弟的贪欲。"

"强者的话就是法律，"我急躁地说，"避难所也不是坚不可摧的。假如你不是个不切实际的梦想家，你就应该懂得这些道理。你当时也在图克斯伯里，不是吗？当他们把敌军的贵族从教堂里拖出来，把他们捅死在教堂庭院的墓地里时,你看到什么圣洁了吗?那时你可曾捍卫过避难权?因为我听说,每个人都拔出剑去砍那些毫无还手之力的人。"

安东尼摇了摇头。"我是个梦想家,"他承认道,"我不否认,但我已经有了足够的见识,已经看清了这个世界。也许我梦想中的世界比现在这个世界更美好。眼下约克家族的统治教我实在有些受不了,你知道吗,伊丽莎白,当我看到爱德华宠爱一个人,漠视另一个人,个中缘由只是为了让自己更强大,或者让自己的统治更稳固,我就觉得难以忍受。你把王位变成了你们自己的领地:你按照自己的偏爱分配利益和财富,而不是按照功绩。你们两个树立了不少敌人。人们说我们什么也不在乎,只在乎自己功成名就。现在我们掌权了,当我看到我们这些人的所作所为时,有时我会为自己捍卫白玫瑰而战感到后悔。有时我会觉得,兰开斯特家族可能会做得像我们一样好,或者不会比我们更糟。"

"那你是忘了安茹的玛格丽特和她的疯子丈夫了,"我冷冷地说,"我们出发去雷丁那天,母亲亲口对我说,我做的绝不会比安茹的玛格丽特更差,我也没有做得比她更差。"

在这一点上,他做了让步。"好吧,你们夫妇不比一个疯子和恶婆娘更差。很好。"我对他的郑重其事感到惊讶。"世道本来就是这样,哥哥,"我提醒他,"你也是我和国王宠信的人。如今你已经成了里弗斯男爵、国王的内兄,未来国王的舅舅。"

"我原以为,我们要做的不仅仅是给我们的衣兜加上衬里,"他说,"我原以为,我们要做的不仅仅把最差劲的国王和王后赶下王位,用稍好一点的国王和王后取而代之。你知道吗,有时我宁愿自己穿着带有红色十字架的骑士短披风,在沙漠里为上帝而战。"

我想起母亲曾预言,终有一天,安东尼的灵性会胜过他对里弗斯家族的功利心,他会离我而去。"啊,别那么说,"我说,"我需要你。随着宝宝长大，建立王子的枢密院班底，他也会需要你的。我想不出比你更合适的、教导他的人选。英国没有哪个贵族比你更博学。英国没有哪个诗人比你更英勇善战。不要说你愿意离开的话，安东尼。你知道你得留下来。没有了你，我没法继续做王后。没有了你，我也不再是原来的我了。"

他苦笑着向我鞠躬，拿起我的手吻了一下。"你需要我，我就不会走，"他保证，"在你需要我的时候，我永远都不会自愿离开你的。的确，美好的时代很快就要来到了。"

我笑了，但从他嘴里说出来，那些乐观的话听起来就像悼词一般。

1472年9月

一天晚上，在温莎城堡用完晚餐后，爱德华招手把我叫到一边，我笑着向他走去。"你要做什么，夫君？想和我跳舞吗？"

"想，"他说，"然后我要喝他个一醉方休。"

"有什么特别的原因吗？"

"没有任何原因，就是心里高兴。但在此之前，我得问你一件事。你可以再收一名贵妇在身边做侍女吗？"

"你有人选了？"我立刻警觉起来，爱德华会不会看上了哪个卖弄风情的女人，想送到我这边，我要是让她做了侍女，他就更容易把她勾引到手。我的想法一定表露在脸上了，因为他放声大笑，说："别激动。我没想把我的情妇塞给你。我自己能安排好她们。不是那么回事，这是个身家清白的贵妇。是玛格丽特·博福特，兰开斯特家族的末裔。"

"你想让她来服侍我？"我不敢相信地问，"你想让她做我的侍女？"

他点点头。"我这样安排，是有理由的。你记不记得，她新近嫁给了托马斯·斯坦利男爵？"

我点点头。

"他宣称自己是我们的朋友，发誓要拥护我们，他的部队驻扎在边界，还在布洛希思战役中救了我们，尽管在此之前，他答应了安茹的玛格丽特的要求。他富有，在国内颇有势力，我得把他留在我们的阵营里。我们允许他们俩成亲，现在他成完了亲，想把她带到宫里来。我觉得咱们得给她安排一个位置。我必须把他纳入我的枢密院班底。"

"她不是个虔诚信教的乏味女人吗？"我不情愿地说。

"她是侍女。她会按照你的行为，调整自己的行为，"他平静地说，"我需要与她丈夫保持密切的关系，伊丽莎白。不管是现在还是将来，他都是一个举足轻重的盟友。"

"既然你问得这么亲切，我又怎么能拒绝呢？"我笑着说，"但要是她觉得乏味无趣，可别怪我。"

"我不会在意她，也不会在意任何别的女人，只要你在我的面前，"他低语道，"所以用不着对她如何表现而烦恼。过一阵儿，等她再次提出让儿子亨利·都铎回家的请求时，只要她忠于我们，就可以让他回家，说服他放弃作为兰开斯特家族后裔继承王位的梦想。他们两个都要到宫里来为我们效劳，所有人都会忘掉，以前曾经有过兰开斯特这样一个家族。咱们让他娶个约克家的漂亮姑娘，你来替他挑选，兰开斯特家族将不复存在。"

"我会邀请她的。"我向他保证。

"那就让乐师演奏点欢快的乐曲吧，我要和你跳舞。"

我转过身，朝乐师点头示意，他们略加商议，便演奏起勃艮第宫廷最新的曲子来，爱德华的妹妹玛格丽特秉承了约克家族的欢快传统和勃艮第的高雅传统，人们甚至把这种舞叫做"公爵夫人玛格丽特的快步舞"。爱德华带着我快步旋转着，直到周围的所有人笑着鼓起掌来，然后他们也跳了起来。

音乐结束，我旋转着来到安静的角落，我哥哥安东尼递给我一小杯浓啤酒。我把它猛地一口喝干。"现在我还显得像是个肥胖的卖鱼婆娘吗？"我问。

"啊哈,那句话让你介怀了,是不是?"他咧开嘴笑了。他搂住我,轻轻地拥抱了我。"不像,你还是原来那个美人,你知道的。你有母亲的那种天分,随着年龄的增长,人变得更可爱了。你的面容变了,原来只是个漂亮姑娘的脸蛋,如今是美妇人的俏脸,就像雕塑一般。当你与爱德华笑着起舞时,人们会以为你只有二十岁,不过当你静立不动,若有所思时,你就像意大利的雕塑一样美。怪不得女人们都忌恨你。"

"只要男人不忌恨我就行。"我笑着说。

1473年1月

寒冷一月里的一天，爱德华到我的房间里来，我正坐在火炉旁，身前放着一张垫脚凳。他一看到我一反常态，懒洋洋地坐在那儿，就在走廊里站住了。他点头示意身后的手下离开，又对我的侍女说："让我们单独待着吧。"她们匆匆离开了，其中就有新来的玛格丽特·斯坦利夫人，她像别的女人一样，见到爱德华会觉得紧张——就连圣洁的玛格丽特·斯坦利也不例外。

他点点头，他们掩上了他身后的房门。"玛格丽特夫人怎么样？你觉得她称心吗，是陪伴你的好人选吗？"

"她很不错，"我对他笑着说，"她明白，我也明白，当初我在避难所的时候，她乘着都铎家的船从我的窗前经过，那时她很为自己的胜利而得意。现在她明白，我也明白，占上风的人是我。这些事我们都不会忘记。我们不是男人，会在打完仗之后拍拍对方的后背，说一句'别往心里去'。但我们也明白，世道已经变了，我们也必须改变。她从没说过一个字，表明她希望她那兰开斯特家族的儿子能成为王位继承人，取代约克家族的宝宝。"

"我来是要跟你说宝宝的事，"爱德华说，"但我觉得你应该有话要跟我说。"

我睁大眼睛,笑望着他。"哦?说什么呢?"他轻轻笑了笑,从长凳上拉过一个垫子,丢在地上,在我身边坐了下来。地面上刚撒过香草,香草在他的坐垫下面释放出水薄荷的香气。"你当我瞎了吗?还是当我傻?"

"都不是,我的王,"我逗他说,"我应该那样想吗?"

"自打我认识你以来,你一直都按照你母亲教给你的坐姿,坐得有板有眼:挺直身子坐在椅子上,两脚并拢,手放在大腿上,或者把胳膊靠在扶手上。这种王后风范的坐姿不是她教你的吗?就好像她一直都知道你会坐上王位似的。"

我笑了。"说不定她真的知道呢。"

"最近我发现你下午身子发懒,脚总搁在垫脚凳上。"他把身子往后一仰,掀起我的裙裾,看着我穿着鞋子的双脚。"把鞋脱掉!我生气了,你显然变成了懒婆娘。如今我的宫廷被一个下贱的懒婆娘给把持了,正像我母亲从前警告我的那样。"

"所以呢?"我不为所动地问。

"所以,我知道你有身孕了。因为你只在有孕在身的时候,才会垫着双脚坐。所以我才问你,你是不是把我当成了瞎子或傻瓜。"

"你想知道我是怎么想的?我觉得你就像水草丰沃的牧场上的公牛一样能生养!"我喊道,"每隔一年我都要给你生一个宝宝。"

"还有我和别的女人生的呢,"他毫无愧色地说,"别忘了还有她们呢。这个宝贵的宝宝什么时候会出生呢?"

"夏天,"我说,"而且不光是这样……"

"怎么?"

我把他的脑袋拉向我,朝他耳语道:"我觉得是个男孩。"

他把脑袋凑过来,满脸喜色。"是吗?你有预感?"

"是女人的胡思乱想,"我说,我想起了母亲侧着脑袋,仿佛在聆听天上的小人穿着马靴走路的脚步声,"不过我觉得是男孩。我希望是男孩。"

"一个在和平时期降生的约克家的男孩,"他满心向往地说,"啊,亲爱的,你是个好妻子。你是我的美人儿,我唯一的爱人。"

"那别的女人呢?"

他用手一挥,仿佛要把那些情妇和她们生的孩子全部抹掉一般。"我已经忘记她们了。在这个世界上,你是我唯一的女人,永远都是。"

他温柔地吻我,把他那根已经觉醒的家伙往后挪了挪。我们要等到我把宝宝生出来,做完产后感恩礼拜之后,才能再次欢爱。"我亲爱的。"他向我低语着。

我们静静地坐了一会儿,望着炉火。"你来看我,有什么事吗?"我问。

"哦,对了。我觉得这件事不影响我们的安排。我打算把宝宝送到威尔士去,开始组建他的小王国。送他去勒德洛堡。"

我点点头。这样安排是理所应当的。生的是王子,而不是女儿,就得这样安排。我的长女伊丽莎白可以一直待在我身边直到出嫁为止,但我的儿子必须离开,开始学习如何当国王。他必须去威尔士,因为他是威尔士王子,他必须用自己的幕僚班底来统治威尔士。

"可他还不满三岁。"我难过地说。

"已经够大了,"我丈夫说,"要是你觉得自己身体够硬朗,你应该陪他一起去勒德洛,按照你的意愿作出安排,确保他身边有你中意的人陪伴和良师指点。我会任命你做他的幕僚,你可以挑选其他成员,你要指导他,监督他的学业和生活,直到他年满十四岁为止。"

我把爱德华的脸揽过来,吻了他的嘴。"谢谢你。"我说。他把我儿子交给我亲手照顾。多数国王都会把孩子托付给别的男人,让孩子得不到女性的忠告,但爱德华让我自己监护孩子成长,这一做法是尊重我对孩子的爱意,尊重我的判断力。如果我被任命为宝宝的幕僚,我就可以忍受母子两地分居之苦了。因为成为幕僚意味着我可以经常前去探望他,他的生活将仍然由我来照料。

"在宗教节日和瞻礼日,他可以回家来,"爱德华说,"我也想念他,你知道的。但他平时必须留在他的公国里。他必须开始学习治国方略。必须让威尔士人认识他们的王子,学会爱戴他。他必须从小认识自己的国土,这样我们才能让威尔士人对他忠诚。"

"我知道,"我说,"我知道。"

"威尔士人一向对都铎家族忠心耿耿,"爱德华补充了一句,几乎是小声说给自己听,"我想让他们把都铎忘掉。"

✦

我慎重地考虑了一番,应该由谁在威尔士把我儿子带大,由谁来统领他的枢密院班底,代替他统治威尔士,直到他长大成人为止。然后我决定不必多想,我首先想到谁的名字,就让谁来做这件事。

当然。除了他,还有谁能让我把这块世间最宝贵的领地放心地托付出去呢?

我到哥哥安东尼的房间去,它离大楼梯很远,可以俯瞰私家花园。他的男仆守在门外,男仆推开门,恭敬地低声通报我的驾临。我穿过他的会客室,敲了敲他私人房间的门,进了屋。

他坐在壁炉边的桌旁,手里拿着一杯葡萄酒,面前摆着一打削尖的羽毛笔和一摞昂贵的、画有横线的纸张。他正在写作,寒冬的傍晚让人无处可去时,他多数时间都待在家里写作。现在他天天都在写东西,他也不再在比武会上发表诗作了:现在他把诗作看得很重。

他笑了,为我拿来座椅,放在炉火旁。他没有说什么,在我脚下放了一只垫脚凳。他能猜到,我有身孕了。安东尼不光有诗人的辞藻,他还有诗人的观察力。他很少会看漏什么东西。

"我很荣幸,"他笑着说,"您有什么指示吗,夫人,还是只是私下见见我?"

"我有个请求,"我说,"因为爱德华要把宝宝送到威尔士去组建他自己的宫廷,我想请你陪他一起去,给他担任首席幕僚。"

"爱德华不派黑斯廷斯去吗?"他问。

"不,由我来任命宝宝的幕僚班底。安东尼,威尔士有不少利益可以赚取。需要有强有力的人物来统治,我希望能由我们家族来掌管。不能让黑斯廷斯或理查德去做。我不喜欢黑斯廷斯,永远也不会喜欢,而理查德已经得到了内维尔在北方的土地了,我们不能把西边的土地也让给他。"

安东尼耸了耸肩。"我们的财富和势力已经够大了,不是吗?"

"永远都不会太大,"我道出了显而易见的道理,"无论如何,最重要的是,我想让你做宝宝的监护人。"

"如果他即将成为威尔士王子,组建自己的宫廷,你最好从现在起别叫他宝宝了,"哥哥提醒我,"他会搬进成人住的大宅,自己掌管一切,掌管自己的宫廷和国家。用不了多久,你就要找个公主许配给他了。"

我满怀喜悦地笑了。"我知道,我知道。我们已经在考虑这件事了。我真不敢相信。我叫他宝宝,是因为我喜欢回忆他在襁褓里的样子,但他已经开始穿小衣服,有自己的小马了,而且他每天都在长个子,我每个季度都要给他换马靴。"

"他是个不错的孩子,"安东尼说,"虽说像他父亲,但有时我能看到他外公的影子。可以看出,他是我们伍德维尔家的人。"

"我不会让除你以外的任何人做他的监护人,"我说,"他必须由里弗斯家族的人抚养,把他培养成里弗斯家的人。黑斯廷斯是个野蛮人;我也信不过让爱德华的兄弟照顾我儿子:乔治除了自己什么都不在意,理查德太年轻了。我想让爱德华王子跟你学习，安东尼。你不会让别人影响他的，对吧？"

他摇摇头，表示同意。"我不会让别人把他带大的。我没想到国王这么快就要让他在威尔士自立门户了。"

"今年春天的事，"我说，"我真不知自己怎么能受得了让他走。"

安东尼打住话头。"我不能带我妻子一起走，"他说，"要是你打算让她去勒德洛的话。她身体不佳，今年比往年都要差，她比以前还要虚弱。"

"我知道。要是她愿意住在宫里，我会让人照顾好她。那你不为她留下吗？"

他摇摇头。"愿上帝保佑她，我就不留下了。"

"那你愿意去吗？"

"愿意，你可以到我们的新宫廷来拜访我们，"安东尼大声说，"我们会去哪儿呢？勒德洛？"

我点点头。"你可以学习威尔士语，成为威尔士的吟游诗人。"我说。

"嗯，我保证能把这孩子培养好，不辜负你和我们家族的期望，"他说，"我会让他坚持学习和运动。我会把成为约克家族的贤明国王所需要的一切都传授给他。培养一名国王是项了不起的功绩。我要把自己的精神传给他，把这孩子培养成国王。"

"这件事足以让你把朝圣向后推延一年吧？"我问。

"你知道的，我永远都不会拒绝你的要求。你的话就如同圣旨一般，没有人能够拒绝。不过说真的，我不会拒绝为年轻的爱德华王子效力，为这个孩子做监护人，是一件不平凡的功业。自己能够培养下一任英国国王，我应该感到自豪。我也很乐意到威尔士王子的宫廷去。"

"从现在开始，我就得那样称呼他了吗？以后他再也不是宝宝了？"

"没错。"

1473年春

年轻的威尔士王子爱德华和他舅舅里弗斯伯爵、我儿子理查德·格雷——如今已经被他继父、国王册封为理查德爵士,还有我,我们组成的大队人马浩浩荡荡地前往威尔士,好让小王子看清自己的国家,同时让尽可能多的民众看到他。他父亲说,这是我们巩固统治的方法,我们要向民众展示自己,通过展现我们的富有、我们的子嗣、我们的优雅仪态,让民众感到,他们在你的统治之下是安全的。

我们行进缓慢,常常在驿站歇脚。爱德华体格结实,但他还不到三岁,整天骑马对他来说还是太疲劳了。我下令,让他每天下午都休息,晚上早早地到我屋里睡觉。我对这种优哉游哉、自己说了算的行进速度很满意。我骑在后鞍上,因此我可以侧着身子坐,我的肚子正在日渐隆起。我们平安无事地抵达了美丽的小城勒德洛,我决定留在威尔士,陪我的长子半年,确保这里的家庭生活能安排好,让他过得安全舒适,让他能安顿下来,在新家过得快活。

他总是高高兴兴的,从不感到难过。他想念姐姐们的陪伴,但他喜欢在自己的宫廷里做小王子,他也喜欢让自己同母异父的哥哥理查德、自己的舅舅陪伴自己。他开始学着辨认城堡周围的土地、深深的山谷和美丽的山峦。负责照顾他的佣人从他还是婴儿时就开始照顾他了。他跟宫廷里的小孩子结成了新的朋友,这些孩子是被送来与他一起学习和玩耍的,我哥哥很注意照顾他。在我即将离开他回去之前,整星期睡不着觉的人是我。安东尼很自在,理查德很开心,宝宝在新家过得很快活。

当然,我要离他而去,我觉得难以忍受,因为我们一直以来并不是普普通通的王室家庭。我们过的不是那种拘礼、冷淡的生活。这个孩子是在死亡威胁下,在避难所里出生的。他在头几个月里一直睡在我的床上——在王室继承人身上,这种事是闻所未闻的。他没有奶娘,是我亲自给他哺乳,当他开始学习走路时,他的小手抓的是我的手指。不论是他,还是别的孩子,都没有送给保姆,或者送到别处的王家育婴所寄养。爱德华一向把孩子们留在身边,他的长子是第一个离开我们身边、履行王族职责的孩子。我对他怀有满腔爱意:他是我的金童子,他的到来终于让我坐稳了王后的位子,也使他父亲——那时只是约克家的一个觊觎王位者——有了坐稳王位的有力理由。他是我的王子,是我们婚姻的结晶,是我们的未来。

六月是我留在勒德洛的最后一个月,爱德华来与我团聚,他带来消息说安东尼的妻子伊丽莎白夫人去世了。多年来,她一直身体不佳,害了痨病。安东尼为她的去世举行了弥撒,我偷偷地考虑起今后谁会做我的下一任嫂子,我为自己这样想感到害臊。

"有的是时间,那件事不着急,"爱德华说,"但安东尼必须为确保英国的安全尽一份力。也许他得和一位法兰西公主结婚。我需要盟友。"

"但他不用离家吧,"我说,"不用离开爱德华吧?"

"不用。我看得出,他已经把家安在勒德洛了。等我们走了,需要由他陪伴在爱德华身边。而且我们很快就得启程了。我已经下令,我们这个月就动身。"

我呼吸急促起来,尽管实际上我知道这一天迟早会来到。

"我们还会回来看他的,"他向我保证,"他也会来看我们。别这么难过,亲爱的。他就要开始做约克家的王子了,这是他的前途。你应该为他高兴。"

"我是高兴。"我毫无说服力地说。

我离开的时候到了,我向他们强颜欢笑,咬着嘴唇不让自己哭出来。安东尼知道,要离开他们三个我有多么难过,但宝宝很快活,他确信自己很快就会造访伦敦,很满意自己在自个儿的国家里享有崭新的自由,以及身为王子的高贵身份。他让我抱他、吻他,没有扭来扭去。他甚至在我耳边小声说"我爱你,妈妈",然后跪下要我赐福给他,不过他站起身来时,满脸笑容。

安东尼把我抱到后鞍上,我坐在骑师后面,紧紧抓着他的腰带。我现在身子有些笨重了,已经有了七个月的身孕。突然,一阵最严重的忧虑攫住了我的心,我望着我的哥哥和两个儿子,心里惊恐不已。"多保重。"我对宝宝说。

"照看好他,"我对安东尼说,"给我写信。别让他骑着小马蹦跳。我知道他喜欢这样,但他还太小了。别冻着他。别让他在昏暗的光线里看书,让他远离生病的人。要是城里闹瘟疫,就马上带他离开。"我不知道自己应该让他们小心什么好,只是当我望着他们的一张张笑脸时,备感忧虑不安。"真的,"我无力地说,"真的,安东尼,保护好他。"

他走到马旁边,握着我的脚尖,轻轻摇晃着。"王后,"他简短地说,"放心吧。我就是来保护他的。我会保护好他的。我会确保他的安全。"

"还有你,"我低声说,"你也要注意安全。安东尼,我觉得很害怕,但我不知道应该怕什么。我不知道该怎么说。我想警告你,但我不知道危险何在。"我望着我的儿子理查德·格雷,他正倚在城堡的门口,如今已经出落成了一个高大英俊的青年。"我儿理查德·格雷,"我说,"我说不清为什么,但我很为你们所有人担心。"

安东尼退后一步，耸了耸肩。"我的妹妹，"他温和地说，"危险始终存在。我和你儿子都会成为男子汉，我们会像男子汉一样面对它的。不要因为想象中的威胁而担惊受怕。祝你一路平安，生产顺利。我们希望你能再生一个王子，像这个一样！"

爱德华下令出发，他在前领路，他的旗帜在他身前飘扬，他的王家卫兵环绕在他身旁。王家的队列开始伸展开来，像一条红色的缎带，穿过城堡的大门，一面面旗帜在亮红色的制服中间飘摇着。喇叭齐鸣，鸟儿纷纷从城堡屋顶飞起，飞向天空，宣告国王和王后即将离开他们的宝贝儿子。我无法停止行进的队列，我也不应该这么做，但我扭头望着我年幼的儿子、成年的儿子，还有我哥哥，直到走下下坡路，外墙把他们全都遮住，我再也看不到他们为止。当我看不到他们时，黑暗突然充满了我的心房，有那么一瞬，我还以为夜幕已经降临，而黎明再也不会到来。

1473年7月

七月底，我们在回伦敦途中，停留在什鲁斯伯里镇，好让我在大教堂的客房生产。我很高兴自己不必再忍受夏季刺眼的阳光和暑热，终于可以待在凉爽、装有百叶窗的房间了。我命人在我的石墙房间角落安设喷泉，当我白天躺在床上等待分娩时，滴滴答答的水声使我感到身心平静。

这座城镇是围绕着圣威妮弗蕾德①的圣泉建造的，当我聆听着她的流水的滴答声，以及祈祷的钟声，我想到了在这片湿润土地的水中游弋的灵魂，既有异教的梅露西娜，也有神圣的威妮弗蕾德。我还想到，泉水、小溪、河流是如何向男人倾诉的；但也许它们向女人倾诉得更多，女人们知道，大地上的水就在她们自己的体内流动。英格兰的每一处神圣场所不是水井就是泉眼，洗礼盘里装满了圣水，圣水接受祝福之后，还会流回到大地里。英国是属于梅露西娜的国度，她的水元素无处不在，有时在河里流淌，有时暗藏于地下，但每时每刻都存在着。

八月中旬，我的肚子疼了起来，我把头转向喷泉，聆听着滴水声，仿佛在水中寻找着母亲的声音。如我所愿，孩子顺利降生，正如母亲所料，

---

① 据传是七世纪一位虔诚修道的年轻女士，因一名王子爱而不得恼羞成怒遭到杀害。她头颅落地之处涌出一眼甘泉，而这个作恶的王子当场暴毙，威妮弗蕾德的头被带回与身体拼合后，她又奇迹复活。因她而出现的泉水至今仍在流淌。——编者注

他是个男孩。

爱德华进了屋,尽管在我做完产后礼拜之前,男人们是不应该进来的。"我必须来看看你,"他说,"是儿子。又一个儿子。上帝保佑你俩健康无恙。上帝保佑你,我的爱人,感谢你经受了这样的痛苦,又为我生了一个男孩。"

"我以为你不在意是男是女呢。"我跟他打趣。

"我爱女儿们。"他马上说,"但约克家族需要第二个男孩。他可以给他哥哥爱德华做伴。"

"咱们给他取名理查德好吗?"我问。

"我觉得亨利好。"

"下一个叫亨利吧,"我说,"咱们就叫这个孩子理查德吧。我母亲亲自给他取的名字。"

爱德华朝摇篮俯下身子,小男婴正在摇篮里睡觉,这时他听懂了我的话。"你母亲?她知道你会生个儿子?"

"是的,她知道,"我笑着说,"或者,不管怎么说,她假装知道。你知道我母亲的,总是有些装神弄鬼。"

"这是我们的最后一个男孩了吗?她有没有说过?你觉得会不会有下一个男孩?"

"为什么不会再有了?"我慵懒地说,"要是你在床上还想要我的话,就会有。你还没有厌倦我吗?你不是更喜欢别的女人吗?"

他从摇篮那儿转身来到我身旁。他的双手滑到我的肩胛骨下面,抱起了我的身子,他吻了我。"哦,我仍然想要你。"他说。

1476年春

　　我说得没错,这绝不是我最后一次生育。我丈夫的生育能力依然和我以前说的那样,像丰沃草场上的公牛一样强大。理查德出生后的第二年,我又怀了孕,在十一月,我又生了一个宝宝,是个女孩,我们给她取名为安妮。爱德华为了犒赏我的辛劳,册封我的儿子托马斯·格雷为多塞特侯爵,我安排他娶了一个讨人喜欢的姑娘——她是一大笔财产的继承人。爱德华之前希望我会生个男孩,我们商量好了,要给他取名为乔治,以此向约克家的乔治公爵致意,这样一来,他们分别名为爱德华、理查德、乔治,三个孩子就可以像约克三子一样聚在一起了。但乔治公爵一点儿也不领情。他以前是个被人宠坏的、贪心的孩子,如今变成了一个失意的、脾气暴躁的男人。现在他已经有二十五六岁了,他那原先像玫瑰花蕾一样的嘴巴已经变得萎谢了,总是挂着一丝轻蔑的冷笑。当他还是个前途无量的少年时,他为自己身为约克三子之一而自豪,因为那时,他是沃里克最属意的王位继承人,后来沃里克属意于兰开斯特家族,把他换了下来。当爱德华赢回王位时,乔治变成了爱德华的第一王位继承人,后来我的宝宝爱德华王子出生了,他又被推到了第二位的位置。理查德亲王出生时,乔治变成了排行第三的王位继承人。不错,我每生一个儿子,乔治公爵就离王位更远一分,他的嫉妒心也越来越重。因为爱德华出了名地疼爱老婆,我又出了名的能生养，乔治继承王位的想法几乎成了泡影，他就这样变成了失意公爵。

约克家的另一个兄弟理查德似乎对此并不介意，但是自从约克家与法兰西不战而和之后，他开始反对我们。国王，我丈夫，以及全国每一个理智的男人和女人，都为爱德华与法兰西建立了多年的和平感到高兴，法国人付给我们一大笔钱，让我们不要对法兰西国土提出任何要求。人人都为避免了一场代价高昂的战争而感到高兴，但理查德公爵是例外。这个在战场上长大的小子如今声称，英国人有权利要求收回法兰西的土地，他还紧抓着他父亲的老一套不放，他父亲就跟法国人打了大半辈子。他哥哥、国王不肯带兵去打一场既耗资不菲又不无危险的战争，险些被他说成是懒惰的懦夫。

爱德华宽怀大度地笑了，对这一侮辱不以为意，但理查德带着他那顺从的妻子安妮·内维尔气冲冲地回到了北方的领地，以北方的王公自居，拒绝回南方跟我们待在一起。他相信，在与法兰西作战这件事上，自己才是真正的、唯一一个约克家的孩子，他继承了父亲的遗志。

爱德华一点也不觉得困扰，他来马厩找我时，脸上还带着笑容。我正在马厩里找一匹新来的牝马，准备送给法兰西国王做礼物，以此作为两国新建立的友谊的标志。它是一匹漂亮的马，但在新环境下有些紧张，甚至不愿意靠近我，尽管我手里拿着一只诱人的苹果。

"今天你哥哥来找过我，请我允许他去朝圣，把爱德华交给他同母异父的哥哥理查德·格雷爵士照看一段时间。"

我走出马厩，小心地关上身后的门，不让马跑出来。"为什么？他想去哪儿？"

"他想去罗马，"爱德华说，"他告诉我，他想要有一段时间远离俗世纷扰。"他向我露出狡黠的笑容。"看起来，他在勒德洛过得有些寂寞。他想成为圣人。他告诉我，他想找回自己心里的那个诗人。他说，他想要宁静和荒凉的道路。他想要找到宁静和智慧。"

"哦，尽瞎说，"我用妹子的不屑口吻说，"他总想去远游。他从小时候就打算去耶路撒冷。他喜欢旅行，他认为希腊人和穆斯林知晓一切。也许他是想走，但他的生活和事业都在这里。就说不行好了，让他留下。"

爱德华踌躇不决。"他很想走，伊丽莎白。他是基督教界最伟大的骑士之一。他要是施展出全副本领，我觉得没有人能在比武场上打败他。他写的诗不逊于任何人。他博览群书，见识广博，比英国任何人都精通语言。他不是个普通人。也许他命中注定要行万里路，读万卷书。他为我们的效力无可挑剔，再好不过。如果是上帝召唤他去旅行，也许我们应该让他去。"

牝马走过来，把脑袋从半边门上伸过来嗅我的肩膀。我牢牢地站着，以免吓着它。它那温热的鼻息喷在我的脖子上。"你对他的才能这样欣赏，"我怀疑地说，"为什么你突然这么推崇他了？"

他耸耸肩，我这个做妻子的从这个小动作里看穿了他。我走上前去，用双手握住他的双手，不让他逃过我的仔细盘问。"她是谁？"

"什么？你在说什么？"

"你的新情妇。喜欢安东尼写的诗的那个，"我尖刻地说，"你从来不读诗。以前，你从来不这样嘉许他的学识，不这样了解他的命运。所以一定是有什么人读给你听的。我猜是一个女人为你读的。如果我所料不差，她知道他的诗，是因为他对她读过。也许黑斯廷斯跟她也很熟悉，你们都觉得她很可爱。但你会跟她上床，别人会像狗一样地闻气味。你有了一个蛮不错的新情妇，这我能理解。但如果你觉得，你想跟我分享她的愚蠢见解，那她非走不可。"

他转过眼去，看看靴子，看看天空，看看新来的牝马。

"她叫什么名字?"我问,"起码你可以告诉我这一点。"

他把我拉过去抱住我。"别生气,亲爱的,"他对我耳语道,"你知道,你是我唯一的爱人,你永远都是唯一的。"

"我和另外二十个女人,"我气急败坏地说,但我没有推开他,"她们穿过你的卧室,就像五朔节的游行队列一样。"

"不,"他说,"真的。你是唯一的。我只有你这么一个妻子。我有二十个情妇,也许有上百个。但只有一个妻子。这很能说明问题,不是吗?"

"你的情妇年轻得都能做我女儿了,"我有意刁难地说,"你满城地追求她们。城里的商人向我诉苦说,他们的妻子和女儿都会受到你的攻击。"

"不,"我丈夫怀着英俊男人的虚荣心说,"她们不会。我希望没有哪个女人能拒绝我,但我从来不用强,伊丽莎白。唯一一个拒绝过我的女人就是你。你还记得,你拔出了我身上的匕首吗?"

我毫无顾忌地笑了。"我当然记得。你发誓说,你要把刀鞘也给我,但那会是你送给我的最后一样东西。"

"没有人像你这样,"他亲吻着我的额头,然后吻了我闭上的眼皮,然后是我的嘴唇,"没有别的女人,只有你一个。没有别人,只有我的妻子,把我的心捧在美丽的双手之中。"

"那她叫什么名字?"他吻着我,希望求得和解,"这个新的情妇叫什么名字?"

"伊丽莎白·肖尔,"他吻着我的脖子说,"不过这无关紧要。"

✦

安东尼一到宫廷就来我的房间找我,他是从威尔士远道而来,我问候了他,同时马上表示,我决不同意他走。

"不,真的,亲爱的妹妹,"他说,"你必须让我走。我不是要去耶路撒冷，起码不是今年去，但我想去罗马忏悔自己的罪过。我想离开宫廷一段时间，想想事情，我所说的事情不是指日常琐事。我想骑着马，一个修道院一个修道院地走，黎明时分起来祈祷，要是没有教会的住所供我过夜，我就睡在星光下，在宁静中寻找上帝。"

"你不会想念我吗？"我像小孩子似的问道，"你不会想念宝宝吗？还有我的女儿们？"

"会的，所以我才不打算去很久。我受不了离家数月不归。不过爱德华在勒德洛安顿下来了，他有玩伴，有老师，年轻的理查德·格雷是他的好朋友和好榜样。离开他一段时间没有问题。我一直渴望着在荒凉的道路上旅行，我必须遵从内心的这一渴望。"

"你是梅露西娜的儿子，"我说，努力露出笑容，"你的话听起来，就像是她必须享有回到水中的自由一样。"

"就是这样，"他同意道，"你就当我游走了，过后潮汐还会把我送回来。"

"你心意已决？"

他点点头。"我必须寻求清静，好聆听上帝的声音，"他说，"好写诗，好做回我自己。"

"你还会回来吧？"

"几个月之后就回来。"他保证道。

我朝他伸出手去，他吻了我的两只手。"你一定得回来。"我说。

"我会的，"他说，"我保证，只有死神才能把我从你和你的家人身边带走。"

1476年7月

  他信守了诺言,从罗马及时地赶了回来,七月与我们在福瑟临黑会合。理查德为父亲和兄长埃德蒙筹备、组织了一场隆重的二次葬礼,他们之前在福瑟临黑战役中战死,死后受到了嘲辱,被草草下葬了事。约克家族的人都来参加了此次葬礼和纪念仪式,安东尼及时赶回家,把爱德华王子带来拜祭祖父,我为此感到高兴。

  安东尼晒黑了,像摩尔人一样,他满肚子都是故事。我们一起偷偷溜出来,在福瑟临黑的花园里漫步。他在路上遇到了强盗,以为自己必死无疑了。还有一天晚上,他是在森林里的一口泉水旁边度过的,他难以成眠,确信梅露西娜会从水中升起。"那时我该跟她说什么?"他难过地问,"要是我爱上了这位曾祖母,对我们大家来说,该是多么奇怪的一件事啊。"

  他看到了上帝,他吃了一星期的斋,看到了一幅幻影,现在他下定决心,有朝一日会再次出发,但下次要走得更远。他想去耶路撒冷朝圣。

  "等到爱德华十六岁长大成人时,我再走。"他说。

  我笑了。"行啊,"我一下子就同意了,"还有好多年呢。离现在还有十年。"

  "现在你觉得这段时间很长,"安东尼告诫我,"但光阴似箭。"

  "你这是出行朝圣获得的智慧吗?"我笑他。

"是啊,"他表示同意,"还没等你回过神来,他就会长成大小伙子了,个子会比你都高,我们会琢磨着,我们培养出了一个什么样的国王。他将是爱德华五世,他会顺利继位,求上帝保佑,毫无波折地将约克家族的王室延续下去。"

毫无缘由地,我打了个寒战。

"怎么了?"

"没什么,我也不知道。只是个冷战,没什么。我知道,他会成为很好的国王。他是个真正的约克家成员,也是个真正的里弗斯家族的孩子。这孩子的起步已经好得不能再好了。"

1476年12月

圣诞节到了,我亲爱的儿子爱德华王子回来了,到威斯敏斯特大教堂参加节日仪式。人人都对他的成长感到惊讶。明年他就七岁了,他已经成了一个身板笔直、英俊的金发男孩,理解事物迅速,深受安东尼的熏陶。他还继承了父亲的相貌,将来准会仪表堂堂、气度不凡。

安东尼把我的两个儿子理查德·格雷和爱德华王子都带回来了,他们接受过我的祝福,然后就跑去找兄弟姐妹去了。

"我想念你们三个,非常想念。"我说。

"我也想你,"他对我笑着说,"你气色不错,伊丽莎白。"

我做了个鬼脸。"我今天早晨还吐过,现在能这样已经很不错了。"

他很高兴。"你又要有宝宝了?"

"又要有了,从这股呕吐劲儿来看,他们都觉得是男孩。"

"爱德华一定很高兴。"

"我猜是吧。他的高兴是通过跟方圆百里之内的每个娘们儿调情来表示的。"

安东尼笑了。"这才是爱德华。"

我哥哥很快活。从他那松弛的双肩、眼睛周围松弛的皱纹,我一眼就能看得出来。"你怎么样?你还喜欢勒德洛那个地方吗?"

"我和年轻的爱德华、理查德一切都很顺心,"他说,"我们的宫廷注重钻研学问、培养骑士精神、练习马上枪术比赛和狩猎。我们三个过的是完美的生活。"

"他肯学习吗?"

"像我向你禀报的一样。他是个既聪明又有思想的孩子。"

"你没有让他冒险去打猎吧?"

他冲我咧开嘴笑了。"我当然让他去打猎了!你想让我培养一个胆小鬼来继承爱德华的王位吗?他必须在狩猎场和比武场上磨炼自己的勇气。他必须了解恐惧,面对面地看清恐惧,挑战恐惧。他必须成长为一个勇敢的国王,而不是胆怯的国王。要是我不让他冒一点儿风险、教给他害怕危险的话,我就太对不住你们了。"

"我明白,我明白,"我说,"只不过他太宝贵了……"

"我们都很宝贵,"安东尼宣称,"而且我们都要度过不乏风险的人生。我正在教他骑马厩里的每一匹马,作战时不要发抖。这样教他,与只叫他骑安全的马、不让他上比武场相比,更能确保他今后的安全。现在,说说更要紧的事情吧。你给我准备了什么圣诞礼物?要是你生下男孩,你准备用我的名字给他取名吗?"

宫廷像往常一样,用奢侈的投入筹备着圣诞宴席,爱德华给我们自己和孩子们订做了新衣服,作为游行盛典的衣装,满足世人一睹英国最俊美的王室家族风采的期望。我每天都花一些时间陪伴小王子爱德华。我喜欢坐在他身旁,望着他睡觉,听他睡前念的祷词,每天早晨叫他到我房间来吃早餐。他是个严肃的小男孩,喜欢思考,他提出要用拉丁文、希腊文或法文为我朗读,最后我不得不承认,他的学识已经远远在我之上了。

他对小弟弟理查德很有耐心，理查德很崇拜他，他走到哪儿都小跑着跟到哪儿。他对女婴安妮也很温柔，他趴在她的摇篮上，为她的小手而大感惊讶。每天，我们都编排一出戏剧或一场假面舞会，每天我们都去打猎，每天我们都享用一顿正式的晚餐，跳舞，看娱乐表演。人们说约克家的宫廷颇具魅力，过的是令人陶醉的生活，我不否认这一点。

圣诞节前几天，只有一件事投下了阴影：乔治公爵的满腹怨气。

"我真的觉得你弟弟变得一天比一天古怪了。"爱德华到我在威斯敏斯特宫的房间来，请我去吃晚饭时，我向他抱怨道。

"哪个弟弟？"他懒洋洋地问，"你知道的，我怎么做，他们两个人都不会觉得满意。你会觉得约克家的一个孩子坐上王位，基督教界实现了和平，他们该满意了吧？可不是那么回事，宴席一结束，理查德就要马上动身离开宫廷，回北方去，以此表现他对我们不愿长途跋涉、与法兰西开战有多生气。至于乔治，他生来就是那么一副坏脾气。"

"就是乔治的坏脾气让我受不了。"

"怎么了，他做什么了？"他问。

"他跟他的侍者说，从我们桌上传给他的菜，他一律不吃，"我说，"他跟侍者说，他要在所有人吃完晚餐之后，在自己的房间里单独用餐。要是我们出于礼貌，派人把菜送到他的房间里去供他品尝，那么他也将予以拒绝。我听说，他打算派人把菜送还给我们，以此作为公开的侮辱。晚餐时，他要坐在桌边，眼前摆个空盘子。酒他也不喝。爱德华，你得跟他谈谈。"

"要是他连酒也不喝，那就不止是侮辱的问题了，简直就是奇迹！"爱德华笑了，"乔治连一杯葡萄酒也拒绝不了，哪怕是魔鬼给他喝的。"

"他打算用我们的晚宴来侮辱我们，这可不是什么笑料。"

"好的，我知道了。我已经跟他谈过了。"他转身对跟在我们身后的一队贵族、贵妇人说:"让我们单独待一会儿。"他把我拉到窗边,不让别人听见我们的谈话。"实际上,情况比你知道的还要糟糕,伊丽莎白。我认为,他正在散布对我们不利的谣言。"

"他说什么?"我问。尽管乔治叛变失败之后得到了原谅,但他对兄长的怨恨却没有平息。我原先希望他能安安分分地当好英国两大公爵之一。我原先希望他能与妻子、脸色苍白的伊莎贝尔,以及她带来的财富——尽管他没能控制住他的小姨子安妮,后者嫁给了理查德——过上和乐的生活,但他就像卑鄙的、野心勃勃的人一样,认为自己得不偿失。他舍不得把小安妮·内维尔让给理查德做妻子。他舍不得把安妮带给他的财富拱手让给理查德。爱德华允许理查德娶安妮为妻,他不能原谅爱德华的这一做法,他紧盯着爱德华对我的家人和男亲戚的每一次册封,紧盯着爱德华赏赐给理查德的每一亩土地。他就是这么贪得无厌,生怕自己失去一排豌豆,教人不由以为英国就是一小片庄稼地呢。"他有什么可反对我们的?你已经对他百般容忍,宽宏大量了。"

"他又说起了我母亲背叛了我父亲,我是个私生子的话题。"他把嘴巴贴在我耳朵上说。

"真可耻!他又来这一套!"我喊道。

"他说,他曾跟沃里克和安茹的玛格丽特订立了协议,亨利死后由他来做国王。因此他现在成了亨利指定的继承人,是正统的国王了。"

"但正是他杀死了亨利!"我喊道。

"嘘,别喊。这话可说不得。"

我激动地摇着头,我头饰上的面纱猛烈地晃动着。"不,在我们私下说起的时候,你就别含糊其辞了。你说,当时是他狠心下了毒手,任谁听到都会明白。但正是乔治杀死了亨利,他不能装扮成亨利的指定继承人。"

"他还说过更恶劣的话。"我丈夫告诫我。

"关于我的?"我猜测道。

他点点头。"他说你……"他打断了话头,看看四周,确定没人听得到,"他说你是个巫……"他的声音压得太低了,那个字他没有说出来。

我耸耸肩。"巫婆?"

他点点头。

"他不是第一个说这话的人。我想他也不会是最后一个。只要你还是英国国王,他就不可能伤害到我。"

"我不喜欢他说这话中伤你。这不但影响你的名声,还危及到你的安全。对女人来说,不管她的丈夫是谁,一旦她有了女巫的名声,处境都相当危险。再说,一直都有人说,促使我们结婚的是妖法。下一步他们会说我们之间根本就没有真正的婚姻。"

我火冒三丈。我对自己的名声倒不十分在意,母亲曾教导我,有权势的女人永远都会招来诽谤,但那些说我没有真正结婚的人,等于是说我的儿子都是私生子。这是要剥夺他们的继承权。

"你必须让他闭嘴。"

"我跟他谈过,我警告过他。但我觉得,他是在故意制造借口,好反对我。他有自己的追随者,并且人数与日俱增,我觉得他可能在与法兰西的路易王保持联系。"

"我们已经与路易国王达成了和平协定。"

"这并不能阻止他找借口多管闲事。我觉得,没有什么能够阻止他找借口多管闲事。乔治确实够傻,他一定会花自己的钱,给我惹出麻烦来。"

我环顾四周。宫廷里的人都在等待我们。"我们必须去用晚餐了,"我说,"你准备怎么做?"

"我要再跟他谈谈。但与此同时,不要从我们桌上给他送菜了。我可不想让他演一出拒绝接受的戏出来。"

我摇摇头。"我的菜是给宠爱的人的，"我说，"他可不是我宠爱的人。"

国王笑了，他吻我的手。"你可别把他变成癞蛤蟆啊，我的小女巫。"他低声说。

"我用不着。他的心已经是一只癞蛤蟆了。"

✦

爱德华没有告诉我，他对这个最麻烦的弟弟说了些什么，这也不是我第一次希望母亲依然健在，我需要她的忠告。乔治发了好几个星期的脾气，他拒绝与我们一起进餐，在宫殿周围高视阔步，仿佛不敢坐下，始终与我保持距离，仿佛怕我用眼神把他变成石头。乔治宣布，产期将近的伊莎贝尔生病了，是不洁的空气害她生的病，他断然宣称，他要带她离开宫廷。

一天早上，我和哥哥安东尼做完弥撒，漫步走回我的房间。他满怀希望地对我说："也许这样最好。"我的侍女跟在我后面，只有玛格丽特·斯坦利夫人是例外，她还跪在礼拜堂内画着十字。她祈祷得那么用心，仿佛自己犯下了渎神的罪行一般，但我知道，她没犯过任何罪过。她甚至不和自己的丈夫同房，我觉得她没有丝毫的欲望。我猜，除了野心，没有什么能让这个禁欲的兰开斯特女人的内心失去平静。

"他让每个人都怀有疑问：究竟爱德华做过什么，让他如此恼火，而且他在侮辱你们两人。他使得人们议论起，爱德华王子与父亲长得像不像，因为爱德华王子是在避难所里出生的，没有适当的见证人，别人如何知道他是否真的是你的亲生儿子。我请求爱德华允许我向他挑战，与他进行比武。他不可以这样说你的坏话。我想捍卫你的名誉。"

"爱德华怎么说？"

"他说最好是对他置之不理，不要用质疑的方式，让他说出更多的谎言。但我不喜欢这么做。他侮辱了你和我们的家族,还有我们的母亲。"

"这与他对自己的母亲所做的事相比,算不了什么,"我说,"他说我们的母亲是女巫,但他说他自己的母亲是个奸妇。他是个敢于肆意造谣中伤别人的人。让我惊讶的是,他母亲竟然没有叫他闭嘴。"

"我觉得他母亲说过这样的话,爱德华私下也申斥过他,但他谁的话也不听。除了自己,他谁都不在乎。"

"至少,他离开宫廷后,他就不会老是待在角落里嘀嘀咕咕、不肯跳舞了。"

"只要他不策划反对我们的阴谋就行。一旦他远走高飞,家宅四周由家臣把守,他召集谁前去,爱德华将一无所知,最终他会再次征募士兵,到时爱德华就等于亲手培养了一个叛徒出来。"

"哦,爱德华会知道的,"我机敏地说,"他会派人盯着乔治。甚至连我都收买了他家里的一名佣人。爱德华的眼线有十几个。没等他做出什么事,我就知道了。"

"你安排的那个男人是谁?"安东尼问。

我笑了。"要盯着他,弄清事态,向我汇报,不一定非得找男人。他家里有我安排的一个女人,她把每一件事都透露给我。"

我的眼线安卡瑞特每星期向我汇报情况。她告诉我,乔治确实收到了我们的敌国法兰西寄来的信件。就在圣诞节前,她写信报告说,乔治的妻子伊莎贝尔健康状况恶化了。这个可怜的小公爵夫人又生了一个孩子,这是第四个孩子了,但她再也没有恢复气力,分娩几星期后,她就不再挣扎求生,撒手人寰了。

我真心实意地为她的灵魂祈祷。她是一个很不走运的女孩子。她父亲沃里克对她喜爱有加,以为自己可以让她成为公爵夫人,后来又认为自己可以把她丈夫拥立为国王。但她丈夫是个阴沉的小子,没有当上真正的约克家国王，而且叛变了不止一次，而是两次。在加莱，她遇上了女巫施法制造出来的风暴，她的第一个孩子死掉了，此后她又生了两个孩子，玛格丽特和爱德华。现在他们成了没娘的孩子。玛格丽特是个聪明开朗的姑娘，但爱德华智力迟钝，也许是个傻瓜。他们只有乔治这一个父亲可依靠，愿上帝保佑他们。我写了一封信去，表达我的哀痛，宫里为她进行了服丧——她是一位大伯爵的女儿，王室公爵的妻子。

1477年1月

  我们为她感到难过，但乔治只是将她草草下葬了事，蜡烛还没灭，他就昂首阔步地回到宫里，满心打算着要找一个新的妻子，这一次他的要求可不低。勃艮第的查尔斯——约克家的玛格丽特的丈夫——在战场上阵亡后，他的女儿玛丽成了女公爵，并且是基督教界最富庶的一片公爵领地的继承人。

  玛格丽特始终是一名约克派，不幸的是，她看不出自己的家人有何缺陷，她建议让哥哥乔治——他幸运地恢复了单身——娶她这位继女。她的这一想法更偏向她约克家的哥哥，而不是勃艮第的被监护人，起码我是这样觉得。当然，乔治马上燃起了野心。他向爱德华宣布，他要么会娶勃艮第女公爵，要么会娶苏格兰公主。

  "不可思议，"爱德华说，"他拿着我付给他的公爵俸禄，就已经够不老实了。要是他像王子一样富有，有一大笔可以自由支配的财富，咱们谁都别想过安稳了。想想看，他会在苏格兰给我们惹出什么麻烦来吧！亲爱的上帝啊，想想看吧，他到了勃艮第会如何欺负我们的妹妹！她刚刚守寡，继女刚刚没了父亲。让乔治过去，我还不如送一匹狼给她俩呢。"

1477年春

  乔治对兄长的拒绝大为不满，随后我们听到了令人无法容忍的消息，开始我们还以为这肯定是夸大其词的谣言，不可能是真的。乔治突然宣布，伊莎贝尔并不是死于产褥热，而是中毒身亡，他已经把下毒者打入了大牢。

  "不可能！"我对爱德华喊道，"他疯了吗？谁会去伤害伊莎贝尔？他把谁逮捕了？为什么？"

  "比逮捕还要糟。"他说。看起来，他拿在手中的信让他大为震惊。"他一定是疯了。未经审讯，他就命令法官宣布她有罪，把这个女人匆匆砍头处决了。她已经死了。就因为乔治的一句话，她就死了，好像没有了王法一般。好像他的权势已经胜过了法律，胜过了国王。他治理我的王国的方式，就好像我已经允许施行暴政了似的。"

  "她是谁？"我问，"这可怜的侍女是谁？"

  "安卡瑞特·图恩霍，"他读着控告信上的名字，"陪审团说是他用暴力威胁他们，让他们作出有罪判决的，尽管除了他的誓言，没有任何指证她的证据。他们说，他们不敢拂逆他的要求，他硬逼着他们把一个无辜的女人送去受死。他指控她下毒，使用巫术，并且效命于一个大巫婆。"他把目光从信上移开，看到我脸色苍白。"大巫婆？你知道这件事吗，伊丽莎白？"

"她是我安插在他家的眼线，"我很快承认道，"但仅此而已。我没有必要给可怜的小伊莎贝尔下毒。那样做对我有什么好处？至于巫术之类的事，更是无中生有。我为什么要对她下咒呢？我是不喜欢她，也不喜欢她妹妹，但我不会诅咒她们。"

他点点头。"我知道。你当然没有给伊莎贝尔下毒。不过乔治是否知道，他指控的那个女人是你收买的？"

"也许吧，也许吧，要不然他干吗要控告她？她还能做出什么令他不快的事情来？他是不是有意警告我？有意要威胁我们？"

爱德华把信扔在桌子上。"上帝知道！他害死一个女佣人，除了惹出更多乱子和流言蜚语，还能指望什么？我得对这件事作出处置，伊丽莎白，不能就这么算了。"

"你要怎么做？"

"他有一小帮自己的策士，都是些心怀不满的可怕人物。其中有一个起码是个算命师，假如他没有干什么更坏的事情的话。我会逮捕他们，把他们送去接受审判，他如何对付你的侍女，我就如何对付他们。这是对他的警告：他要想找我们和我们下人的麻烦，他自己就得付出代价。我只希望他能放明白点，把这一点想清楚。"

我点点头。"这些人，"我问，"他们伤害不到我们？"

"乔治似乎认为，只有你相信他们能诅咒我们，我们才会身受其害。"

我用笑容来掩饰我内心的恐惧。我当然相信他们可以诅咒我们。我当然害怕他们已经这样做了。

✦

我所料不差，我们的确麻烦缠身。爱德华逮捕了臭名昭著的男巫师托马斯·伯德特，还有另外两个人，他们接受了讯问，说出了一些事情，其中夹杂着黑魔法、降祸和巫术。

五月里的一个阳光明媚的下午，在威斯敏斯特宫，我哥哥安东尼发现我把沉重的腹部倚在河堤上，望着河水。在我身后的花园里，孩子们在玩用球棒击球的游戏。从愤怒的"作弊"的喊声中，我判断出，大概是我儿子爱德华输了比分，他用自己身为威尔士王子的地位更改了比分。"你在这儿做什么呢？"安东尼问。

"我希望这条河是一条护城河，能把敌人挡在外面，确保我和家人的安全。"

"梅露西娜听到你的召唤，会不会从泰晤士河现身？"他带着玩世不恭的笑容问。

"如果她能现身，我会让她把克拉伦斯公爵乔治和他的男巫一起绞死。我会让她马上动手，无需多言。"

"你不会相信吧，别人对你心怀恶念，就能伤害到你？"他问，"他不是什么男巫，没有那回事，只是吓唬孩子的童话而已，伊丽莎白。"他朝后瞥了一眼我的孩子们，他们正在央求伊丽莎白就没有接到的一个球作出裁判。

"乔治相信他。乔治付了他不少钱，让他预测国王的死期，然后通过袖手旁观，促使一切发生。乔治雇佣了这个巫师来摧毁我们。他的诅咒已经散布到空气、泥土和水当中了。"

"哦，瞎说。他不是什么男巫，正如你不是女巫一样。"

"我并不以女巫自居，"我悄悄说，"但我继承了梅露西娜的本领。我是她的传人。你明白我的意思：我像母亲一样，拥有她的天赋。我的女儿伊丽莎白也有。这个世界向我歌唱，我能听到它的歌声。事情向我迎面走来，我的愿望会得以实现。梦境向我诉说真情，我能看到预兆和征候。有时我会知道将来会发生什么。我有预见未来的能力。"

"也许这些都是上帝的启示，"他坚定地说，"是祈祷的力量。其余的都是祈愿的想法在发挥作用而已。另外还有女人的无稽之谈。"

我笑了。"我认为它们是来自上帝的。这我从不怀疑。但上帝是通过河水来向我诉说的。"

"你是个异教徒,"他用兄长不以为然的口吻说,"梅露西娜只是一个童话故事,但上帝和圣子是你发誓接受的信仰。看在上帝分上,你曾以上帝的名义成立过教堂、小教堂和学校。你喜爱河流、溪水,这是从母亲那里学到的一种迷信,跟古代的异教徒一样。你不能把那些跟自己的信仰搅和到一起,然后用自己编造出来的妖魔鬼怪吓唬你自己。"

"当然,哥哥,"我垂下目光,说,"你是个博学的贵族,我确信你对事情的看法是最正确的。"

"打住!"他笑着扬起一只手,"打住。你可别以为我想跟你争论。我知道,你有自己的一套神学观点。有些是童话,有些是《圣经》上的内容,还有各种无稽之谈。为了咱们大家好,我恳求你,这种教义你还是自己私下信奉吧。不要对外宣扬。不要被你自己想象出来的敌人吓倒。"

"但我梦到的事,当真会发生。"

"假如你非这样说的话。"

"安东尼,我的一生都是魔法切实有效的例证,我真的能预见未来。"

"举个例子。"

"难道我不是嫁给了英国国王?"

"难道当年我没有看到,你像妓女一样站在街上?"

他咯咯地笑了,我喊道:"才不是那样呢!不是那么回事儿!而且我的戒指是我从河里取来的!"

他拿起我的双手,一一吻过。"这都是无稽之谈,"他温柔地说,"没有什么梅露西娜,那不过是母亲在睡前给我们讲的一个古老的、快要被人遗忘的故事。没有什么魔法,只是母亲装装样子,鼓励你。你没有什么法力。我们只是一些无力的罪人，遵从上帝的旨意行动。托马斯·伯德特没有什么法力，只是心肠恶毒，再加上招摇撞骗而已。"

我朝他笑了，没有跟他争论。但我心知肚明，知道事情不光是这样而已。

"梅露西娜的故事结局是什么？"一天晚上，我在听儿子小爱德华做睡前祷告时，他问我。他跟三岁的弟弟理查德同住一屋，两个孩子都满脸期待地望着我，都想听故事，晚些再睡。

"你为什么问这个？"我坐在他们的壁炉旁，拉过一个垫脚凳，把脚放上去休息。我能感觉到，身体里有了新的胎动。产期将会在六个月之后，感觉却像一生那么漫长。

"我听见舅舅今天跟你谈话时，谈到了她，"爱德华说，"她从水里出来，嫁给骑士之后，发生了什么事？"

"结局令人难过。"我说。我向他们做手势，让他们上床睡觉，他们照办了，但两个人盖上被褥之后，都大睁着双眼盯着我。"这个故事有不同的说法。有些人说，一个好奇的旅行者来到他们家，偷偷摸摸地窥探她，看到她在浴室里变成了一条鱼。有人说，她的丈夫违背了让她自由地独自游弋的誓言，偷偷摸摸地窥探她，看到她再次变成了鱼。"

"但他为什么要在意呢？"爱德华颇有道理地问，"既然他当初见到她时，她就是半人半鱼之身？"

"啊，他以为自己能把她改造成一个符合自己心意的女人，"我说，"有时男人喜欢上女人之后，就会想要改变她。也许他就是这样吧。"

"这个故事里有打斗吗？"理查德困倦地问，他的脑袋已经贴在了枕头上。

"不，没有。"我说。我亲了亲爱德华的额头，然后去另一张床上吻了吻理查德。他俩散发着肥皂和热乎乎的皮肤的香味，闻起来仍然像婴儿一样。他们的头发软软的，闻起来如同清新的空气一般。

"那么当他知道，她还是半人半鱼之身时，发生了什么事？"我朝门口走去时，爱德华低声问。

"她带着孩子们离开了他，"我说，"他们再也没有见面。"

我吹灭了一支烛台上的蜡烛，让其他的蜡烛继续燃烧着。小壁炉里的火焰维持着屋里的热度和舒适。

"这个结局确实令人难过，"爱德华悲哀地说，"可怜的人，他再也看不到自己的妻子儿女了。"

"是令人难过，"我说，"不过这只是一个故事。也许还有别的结局，已经被人们遗忘了。也许她原谅了他，又回到了他的身边。也许他为了爱，变成了鱼，与她一起在水中游弋着。"

"嗯，"他是个开心的孩子，很容易感到安慰，"晚安，妈妈。"

"晚安，愿上帝祝福你们俩。"

当他看到她时，水波在她的鳞片上荡漾着，她把头埋在他专门为她建造的浴室里，他以为她在沐浴——并没有变成鱼身——结果他神情大变，有些男人在首次弄清女人实际上是"异类"的时候，都会有此感受。尽管女人像男孩一样柔弱，但她不是男孩；尽管他见过她傻傻地忧虑不安，但她并不是傻瓜；尽管她会心怀怨恨，但她也不是坏人；尽管她有时宽宏大量，但她也不是圣人。她不具备这些男人的品性。她是女人，与男人截然不同。他看到的她是半人半鱼之身，但真正令他心里感到恐惧的，是她实际上是个女人。

伯德特那伙人接受审判时，乔治对兄长的怨恨变得显而易见。证据被查获，阴谋水落石出，其中有邪恶的许诺和威胁、毒谷物的制造配方、一小袋毛玻璃、直言不讳的诅咒。在伯德特的材料中，他们不光发现了一张预测爱德华死期的图表，还有一套专门设计的符咒，用来咒杀他。当爱德华把它们拿给我看时，我不寒而栗，像得了疟疾一般。不论它们是否真的能将人咒杀，但我知道，这些画在黑纸上的古老图画确有一种邪恶的力量。"它们让我感到寒冷，"我说，"它们让我觉得寒冷和潮湿。它们有种邪恶的感觉。"

"这些当然是邪恶的证据，"爱德华冷冷地说，"我做梦也没想到，乔治反对我，竟会做得这么绝。为了与他和平相处，或者起码不将矛盾声张开来，我宁愿把全世界都给他。但他雇了这些不三不四的人对付我，现在人人都知道我的亲弟弟在阴谋反对我了。伯德特将会被判定有罪、被绞死，但人们一定会发现直接指使他的人是乔治。乔治同样犯下了叛国罪，但我不能把自己的亲弟弟送去接受审判！"

"为什么不能？"我尖锐地问。这时我在卧室里，坐在壁炉旁带软垫的矮凳上，只穿了一件毛皮衬里的、晚上穿的披肩。我们正要各自上床睡觉，但爱德华再也无法独自压下心头的烦恼。伯德特那令人作呕的符咒也许并未损害他的健康，但它们令他心情压抑。"为什么不能让乔治接受审判，然后让他作为逆臣死掉？这是他应有的下场。"

"因为我爱他，"他简明扼要地说，"就像你爱你哥哥安东尼一样。我不能把他送上断头台。他是我弟弟。在战争中，他曾与我并肩作战。他是我的亲人。他是我母亲最宠爱的孩子。他是我们的乔治。"

"他在战争中也投靠过对方，"我提醒他，"他曾经不止一次地背叛过你和你们家族。如果当初你没有逃走，他和沃里克捉到了你，他会眼看着你死去。他说我是女巫，还逮捕过我母亲，我父亲和我弟弟约翰被杀时，他就在一旁看着。公平正义和亲情都阻止不了他一意孤行，你又怎么能阻止得了？"

爱德华坐在炉火另一边的椅子里，把身子往前探出来。在忽闪的火光的映照下，他的面容显得苍老。这么多年来，我头一次看到，岁月和王权给他带来了什么样的沉重负担。"我知道，我知道，我应该对他更严厉一些，但我做不到。他是我母亲的宝贝，他是我们家的小金童。我不敢相信，他已经变得如此……"

"邪恶，"我给他提词道，"你的小弟弟已经变成了一个邪恶的人。他现在不再是一只逗人喜爱的小狗了，已经成了一只大狗。他从小就娇生惯养，养成了劣根性。总有一天，你必须处置他，爱德华，记住我的话吧。总有一天，你好心待他，他却用阴谋报答你。"

"也许，"他叹息着说，"也许他会吸取教训吧。"

"他不会吸取教训，"我断言，"只有他死了，你才能免受其害。总有一天你会非这么做不可的，爱德华。你只能在现在动手和到时候动手之间做出选择。"

他站起身来到床边。"在我回自己的房间之前，我要看着你上床。我盼着你把宝宝生出来之后，和你再度圆房。"

"马上就好。"我回答道。我把身子前倾，望着火的灰烬。我是水之女神的继承人，从未看清过火里的征兆，但在灰烬的闪光里，我看到了乔治气急败坏的面孔，他身后有什么东西，是一座高高的建筑，像指示道路的柱子一样黝黑——是那座塔。在我看来，它始终是一座黑暗的建筑，是死亡的场所。我耸了耸肩，也许这幅景象并没有什么特殊的含义。

我起身上床，蜷缩在被褥下面，爱德华拿起我的手来亲吻，祝我晚安。

"怎么，你觉得冷吗，"他诧异地说，"我觉得炉火够热的。"

"我不喜欢那个地方。"我随口说道。

"什么地方？"

"伦敦塔。我恨它。"

乔治的密友、叛逆伯德特在泰伯恩行刑场的绞刑台前，当着发出不满嘘声的围观群众的面，抗议说自己是无辜的，但他还是被绞死了。但乔治丝毫也没有从这个人的死亡中吸取教训，他气冲冲地骑马赶到伦敦，国王正和枢密院在温莎城堡开会，他闯进去，重复了伯德特清白无辜的话，当着爱德华的面大喊大叫。

"这不可能！"我对安东尼说。我感到震惊不已。

"他真的这么做了！他真的这么做了！"安东尼在城堡内我的房间里，试着向我描述当时的情景，他笑得喘不过气来。我的侍女们坐在我的谒见室里。我和安东尼来到我的私人房间，让他给我讲讲这一丑闻。"堂堂七英尺高的爱德华站在那里，盛怒不已。国王的枢密院成员都惊呆了。你真应该看看他们的表情，托马斯·斯坦利目瞪口呆，像条鱼一样！我们的弟弟莱昂内尔惊恐地抓住了自己胸前的十字架。乔治面朝国王，像演员一样吼出了自己的台词。当然谁都不知道他说的话是什么意思，他们没有意识到，乔治是在凭记忆背诵某人死前的遗言。所以当他说'我是个老人，一个明智的人……'的时候，他们全都蒙了。"

我尖声大笑。"安东尼！不是吧！"

"我们全都不明就里，除了爱德华和乔治。这时乔治管爱德华叫暴君！"

我的笑声戛然而止。"在爱德华的立法会上？"

"暴君，还有杀人凶手。"

"他这样叫了?"

"是的,当着他的面。他说的是哪件事?沃里克的死?"

"不是,"我简短地说,"是更糟的事。"

"兰开斯特家族的爱德华?那个年轻的亲王?"

我摇摇头。"那是战场上发生的事。"

"会不会是老国王亨利?"

"我们永远都不说这件事的,"我说,"永远不说。"

"唔,看起来乔治要说这件事了。他好像要说些什么似的。你知道吗?他声称爱德华根本不是约克家的孩子。说他是弓箭兵布雷伯恩的私生子,说自己才是真正的王位继承人。"

我点点头。"爱德华非让他闭嘴不可。不能这么继续下去了。"

"爱德华必须尽快让他闭嘴,"他警告我,"否则乔治会把你们,还有整个约克家族都搞垮的。我并没有危言耸听。你们的家徽不应该是白玫瑰,而应该是那个象征永恒的古老图案。"

"永恒?"我重复道,希望他能在这最暗淡无光的日子里,说出一些让人安心的话。

"是的,就是那条吞吃自己的蛇。约克家的儿子们将会手足相残,一个兄弟毁掉另一个,叔伯毁掉侄子,父亲砍掉儿子的脑袋。他们是一个必须见血的家族,如果没有外敌,他们就会自相残杀。"

我用双手捂着肚子,仿佛要阻挡着,不让胎儿听到这一番悲惨的预言。"别,安东尼。别说了。"

"是真的,"他冷酷地说,"不论你我怎么做,约克家族注定要毁灭,因为他们会自己毁掉自己。"

✦

　　我走进我那幽暗的卧室,接受为期六个礼拜的分娩隔离,这个问题依旧悬而未决。爱德华想不出自己应该怎么做。在英国,在约克家族,王族的兄弟对国王不忠诚都不是什么新鲜事,但对爱德华来说,这是一种折磨。"等我产期结束再说,"我在我的房间门口对他说,"也许他会明白过来,祈求宽恕。等我出来咱们再做决定。"

　　"你勇敢点。"他看了看我身后的幽暗房间,屋里有小壁炉,暖暖和和的,四壁空空,因为墙上所有可能影响待产婴儿形体的图画都被摘掉了。他把身子往前探过来,低声说:"我会来看你的。"

　　我笑了。按说产房只能接纳女人,但爱德华总是打破这一禁令。"给我带葡萄酒和蜜饯来。"我点明要这些禁止产妇食用的东西。

　　"你甜甜地吻我,我就给你带。"

　　"爱德华,那样多羞人!"

　　"那等你一出来就给你。"

　　他往后退去,在院子前面礼数周全地祝愿我身体健康。他向我鞠躬,我向他屈膝行礼,然后我往后退去,看护把面带笑容的随从关在了门外,我和看护待在小套房里,没有任何事情可做,只能等待宝宝降生。

✦

　　这次分娩既漫长又艰难,最后得到的宝贝是个男孩。他是个约克家的小宝贝,头发稀稀拉拉的,眼睛像知更鸟的蛋一样湛蓝。他又小又轻,看护把他放在我的怀里时,我感到一阵担心,因为他看起来那么小。

　　"他会长大的,"接生婆令人安慰地说,"小宝宝长得快。"

　　我笑了,抚摸着他的小手,望着他转过头噘起小嘴。

头十天我亲自给他哺乳，之后我们找来一个奶水充盈的乳娘，把他从我怀里轻轻地抱了过去。当我看到她坐在矮凳上，把他稳稳送到胸前的样子，我确信她会照顾好他的。他被取名为乔治，正如我们之前对他那背信弃义的叔叔许诺的那样。我做完了感恩礼拜，走出幽暗的产房，来到了八月中旬的明媚阳光下，发现在我不在的这段时间里，那个新情妇伊丽莎白·肖尔快要变成我的宫廷里的王后了。国王不再到伦敦的公共浴室喝得烂醉、乱搞女人了。他给她在威斯敏斯特宫附近买了一栋房子。他与她一起吃饭，一起睡觉。他喜欢让她陪伴自己，整个宫廷尽人皆知。

爱德华穿了一件鲜红色、镶有金边的睡袍，英姿勃发地来到我的房间，我向他尖锐地说："她今晚就走人。"

"谁？"他温和地问，他端着一杯葡萄酒站在壁炉边上，一脸无辜。他挥挥手，仆人们快步离开了房间，知道一场风暴正在酝酿。

"那个姓肖尔的女人，"我直截了当地说，"难道你以为，我从产房出来之后没有人给我打小报告吗？难得的是，她们竟能憋这么久不告诉我。我还没踏出小礼拜堂的门，她们就忙不迭地争着告诉我了。玛格丽特·博福特对我格外同情。"

他吃吃地笑了。"原谅我吧，我不知道我做的事有这么严重。"

我对这番假话无动于衷，不发一言，只等他继续往下说。

"啊，亲爱的，这段时间太漫长了，"他说，"我知道你在分娩隔离期，你分娩时，我的心一直惦记着你，尽管如此，男人需要床榻上的温暖。"

"现在我从产房出来了，"我机敏地说，"如果她到明天早晨还没走，你的床榻将会寒冷如冰，枕头就像严霜，床罩就像雪地。"

他把手伸出来，放在我身上。我走过去站在他身边。当我低头去吻他的脖颈时，熟悉的爱抚和他皮肤上的香气顿时令我陶醉了。

"说你不生我气，亲爱的。"他用令人安心的声音小声对我说。

"你知道我生气了。"

"那就说,你会原谅我。"

"你知道,我一向都原谅你。"

"那你说,咱们可以上床去,重新快快乐乐地一起生活。你做得不错,又给咱们添了一个男孩。每次你胖嘟嘟的、刚刚回到我身边时,你给我带来了多少欢乐啊。我是那样想要你。说,我们会快乐的。"

"不。你来说点什么。"

他的手沿着我的胳膊滑上来,在我的睡袍袖子下面,在我的胳膊肘上画着圈。像往常一样,他的爱抚像做爱一样亲昵。"说什么都行。你想让我说什么?"

"说她明天就走。"

"她明天就走,"他叹息着说,"不过你知道吗,假如你见到她的话,你会喜欢她的。她是个让人高兴的年轻女人,读过不少书,人很有趣。她是个不错的伴儿,是我见过的性情最为甜美的姑娘之一。"

"她明天就走人。"我重复道,对伊丽莎白·肖尔有何等魅力置之不理,同样,她是否饱读诗书跟我也毫不相干。就好像爱德华还在乎这些似的,就好像他真能懂得女人心似的。他追逐女人,就像好色的公狗追逐发情的母狗一样。我可以发誓,对于女人的学识和性情,他根本就一无所知。

"明天我会最先处理这件事,亲爱的。最先处理。"

1477年夏

六月,爱德华以叛国罪逮捕了乔治,把他交给枢密院审判。只有我知道,为了指控他犯下预谋弑君之罪,我丈夫付出了多少。他向别人隐瞒了自己的悲伤和愧疚。在枢密院会议上并未呈交什么证据,没有必要呈交什么证据。国王本人宣布,乔治犯下了叛逆罪,在这一指控罪名上,没有人能反对国王的意见。的确,还有谁不曾被乔治拉着袖子、躲进某条黑乎乎的巷子,听乔治低声说出他那疯狂的猜测①?有谁不曾听到他许过诺要拉帮结派,反对爱德华?还有谁没有见过,不论是哪个厨房做的,只要是我点的菜,乔治一概不吃,在与我们一起进餐时,他还往肩膀后面撒盐②,或者当我从他身边走过时,他都要攥紧拳头,抵挡巫术?还有谁不知道,乔治坏事做尽,只差写下罪状,签字认罪了?但他们全都不知道爱德华准备作何处置。他们判定乔治犯下了叛国罪,但没有确定如何惩处。他们无一知道,在惩处心爱的弟弟一事上,国王会下多大的决心。

---

① 指乔治猜测爱德华是私生子。
② 越过肩膀往后撒盐是避邪的做法。

1477年冬

我们在威斯敏斯特宫庆贺圣诞，但克拉伦斯公爵乔治不在宫里，她母亲的脸色冷若冰霜，感觉有些奇特。乔治被控犯下叛国罪，关押在伦敦塔里，有人好吃好喝地伺候他——我毫不怀疑他吃得、喝得不错——而与他同名的小乔治在育婴所里，他真正的位置是和我们在一起。所有的孩子都到了，我快乐无比：理查德骑马与爱德华一起从勒德洛赶来了，托马斯之前曾去勃艮第宫廷小住，也回来了，别的孩子也都身体健康，新生儿乔治在育婴所里。

一月，我的小理查德与家族财产女继承人安妮·莫布雷订婚，我们举行了英国前所未见的盛大婚礼。在婚礼宴席上，四岁的王子和小姑娘被抱到桌子上，他们穿着漂亮的小衣服，手拉着手，就像两个小娃娃似的。他们会分开生活，直到他们长大成人，进入婚龄为止。不过提早为我的儿子安排好这么大一笔财富是一件很棒的事，他会成为英国前所未有的、最富有的王子。

主显节之夜过后，爱德华来找我，说枢密院催促他，就如何处置乔治作出最终决定。

"你有什么想法？"我问。我产生了一丝不祥的预感。我想起了自己生下的约克三子：爱德华、理查德和乔治。如果他们也像上一代的约克三子一样手足相残,该怎么办?

"我觉得,我必须继续向下进行,"他难过地说,"叛国罪的惩罚是死刑。我别无选择。"

1478年春

"要处决他,你做梦也别想。"爱德华的母亲从我身边跑过,冲进他的私人房间,急匆匆地对儿子说。

我略微起身,用最小的幅度行了个屈膝礼。"母亲。"我说。

"母亲,我不知道我该怎么办才好。"爱德华单膝跪下,请她祝福,她机械而茫然地把手放在他的头上。她对爱德华没有丝毫温情,她心里在乎的只有乔治。她朝我略施一礼,朝爱德华转过身去。

"他是你弟弟。你可别忘了。"

爱德华一脸痛苦地耸了耸肩。

"事实上,是他自己说,他不是爱德华的亲弟弟。"我指出,"乔治宣称他只是爱德华的半亲血兄弟,因为据他说,爱德华是您和一名英国弓箭手所生的私生子。他的话不光是对我们的中伤,也是对您的中伤。他胡言乱语起来可没有节制。他诬蔑起我们的名誉简直毫无顾忌。他说我是女巫,不过他说您是荡妇。"

"我不相信他说了这样的话。"她有力地说。

"母亲,他说了,"爱德华回答说,"他还出言侮辱了我和伊丽莎白。"

她的神情仿佛在说,这并不是什么坏事。

"他用造谣中伤的方式,给约克家族造成了损害,"我说,"他还雇了一个男巫,来诅咒国王。"

"他是你弟弟,你必须原谅他。"她对爱德华说。

"他是个叛国者,只有死路一条,"我简洁明了地说,"还能怎么样呢?密谋弑君也是可以原谅的吗?那么战败的兰开斯特家族为什么不这么做呢?为什么法兰西的奸细不这么做呢?为什么路上的渣滓们不拿刀子对付您最好的一个儿子呢?"

"乔治一直过得不顺心,"她不搭理我,急切地对爱德华说,"要是你允许他娶了那个勃艮第的姑娘,让他如愿以偿,或者允许他娶了那个苏格兰公主,就不会出这样的事了。"

"我信不过他,"爱德华直截了当地说,"母亲,我确信,如果乔治有了自己的王国,他一定会侵略我的王国。如果乔治有了自己的大笔财产,他只会用它筹建军队,夺取我的王位。"

"他生来就注定要成就一番大业。"她说。

"他生来就是排行第三的儿子,"爱德华说,他终于鼓起勇气,把实话讲给她听,"只有在我、我的儿子兼继承人都死掉,然后他的小弟理查德和我的小儿子乔治也死掉的情况下,他才能统治英国。您愿意这样吗,母亲?您宁愿让我和我的三个宝贵的儿子都死掉?您就这么宠爱乔治?您像他的男巫一样,盼着我死掉吗?您会往我吃的肉里加毛玻璃、在我喝的酒里加毛地黄粉吗?"

"不,"她说,"不,当然不会。你是你父亲的儿子、继承人,你赢得了王位,王位应当由你的儿子来继承。但乔治也是我的儿子。我同情他。"

听了这一仓促的回答,爱德华咬着牙,转身对着壁炉,默默地站立,他的肩膀弓了起来。我们全都默不作声,终于,国王说道:"我能为您、为他做的一切,就是允许他自行选择死亡的方式。他非死不可,如果他愿意死在法国剑客的剑下,我可以为他派一名过去。不一定非得是刽子手来为他执行死刑。他宁愿服毒的话,也可以是毒药,他可以在私下独处的时候服下去。也可以在他的餐桌上放一把匕首,他可以自刎。他的死可以在私下进行,没有围观的人群,甚至没有目击者。如果他愿意,可以在伦敦塔里面进行。他可以在床上割腕自尽。如果他愿意的话,除了牧师不会有别人在场。"

她呼吸急促起来。她没有料到会是这样。我十分镇定地望着他们两人。我没想到,爱德华的心意已经这样决绝了。

他望着她那愁苦的面容说:"母亲,对于您的丧子之痛,我很难过。"

她脸色苍白。"你会原谅他的。"

"您看得出,我做不到。"

"我命令你原谅他。我是你母亲,你得服从我。"

"我是国王,他不能与我对抗。他必须死。"

她责骂我:"这是你干的好事!"

我双手一摊。"是乔治自寻死路,母亲。您不能责怪我或是爱德华。是乔治使得国王没有别的选择的。他背叛了我们的统治,威胁到了我们和我们的孩子。您知道,妄求王位的人会有什么下场。约克家族一向是如此行事的。"

她默不作声了。她走到窗前,把头抵在厚玻璃上。我望着她的背影和僵硬的肩膀,心想,知道自己的儿子死期将至,心里会是何种滋味?我曾发誓要让她尝到丧子之痛。现在我看到了,我做到了。

"我无法忍受,"她说,痛苦改变了她的嗓音,"他是我儿子,我最疼爱的儿子。你怎么能把他从我身边夺走呢?我宁愿自己死去,也不愿意有这么一天。他是我的乔治,我最心爱的儿子。我无法相信,你竟然要处死他!"

"我很难过,"爱德华严酷地说,"不过除了处死他,没有别的办法。"

"他可以选择死的方式?"她确认说,"你不会让刽子手处决他?"

"他可以选择死的方式,但他非死不可,"爱德华说,"他惹出了这样的麻烦,当然非死不可。"

她无言地转过身去,离开了房间。有那么一刻,只有那么一刻,我为她感到难过。

乔治那个傻瓜选了一种愚蠢的死法。

"他想在一桶酒里淹死。"我哥哥安东尼从枢密院会议赶过来,他看到,我正在育婴所里坐在椅子上,抱着宝宝乔治摇晃着。我心里希望一切就此结束,与我的小王子同名的那个人已经死掉了。

"你是在开玩笑?"

"不是,我觉得他是在试着开玩笑。"

"他是什么意思?"

"我觉得就是他说的这个意思。他就是想在一桶酒里淹死。"

"他真是这么说的?这是他的本意?"

"我刚从枢密院赶过来。他说如果他非死不可,他愿意在酒里淹死。"

"酒鬼的死法。"我说。我不喜欢这种想法。

"我觉得,他是用这种方式跟他哥哥开玩笑。"

我把宝宝举到肩部,摸着他的背,仿佛我要保护他不受这个世界的残酷伤害一般。

"我能想出更恶劣的死法。"安东尼说。

"我能想出更体面的死法。我宁愿被绞死,也不愿意栽进酒里淹死。"

他耸了耸肩。"也许他以为,他可以取笑爱德华和死刑吧。也许他以为,他可以逼迫爱德华原谅他,爱德华不会把这种酒鬼的死法付诸实行。"

也许他以为，教会会提出抗议，从而延缓行刑，他可以逃过一死。"

"这一次不可能，"我说，"他的酒鬼运已经用光了，他就像酒鬼那样死吧。他们在哪里动手？"

"在伦敦塔内，他的屋里。"

我耸耸肩。"愿上帝原谅他，"我低声说，"那是一种糟糕的死法。"

刽子手照办了，他把斧子扔在一边，戴上了黑面具，遮住脸庞。他是个大个子，双手强劲有力，他还带上了自己的学徒。他们两个推着一桶马姆齐甜酒来到乔治的房间，傻瓜乔治拿它打趣了几句，大张着嘴笑了起来，仿佛已经喘不上气来了似的，他的脸因为恐惧而变得惨白。

他们撬开桶盖，找来一个箱子，让乔治站上去，好让他把身子往桶里探过去。他看到动荡的甜酒水面上映出了他惊恐的脸庞。酒味儿溢满了房间。牧师祷告着，他咕哝了一句"阿门"，仿佛不知道自己听到的是什么。

他把脑袋朝红酒的表面探过去，就像要把脑袋放在石块上似的，他大口地吞咽着红酒，仿佛能把危险喝光一样，接着他猛地伸出双手，作出同意的手势。两名行刑人抱住他的头，抓着他的头发和衣领，把他竖着栽进了酒里，他们半提着他，不让他接触到地面，他的双腿踢蹬着，像游泳一样，挣扎着试图逃脱。酒溅到了地上，泼洒在他们的脚边，同时乔治惊慌失措吐出的气息形成气泡，冒了出来。牧师从红色的酒浆旁退开，继续诵读着圣礼的经文，他的声音沉稳而又虔诚。与此同时，两名行刑人抓住约克家最蠢的儿子摇晃的脑袋，按到酒里，直到他的双脚无力地耷拉下来，气泡不再冒溢为止。屋里散发着老酒馆的酒气。

那天，我睡在威斯敏斯特宫，午夜时分，我起床后来到更衣室。挂毛皮大衣的那个长衣柜上面有个装私人物品的小盒子，我打开了它。里面有个陈旧的银匣子,因为年深日久,已经没了光泽,变得像乌木一样乌黑。我打开搭扣,里面有一小块旧纸片,它是从我父亲的信底端撕下来的。纸片上用我的血写着克拉伦斯公爵乔治的名字。我把纸片捏皱,扔在灰堆里,望着它在灰烬的热力下变得扭曲,然后它突然冒出了火苗。

乔治的名字化成了轻烟,我对他的诅咒已经实现了。"走好啊,不过你得是最后一个死在伦敦塔里的约克家的人。到此为止吧,就像我向母亲保证过的那样,到此为止吧。"

母亲曾教导我,释放邪恶容易,收回邪恶难,我希望我记住了她的这一教诲。任何傻瓜都能吹出一股风来,但谁会知道它会吹向何处,何时才能停息?

1478年夏

我让儿子爱德华、理查德·格雷爵士和我哥哥安东尼到我的私人房间来，与他们道别。我不忍让他们当众离我而去。当他们离开时，我准会哭出来，我不想让别人看到。我弯下腰，紧紧地抱住爱德华，仿佛永远都不肯与他分别一样，他用温情脉脉的褐色眼睛望着我，用小手捧着我的脸说："别哭了，妈妈。没有什么好哭的。明年圣诞节我还会再来。您可以到勒德洛去看我，您知道的。"

"我知道。"我说。

"要是您带乔治来的话，我就教他骑马，"他向我保证说，"您可以把小理查德交给我带，您知道的。"

"我知道。"我努力把话说清楚，但话音里已经有了哭腔。

理查德抱着我的腰。现在他和我一样高了，已经成了一名青年。"我会照顾好他的，"他说，"您一定要来看我们。把我的弟弟妹妹都带上，来过夏天吧。"

"我会的，我会的。"我说，我转向哥哥安东尼。

我还没来得及一一列举我担心的事情，安东尼就说："相信我们，我们会照顾好自己的，明年我会把他平平安安地带回来。我不会离开他的，哪怕是为了去耶路撒冷，我也不会离开他，直到他命令我走，我才走。行吗?"

我点点头，眨眨眼睛，把眼泪挤掉。一想到爱德华让安东尼离他而去，我就感到不安，仿佛有一道阴影落到了我们身上一般。"我也不知道为什么，每一次我与你们三个道别时，我总是很为他担心。我不能忍受他离开我身边。"

"我会用生命守护他的，"安东尼保证道，"对我来说，他就像生命一样可贵。只要有我在，他就不会受到伤害。我向你保证。"

他鞠躬，然后朝门口转过身去。他身边的爱德华照着他的样子，以优美的姿态行礼。我儿子理查德把拳头放在胸前，用手语表示"我爱你"。

"开心点，"安东尼说，"我会确保你儿子安然无恙的。"

然后他们离开我，走了。

1479年春

我的儿子乔治体重一直很轻,他还不满两岁时,健康状况开始恶化了。大夫无计可施,乳娘只能建议每小时喂他吃稀粥和牛奶。我们试着照做了,但他仍没有长得结实起来。

他十三岁的姐姐伊丽莎白每天都和他玩,拉着他的小手,帮助他用小细腿走路,他每吃一口饭都给他编个故事。但就连她也觉得,他发育不佳。他停止了成长,他的小胳膊小腿像木棍儿一样。

"我们从西班牙请一位医生来好吗?"我问爱德华,"安东尼常说,最聪慧的人在摩尔人中间。"

因为这个宝贵的儿子,他脸上满是苦恼和悲伤之色。"你可从任何地方找任何人来,"他说,"不过伊丽莎白,我的爱人,你要鼓起勇气来。他是个虚弱的小宝宝,而且生下来就那么小。你养育了他这么久,已经做得很好了。"

"别那么说,"我赶忙摇头,说道,"他会好起来的。春天快要来临了,然后是夏天。到夏天的时候,他肯定会好起来。"

我每天花好几个小时看护我的小宝宝,我把他放在我的大腿上,往他的小嘴里滴稀粥,把他的胸膛放在我的耳边,聆听他那微弱的心跳。

有人说,我有两个身体强壮的儿子,已经是领受了上天的福佑了,约克家族的王位一定会后继有人。对这样的傻瓜，我没有什么好说的。我照顾他，不是为了约克家族，而是出于母爱。我想让他好起来，不是为了让他当王子，只是想让他成长为一个健健康康的男孩子。

他是我的掌上明珠。我已经失去了他的姐姐，我无法承受再失去他的痛苦。我不能忍受他死在我的怀抱里，就像他的姐姐死在母亲的怀抱里，她们一起逝去了。白天我经常出现在育婴所里，甚至在夜里，我也会来看着他睡觉。我可以肯定，他并没有长得更结实。

三月里的一天，他正在我的膝头睡觉，我在摇晃着他的摇篮，嘴里哼着一首歌，我自己都没意识到我在哼着歌。这是一首勃艮第的催眠曲，是我小时候听过的，我还依稀记得。

歌声停了，寂静无声。我仍在摇晃着摇篮，一切都鸦雀无声。我把耳朵贴在他的小胸口，去听他的心跳，结果听不到。我把脸颊贴到他的鼻端、嘴巴上，去感受他热乎乎的呼吸。他没有呼吸了。他的身子还是热的，软软的，在我的臂弯里，又温热又柔软，就像一只小鸟。但我的乔治已经走了。我失去了我的儿子。

我又听到了那首摇篮曲，它像风一样轻柔，我知道现在梅露西娜正在摇晃着他，我的儿子乔治已经走了。我失去了我的儿子。

别人跟我说，我还有我的爱德华，我八岁的儿子长得俊俏、结实又健康。他们告诉我，我也应该为他五岁的弟弟理查德感到欣慰。我笑了，因为我确实为这两个儿子感到欣慰。但这改变不了这一事实：我失去了乔治，我的金发碧眼的小乔治。

五个月后，我又处于分娩隔离期了，正等待着另一个孩子降生。我不指望自己能生出个男孩，我也不能设想，会有一个孩子取代上一个。但小凯瑟琳来得正是时候，她给我们带来了安慰，摇篮里又有了一个约克家的公主，约克家的育婴所又忙碌起来了。一年后我又生了一个宝宝，我的小女儿布丽吉特。

"我觉得，这是我们的最后一个孩子了。"当我从隔离产房出来之后，遗憾地对爱德华说。

我生怕他说我变老了。但相反，他笑着望着我，仿佛我们仍然是年轻的情侣，他吻了我的手。"没有谁能够要求更多了，"他甜蜜地说，"没有哪位王后比你更辛劳。你已经给了我一个大家庭，我的爱人。这是我们的最后一个孩子，我已经很高兴了。"

"你不想再要一个儿子了？"

他摇摇头。"我愿意为了欢爱而要你，为了欲望而把你抱在怀里。我想让你知道，我想要的是你的吻，而不是另一个王位继承人。你要知道，我爱你，都是因为你，我到你的床上去的时候，并不是把你当成约克家继承人的生育机器。"

我仰起头，从睫毛下面望着他。"你想为了爱，而不是为了生育子嗣，与我欢爱？这不是罪恶的想法吗？"

他搂住我的腰，用手掌捂着我的乳房。"我一定会确保，这种欢爱之中不乏罪恶感。"他向我保证。

1483年4月

  天气寒冷、反常，河水高涨。我们在威斯敏斯特宫举行复活节宴会，我从窗口望着高涨、迅疾的河水，心里惦记着我的儿子爱德华，他在塞文河的另一侧，离我很远的地方。英国似乎是一个被许多条水路、湖泊、溪流与河水横贯的国度。梅露西娜一定无处不在，这是一个用她的元素造就成的国度。

  我丈夫爱德华，大地之子，一时兴起出去钓鱼，在外面待了一天，回来时身上湿漉漉的，十分快活。他坚持要和我一起吃他捉到的鲑鱼，作为晚餐。这条鱼是被人抬进饭厅的，有肩膀那么高。还有人吹奏喇叭：这是王室捕获的东西。

  那天晚上，他发起烧来，我责备他弄湿了身子，着了凉，就像小孩子一样不顾惜自己的健康。第二天，他的病情加重了，他起来了一小会儿，然后又回到了床上：他太疲惫了。次日，大夫说应该给他放血，爱德华发誓决不让他们碰自己。我告诉大夫说，就遵照国王的旨意吧，不过在他睡着时，我去了他的房间，我望着他那红热的脸庞，安慰自己，这场病不过是暂时的。这不是什么瘟疫或严重的热病。他是个身体健康、体格健壮的男人。他着了凉，一个星期就会好。

  他没有好起来。现在，他开始抱怨肚子一阵阵地作痛，高烧不退。不到一个星期，宫里就开始担心了，我感到害怕，却又不能说什么。医生无计可施，他们甚至弄不清他害的是什么病，他们甚至弄不清，是什么引起了高烧，他们也不知道该如何医治。他什么也吃不下：吃什么吐什么，他在和腹痛抗争，就像作战一样。我在他屋里守夜，女儿伊丽莎白陪在我身边，还有两个我信得过的侍女照顾着他。他打小的朋友黑斯廷斯——与他一起做每一件事的搭档，甚至还曾与他一起去进行那次愚蠢的钓鱼——在外屋守夜。有人告诉我，那个姓肖尔的荡妇跪在威斯敏斯特大教堂的祭坛前，为她爱的男人忧心不已。

"让我见见他。"威廉·黑斯廷斯央求我。

我冷脸以对。"不行，他病了。他不需要人陪他嫖女人、喝酒、赌博，所以他不需要你。他的健康被你以及像你一样的那些人给毁了。从今往后，我会照顾他，直到他恢复健康，等他康复了，他不会再见你了。"

"让我见见他吧，"他说，他甚至没有为我对他发火进行辩白，"我只想见见他。见不到他，我觉得受不了。"

"像狗一样在外面等着，"我残忍地说，"要不你就去姓肖尔的那个贱人那儿，告诉她，她可以服侍你了，因为国王已经跟你们断绝关系了。"

"我在这儿等着，"他说，"他会想要见我的。他会想要见我的，他知道我在这儿等着见他，他知道我在外面。"

我从他身边走过，走进国王的卧室，关上了门，不让他看到自己爱戴的国王正在四柱床上艰难地喘息着。

当我进屋时，爱德华望着我。"伊丽莎白。"

我走到他身边，握着他的手。"什么事，我的爱人？"

"你还记得以前我来找你，告诉你我害怕吗？"

"我记得。"

"我又觉得害怕了。"

"你会好起来的,"我赶忙低声说,"你会好起来的,夫君。"

他点点头,把眼睛闭了一会儿。"黑斯廷斯在外面吗?"

"不在。"我说。

他笑了。"我想见他。"

"现在不行。"我说。我摸了摸他的头,滚烫。我拿了一条毛巾,在薰衣草水里浸湿,轻轻地擦洗着他的脸。"你现在精神不好,见谁都不合适。"

"伊丽莎白,找他来,把留在宫里的每个枢密院成员都找来。派人去请我弟弟理查德。"

有那么一刻,我以为我也染上了他的病症,因为我的肚子也那样痛了起来,随后我意识到,是恐惧在作祟。"你用不着见他们,爱德华。你只需要休息,你会好起来的。"

"找他们来。"他说。

我赶紧转身传话给看护,她跑到门口,告诉了卫兵。马上,国王召见幕僚的消息传遍了宫廷,人人都知道,他危在旦夕了。我来到窗旁,背对着窗外的河水。我不想看到河水,我不想看到美人鱼尾巴上的闪光,我不想听到梅露西娜警示死亡的歌声。贵族们列队进入屋里:斯坦利、诺福克、黑斯廷斯、红衣主教托马斯·鲍彻、我的兄弟、我的表亲、我的妹夫们,还有另外六个人,他们都是这个王国的重要人物,都是最早就陪我丈夫一起出生入死的人,还有斯坦利这样总是跟赢家站在同一阵营的人。我冷漠地望着他们,他们表情凝重地向我鞠躬。

侍女们把爱德华扶起来,让他看到自己的幕僚班底。黑斯廷斯热泪盈眶,满脸痛苦之色。爱德华朝他伸出一只手去,他们两人把手紧紧地握在一起,仿佛黑斯廷斯能挽留住他的生命一般。

"我恐怕自己将不久于人世。"爱德华说。他的声音低沉而粗浊。

"不,"黑斯廷斯低声说,"别这么说,不。"

爱德华转过头来，对所有人说："我留下了一个年幼的儿子。我原本希望自己能看着他长大成人的。我原本希望将一个成熟的国王留给你们。但我不得不把我的儿子托付给诸位来照顾了。"

我咬着手，不让自己哭出来。"不。"我说。

"黑斯廷斯。"爱德华说。

"陛下。"

"还有你们所有人，我的王后伊丽莎白。"

我走到床边，他握住我的手，把它跟黑斯廷斯的手放在一起，仿佛要为我们两人举行婚礼一般。"你们必须同心协力。你们必须忘记你们的敌意与憎恨。你们都有账要清算，你们都有无法忘记的过失，但你们必须忘记这些。你们必须团结一致，确保我儿子的安全，看着他登上王位。我在临终之际要求你们、命令你们做到这一点。你们会照做吗？"

我想起这么多年来，我一直憎恨爱德华最亲密的朋友和伙伴黑斯廷斯，他是陪着他酗酒嫖妓的伙伴，也是并肩作战的战友。我还记得最早的时候，威廉·黑斯廷斯爵士骑在高头大马上，满怀轻视地俯视着站在路旁的我。我还记得他是如何反对我的家族崛起，再三劝告国王听取别人的建议，起用别的朋友。我看到，尽管他泪流满面，但看我的眼神依然并不友善。他以为当年我站在路边，给年轻的国王投去了毁灭的符咒。他永远也不会明白，那天在一个年轻男人和一个年轻女人之间发生了什么。那的确是魔法，只不过这种魔法的名字叫做爱情。

"我会与黑斯廷斯齐心协力，确保我儿子的安全，"我说，"我会与你们所有人通力合作，不计前嫌，将我的儿子平安地扶上王位。"

"我也一样。"黑斯廷斯说。然后他们一个接一个地全都说道：

"我也一样。"

"我也一样。"

"我也一样。"

"由我弟弟理查德做他的监护人。"爱德华说。我打了个激灵,想把手抽出来,但黑斯廷斯把它牢牢地握住了。"如您所愿,陛下。"他狠狠地望着我。他知道我恨理查德,我恨理查德所能调配的北方的势力。

"我哥哥安东尼。"我低声提醒国王。

"不,"爱德华倔强地说,"由格洛斯特公爵理查德来担任他的监护人和护国公,直到爱德华王子登基为止。"

"不。"我低声说。假如我能屏退左右,与国王独处,我就能告诉他,让安东尼做护国公,我们里弗斯家族可以确保英国安全无忧。我不愿意让理查德威胁到我的权势。我想让我的儿子处于我的家人中间。在新一届国王的统治下,我不想让约克家的任何人接近我的儿子。我想让他作为里弗斯家的孩子,坐在英国的王位上。

"你们能发誓吗?"爱德华问。

"我发誓。"他们全都说道。

黑斯廷斯望着我。"您能发誓吗?"他问,"我们方才发誓将您的儿子扶上王位,您能发誓接受格洛斯特公爵理查德为护国公吗?"

我当然不能。理查德可不是我的朋友,而且他已经掌管了半个英国了。他本人就是个约克家的亲王,我为什么要相信他会把我儿子扶上王位?他为什么不会抓住时机,亲自攫取王位呢?他有一个儿子,是小安妮·内维尔给他生的,这个孩子很可能会取代我的儿子,成为威尔士王子。理查德已经为爱德华打了很多次仗,为什么他不会为了自己再打一仗?

爱德华因为疲惫,面如死灰。"发誓吧,伊丽莎白,"他低语道,"为了我,为了爱德华。"

"你觉得这样会让爱德华安全吗?"

他点点头。"这是唯一的办法。只要你和诸位贵族、理查德都同意,他就会安全。"

我别无选择,只好说:"我发誓。"

爱德华松开了紧握着我们的手,躺回枕头。黑斯廷斯像狗一样悲号着,把脸搁在了被褥上,爱德华的手摸索着放在了他朋友的头上,像是在为他祝福。其他人鱼贯而出,黑斯廷斯和我留在了床的两侧,国王在我们中间与世长辞了。

✪

我没有时间悲伤,没有时间衡量我失去的东西。我为爱人的逝去而心碎,他是我毕生爱过的唯一一个男人,我永远都会爱下去的唯一一个男人。爱德华,他是当初我在等待时,策马而来的那个少年郎,我的爱人啊。但此时此刻,我无暇考虑这些,我儿子的未来和我家族的前景都需要我振作起来,擦干泪水。

当晚,我给哥哥安东尼写了一封信。

国王驾崩了。尽快把新国王爱德华带到伦敦来。尽可能地把你能调派的士兵多带一些来,充当皇家卫兵——我们需要他们。爱德华愚蠢地指定格洛斯特公爵理查德为护国公。因为我们得到了国王的欢心、我们也获得了权势,理查德恨你,也恨我。我们必须尽快为爱德华加冕,以对抗公爵。不经过战争,他是不会放弃护国公身份的。你行进途中要招募士兵、收集沿途藏匿的武器,做好为我们的继承人而战的准备。我会尽可能地晚些宣布国王驾崩的消息,因此仍在北方的理查德还不知道这一消息。所以快一点。

伊丽莎白

但我不知道，黑斯廷斯正在写信给理查德，他的泪水打湿了信笺，但字迹仍然清晰可辨。他说，里弗斯家族武装起来了，把王子护卫了起来，如果理查德想要行使护国公的职责，如果他想保护小王子爱德华不受这个孩子自己贪婪的家人侵害，他最好尽快赶到，赶在王子被自己家族的亲戚绑架之前，把他能在北方中心地带召集到的所有士兵都带来。他写道：

国王把一切都交给你来保护——物品、继承人、王国。确保我们至高无上的君主爱德华五世的安全，赶在里弗斯家的人把我们淹没之前到伦敦来吧。

我不知道，也不敢去想的是，对长年争夺王位的战争早已心怀畏惧的我，刚刚为了自己又挑起了一场战争。这一次的赌注是我亲爱的儿子的继承权，乃至他的性命。

✦

他绑架了他。

理查德动作更快，装备更精良，决心更果断，远远超出我们的想象。他行军之迅速果断，就同爱德华一样，他也同样残酷无情。他在来伦敦的路上伏击了我儿子，遣散了来自威尔士忠于我们母子的士兵，逮捕了我哥哥安东尼、我儿子理查德·格雷、我的亲戚托马斯·沃恩，将爱德华置于他的所谓的"保护"之下。老天在上，我儿子还不到十三岁呢，他还只是一个十二岁的孩子。他的嗓音依然稚嫩，下巴像姑娘的下巴一样光滑，他的上唇上长着最柔软的金色绒毛，只有在他的侧脸对着光的时候你才能看到。理查德遣散了他的王家侍从：他崇拜的舅舅、他爱戴的半亲血兄长。

他在为他们辩白的时候,嗓音都有些发颤了。他说自己能确定,父亲只会把好人安排在自己身边,他想让他们继续为自己效力。

他还只是个孩子。他必须与这个身经百战、用心险恶的人据理力争。理查德说,我哥哥安东尼——他一直是我儿子的朋友、监护人、保护者——和我的次子理查德·格雷必须离开时,我的小儿子试图为他们辩护。他说,他确信安东尼舅舅是个好人,是个尽职的监护人。他说他的半亲血哥哥理查德是他的亲人和同志。他知道他舅舅安东尼从未做过什么错事,始终符合自己侠义的骑士身份。但理查德公爵告诉他,一切都会得到解决,与此同时,他和白金汉公爵——我以前的受监护人,我不顾他的意愿让他娶了我妹妹凯瑟琳,如今他也加入了对方的阵营——将会陪伴王子去伦敦。

他还只是个孩子,他一直被温和地守卫着,他不知道该如何抵抗他的叔叔理查德。后者一身黑衣,满脸怒容,还带来了两千人的队伍,随时准备作战。于是他让舅舅安东尼和哥哥理查德离开了。他哪里能救得了他们?人们告诉我,他痛苦地哭了起来。他哭得就像一个谁都不听从自己的孩子,不过他还是让他们离开了。

1483年5月

我那十七岁的女儿伊丽莎白穿过威斯敏斯特宫的喧嚣混乱跑过来。"母亲！母亲！出什么事了？"

"咱们要去避难所，"我喊道，"快点！把你想带的东西、孩子们的衣服都收拾好。确保他们带上王室房间的地毯和挂毯。把所有东西都带到威斯敏斯特大教堂去——咱们又要去避难所啦。还有你的首饰盒、毛皮大衣。去王室房间看看，确保下人把所有值钱的东西都带出来了。"

"为什么？"她问，她的嘴唇颤抖着，没了血色，"出什么事了？宝宝怎么样了？"

"你弟弟、国王被他叔叔护国公劫去了。"我说。我看到我的话就像刀子一样刺中了她。一直以来，她都很欣赏理查德叔叔。她一直希望他会照顾我们所有人，保护我们。"你父亲留下遗嘱，让我的敌人来照顾我的儿子。咱们等着瞧，看他是个什么样的护国公。不过咱们最好是先躲到安全的地方，今天就去避难所，即刻动身。"

"母亲，"她感到恐慌，又犹豫不决，"咱们不等等么？不问问枢密院的意见吗？咱们不等宝宝吗？如果理查德公爵只是把宝宝平安地带来与我们团聚呢？假如他只是尽到护国公的本分保护宝宝呢？"

"对你来说，他是爱德华国王，再也不是什么宝宝了！"我厉声说，"甚至对我来说也是一样。我告诉你，敌人即将到来时，只有傻瓜才会等待，看他们是否友好。咱们先得去避难所确保安全，把你弟弟理查德王子也带上，一并确保他的安全。等护国公带着自己的部队来到伦敦，他可以亲自劝我，告诉我出来也是安全的。"

我勇敢地对我勇敢的女儿说了这些话，如今她已经成了一个年轻的女人，这场突如其来的灾祸毁了她的生活，把她从一个英国公主变成了一个躲躲藏藏的姑娘。但老实说，当我们堵上威斯敏斯特大教堂圣玛格丽特墓的大门时，我们的处境相当恶劣，而且孤立无援——我们这伙人总共只有我弟弟索尔兹伯里主教莱昂内尔、我成年的儿子托马斯·格雷、我的小儿子理查德，还有我的女儿们：伊丽莎白、塞西莉、安妮、凯瑟琳和布丽吉特。上次我们来这儿时我正怀着我的长子，有许多理由可以满怀希望，希望他有朝一日可以赢得王位。那时我母亲还健在，她是我最好的朋友和陪伴。有我母亲在一旁出谋划策，制作符咒，为自己的野心而自嘲，谁都不会长久地担惊受怕。那时我丈夫还活着，只是远走高飞了，还在计划着卷土重来。那时我从不怀疑他还会再回来，我从不怀疑他会取胜，我一向都知道，他没有打过一场败仗。我知道他会回来，我知道他会赢，我知道他会拯救我们。那时，我知道时局不利，但我心怀期待。

现在我们又来到了这里，这一次很难再抱有期待了。现在正是初夏，是我最喜爱的时节，以往总是安排满了野餐、比武和宴会。地下室的阴暗令人压抑，仿佛被活埋了一般。老实说，已经没有什么可期待了。我的儿子已经落入敌手，我的母亲早已辞世，我的丈夫也已经亡故。再也不会有英俊的高个男子在外面敲门，喊着我的名字，进门时把外面的光线都挡住了。那时我儿子还是婴儿，现在已经成了十二岁的少年，落入了敌手。我们上次被隔离时，我女儿伊丽莎白还在与妹妹开心地嬉戏，如今也已经十七岁了。她把苍白的面孔转向我，问我，我们该怎么办。上一次我们放心地等待着，知道我们只要能活下去就会得救。这一次谁也无法确定什么了。

近一周的时间里，我在门上的小窗旁倾听着。我从早到晚地隔着栅栏向外窥视，努力听清人们在做什么，听取街上的声音。当我从门边转过身来时，我就来到河水那边，望着窗外的小船驶过，留意着王室的船只，聆听梅露西娜的声音。

每天，我都派人出去打探我哥哥和我儿子的消息，派人与那些贵族交谈，他们应当起兵，让下人武装起来，保卫我们。到第五天的时候，我听到一阵吵嚷声，是学徒们的欢呼，欢呼声下面还有一阵低沉的嘘声。我听到马具杂沓的响声和许多匹马的马蹄声。格洛斯特公爵、我丈夫的弟弟、我丈夫相信能够保护我们的人——理查德的部队来了。他们进入了我丈夫的都城，人们的反应各不相同。当我往窗外的河上看去时，只见威斯敏斯特宫周围有一串船只：这是一串在水上漂浮的路障，它把我们变成了俘虏，谁也别想进来或出去。

我听到骑兵冲锋的喧嚷声，有些人在喊叫。我开始寻思：如果我让全城的人武装起来与他对抗，在第一刻就向他宣战，现在是否能与他抗衡？但随后我又想：我儿子在他叔叔的队伍里，不知怎么样了？被扣作人质、以免我轻举妄动的安东尼哥哥，还有我儿子理查德·格雷怎么样了？我还想到，也许我没有什么好害怕的，只是自己吓唬自己。但我不知道。我儿子要么是即将加冕的少年国王，要么是被绑架的孩子。两者我都无法确定。

我上床时，这个疑问仍然盘踞在我心头，就像打鼓一样。我和衣而卧，毫无睡意。我知道，今晚，就在离我不远的地方，我儿子也一样难以成眠。我辗转反侧，和受到折磨的女人一样，想要见他，陪伴他，告诉他，他又回到我身边了，他安全了。我不相信，身为梅露西娜的女儿，我竟然不能穿过窗上的栅栏，从河里游到他的身边。他是我的儿子，也许他感到害怕，也许他处在危险之中。我怎能不陪伴在他的身边？

但我只能一动不动地躺着，等待窗格里的天空从深黑色转变成灰色，然后起身，走到地下室的大门前，打开猫眼，望着宁静的街道。这时，我意识到，没有人武装起来保卫我的儿子爱德华，没有人会去救他，没有人会来解救我。护国公把我儿子安排在队伍中，率领部队进城时，人们也许是发出了嘘声，也许是引起了一点骚乱，打了几架，但今天早晨，人们没有武装起来，袭击他的城堡。昨晚，我是伦敦唯一一个没有入睡、彻夜为小国王而担心的人。

全城的人都在等着，看这位护国公将会怎么做。所有人都翘首以待。格洛斯特公爵理查德、先王亲爱的弟弟会完成兄长的遗命，把兄长的儿子扶上王位吗？他是否会像从前一样忠心耿耿，扮演好护国公的角色，保护好侄子，直至他登基？或者，格洛斯特公爵理查德像约克家的任何人一样假惺惺，会接过兄长给他的大权，剥夺侄子的继承权，把王冠戴在自己头上，把自己的儿子封为威尔士王子？没有人知道理查德公爵会怎么做，像往常一样，很多人只想站在赢家一边。所有人都只能等着瞧。假如我能做到的话，我会现在就把他打垮。哪怕只是为了安全起见。

我来到低矮的窗前，俯瞰着河水，它就在近前流淌着，几乎触手可及。在通向教堂的水路上，有一艘船，船上是全副武装的士兵。他们在看守着我，不让我的盟友接近。任何朋友试图来看我，都会被他们赶走。

"他会篡夺王位的。"我悄悄对河水、对梅露西娜、对我母亲说。她们在水流中倾听着我的话语。"假如我必须孤注一掷，我也会这么做的。他一定会篡夺王位。约克家的所有男人都野心勃勃，格洛斯特公爵理查德也不例外。爱德华为了赢得王位，年复一年地拼命作战。乔治宁肯把脑袋放在一桶酒里,也不愿放弃要求王位。现在理查德率领上千士兵,策马进入了伦敦,他绝不是为了侄子才这么做的。他会声称王位是他自己的。他是约克家的亲王,他一定会忍不住这样做的。他会找出上百条理由这么做,多年之后人们也会为他如今的所作所为争论不休。但我敢打赌,他一定会篡夺王位,因为他忍不住要这样做,就像乔治忍不住要做傻事,就像爱德华不断地做出英雄壮举一样。理查德将会篡夺王位,把我完全抛开。"

我顿住话头,坦诚地正视着自己。"为自己而奋斗是我的天性,"我说,"我应该做好对付他的准备。他可能会做出最坏的事,我要做好迎接的准备。我要做好失去儿子理查德·格雷和最亲爱的哥哥安东尼的准备,就像我已经失去父亲和弟弟约翰一样。如今时局艰难,有时令我感到难以承受。但今天早晨,我准备好了。我将会为我的儿子、他的王位继承权而战。"

就在我下定决心时,避难所门前来了一位访客,响起了一阵急切的拍门声,然后又是一阵。我缓步走向带有栅栏的大门,每走一步都把我的恐惧压下去一分。我打开猫眼,看到来人是伊丽莎白·肖尔那个荡妇,她把头巾拉了起来,遮住她的一头金发和哭红的双眼。透过栅栏,她能看到我苍白的面容,看到我像囚犯一样对她怒目而视。"你来干什么?"我冷冷地问。

听到应门的是我,她吃了一惊。或许她以为,我仍然保留着王家侍从,来开门的会是一打男仆吧。"夫人!"

"我还是那句话。你来干什么,肖尔?"

她屈膝行礼,把身子压得那么低,整个人都从我面前的门栅栏后面消失了,有那么一刻,我觉得这有些滑稽。然后她的身子又抬高了,仿佛一轮苍白的月亮从地平线上冉冉升起,出现在我的视野里。"我是带着礼物来的,夫人,"她口齿清楚地说,接着她压低了声音,"我还带来了消息。看在国王的分上,请让我进来吧。"

她竟敢提到国王,我一下子火冒三丈,但随后我想到,她好像觉得自己仍然在服侍他,仍然把我当作他的妻子。我拉开门闩,她像受惊的猫一样蹿了进来,我赶忙把门带上。

"什么消息?"我无动于衷地问,"你不请自来,有何贵干?"她停留在冰凉的门阶上,没有往我的避难所里面走。她拿着篮子的样子就像女仆一样,她把篮子放在地上。我马上注意到里面有腌火腿和烤鸡。

"是威廉·黑斯廷斯派我来的,他让我转达他的问候,他让您放心,他是忠诚的。"她匆忙说。

"哦,你换主人了吗?现在变成他的情妇了?"

她直视着我的脸庞,我得克制住自己,才能不对她的美貌发出赞叹。她长着灰色的眼睛,一头金发,就像是二十年之前的我。她就像我女儿——约克家的伊丽莎白,是英国冷美人、英国玫瑰。我本应憎恨她的美貌,但我发现,在我心里并没有恨意。我想,二十年前如果爱德华已经有了妻室,那么我也不会比她好多少,我也会沦为爱德华的情妇,宁愿这样,也不愿与他素不相识。

我儿子托马斯·格雷从我身后的地下室黑影中走出来,向她鞠躬行礼,仿佛把她当作贵妇人一般。她向他微微一笑,仿佛他们是心照不宣的好友。

"是的,现在我成了威廉爵士的情妇,"她低声表示同意,"先王把我丈夫派到国外,他宣布我们的婚姻无效。我的家人容不下我。现在国王又驾崩了,我没了庇护。威廉·黑斯廷斯爵士为我提供了一个住处,能和他在一起,求得些许安全,我感到高兴。"

我点点头。"你来是为了?"

"他让我作为他的信使来见您。他不能亲自前来——他怕被理查德公爵的眼线看到。不过他让我转告您,让您乐观一些,他认为一切都会好起来的。"

"我凭什么应该相信你的话?"

托马斯走上前来。"听她说吧,母亲,"他和气地说,"她也真心爱您的丈夫,她是一位可敬的夫人。她带来的建议是不会错的。"

"你给我进去!"我厉声对他说,"让我跟这个女人打交道。"我转向她。"你的新保护人从最早见到我的时候起,就跟我过不去,"我含糊地说,"我看不出,我们现在为什么要化敌为友。是他把理查德公爵找来压制我们的,现在他仍然支持理查德。"

"他认为自己是在捍卫年幼的国王,"她说,"他没想别的,只是为了年幼的国王的安全着想。他想让您知道这一点,还有,他认为一切都会好起来的。"

"哦,是吗?"尽管我对这位信使不以为然,但她带来的消息还是触动了我。黑斯廷斯在我丈夫死后,仍然对他忠心耿耿。如果他认为一切都会好起来,如果他确信我的儿子安然无恙,那么也许一切真的会好起来。"他为什么这么有把握?"

她凑近了一点,这样可以把说话的声音压低一些。"小国王就住在主教宫,"她说,"就在附近。不过枢密院同意,他应该入住塔里的王家套房,还有,他的加冕礼已经一切准备就绪。他很快就要继位登基了。"

"理查德公爵会为他加冕?"

她点点头。"王家套房已经收拾好了,就等他入住了;他们正在给他试穿加冕礼上的衣服。大教堂已经收拾停当。他们正在安排表演,征收加冕礼的费用。他们已经把邀请函发出去了,也已经召开了国会。一切都已经就绪了,"她犹豫地说,"当然,是挺仓促。谁会想到……"

她难以自持。她显然曾经向自己保证,绝不在我面前流露悲伤。她怎么能那么做呢？作为情妇，哪好在王后面前为国王哭泣？所以她没说什么，但她双眼热泪盈眶。她眨巴着眼，把泪水挤掉。我什么也没说，但我也泪水涟涟，我把头掉了过去。我可不是会被一时伤感所征服的女人。眼前这位是他的情妇，而我是他的王后。但上帝知道，我们都思念他。我们有着同样的悲伤，正如我们曾经从他那里得到过同样的欢乐。

"不过你能确定吗？"我低声问，"王宫服装保管部正在准备他的加冕礼服？一切正在准备就绪？"

"他们把加冕日定在六月二十五日，已经邀请了全国的贵族来参加。确切无疑，"她说，"威廉爵士让我告诉您，放宽心吧，他毫不怀疑，您会看到令郎登上英国王位。他让我转告您，当天早上，他本人会到这儿来护送您去大教堂，您会看到令郎加冕的。您会在观礼队列中的第一排，观看小国王的加冕礼。"

我满怀希望地深吸了一口气。我看得出，她也许是对的，黑斯廷斯也许是对的，我就像受惊的野兔，跑到了避难所，把耳朵贴在背上，结果根本就没有什么猎狗，虚惊一场，只有收割的农夫从它身边走了过去，走进了另一片田地。

"年轻的沃里克伯爵爱德华被送到了北方，去了格洛斯特公爵的妻子安妮·内维尔家。"她继续说道。

沃里克伯爵就是那个因为一桶酒而变成孤儿的孩子。他只有八岁，是个胆小而愚蠢的小家伙，他名副其实，是傻瓜父亲克拉伦斯公爵乔治的儿子。但他的继承权排在我儿子后面、理查德公爵前面，而现在，理查德正在保护他的安全。"你确定吗？他把沃里克送到了他妻子那儿？"

"我的主人说，理查德畏惧您和您的权势，但他不会跟自己的侄子开战。孩子们跟他在一起没有危险。"

"黑斯廷斯有没有我哥哥和我儿子理查德·格雷的消息？"我低声问。

她点点头。"枢密院已经拒绝指控令兄叛国。他们表示,他一直是一位忠心耿耿的仆人。理查德公爵想要指控令兄绑架小国王,但枢密院不同意——他们不接受指控。他们已经驳回了理查德公爵的指控,他也接受了枢密院的意见。我的主人认为令兄和令郎将会在加冕礼结束后释放,夫人。"

"理查德公爵会与我们达成和解?"

"我的主人说,公爵很反对您的家人和您的影响力,夫人。但为了国王爱德华,他还是忠于小国王的。他说,您尽可以放心,小国王会进行加冕的。"

我点点头。"告诉他,我欣慰地等待着那一天,不过我会留在这儿,直到那一天为止。我还有一个儿子、五个女儿,我宁愿把他们安全地留在我身边。而且我也信不过理查德公爵。"

"他说您也不怎么可信,"说这番不敬之言时,她深深地行了一个屈膝礼,把头埋得很低,"他命我转告您,您是不可能战胜理查德公爵的。您必须跟他合作。他命我转告您,是您的丈夫任命公爵为护国公的,比起您的影响力,枢密院更愿意接受他的影响。抱歉,夫人,他命我告诉您,有很多人不喜欢您的家族,想要让小国王摆脱那些舅舅的影响,让里弗斯家族腾出他们占据的很多职位来。他还说,您把王室的财富窃取了出来,带到了避难所,您还拿了王室徽记戒指,您的哥哥舰队司令爱德华·伍德维尔把整个舰队都开到了海上。"

我咬紧了牙关。这是对我,对我全家人的侮辱,尤其是对我哥哥安东尼的侮辱,他对爱德华的影响力胜过任何人,爱德华待他犹如亲兄弟一般,直到今天,安东尼还被关在牢里。"你可以告诉威廉爵士,理查德公爵必须马上释放我哥哥,不得有任何指控。"我疾言厉色地说,"你可以告诉他,枢密院应当考虑里弗斯家族和国王遗孀的权利。现在我仍然是王后!英国已经见识过一位王后是如何用战争维护自己的权利的，你们都应该小心一点。公爵绑架了我儿子，全副武装地占领了伦敦。这笔账我会和他算的。"

她露出了害怕的神情。显然她不愿夹在一名老臣和不肯善罢甘休的王后中间，充当中间人。但既然她已经被派到了这里，就只好尽力而为。"我会转告他的，夫人。"她说。她又深深地行了一个屈膝礼，随后朝门走去。

"您失去了丈夫，请允许我表达我的同情。他是个伟大的人。能够爱他，是一种荣耀。"

"他不爱你。"我突然恶语相向，我看到她的脸一下子变得煞白。

"对，他从来没有像爱您那样，深爱过任何人。"她的答话那么婉转动听，我不禁怜惜起她的柔弱来。她脸上带有一丝浅笑，但泪水又涌出了她的眼眶。"我从不怀疑，王位上只有唯一一位王后，他心里也只有唯一一位王后。他曾让我把这一点牢记在心。这一点人人都知道。只有您才是他唯一的女人。"

她拉开门闩，打开了大门中的小门。"你同样是他心爱的人，"我情不自禁对她说了一句公道话，"我嫉妒你，是因为我知道你也是他心爱的女人。他说过，你是最能博得他欢心的情妇。"

她的面庞变得容光焕发，就像在灯笼里点亮了温暖的火焰一般。"他能这样想，我很高兴，您肯把这番话告诉我，您可真好，"她说，"我从来不把政治和地位放在心上。我只是喜欢和他在一起，让他高兴。"

"嗯，很好，很好，"我说，我的好脾气快用尽了，"那就快走吧。"

"愿上帝与您同在，夫人，"她说，"也许主人还会派我来给您送信。您答应让我来吗？"

"你也好，别人也好，都无所谓。上帝知道，如果黑斯廷斯打算用爱德华的情妇充当信使，我得接待好几百人。"我不耐烦地说。我看到她出门时微微一笑，我把门重重地关上了。

1483年6月

　　黑斯廷斯的安慰并没有耽搁我的行动。我要与理查德开战。我要毁灭他，解救我的儿子和哥哥，释放年轻的国王。我才不会遵从黑斯廷斯的建议，乖乖地等待，等待理查德给爱德华加冕。我不信任他，也不信任枢密院或者伦敦市民，他们都在等待着，随时准备变节，加入赢家的阵营。我要发动袭击，出奇制胜。

　　"给你舅舅爱德华送信，"我对次子托马斯·格雷说，"告诉他让战舰做好准备，我们即将离开避难所，外出举兵。公爵睡在贝纳德城堡，跟他母亲在一起。在我们闯进伦敦塔营救爱德华王子的同时，你舅舅爱德华必须炮轰这座城堡。"

　　"假如理查德没有别的企图，他是真心想给王子加冕，该怎么办？"他问我。他已经开始用密文写信了。我们的信使正躲藏在某个地方，等待着，随时准备骑马去舰队那儿，此时舰队正停在高地附近的深水区。

　　"那么理查德就会一命呜呼，我们还是会给爱德华加冕，"我说，"也许我们错杀了王族的朋友、约克家的亲王，但我们可以日后再哀悼他。眼下正是我们动手的时机。我们不能坐以待毙，他对伦敦的控制会不断增强。现在英国一半的人还没听说爱德华国王已经驾崩了。咱们现在就把理查德公爵除掉，不让他的统治延续下去。"

"我觉得找些贵族帮忙比较好。"他说。

"你放手去做吧,"我平静地说,"我听玛格丽特·斯坦利夫人说,她丈夫是咱们这边的人,尽管表面上看,他是理查德的盟友。你可以问问他。不过理查德进入伦敦时,那些没有为咱们起兵的人就给他陪葬好了,我才不管他们呢。他们背叛了我,背叛了我丈夫的心愿。经此一役,还没有死掉的那些人会被控以叛国罪,遭到斩首。"

托马斯望着我。"这样的话,您就又挑起战争了,"他说,"一方是我们里弗斯家族和我们任命的官吏、我们的亲戚,另一方是以您的小叔理查德公爵为首的英国贵族。这次是约克家族族人之间打仗了。这将是一场令人痛苦的战争,一旦开了头,就难以善罢甘休。要打赢也很难。"

"这场战争必须打响,"我不为所动地回答,"我非赢不可。"

那个情妇伊丽莎白·肖尔并不是唯一偷偷给我送信的人。傲慢的白金汉公爵——我从前的被监护人——之妻、我妹妹凯瑟琳来探亲,她从肯特郡带来了好酒和早熟的树莓。

"夫人,我的姐姐。"她向我打招呼,低下身子行屈膝礼。

"妹妹,公爵夫人。"我镇静地回答。我们把她嫁给白金汉公爵时,他还只是个怒气冲冲的九岁孤儿。我们为她赢得了上千亩土地、仅次于王子的英国最高头衔。我们向他表明,尽管他像只小孔雀一样,很为自己当初比我们高贵的头衔扬扬自得,但我们仍然有权为他选定妻子,我把他的古老头衔分给了妹妹,这让我乐不可支。凯瑟琳很幸运,我成了王后,我好心地把她变成了公爵夫人。如今风水轮流转,她发现自己所嫁的不再是那个心怀怨恨的小男孩,而是年近三十的大男人,如今他还是护国公最好的朋友,而我成了寡居的王后,躲在这里,大权落入了敌人手中。

她像我们当年在格拉夫顿还是姑娘家时那样,挽着我的胳膊,曳步走到窗前,望着窗外缓缓流淌的河水。"他们说,你是使用了巫术才与国王成亲的,"她嘴唇几乎一动不动地说,"他们还找到了一个人,发誓说爱德华在与你成亲之前,就已经跟另一个女人结过婚了。"

她皱着眉头,我与她四目相投。"这种流言蜚语早就有了。不会给我带来什么麻烦的。"

"请认真听我说。也许我只能来这么一次。我丈夫的权势和地位与日俱增。我想,他会把我送到农村去,我只能服从他。好好听我说。他们拉拢了巴斯和维尔斯的主教罗伯特·斯坦灵顿——"

"可他是我们这边的人。"我打断了她的话,我忘了"我们"已经不复存在了。

"他以前是你们的人,今后不是了。他原先是爱德华身边的重臣,但现在成了公爵的好朋友。他向公爵保证,正如他以前告诉克拉伦斯公爵乔治的那样,爱德华在与你结婚之前,已经与埃莉诺·巴特勒女爵士结过婚了,她生的儿子才是正统继承人。"

我把脸扭到了一边。我嫁给了一个纵欲无度的丈夫,这就是我要付出的代价。"老实说,我觉得他曾经向她承诺要娶她,"我低声说,"他甚至可能还跟她举行了婚礼。安东尼一直这样认为。"

"还不止这样。"

"还有什么?"

"他们还说,爱德华国王根本不是他父亲的儿子。他是个冒牌的私生子。"

"又是这种流言?"

"又是这种流言。"

"是谁在散布这些过时的谣言?"

"是理查德公爵，还有我丈夫，他们到处宣扬。不过我认为，更糟的是，国王的母亲塞西莉准备公开承认你丈夫是私生子。我认为她这么做的目的，是想让他儿子理查德坐上王位，把令郎撇到一边。理查德公爵和我丈夫到处宣扬，说你丈夫和你儿子都是私生子。这样一来，理查德公爵就成了真正的继承人了。"

我点点头。当然，当然。然后我们会遭到驱逐，理查德公爵会成为国王，他那个脸色苍白的儿子会夺走我儿子的权位。

"最糟的是，"她低声说，"公爵怀疑你正在举兵。他已经向枢密院发出警告，说你打算毁掉他和英国所有的老贵族。因此他已经把忠于他的士兵派到了约克郡。他正在把北方的兵力调集过来，准备对付我们。"

我不禁夹紧了她的胳膊。"我是在举兵，"我承认，"我有我的计划。北方的兵力何时会到？"

"他刚刚派出人去调兵，"她说，"几天之内他们到不了。也许一个星期，也许更久。你现在做好举兵的准备了吗？"

"没有，"我低声说，"还没有。"

"我不知道，你在这儿能做得了什么。你出来，亲自去枢密院是不是更好一些？枢密院没有帮衬你的贵族吗？你有计划吗？"

我点点头。"放心，我们有计划。我会释放爱德华，我会尽快把我儿子理查德偷偷送到安全的地方去。我会派兵去伦敦塔，释放爱德华。他身边的士兵不错，我相信，他们会装作没有看到。我儿子托马斯·格雷会从这儿逃出去。他会去找哈顿郡长，把他哥哥理查德·格雷和舅舅安东尼营救出来，之后他们会武装起来，回来把我们所有人救出去。他们会召集我们这边的人。我们能够获胜。"

"你会先让王子们离开吗？"

"早在很多年以前，那时王子还没出生，爱德华就为我们安排好了退路。我曾发誓,不论发生什么事,都要保证王子们的安全。别忘了我们是历经多次战争才坐上王位的,他心里一直在防备着不测。我们总是准备应对危机。就算理查德不伤害他们,我也不能让他把王子们控制起来,然后告诉全世界的人,说他们是私生子。咱们的哥哥爱德华爵士将会率领舰队攻打理查德公爵,其中一艘船会带孩子们去佛兰德斯的玛格丽特那儿,他们在那儿会平安无事的。"

她抓住我的胳膊肘,脸色煞白。"最亲爱的……哦,伊丽莎白!亲爱的上帝啊!你还不知道吗?"

"什么?不知道什么?"

"咱们的哥哥爱德华失踪了。他的舰队为了护国公,已经哗变了。"

有那么一会儿,我惊呆了。"爱德华吗?"我转向她,抓着她的双手,"他死了吗?他们把咱们的哥哥爱德华给杀死了吗?"

她摇摇头。"我不确定。我觉得没有人知道。没有迹象表明他确实死了,他也没有被处决。"

"是谁领兵造反的?"

"托马斯·霍华德,"她说出了这个造反的贵族的名字,此人为了获得利益和地位,加入了理查德的阵营,"他到舰队里进行策反。原本士兵们就对出海感到疑虑重重,他们开始违抗里弗斯家族的命令。很多普通人都厌恨我们里弗斯家族。"

"完了,"我说。但我还是无法接受我们的失败。"我们失去了爱德华,失去了舰队,失去了他带出来的财富,"我低声说,"我还指望他来救咱们呢。按原计划,他会沿河而上,带我们去安全的地方。那笔财富可以让我们在佛兰德斯招募到军队,笼络到支持者。舰队可以从河上炮轰伦敦。"

她犹豫了一下,然后,仿佛是我的绝望让她下定了决心,她把手伸进斗篷,拿出一小片布料,是方巾的一角。她把它给了我。

"这是什么?"

"理查德公爵曾与我丈夫一起吃饭,这是我从他的餐巾上剪下来的一小片,"她说,"他用右手拿着,擦了擦嘴。"她压低了声音,垂下了目光。她一向畏惧母亲的本领。她从来不想学习我们的本领。"我觉得你能用得上,"她说,"我觉得,也许你能派上用场。"她犹豫了一下。"你必须阻止格洛斯特公爵,他的权势与日俱增。我觉得,你可以让他生病。"

"是你从公爵的餐巾上剪下来的?"我难以置信地问。凯瑟琳一向反感所有的魔法,在集市上,她从来不让吉普赛人给她算命。

"这是为了安东尼,"她厉声低语道,"我很为咱们的哥哥安东尼担心。我知道,你会确保孩子们的安全,你会把他们送走的;但公爵把安东尼控制在自己的手心里,而且我丈夫和公爵都对他恨之入骨。他们嫉妒他的学识和胆量,因为他很受国王器重,他们都惧怕他。我是那么爱他。你必须阻止公爵,伊丽莎白。真的,你必须救安东尼。"

我把它收进衣袖里,谁也没有看到,就连孩子们也不例外。"交给我吧,"我说,"你就别惦记这件事了。你那张脸瞒不住事情,凯瑟琳。要是你不把这件事抛到脑后,那么人人都会知道我打算做什么。"

她发出一声神经质的笑。"我永远都不会说谎。"

"忘掉与它有关的所有事。"

我们走回前门。"愿上帝与你同在,"我对她说,"为我们母子祈祷吧。"

她淡然一笑。"现在是我们里弗斯家族的困难时期,"她说,"我会为你祈祷的,姐姐,但愿你们母子都能平安无事。"

"他会为挑起这场事端感到后悔的。"我预言道。忽然间,我停住了动作,看到一幅幻景:理查德像个迷路的少年一样,在战场中央蹒跚而行,他的大剑握在一只无力的手里。他环顾四周寻找朋友,却遍寻不着。他寻找自己的战马,但马也没了踪影。他试图使出几分力气,但力气也消失了。他脸上的震惊表情，任何人看了都会同情。

这个瞬间过去了，凯瑟琳摸了摸我的手。"是什么？你看到了什么？"

"我看到，他会为挑起这一事端感到后悔的，"我悄声说，"他会为此断送自己的性命和家族。"

"那我们呢？"她望着我的脸问，仿佛能从我脸上看到我看到的景象，"安东尼呢？我们所有人呢？"

"恐怕我们也不能幸免。"

当晚午夜，天色漆黑，我从床上起来，拿出凯瑟琳给我的那一小片亚麻布。我看到上面有公爵擦嘴时留下的食物痕迹，我把它拿到鼻端闻了闻。我觉得上面是肉，他一向饮食有度，从不饮酒。我把布片拧成一股绳，把它紧紧地缠在右臂上，勒得我的胳膊疼了起来。我上床睡了，早上，我胳膊上白色的肌肉带上了瘀血的蓝紫色，我的手指像针扎一样痛。我感到胳膊在作痛，当我解下布绳时，不由痛呼出声。我的胳膊变得虚弱无力，我把那段绳子扔到火里。"衰弱吧，"我对火焰说，"失去你的力量吧。愿你的右臂不听使唤，愿你拿剑的手臂变得软弱无力，愿你的右手无力握紧。吸一口气吧，你会感觉到这股烟进入你的胸膛。再吸一口气，你会感觉气息不畅。像这样燃烧吧。"绳子在壁炉里燃烧起来，我望着它燃尽了。

一大早，我哥哥莱昂内尔来找我。"我收到了枢密院的来信。他们恳求我们从避难所里出来，把你儿子理查德王子送到塔里的王家套房他哥哥那儿去。"

我转身面朝窗户，望着河水，仿佛它能给我忠告似的。"我不知道是不是应该这么做，"我说，"不。我可不想让两个王子落到他们叔叔手里。"

"毫无疑问，加冕礼就要举行了，"他说，"所有的贵族都到伦敦来了，衣服也做好了，大教堂也准备就绪。咱们现在应该出来，各归其位。咱们躲在这儿，就像犯了什么罪过，羞于见人似的。"

我咬着嘴唇。"理查德公爵是约克三子之一，"我说，"约克三子在打胜仗的时候，他曾经亲眼看到天上有三个太阳在照耀着。你别以为他会放过统治英国的机会。你别以为他会把国王的权柄拱手让给一个孩子。"

"我认为，假如你不阻止，他会假令郎之手统治英国，"他直言不讳地说，"他会把他扶上王位，当傀儡一般摆布。他会成为另一个沃里克，另一个拥王者。他并不希望亲自执掌王位，他只想做摄政王和护国公。他会以摄政王自居，通过令郎来施行统治。"

"爱德华一旦加冕完毕，就是国王了，"我说，"到时咱们就会看到，他会听谁的！"

"在爱德华年满十二岁之前，理查德可以拒绝交出大权，"他说，"在接下来的八年里，他可以作为摄政王统治英国。咱们必须出去，到枢密院去游说，维护我们的利益。"

"只要我能确认我的儿子安然无恙。"

"如果理查德打算杀死他，那么他在逮捕安东尼的时候就已经动手了，那时没有任何人能保护得了他，而且除了白金汉公爵，没有别人看得到，"莱昂内尔直截了当地说，"可他没有动手。相反，他跪下，宣誓效忠爱德华王子，把他风风光光地带到了伦敦。是咱们制造出了误会。很遗憾我得这么说，妹妹，是你制造出了误会。我这辈子从来没有与你争辩过，你知道的。但这一次是你错了。"

"哦，你说得倒轻巧，"我急躁地说，"我有七个孩子要保护，还有一个王国要统治。"

"那你就去统治好了,"他说,"到塔里的王家套房去,出席你儿子的加冕礼,坐在你的王位上,对公爵发号施令,他不过是你的小叔,是你儿子的监护人而已。"

※

我反复回想着这一番对话。也许莱昂内尔是对的,我应该在加冕礼的筹备工作中发挥重要作用,把人心聚集到新国王这一边,许诺他们在新朝廷中将会赢得何种好处和荣耀。如果我带着漂亮的孩子们出来,重建我的朝廷,我可以通过我的儿子来统治英国。我应该要求得到我们的权位,而不是心怀恐惧地一味躲避。我觉得我能做到这一点。我不必通过战争赢得王位。我可以作为摄政王后、受人爱戴的王后,实现这一目的。我可以把他们争取过来,轻而易举。也许我是应该从避难所走出来,来到夏日的阳光里,利用我的王后地位。这时门口有人轻轻敲门,一个男人说:"我是神父,来见未亡人王后。"

我打开栅栏。门外有位多明我修会的神父,他把兜帽拉了起来,遮住了面孔。"我受命前来听您忏悔。"他说。

"进来吧,神父。"我说着,把门大大地敞开,迎他进来。他静悄悄地走了进来,他的便鞋在石板上踏地无声。他鞠了一躬,等我把门关上。

"是莫顿主教命我来的,"他低声说,"如果有人问起,就说我来向您提供忏悔的机会,您向我坦白了过度悲痛之罪,我劝告您,要抵制绝望。好吗?"

"好的,神父。"我说。

他递给我一张纸。"我只能在这儿逗留十分钟,然后我就得走了,"他说,"我不能传达回信。"

他走到门边的凳子上坐了下来，等待这段时间流逝。我拿着信笺来到窗前，借着亮光读了起来，窗外河水汩汩流过。这封信是用博福特家的纹章封缄的。写信的人是玛格丽特·斯坦利，我从前的侍女。尽管是兰开斯特家族生下、养育了她，而且她也是兰开斯特家族继承人的母亲，但她和她丈夫托马斯·斯坦利在过去十一年里，一直对我们忠心耿耿。也许她今后还会继续保持忠诚。也许，她甚至愿意帮我对付理查德公爵。我的成败关系到她的利益。她一直指望爱德华能原谅她儿子的兰开斯特家族血统，让他从流放地布列塔尼半岛回家。她曾对我表白过，作为母亲，她有多么疼爱她的儿子，为了让他回家，要她怎样都行。我曾向她许诺，这件事一定会实现。她没有理由喜欢理查德公爵。也许，她觉得，只要她继续与我保持盟友的关系，支持我重掌大权，对她儿子回国就更有利。

但信中丝毫没有提及合作或支持的话。她只写了寥寥几行字：

安妮·内维尔没有前往伦敦参加加冕礼，她也没有为出行而备马和安排卫兵，她也没有为加冕礼特别定做服装。我觉得您愿意知晓这一情况。

玛·斯

我把信握在手里。安妮体弱多病，她儿子弱不禁风，也许她宁愿待在家里。但如果玛格丽特·斯坦利夫人只是想告诉我这件事，那她不必如此冒险和大费周折。她想让我知道的是，安妮·内维尔并不急于赶往伦敦参加盛大的加冕礼，因为她没有理由着急动身。假如她不打算来，那么一定是她丈夫理查德的命令。他知道，不会举行什么加冕礼，因此没有必要出席。如果理查德没有命令妻子赶赴伦敦参加加冕礼——新政权最重要的活动，那么原因一定是，他知道加冕礼不会举行了。

我长久地凝望着窗外的河水，思索着这一切对我、对我的两个宝贝王儿来说意味着什么。然后我走过去,跪在修士面前。"为我祝福吧,神父。"我说,我感到他把手轻轻地放在了我的头上。

✦

每天出去买面包和肉的女仆回来了,她脸色苍白地跟我女儿伊丽莎白说了几句话。女儿来到我身旁。

"母亲,母亲,我可以跟您说几句吗?"

我正望着窗外的河水沉思着,仿佛希望梅露西娜从夏日的缓慢水流中冉冉升起,向我提出忠告。"当然,甜心。什么事?"我注意到她焦躁不安。

"我不明白出了什么事,母亲,不过杰玛从集市回来了,她听人说,枢密院发生了一场打斗,有人被捕了。是在枢密院的房间里发生了打斗!威廉爵士……"她激动得上气不接下气。

"威廉·黑斯廷斯爵士?"我说出爱德华的挚友、宣誓保卫我儿子的人、我的新盟友的名字。

"是他。母亲,集市上的人们说,他被斩首了。"

房间仿佛旋转起来了似的,我赶忙扶住石窗台。"这不可能,她肯定听错了。"

"她说,理查德公爵发现了一桩反对他的阴谋,他逮捕了两个大人物,将威廉爵士斩首处决了。"

"她肯定搞错了。他是英国最有权势的人之一,不经过审判,不可能把他斩首。"

"她是这么说的,"她低声说,"她说,士兵把他带了出去,在绿塔上砍下了他的头,没有事先警告,没有审判,也没有指控。"

我一下双膝软倒,她赶紧把我扶住。我觉得屋里陡然暗了下来,然后我又看到了她,她的发饰歪到了一边,她的金发倾泻下来,我美丽的女儿望着我的面孔，低声说："母亲，妈妈，跟我说说话。您没事吧？"

"我没事。"我说。我喉咙发干，我发现自己躺在地上，她正用胳膊搀扶着我。"我没事，甜心。不过我记得，方才听你说……我记得你说……我记得你说威廉·黑斯廷斯爵士被斩首了？"

"杰玛是这么说的，母亲。不过我记得，您不喜欢他来着。"

我坐了起来，感到头痛。"孩子，这已经不再是喜欢不喜欢的问题了。这位贵族是你弟弟最有力的卫士，是来找过我的唯一一位卫士。他是不喜欢我，但他誓死也会把你弟弟扶上王位，信守对你父亲许下的诺言。如果他死了，咱们就失去了最大的盟友。"

她迷惑地摇摇头。"他会不会做了什么出格的错事？触怒了护国公？"

有人在轻轻拍门，我们全都屏住了呼吸。有个声音用法语说："是我。"

"是个女的，去开门吧。"我说。有那么一会儿，我确信是理查德的刽子手来找我们，斧头刃上还有未擦干的黑斯廷斯的血迹。伊丽莎白跑过去，打开大木门里的栅栏门，情妇伊丽莎白·肖尔溜了进来，她戴着兜帽，遮住了一头金发，她用斗篷紧紧裹住了华丽的长袍。她向我屈膝行礼，身子落得很低，这时我还蜷缩在地上。"这么说您已经听说了。"她简短地说。

"黑斯廷斯没死吗？"

她双眼噙满泪水，但她克制住了自己的情绪。"不，他死了。所以我才会来。他被归罪为反对理查德公爵的叛国罪。"

伊丽莎白跌坐在我身旁，握住了我冰凉的手。

"理查德公爵控告威廉爵士，说他谋害自己的性命。他说，威廉找了个女巫来对付自己。公爵说，他喘不动气，生了病，没了力气。他说自己拿剑的那只胳膊没了力气，他在枢密院的会议室里露出胳膊，把它亮给威廉爵士看，他肯定地说，自己眼看着这条胳膊萎缩了。他说自己是中了敌人施展的妖术。"

我的目光停留在她的面庞上。我甚至没有朝壁炉瞄一眼。之前我把从公爵的餐巾上取下来的亚麻布拧成条,绑在了我的前臂上,然后对它施咒,让它夺走他的呼吸和力气,让他拿剑的胳膊变得像罗锅的胳膊一样没有力气。我就是在壁炉那儿把布条烧掉的。

"他说谁是女巫?"

"他说是您。"她说。我感到伊丽莎白畏缩了一下。

接着她又说了一句:"和我。"

"他说是咱俩合谋做的吗?"

"是的,"她简短地说,"所以我才来向您示警。假如他能证明您是女巫,他能否闯入避难所,将您和孩子们带走?"

我点点头。他能。

不管怎样,我都忘不了图克斯伯里战役,正是我丈夫毫无理由、未加解释地闯入避难所,把受伤的人拖出教堂,把他们斩杀在墓地,又闯进教堂,在祭坛台阶上杀死了更多的人。教堂里的人不得不擦净教堂地面的血迹,重新给整个教堂举行圣化仪式,死亡已经把它给大大地玷污了。

"他能,"我说,"以前还有过更糟的事呢。"

"我得走了,"她害怕地说,"也许他在监视我。威廉曾想让我尽力保护您的孩子,但我已经无能为力了。我应该告诉您:斯坦利男爵想要救威廉来着,他尽力了。他曾警告威廉,公爵会对付他。他梦到他们被一头獠牙上带有血迹的野猪给顶穿了身子。他警告过威廉。只是威廉没想到,竟会这样突然……"泪水流下了她的脸颊,她哽咽了。"这样不公,"她低声说,"对待一个这么好的人。让士兵把他从枢密院拖了出去!就那样斩首了!连牧师都没有,连祈祷的时间都没有!"

"他是个好人。"我勉强承认。

"现在他死了，你们失去了一个保护人。你们全都处于十分危险的境地，"她说，"我也一样。"

她拉起兜帽遮住头发，走到门边。"我祝你们平安无事，"她说，"也祝爱德华的儿子平安。如果我能帮得上忙，我会帮的。但这段时间里，我不能叫人家看见我来您这儿了。我不敢再来了。"

"等等，"我说，"你刚才说，斯坦利男爵仍然忠于小爱德华国王？"

"公爵命人把斯坦利、莫顿主教和罗塞勒姆大主教都监禁起来了，他怀疑他们为您和您的家人效力。理查德认为他们在酝酿反对自己的阴谋，枢密院如今只剩下为公爵效力的人了。"

"他疯了吗？"我感到难以置信地问，"理查德疯了不成？"

她摇了摇头。"我想，他是下定决心要称王了，"她简短地说，"您可记得先王曾说过，理查德决定要做什么，就势必会做到。他还说理查德言出必行，不惜一切代价。"

我不喜欢这个女人援引我丈夫的话说给我听，不过话的内容我倒是同意。

"我觉得，理查德已经下定决心，非这样不可了。我想，他是认定自立为王，比拥立十二岁的孩子做国王，对自己、对英国都更是好事。既然他心意已决，他会不择手段、不惜一切代价地让自己登上王位。"

她把门打开一条缝，钻了出去。她拾起篮子，装作是来给我们送货的。她隔着门缝望着我。"国王总说，理查德一旦有了计划，什么都不能阻止他，"她说，"如果什么都不能阻止他，您的处境着实堪忧。我希望您能平安无事，夫人，还有您的孩子……您和爱德华的儿子。"她略施一礼，低声说："愿上帝看在他的分上保佑你们。"随后带上门走了。

白王后

我一刻也没有犹豫。绿塔上让黑斯廷斯人头落地的那一斧,就像喇叭一样,宣告了一场角逐的开始。但这场角逐旨在将我儿子从大开杀戒的叔父手里营救出来。我毫不怀疑,理查德公爵会杀死我的两个儿子,为自己登基扫清道路。至于乔治的儿子是死是活,栖身何处,我全然不放在心上。我曾看到理查德走进熟睡的亨利国王的房间,去杀害这个毫无防备的人,就因为他和爱德华一样有资格做国王。我毫不怀疑,理查德如今会像那天夜里一样心狠手辣。有一位神圣的、天定的国王挡在他们家系与王位之间——于是他们就杀死了他。如今我儿子挡在了理查德和王位之间,假如他能杀死我儿子,那他一定会动手,我也许无法阻止。不过我发誓,他绝不会抓到我的小儿子理查德。

我对这一刻早有准备,不过当我告诉小理查德,他今晚非走不可时,他对这一刻来得这样快大为震惊。他脸色煞白,但他那股非同一般的、孩子气的勇气让他昂起头,咬紧牙关,忍着不哭。他只有九岁,但他是被当作约克家族的王子来养育的。在养育他的过程中,我们已经教导过他,要有勇气。我亲了亲他的头顶,告诉他要乖,让他别忘了我交代的事情。天色转黑时,我领他穿过地下室,走下楼梯,走到了更深处的地下墓穴,我们不得不各提一盏灯笼,走过石棺和墓室。灯笼里的火光没有闪动。甚至在我们经过阴暗的坟墓时,他也没有发抖。他神采奕奕地走在我身旁,高昂着头。

这条道通往一扇隐蔽的铁门,门外的石码头延伸到河边,一艘小划舟停在河边,静静地摇曳着。这是一艘非常普通的渡河小船。我原本希望把他送到我哥哥爱德华统帅的战舰上去,战舰上的士兵原本也发过誓要保护他,但如今爱德华去了哪里只有上帝知道——战舰上闹了哗变,士兵成了我们的敌人，只会听从理查德公爵的号令。我手下没有战船。我们必须设法渡过难关。我的儿子只能在无人保卫的情况下，带着两名忠仆和母亲的祝福离开。爱德华的一位朋友——爱德华·布兰普敦爵士正在格林尼治等着接应他，爱德华·布兰普敦爵士是拥戴爱德华的。我希望是这样，但我无法确定，我什么都无法确定。

两名仆人在船里静静地等着，小船用绳索缚在石阶上的圆环里，我把孩子朝他们推过去，仆人们把他抱到船上，让他坐在船尾。没有时间告别了，再说我也没有什么可说的，只能祈祷他平安无事。我哽咽着，仿佛喉咙里吞下了一把匕首。小船划了出去，我朝他挥手道别，看到他那张白白的小脸在大帽子下面望着我。

我进了屋，关上铁门，然后走上石阶，默默穿过寂静的墓室，望着窗外。他坐的小船驶入河心，汇入其他舟船之中，两个人摇着桨，我儿子坐在船尾。别人没有理由阻拦他们。河上，像他们一样的小船有几十条，上百艘船只在河上纵横穿行，各忙各的，船上载的都是两名船夫和一名跑腿办事的伙计。我推开窗户，但我不能呼唤他。我不能喊他，让他回来。我只想让他抬头仰望时，能看到我。我想让他知道，我心里一点也不情愿让他走，我一直望着他，直至最后一刻。我想让他看到，我在茫茫暮色里寻觅着他的身影，我想让他知道，我会用我的余生来寻找他，直到我生命的最后一刻。就算我死了，我也要寻找他，这条河也会喃喃念诵着他的名字。

他按照我的嘱咐，没有抬头仰望。他是个听话、勇敢的孩子。他记得，我让他低下头，把帽子拉下前额，遮住头发。他必须记住，别人叫他彼得时要答应，别指望会有人屈膝伺候他。他必须忘掉王室庆典和队列、伦敦塔上的狮子、拿大顶逗他笑的小丑。他必须忘记欢呼他的名字的人群，忘掉陪他玩耍、教他法语和拉丁语甚至还有一点儿德语的漂亮姐妹。他必须忘掉自己仰慕的那个生来就要做国王的兄长。他必须像鸟儿、像燕子一样,冬天飞到河水下面,冻成冰块,待到来年春暖融冻时再飞出来。他必须像可爱的小燕子一样飞到河里,让女祖先梅露西娜来照顾他。他必须相信,河水会将他藏匿起来,确保他平安无事,因为我已经无力保护他了。

我从窗口望着那条船,起初我能看到他坐在船尾,和着船夫摇桨的节奏,随着小船轻轻摇晃着。后来借着河水的流势,他们船速加快,混入其他小船、驳船、渔船、商船、渡船、划艇之中,河里甚至还有一两艘大木排,我看不到我的孩子了,他沿着河流远去了,我只能把他托付给梅露西娜与河水。他离开了我,我失去了最小的儿子,在河岸上束手无策。

当晚,我那已经成年的儿子托马斯·格雷也走了出去。他穿着马夫的服饰,溜出门去,走进伦敦的暗巷里。我们需要派人出去打探消息,起兵成事。忠于我们的有上百人,愿意与公爵一战的有上千人。但必须有人召集他们、组织他们,只能由托马斯担此重任。我们没有别的人可用了。他已经二十七岁了。我知道,我交给他的是一项危险的使命,也许他要冒着生命危险。"快走吧。"我对他说。他跪了下来,我把手放在他的头上,为他祝福。"你要去哪儿?"

"去伦敦最安全的地方,"他带着惹人怜爱的笑容说,"那个地方拥戴您的丈夫,永远也不会原谅背叛他的理查德公爵。它是伦敦唯一一门诚实待客的生意。"

"你说的是什么地方?"

"妓院。"他笑着说。

之后他没入黑暗之中,消失了。

次日清晨，伊丽莎白把小侍童带到我的身边。在温莎城堡时，他曾服侍过我们，如今他愿意继续为我们效命。伊丽莎白拉着他的手，她是个善良的姑娘，可他闻起来像马厩一样臭，马厩正是他睡觉的地方。"别人叫你约克公爵理查德，你就答应，"我告诉他，"人们会叫你主子、陛下。你不要更正他们。你不要开口说话，只点头就好。"

"好的，夫人。"他嗫嚅道。

"你要叫我母亲。"我说。

"好的，夫人。"

"好的，母亲。"

"好的，母亲。"他重复道。

"你去洗澡，换上干净衣服。"

他扬起小脸，满脸的惊慌。"不！我不能洗澡！"他抗议道。

伊丽莎白面露惊骇。"任何人都会马上识破的。"她说。"咱们就说他病了，"我说，"就说他感冒了或嗓子痛。咱们用法兰绒绑住他下巴，在他嘴上围一块围布就行。咱们叫他别说话，也就是几天的工夫，好给咱们争取一点儿时间。"

她点点头说："我来给他洗澡。"

"叫杰玛帮你，"我说，"可能还得找个男的把他的身子按在水里。"

她勉强一笑，但眼含愁绪。"母亲，您真的认为我叔叔会伤害自己的侄子吗？"

"我不知道，"我说，"所以我才把心爱的王儿送走了，所以我儿子托马斯·格雷才非离开不可。我不知道公爵安的是什么心。"

女仆杰玛问我，星期天下午她可不可以去看那个姓肖尔的荡妇用苦修赎罪。

"去看那个做什么？"我问。

她行了个屈膝礼，把头伏得很低，但她非常想去，不惜违反我的命令。"对不起，夫人，不过她要身穿衬裙，拿着点燃的蜡烛在城里走动，每个人都想去看。她必须用苦行来赎清放荡之罪。我想，下周我天天早来，您能不能让我……"

"是伊丽莎白·肖尔？"

她连连点头。"就是那个臭名远扬的荡妇，"她大声说，"护国公命令她当众用苦行赎清肉体的罪孽。"

"你去吧。"我突然说。人群中多一个少一个不会有什么分别。我想象这个被爱德华和黑斯廷斯宠爱的女人，身穿衬裙赤足行走，手揎蜡烛，不让风把火焰扑灭，与此同时，人们会对她大声谩骂，朝她吐口水。爱德华绝不愿意让这种事发生，哪怕不为她，只为爱德华，只要我能够阻止这件事，我也会尽力阻止。但我没有任何办法保护她。理查德公爵已经变得邪恶了，就连一个漂亮女人因为有人爱她也得受苦。

"她受到惩罚，不是因为别的，只是因为美貌。"当她绕着城市边界行走时，我哥哥莱昂内尔在窗边听到人群低声咕哝着赞赏的话，不由评论道。"还有一个理由，是理查德怀疑她把托马斯藏了起来。他突击检查了她的住处，但并没有找到托马斯。她确实把他藏了起来，不让格洛斯特公爵的人找到他，然后把他悄悄送走了。"

"愿上帝为此保佑她。"我说。

莱昂内尔笑了。"显然，理查德公爵如此降罪，实在不妥。她走过的时候,没有人口出恶言,"他说,"刚才我在窗边,有位艄公朝我喊着,女人说她可耻,男人对她满怀爱慕之心。这样一位美女身穿衬裙,可不是平日能见到的景象。男人们说,她看起来就像是一个赤裸的天使,美丽的堕落天使。"

我笑了。"嗯,不管她是荡妇还是天使,但愿上帝都能保佑她。"

我的主教哥哥也笑了起来。"我觉得,她的罪孽是爱情的罪孽,而不是心肠恶毒犯下的罪孽,"他说,"在这个艰难时期,也许这一点才是至关重要的。"

1483年6月17日

他们派我的亲戚红衣主教托马斯·鲍彻，还有枢密院的另外六个大臣来说服我。我像王后一样迎接他们，面前垂着用国库里的钻石镶成的帷帘，坐在御座那张豪华的座椅上。我希望自己能展现出王后的威仪，说实话，我觉得心里很不是滋味。他们都是我枢密院里的大臣，他们的地位都是我丈夫赐予的，是他栽培了如今的他们，现在他们胆敢来找我，告诉我理查德公爵要我怎么做。伊丽莎白站在我身后，我的另外四个女儿站成一排。我儿子和兄弟都不在。他们没有说到我儿子托马斯·格雷从庇护所里溜出去了，在伦敦四处走动，我当然也不会让他们注意这一点。

他们告诉我，他们已经宣布理查德公爵是护国公，代王子摄政，行管理之责，他们让我放心，他们正在准备我儿爱德华王子的加冕礼。他们想让我的小儿子理查德跟他哥哥一起去塔里的王家套房住。

"公爵保护他们，就是几天的事，到举行加冕礼为止。"托马斯·鲍彻向我解释，他的脸色是那样恳切，我相信了他的话。这个人终生都在为国家谋求和平。他给爱德华加冕为国王，给我加冕为王后，因为他相信，我们会给这个国家带来和平。我知道他说的是真心话。"一旦小国王经过加冕，那么所有的权力都转归于他，您就是国母和王太后，"他说，"回您的宫殿去吧，夫人，出席您儿子的加冕礼吧。人们见不到您会觉得奇怪，外国大使也会觉得奇怪。咱们就像当初，先王临终时，向他宣誓的那样做吧——把您的儿子扶上王位，放弃敌意，齐心协力吧。让王室家族入住塔里的王家套房，让他们出来参加加冕礼，展现各自的权位和美丽吧。"

有那么一会儿，我被说服了。而且，我还真的动心了。也许一切都能圆满收场。随后我想起了我哥哥安东尼和我儿子理查德·格雷，想到他们还被监禁在庞特佛雷特堡，我又犹豫了。我必须停下来好好想想。我必须将他们保护周全。我留在避难所里的时候，他们被关在监狱里，他们的安全和我与我儿子理查德的安全就像天平两端的砝码一样。他们被扣作人质，换取我安分守己，但同样，理查德公爵不敢随便动他们，生怕激怒我。如果理查德想要肃清里弗斯家族，他必须把我们全都控制起来。只有让他鞭长莫及，我才能保得他手里的人安全，保得外面的人安全。我必须保护我哥哥安东尼，不让他被敌人害死。我必须做到。这是我的圣战之旅，就像我不让安东尼去的那趟旅程一样。我必须确保他的安全，他是我的希望。

"我不能把理查德王子交给你们，"我说，我的语气里满是装出来的遗憾，"他最近病得不轻，我可不能让别人来照顾他，得由我亲自照料才行。他还没有康复，现在说不出话来，要是他旧病复发，病情一定会比刚生病时严重得多。如果你想让他和哥哥相聚，那就把爱德华送到我们这儿来吧，我可以照顾他俩，还能知道他们平安无事。我很想见到爱德华国王和我的长子，知道他是否平安。我恳求你，把他送来，这里安全。他在这儿，跟在塔里一样，都可以加冕。"

"怎么，夫人！"托马斯·霍华德像被激怒的公牛一样，"您觉得他们会有危险，您能说出理由吗？"

我看了他一会儿。他真以为能套出我的话来，让我承认自己对理查德公爵抱有敌意吗？"我们家的其他人不是被关押了，就是逃走了，"我平心静气地说，"为什么我应该认为我儿子会平安无事？"

"好了，好了，"红衣主教接口道，他朝霍华德点点头，让他别说了，"任何下狱之人都会被一班平级的贵族审问，指控成立与否，终归会得到查实。大臣们已经裁断，您的兄长、里弗斯伯爵安东尼的叛国之罪不成立。我们所说句句属实，您该满意了吧。您该不会怀疑我本人会来骗您不成？"

"啊，我的红衣主教，"我说，"我不怀疑你。"

"那就请您相信我的话吧，我保证，您的儿子跟我在一起不会有事，"他说，"我会带他到他哥哥那儿去，他们俩谁都不会有事。您信不过理查德公爵，他也猜疑您，这叫我难过，你们各有各的理由。但我发誓，不论是公爵还是别人，都不会伤害您的孩子，他们在一起不会有事的，爱德华会被加冕为国王。"

我叹了口气，仿佛被他的逻辑给说服了。"要是我不答应呢？"

他把我拉到一旁小声说："我担心他会闯进避难所，把您和您的家人都带出去。"他话音很低。"所有的贵族都会觉得，他做得没错。谁也不会为您辩白的，夫人。这里是您的外壳，而不是城堡。让小王子理查德出去吧，他们会任由您待在这里的，假如您愿意这样的话。要是把他留在这儿，您会被人拖出去的，就像蚂蟥被人从玻璃瓶里掏出来一样。要不然，他们会把瓶子都打碎。"

伊丽莎白一直在望着窗外，她俯身过来小声说："母亲，河上有几百艘理查德公爵的驳船。咱们被包围了。"

有那么一刻，我眼前看到的不再是红衣主教担忧的面孔，不再是托马斯·霍华德恶狠狠的表情，也不再是跟他一起来的那六个人。我看到的是我丈夫持剑走入图克斯伯里的避难所，我知道，从那天起，避难所再也不是安全的场所了。就在那一天，爱德华破坏了他儿子的安全——这一点他永远也不会知道了。现在我知道了。感谢上帝，我早已做好了准备。

我用手帕捂住眼睛。"请原谅女人的软弱,"我说,"我无法忍受离别之苦。可以不这样吗?"

红衣主教轻轻拍了拍我的手。"他必须跟我们一起走。对不起。"

我转身对伊丽莎白小声说:"带他过来,把我的小儿子带过来。"

伊丽莎白垂着头,一言不发地离开了。

"他身体不佳,"我对红衣主教说,"您得把他包裹严实了。"

"相信我,"他说,"由我照顾他,不会有事的。"

伊丽莎白带着充当替身的小侍童来了。他穿上了我的理查德的衣裳,喉咙上围着围巾,包住了下半边脸庞。当我抱住他时,他就连气味也跟我儿子一样。我吻了吻他的金发。我把他的稚嫩体格搂在怀里,感觉十分羸弱,不过他表现得十分勇敢,真像王子一样。伊丽莎白教导得不错。"上帝与你同在,我的儿子,"我对他说,"几天后,我会在你哥哥的加冕礼上再见到你。"

"是,母亲。"他像小鹦鹉一样说。他声音不大,但所有人都听得到。

我牵着他的手,领他走到红衣主教跟前。他曾在宫里远远地看到过理查德,此时孩子的面容被头顶镶有珠宝的帽子和围在下巴上的法兰绒给遮住了。"我儿子在这儿,"我说,我的嗓音在发颤,"我把他交给你了。我在这儿把他们兄弟俩的安全都托付给你了。"我转身对孩子说:"再见了,我亲爱的儿子,上帝会保护你。"

他转过小脸来对着我,围巾把他的小脸裹得严严实实的,有那么一刻,我心里真的涌起一股柔情,我吻了吻他那温热的脸蛋。也许我是在把这个孩子送入险境,用他代替我的儿子,但他仍然只是一个孩子而已,而且危险每时每刻都存在。当我把他的小手交到鲍彻主教柔软的大手中时,我眼里泛起了泪花,我在他头顶上说:"保护这个孩子、我的儿子吧,求您了,上帝。请保佑这孩子平安无事。"

我们等待着,他们带着孩子鱼贯而出。他们人虽走了,衣服上的气味却还留在屋里,是外面的气味:马匹的汗味、炖肉味、清风拂过青草的气味。

伊丽莎白转过身来对着我,她脸色苍白。"您把小侍从送走了,是因为您觉得咱们的孩子去塔里不安全。"她说。

"是啊。"我说。

"这么说,您认定我们的爱德华在塔里不安全。"

"我不知道,但这正是我担心的。"

她疾步走到窗前,有那么一刻,她让我想起了我母亲、她的外婆,她同样果断——我看到,她在绞尽脑汁,苦苦思索。我第一次觉得,伊丽莎白会出落成一个不简单的姑娘。她再也不是个小女孩了。

"我觉得,您应当派人去找我叔叔,与他达成协定,"她说,"您可以答应把王位让给他,由他指定爱德华做他的继承人。"

我摇摇头。

"您可以这样做的,"她说,"他是爱德华的叔叔,一个可敬的人。他肯定像我们一样,想要找到一条出路,摆脱眼下的处境。"

"我是不会放弃爱德华的王位的,"我坚决地说,"如果理查德公爵想要王位,他只有篡夺王位、自取其辱一途。""他如果真的那样做了,会怎么样?"她问我,"到时爱德华会怎么样?我妹妹会怎么样?我又会怎么样?"

"我不知道,"我慎重地说,"也许咱们不得不战斗,咱们必须要抗争,咱们不能放弃,咱们不能投降。"

"那个小孩子,"她说,朝着那个嘴巴被封、不多言语的小侍童离去的门口扬了扬下巴,"咱们把他从他父亲那里领来,给他洗澡更衣,让他别做声,就是要让他去送死吗?咱们就是这样抗争的吗,用一个小孩子做挡箭牌?把一个小孩子送出去送死?"

1483年6月25日，星期日，加冕日

"怎么?"黎明时分，四下寂静无声，我像猫崽被丢进水里淹死的母猫一样，朝天空忿忿地啐了一口，"没有王室游艇?塔那边没有鸣放礼炮?城里的水泉没有流满葡萄酒?没有擂鼓?没有学徒唱响行会的歌谣?没有奏乐?没有人喊叫?没有人在队列行经之处欢呼?"我推开临河的窗户，看到河面上船来船往，一切如常。我对母亲和梅露西娜说："显然，他们今天不会给他加冕了。那么他要被害死了吗?"我想起了儿子，他的音容犹在眼前。我想起他那笔直的鼻梁，像婴儿一样圆嘟嘟的鼻尖、圆鼓鼓的脸蛋和清澈无瑕的目光。我想起他那圆圆的后脑勺，我摸他脑袋时总觉得很趁手，还有他用功学习时的端直后颈。他是个勇敢的孩子，他舅舅安东尼曾教他骑马打仗。安东尼曾保证说，他学会面对恐惧，作战时将毫无惧色。他也是一个热爱这片国土的孩子。他喜欢勒德洛堡，因为他可以策马奔上山岗，望着猎隼在悬崖上盘旋，他可以在冰冷的河水中游泳。安东尼说，他懂得欣赏风景，这在少年人中难得一见。他是个原本有着大好前程的男孩。他生在战乱之时，成长在和平年代。我毫不怀疑，他原本会成为金雀花王朝的一位伟大君主，他父亲和我会为他感到自豪。

我这样说他，仿佛当他已经死了一般，是因为我并不怀疑，既然他今天没有加冕为王，那么他一定会被秘密处死，就像威廉·黑斯廷斯被拖到

绿塔的木头堆上匆匆斩首一般。亲爱的上帝啊，当我想到我儿子的脖颈和刽子手的斧头时，我就难受得要死。

　　我没有待在床边，望着河水漠然流淌，仿佛我儿子并没有性命之忧一般。我穿好衣服，别好头发，在避难所里走来走去，像伦敦塔里的雌狮一样。我用密谋安排的计划来安慰自己：我们并不是无依无靠，我心里还有希望。我知道，我儿子托马斯·格雷在隐秘的场所忙着会见能为我们起兵的人，这样的人在全国、在伦敦必定为数不少，他们刚刚开始怀疑，理查德公爵的摄政究竟安的是什么心。玛格丽特·斯坦利显然是我们这边的人：她丈夫托马斯·斯坦利爵士曾向黑斯廷斯示警。我的小姑、约克家的玛格丽特公爵夫人也会在勃艮第为我们出力。哪怕只是为了寻理查德的晦气，法兰西也会在我危难之际帮我一把。佛兰德斯有一个安全的藏身处，一户收了丰厚资财的人家正在迎接一个小男孩，教他如何藏身隐匿于图尔奈的人群之中。眼下或许是公爵占了上风，但恨他的人就像憎恨我们里弗斯家族的人一样多，更多人会觉得我身陷危难，处境可怜。最重要的是，很多人愿意看到爱德华的儿子，而不是他弟弟坐上王位。我听到有人匆匆走上台阶，于是转身应对新的危机，这时我女儿塞西莉跑进地下室，猛地推开我的房门。她吓得脸色苍白。"门口有东西，"她说，"怪吓人的。"

　　"门口有什么？"我问。当然，我一下子想到，是刽子手。

　　"这东西像人一样高，但模样像是死神。"

　　我用围巾包住头，来到门前，拨开栅栏。死神在外面等着我。他穿着黑色粗布长袍，头戴一顶高帽，鼻子是一根长长的白管子，把整个脸都遮住了。是一位大夫，他戴着长长的呼吸管面罩，呼吸管里塞满了药草，使他免于吸入被瘟疫污染的空气。他把闪亮的眸子转向我，我感到自己打了个寒战。

　　"这里没有闹瘟疫。"我说。

"我是从卡利恩来的刘易斯医生,玛格丽特·博福特夫人的医生,"他说,隔着面罩,他的声音听起来怪怪的,"她说您害了妇人的病症,需要医生瞧瞧。"

我打开门。"进来吧,我是不舒服,"我说,但门一关上,我就拿话试探他,"我身体好得很。你来做什么?"

"博福特夫人——我应该说斯坦利夫人——身体也健康得很,感谢上帝。但她想找个办法跟您说上话,我是她的姻亲,我忠于您,夫人。"

我点点头。"取下您的面罩吧。"

他从脸上取下面罩,从脑后摘了下来。他是个小个子的黑发男子,面带笑容,值得信赖。他大大地鞠了一躬。"她想知道,您是不是已经有了从塔里营救两位王子的计划。她想让您知道,他们夫妇二人都听凭您差遣,她还想让您知道,白金汉公爵也十分怀疑理查德公爵究竟存了什么野心。她认为小公爵也准备叛变了。"

"公爵能走到今天这一步,全是拜白金汉所赐,"我说,"如今他们大获全胜,他又怎么会改变主意呢?"

"玛格丽特夫人相信,白金汉公爵是可以说服的,"他说,然后俯身在我耳边说,"她认为,白金汉公爵已经对自己的主子产生了怀疑。白金汉是个不到三十岁的年轻人,她认为,只要您比理查德给的奖赏更丰厚,他很容易转变立场。他担心理查德公爵打算篡夺王位,他担心令郎的安危。您是他的大姨子,两个孩子也是他的外甥。对他的小亲戚、两位王子的将来,他心里十分牵挂。玛格丽特夫人叮嘱我告诉您,她认为塔里的佣人是可以收买的,她想知道,在您营救爱德华王子和理查德王子的计划中,她有什么可以帮您的地方。"

"那不是理查德……"我刚一开口,伊丽莎白从河边的那道门旁像幽灵一样走上了台阶,她的裙袍边儿都沾湿了。

"伊丽莎白，你到底做什么去了？"

"我到河边去坐了一会儿，"她说，她神情奇异，面色苍白，"今天早上，万籁俱寂，景致优美，然后河水变得越来越湍急。河水为什么会变得这样湍急？我觉得有些纳闷。河水就好像有话要亲口告诉我似的。"她转身打量着医生。"这位是？"

"他是玛格丽特·斯坦利夫人派来的信使。"我说。我望着她那湿漉漉的裙袍，拖曳在她后面，就像鱼尾一般。"你怎么搞的，弄得湿漉漉的？"

"是驶过的驳船弄的，"她说，她脸色苍白，面露敌意，"所有的驳船都沿河而下，开往贝纳德堡，理查德公爵在那里举行觐见礼。船只的水花那样猛，都溅到了台阶上。今天出什么事了？半个伦敦城的人都乘船去了公爵府，可今天本应是我弟弟的加冕日。"

刘易斯医生神情尴尬。"我正要告诉您的母亲。"他吞吞吐吐地说。

"这条河就是见证，"我女儿愤然说道，"它没过了我的脚面，就像有话要对我说一样。谁都能猜得到。"

"猜到什么？"我问他们两人。

"议会已经召开过了，宣布理查德公爵是正统的国王。"医生声音很低，但他的话在石拱墙上回荡着，仿佛大声宣布的消息一般，"他们作出裁决：您与先王举行婚礼，群臣并不知晓，是通过您和令堂两人施巫术促成的。而且当时国王已经娶了另一位夫人为妻了。"

"这样一来，您等于是做了这么久的情妇，我们都成了私生子，"伊丽莎白冷酷地补充道，"咱们败了，蒙受了耻辱。结束了，都结束了。我们可以带上爱德华和理查德走了吗？"

"你说什么？"我问她。我这女儿裙袍湿漉漉的，犹如鱼尾，她就像美人鱼一样从河里走上来，我被她弄得心思恍惚。理查德夺得王位，我们被赶下王位，这个消息也搞得我六神无主。"你说什么？你坐在河边时，在想些什么？伊丽莎白，你今天真奇怪。你怎么变成了这副样子？"

"因为我觉得咱们被诅咒了，"她指责我说，"我觉得咱们被诅咒了。河水在低声诅咒我，我怪您和父亲生下我们，让我们处于争权夺利的要害关口，还没有掌握好权力，结果大权旁落。"

我紧紧攥住她冰凉的手，牢牢地抱住了她，就像生怕她游走一般。"你没有被诅咒，女儿。你是我的孩子中最出色、最宝贵、最美丽、最受宠爱的一个，你是知道的。有什么诅咒能够依附到你身上？"

惧意让她凝望着我的眼眸变得更暗了，她就像看到了自己的死神一般。"您永远也不会投降，您永远也不会让我们安生。您的野心会害死两个弟弟，他们死后，您会把我扶上王位。您比您的儿子更渴望得到王位，等到他俩都死了，您会让我坐上死去的弟弟的王位。您爱王位胜过您的孩子。"

我摇头否认她那凌厉的指责。她是我的小女儿，一个性情柔顺、心思简单的孩子，是我的小心肝，我的伊丽莎白。她是我的骨中之骨。她的每一种心思都是我教导的。"你不可能知道这样的事情，这不是真的。你不可能知道的。河水不可能告诉你这样的事，你不可能听到，这不是真的。"

"我会得到弟弟的王位，"她就像听不到我的话一般，说，"您会满意的，因为您的野心就是您的诅咒，河水是这样说的。"

我瞥了一眼大夫，心想，她莫不是发烧昏了头。"伊丽莎白，河水不可能跟你说话的。"

"当然它能，我当然听到了！"她不耐烦地解释道。

"没有什么诅咒……"

她转过身，步子轻快地走过房间，她的裙袍像鱼尾一样在地面上留下了一道湿迹，她把窗户猛地推开。刘易斯医生和我跟在她后面，生怕她发了疯跳出去，但我马上听到河里传来一阵甜美、高亢的哀哭声，我停住了脚步。这是一首哀歌，音符里充满了悲伤，我捂住耳朵，望着医生，希望他能给出解释。他迷惑不解地摇了摇头，因为他什么也没听到，只有参加国王加冕礼的过往驳船的欢呼声、喇叭声和击鼓声。但他看到伊丽莎白眼含热泪，他看到我从敞开的窗户缩回了身子，捂着耳朵遮挡这回荡不已的声音。

"那阵声音不是冲着你来的，"我说，悲伤使我哽咽得说不出话来，"啊，伊丽莎白，我亲爱的，那不是冲着你来的。那是梅露西娜的歌声，每当咱们听到这种歌声，咱们的家族就又死了一个人。那不是警告你的歌声。这次死去的是我儿子理查德·格雷，我听得出。这次死去的是我儿子和我哥哥安东尼，我哥哥安东尼，我曾发誓要保护他周全的。"

医生吓得脸色煞白。"我什么也没听到，"他说，"只有人们为新国王欢呼的吵闹声。"

伊丽莎白站在我身旁，她的灰色眼眸像海上的狂风一样灰暗。"您的哥哥？您说什么？"

"我哥哥和我儿子死在了格洛斯特公爵理查德手里，就像当年我弟弟约翰和我父亲死在克拉伦斯公爵乔治手下一样，"我预言道，"约克家族的儿子们都是嗜杀的禽兽，理查德比乔治好不了多少。他们害死了我们家最出色的男人，令我心碎。我能听到，我能听到这种声音，这是河水在歌唱，河水唱的是我儿子和我哥哥的挽歌。"

她走近了。她又变成了我那温柔的好姑娘，她那勃发的怒气消散了。她把手放在我肩上。"母亲……"

"你以为他会就此罢手吗？"我勃然大怒，"他抓了我的儿子，我那王族血脉的儿子。既然他胆敢杀死安东尼，胆敢杀死理查德·格雷，你以为他会放过爱德华吗？今天他害死了我哥哥和儿子。我永远也不会原谅他。我永远也不会忘记这场深仇大恨。对我来说，他必死无疑。我要眼看着他身体垮掉,眼看着他拿剑的那条胳膊报废,眼看着他像迷路的孩子一样在战场上寻找战友,眼看着他崩塌。"

"母亲,安静些,"她低声说,"安静些,听听河水的声音。"

只有这句话能让我安静下来。我跑过房间,推开窗户,温暖的夏日气息吹入寒冷、阴暗的地下室。河水在岸边汩汩作响。如今水位下落,露出泥泞,散发着臭气,但河水流淌不息,仿佛在提醒我生命流动不息,仿佛在说安东尼已经离去,我儿子理查德·格雷已经离去,我的儿子小理查德王子坐小船沿河而下,去了陌生人中间。但我们还会东山再起。

行经的驳船上传来了音乐,贵族们在为理查德的登基增添喜气。我无法理解,他们怎么会听不到河水的歌声,怎么会没意识到,随着我哥哥和我儿子的死亡,这世界少了一分光明……我的儿子啊。

"他不会愿意看到您悲伤难过的,"她悄声说,"安东尼舅舅非常爱您。他不会愿意让您悲伤难过的。"

我把我的手放在她的手上。"他想让我活下去,带着你们这些孩子渡过难关,"我说,"从现在起,咱们就在避难所躲下去,但我发誓,咱们会出来的,回到我们应该在的地方。你可以说这是诅咒或者野心,随你高兴,但没有了这个,我也就没有了斗志。我会抗争下去的。你会看到的,你会看到我取胜的。"

"如果我们只能坐船去佛兰德斯,那我们就去;如果我们只能像走投无路的狗一样咬人,那我们就咬人;如果我们只得像农民一样躲藏在图尔奈,靠吃斯凯尔特河里的鳗鱼为生,那我们就去。但理查德别想摧毁我们。在这个世界上,没有人能够摧毁我们。我们会东山再起。我们是女神梅露西娜的儿女,我们会暂时失势,但一定会东山再起。理查德将会认清这一点。如今咱们虎落平阳被犬欺,但咱们终将一雪前耻。"

我这番话说得十分勇敢,但话一说完,我就想起了儿子理查德·格雷和最亲爱的哥哥安东尼，陷入了悲痛之中。我回想起理查德·格雷小时候的样子，他坐在国王的高头大马上，握着我的手，和我在路边一起等候国王驾临。他是我的儿子，我那英俊的儿子，他的父亲在反对约克家一个孩子的战役中丧生，如今他又命丧约克家的另一个儿子之手。我记得母亲哀悼她的儿子时说过，当你的孩子度过了婴儿期，你就会以为自己太平无事了，但是在这个世界上，在这个手足相残、战事不断、无法无天的时代，女人是不可能太平无事的。我回想起他在摇篮里的样子，他握着我的手指学步的样子，想到他在格拉夫顿的戏院楼座里走来走去，一直走到我弯着的腰背感到酸痛为止，然后我又回想起他青春年少、英姿勃发的样子。

我哥哥安东尼从小就一直是我最亲爱、最信任的良师益友。爱德华说他是最伟大的诗人和最出色的宫廷骑士，一点没错。假如不是我当年阻止，安东尼早就已经去耶路撒冷朝圣了。他们两个在去伦敦途中，在斯托尼-斯特拉特福德遇到了理查德，他们相谈甚欢，谈到我们里弗斯家族将与他们金雀花王朝共同建设英国，他们会将双方共同的继承人——我儿子扶上王位。安东尼并不傻，但他信任理查德——为什么不呢？他们是亲戚。他们曾经并肩作战，患难与共。他们曾一起流亡，一起凯旋。他们都是我儿子的长辈和保护人。

次日早晨，当安东尼下楼吃早餐时，他发现门已经被封死，自己的手下全都被勒令离开了。他发现理查德和白金汉公爵亨利·斯塔福德全副武装，他们的手下士兵铁着脸站在院子里。他们将他、我儿子理查德·格雷和托马斯·沃恩爵士带走，控以叛国罪，尽管他们三个对我儿子这一新任国王只有一片忠心。

早上，安东尼在狱中等待着死亡的来临，他在窗边侧耳聆听了片刻，以为自己不会听到什么声音，不会听到梅露西娜甜美、浑厚的歌声，结果他听到了类似钟声的声音，他笑了起来。他摇了摇头，想要摆脱这种声音,但它低回不去,这种神秘的声音让他颇为不敬地笑了起来。他一向不相信这位半人半鱼的女祖先的传说,但现在他听到她宣告自己死讯的歌声,心里略感宽慰。他站在窗边,将额头抵在冰冷的石头上,听着她那高亢、清亮的声音回荡在特佛雷特堡的城垛上,这阵歌声证实了他母亲和妹妹的天赋完全属实,而之前自己一直半信半疑。他希望自己能告诉妹妹,自己现在相信了。她们也许需要这样的天赋。她们也许能够用这些天赋自保。也许她们的天赋足以拯救整个里弗斯家族,他们将家族命名为里弗斯,就是为了纪念创立这一家族的水之女神。也许还能救下两个王子。如果梅露西娜能够为自己这个不相信她的人歌唱,那么也许她能引导那些肯听她劝诫的人。他笑了,因为高亢、清亮的歌声给他带来了希望:梅露西娜会照看他的妹妹和她的儿子,尤其是那个他照料、喜爱的孩子——英国的新国王爱德华。他笑了,因为她的声音与母亲的声音一模一样。

夜里,他没有祈祷,没有哭泣,而是在写作。在生命的最后时刻,他不是冒险家、骑士,甚至也不是兄长或舅父,而是一位诗人。有人把他写的诗拿来给我看了,我看得出,在临终前,他万念俱灰,看透了一切都是虚空。到了最后,他认识到:野心、权力,甚至是赔上不少亲人性命的王位,都没有任何意义。领悟到这一点之后,他在死前并没有满怀苦涩之情,而是笑着感慨人是何等愚蠢,自己是何等愚蠢。

他写道:

> 回首往昔
> 世事难料
> 发人深省
> 令人哀痛;
> 世情纷繁

白王后

812

变幻莫测
我却不变
焉能猜度?

身负苦难
心有不甘
若要补赎
殊无把握;
看!恍惚间,
变得真切
我跳起舞,
甘愿就死

委实觉得
自己理应
心满意足;
我已看清
时乖运蹇
全然违拗
我的意愿。

　　黎明时分,他做完了这最后一件事,然后格洛斯特公爵、新任护国公理查德命人将他带出去斩首。这位护国公本应确保我和所有孩子的安全,尤其应该确保我儿子、英国正统国王爱德华王子的安全和未来。

　　我是后来读到安东尼的诗作的,我尤其喜欢这一段:"时乖运蹇/全然违拗/我的意愿。"如今这个时节,命运对我们里弗斯家族十分苛刻,这一点他说得不错。

如今没有了他,我必须想办法活下去。

女儿伊丽莎白和我两个人之间发生了一些变化。我的这个姑娘、孩子、大女儿突然长大成人了。那个相信我知晓一切、掌管一切的孩子变成了一个失去了父亲、怀疑母亲的大姑娘。她认为我让大家住在避难所里是件错事。她把舅舅安东尼的死怪罪到我头上。她怪我——尽管她没有明说一句——没能救出她弟弟爱德华,还把她的小弟弟理查德未加保护地连夜乘船送走了。

她怀疑,我给理查德找了个安全的藏身之所,我们即将着手复仇。她知道我找了个假王子去陪伴爱德华,是因为我没有把握救出爱德华。她对我的儿子托马斯·格雷正在组织的起义不抱任何希望。她担心我们再也不会得救了。

自从那天早上,我们听到河里的歌声,自从那天下午,有人送来安东尼和理查德·格雷的死讯,她就再也不相信我的判断了。她没有再重复自己认准的事——我们都被诅咒了,但她眼里晦暗无光,面色苍白,我由此看出,她是在受女巫的折磨。上帝知道,我可没有诅咒她,我知道,没有人能对这样一个金枝玉叶的姑娘家做出这种事来,但这是真的:她看起来就像是有人在她身上打了一个黑暗的指印,把她挑了出来,让她背负艰苦的命运。

刘易斯医生又来了,我让他为伊丽莎白诊断了一番,告诉我她身体是否还好。她几乎停止了进食,脸色苍白。"她需要自由,"他简单明了地说,"作为医生和盟友,我告诉您,我心里有什么样的希望:我希望您的孩子,还有您本人,夫人,别在这儿待下去了。你们需要出去呼吸新鲜空气,享受夏日。她是个虚弱的姑娘,她需要运动和阳光,需要有人陪伴。她是个年轻女人,她需要跳舞和男子的殷勤陪伴。她需要规划未来,梦想着婚礼,而不是窝在这儿恐惧死亡。"

"我接到了国王的邀请。"我好不容易说出了"国王"这个头衔,仿佛理查德配得上这个头衔一般,仿佛他头上的王冠和胸前的圣油能抹去他的篡位者和叛徒身份似的。"国王盼我今年夏天能带姑娘们去乡间别墅居住。他说,会在那儿释放两位王子回到我身边。"

"您会去吗?"他把身子俯向前来,急切地等我回答。

"必须先释放我儿子。他保证要释放他,那就先把他释放了,否则我和女儿们的安全都没有保证。"

"请慎重,夫人,慎重。玛格丽特夫人担心他有心骗你,"他轻声说,"她说,白金汉公爵认为,他仍会扣留您的儿子……"他迟疑不决,有些不敢往下说。"会扣留到死为止。她说,白金汉公爵对此深感畏惧,他愿意为您把您的儿子营救出来,归还给您,只要在您重掌政权之后,愿意保障他的安全和财产。只要您能保证您掌权后,会对他友好相待、长期不变就行。玛格丽特夫人说,她会带他来与您和您的家人结盟。由你们三个家族——斯塔福德、里弗斯和兰开斯特家族对抗这位篡位的国王。"

我点点头。我一直在等这一天。"他想要什么好处?"我直言不讳地问。

"等他有了女儿,让她嫁给您的儿子——小爱德华国王,"他说,"在小国王成年之前,由他来做摄政王和护国公。王国的北部土地——就是理查德公爵的土地,交由他来掌管。如果您愿意让他成为像理查德公爵那样位高权重的大公爵,那么他就会背叛他的朋友,营救您的儿子。"

"她想要什么好处?"我问,就好像我猜不到似的,就好像我不知道,自从她儿子被流放,过去十二年来她天天想方设法,要把他平安弄回英国。他是她唯一的骨肉，她的家族、她丈夫头衔的唯一继承人。假如她不能让儿子归国继承家业，那么她毕生的成就将会化为泡影。

"她想达成以下协议：让她儿子继承她丈夫的头衔和她的土地，让她内兄加斯帕回到威尔士的自家领地。她想让他们两个都回英国，她还想让她的儿子亨利·都铎跟令爱伊丽莎白成亲，让您指定亨利·都铎为位次仅次于令郎的王位继承人。"他连忙说。我没有片刻的犹豫。我一直在等他们提出条件，这些条件与我预想的完全相符。这倒不是我未卜先知，而是与玛格丽特换位思考得出的正常结论：与英国第三有权势的人通婚，与第二有权势的人结盟，计划背叛最有权势的人。"我同意，"我说，"请转告白金汉公爵和玛格丽特夫人，我同意。请把我的条件转告他们：把我儿子尽快还给我。"

次日早晨，我哥哥莱昂内尔笑着来找我。"河边的大门那儿有人要见你，"他说，"是个渔夫。妹妹，你见他时可别声张。要记住，谨慎是女人最大的天赋。"

我点点头，赶忙朝门口走去。

莱昂内尔把一只手放在我的胳膊上，他这样做的时候，像一名兄长胜过像一名主教。"别像小姑娘似的大呼小叫。"他直截了当地说，然后松开了手。

我走出房门，走下石阶，走进石廊。这里光线阴暗，只有临河的大铁门上的栅栏透出几许光亮。一只小小的划艇在门口的河里颠簸摇晃着，一张小渔网堆放在船尾。一个身披肮脏斗篷、帽子压得很低的男人在门口等待着，但他的身高是无法遮掩的。由于事先收到了莱昂内尔的警告，我没有喊出声来，臭鱼的气味阻止了我扑进他怀里。我只是低声说："哥哥，我的哥哥,见到你,我由衷地感到高兴。"

他那厚厚的帽檐下面是一双黑色的眼睛,我看到了我哥哥理查德·伍德维尔的笑脸,他在脸上装了一把蹩脚的假胡须。"你没事吧?"我问,他的出现令我大为震惊。

"我再好不过。"他快活地说。

"你知道咱们的哥哥安东尼,"我问,"还有我的儿子理查德·格雷死了吗?"

他点点头,神色一下子变得凝重起来。"我今天早晨听说了。我之所以今天来这儿,这也是部分原因。我很抱歉,伊丽莎白,你失去了他们,我很遗憾。"

"现在你变成里弗斯伯爵了,"我说,"第三位里弗斯伯爵。你成了一家之长。咱们家的家长更迭似乎有点太快了。请你务必多坚持一段时间。"

"我会尽力的,"他保证道,"上帝知道,我是从两个好人那里继承到这个头衔的。我希望多坚持一段时间,但我不知道我能否做得到。不管怎么说,咱们就要起兵了。听我说,理查德以为自己坐定了王位,他正准备巡游全国。"

我好不容易才忍住,没有朝水里啐上一口。"我怀疑他的马队拉着他,都不好意思走出去。"

"他带着卫兵一出伦敦,咱们就突袭伦敦塔,把爱德华救出来。白金汉公爵跟咱们一条心,我相信他。不过他必须陪理查德国王一起出行,另外国王也会硬逼着斯坦利跟他一起走——他对斯坦利还是心存怀疑,不过玛格丽特夫人留在伦敦,她会指挥斯坦利的部下和自己的姻亲与咱们一起行动。她已经把自己的人安排到塔里去了。"

"咱们的士兵数量是否充足?"

"有接近一百人。新任国王任命罗伯特·布拉肯伯里爵士为伦敦塔的总管。布拉肯伯里一定会善待孩子，绝不会加害他们——他是个好人。我已经安排了新的仆役到王家套房服务，当我说出口令，他们就会为我开门。"

"然后呢？"

"我们安排你和姑娘们平安前往佛兰德斯。你的儿子理查德和爱德华可以陪你一起走，"他说，"带走理查德王子的人是否传回了音讯？他正在安全地躲藏着吗？"

"还没有呢，"我担心地说，"每天我都在等消息。到现在，我应该收到他平安无事的回信了。我每时每刻都在为他祈祷。我现在应该收到回音了。"

"有可能是信件寄丢了，这说明不了什么。如果真的出了什么问题，他们肯定会送信来的。你这样想就好了：你可以在去玛格丽特的王宫途中，到理查德藏身的地方带上他。一旦你们母子平安团聚，我们就起兵。白金汉将会宣布为我们而战。玛格丽特·博福特夫人保证，斯坦利男爵和他的整个家族都会支援我们。据白金汉公爵说，理查德手下的一半贵族都做好了叛变的准备。玛格丽特夫人的儿子亨利·都铎将会在布列塔尼招兵买马，攻入威尔士。"

"什么时候？"我轻声问。

他看了看身后。河上船来船往，小商船和大船来回穿梭，繁忙一如往常。"理查德公爵……"他顿住话头，朝我咧嘴一笑，"抱歉，应该说'理查德国王'，将会在七月底外出巡游。我们将会立即营救爱德华，给你和他留出足够的逃亡时间，就按两天算吧，然后，在国王鞭长莫及之际，我们就起兵。"

"咱们的兄弟爱德华呢？"

"爱德华正在德文和康沃尔招兵买马。你的儿子托马斯正在肯特郡活动。白金汉会从多塞特和汉普郡带来士兵，斯坦利会与姻亲一起从中部地区起兵，玛格丽特·博福特母子会在威尔士以都铎家族的名义起兵。你丈夫的部属们已经下定决心，要把他的儿子救出来。"

我咬着手指，考虑着我丈夫以前考虑的问题：士兵、武器、钱财，以及英国南部的援军范围。"如果我们能赶在理查德从北方带兵南下之前动手，那么士兵的数量足够了，我们能战胜他。"

他冲我咧嘴一笑，这是里弗斯家族特有的那种鲁莽的笑容。"数量足够了，咱们已经做足了准备，胜券在握了，"他说，"是他从咱们家的孩子手中抢走了王位，咱们没什么好怕的，毕竟最糟的事已经发生了。"

"最糟的事已经发生了，"我重复道，一阵战栗滑过我的脊背，我把它归咎于哥哥安东尼、我儿子理查德·格雷两人的死所带来的痛苦，"最糟的事已经发生了。没有什么事会比我们失去亲人更糟。"

理查德把他脏乎乎的手放在我的手上。"做好随时出发的准备，我一送来消息，你就动身，"他说，"一旦我平安救出爱德华王子，我就告诉你。"

"我会的。"

1483年7月

　　我穿着出行时穿的斗篷，戴上了手头的珠宝，在窗边等待着。姑娘们都在我身边，已做好了动身的准备。我们一言不发，已经默默等待了一个多小时。我们急切地想要听到点什么动静，但耳边响起的只有河水拍岸的声音，还有街上偶尔传来的音乐和笑声。我身边的伊丽莎白犹如紧绷的琴弦，她因为焦急不安，脸色苍白。

　　突然传来一阵嘈杂声，我哥哥莱昂内尔跑进避难所，猛地关上门，别上了门闩。

　　"我们失败了，"他上气不接下气地说，"咱们的兄弟都没事，你儿子也没事。他们沿着河岸逃走了，理查德逃到了迈诺瑞斯，但我们没能攻下白塔。"

　　"你看到我儿子了吗？"我问。

　　他摇了摇头。"敌人把两个孩子关在里面。我听到敌人在发号施令。我们挨得很近，我听到他们隔着门喊'把孩子们带到里面去，带到更安全的房间去'。亲爱的上帝啊，妹妹，原谅我吧。我和他们只有一门之隔，但我们没能破门而入。"

　　我双膝一软，坐倒在地，把首饰盒掉在了地上。伊丽莎白脸色苍白。她转过身去，开始一一脱下姑娘们的斗篷，把它们折起来，仿佛别把斗篷弄皱是最重要不过的事情似的。

"我的儿子,"我说,"我的儿子。"

"我们进了河边的大门,在敌人看到我们之前,穿过了第一道栅栏门。我们正要走上台阶,有人拉响了警报,尽管我们跑上了白塔的台阶,但他们关上了白塔的大门。我们就差了几秒钟。托马斯正要朝大门开火,我们正要去把门撞开,这时我听到里面落下了门闩,警卫室里的卫兵倾巢而出。理查德和我转身与他们作战,不让他们接近,与此同时,托马斯和斯坦利家的士兵试图破门而入,或者把门从门轴上抬起来,不过你知道,那扇门太牢固了。"

"斯坦利家的人像他们许诺的那样,出兵了吗?"

"他们去了,白金汉的人也去了。当然,都没穿家族的制服,但他们都戴了一朵白玫瑰。重新看到白玫瑰,感觉很奇怪。要靠作战进入一个我们赢得的地方,感觉也很怪。我朝爱德华喊话,要他鼓起勇气,我们还会来救他,不会丢下他不管。我不知道他有没有听到。我不知道。"

"你受伤了。"我说,我突然注意到,他前额上有一道伤口。

他抹了一把,仿佛血只是灰尘一般。"这不算什么,伊丽莎白,我宁愿已经战死了,也不愿没把他带回来。"

"别说死的事,"我低声说,"但愿他今晚平安无事,没有受到惊吓。但愿他们只是把他带到塔里更安全的房间去,不会把他带到别处。"

"也许只要再过一个月就行,"他对我说,"理查德让我提醒你这一点。你的盟友正在武装起来,理查德国王骑马北上,身边只带了兵员寥寥的王家护卫队。白金汉和斯坦利都在其中,他们会劝他不要回来。他们会鼓励他继续前往约克郡。加斯帕·都铎会把部队从布列塔尼带出来。我们的下一战就要来到了。等到篡位者理查德一死,咱们就能拿到白塔的钥匙了。"

伊丽莎白站直了身子,她妹妹的斗篷整齐地搭在她的胳膊上。"母亲,您信任所有的这些新盟友吗?"她冷冷地问,"所有的这些新盟友突然都依附到您的身边,却仍然没能取胜?几星期前,他们还在理查德公爵的加冕礼上大吃大喝,如今他们全都准备冒着生命危险,让爱德华重新赢得王位吗?我听说,玛格丽特夫人在一边支持新王后安妮,一边支持您。新王后曾亲吻了她的双颊,她在加冕礼上可出了不少风头。现在她会为了我们出兵、变成我们的亲信?白金汉公爵做您的受监护人时,您让他娶了我的凯瑟琳姨妈,他对您满怀愤恨,如今他仍然怀恨在心。他们真的是您的盟友吗?还是说他们是新国王的忠仆,设下圈套诓骗您?因为他们都在耍两面派,而且现在他们正在与国王同行,在牛津大摆筵席。他们可没有去白塔那里冒险营救我弟弟。"

我也冷冷地回望着她。"我不能对盟友多做挑剔,"我说,"为了救儿子,就算得和魔鬼做同伙,我也愿意。"

她露出一丝苦笑。"也许您已经这么做了。"

1483年8月

夏季，天气变得酷热，莱昂内尔溜出避难所，离开了伦敦，加入了我们的兄弟和盟友的行列，他们发起叛乱，即将战胜理查德。他离开之后，我备感孤独。伊丽莎白少言寡语，神情冷漠，我的恐惧之情无人倾听。在下游，我儿子仍然被囚禁在塔里，杰玛告诉我们，再也没有人看到过他或是那个充当替身的孩子在白塔的花园里玩耍。部队之前一直在绿地上训练弓箭手，但如今靶场上再也看不到他们的踪影了。由于我们之前企图营救他们，看管他们的卫兵不再放他们出来了。城里酷热难当，他们待在小黑屋里，我开始担心，也许会有暴发瘟疫的危险。

八月底的一天，河里有个船夫喊了一声，我用力推开窗子，向外望去。有时船夫会送礼物给我，常常是一篓鱼，但这个人手里拿着一个球。他看到我在窗口，问我："您能接住吗，夫人？"

我笑了。"是的，我能接住。"我说。

"那就接住这个。"他说着，把一只白球朝我扔了过来。它飞进窗户，飞到我的头顶上，我双手接住了它。因为又玩起了丢球接球的游戏，我笑了一会儿。接着我看出，这是一个用白纸揉成的纸团，我回到窗前，但那人已经走了。

我把纸团伸开、摊平，当我认出，这些圆圆的幼稚字体出自我的小儿子理查德之手,我把手放在心窝上,然后又掩住了口,不让自己喊出声来。

亲爱的母亲:

　　向您致以问候和祝福。(他起笔很谨慎。)我没法经常给您写信,也不能告诉您我安身之处的具体位置,以防这封信被人偷走。我只能说,我平安抵达了,这里挺不错的。他们都是好人,我已经学会划船了,他们说我挺灵巧的。再过一小段时间,我就要去上学了,因为我想学的东西他们教不了,不过我夏天会回来钓鳗鱼的,只要看习惯了,就会觉得鳗鱼也蛮好看的,除非夏天我又要回您身边去。

　　请转告姐姐们,我爱她们,请转告我哥哥、国王,我爱他,会忠于他,还有,我尊敬您,爱您。

您的儿子约克公爵理查德上

　　尽管现在人家叫我彼得,我也一直记着,别人叫我彼得的时候要答应,但这户人家的女人待我不错,她管我叫她的小波金,我也不介意。

　　我泪眼汪汪地读着这些话,然后擦干眼睛,又读了一遍。他说别人夸他灵巧,我笑了,想到别人叫他波金,我深吸了一口气,不让自己哭出来。他年纪那么小就离开了我,我真想哭,但他平安无事,我应该感到高兴:他是唯一一个不会因为自己的出身而在这个国家的战争中遭遇危险的孩子,如今战争又要打响了。这个被别人叫做彼得的孩子会安安静静地上学,学习语言、音乐,等待着时机。如果我们胜利了,他会作为王子归来;如果我们失败了,他会成为敌人并不知晓的秘密武器——躲藏起来的孩子、等待时机的王子、野心勃勃的敌人的对手、我复仇的指望。不管今后是谁接掌王位，他都会像幽灵一样缠住他。

"愿圣母玛利亚保佑他，"我低声说，我双手捧头，双眼紧闭，不让泪水流出来，"梅露西娜，请保卫我们的孩子。"

1483年9月

  每天,我都会接到我们这边的人武装备战的消息,不光是我的兄弟活跃其间的郡县,全国的人都在积极响应。随着理查德篡夺王位的消息逐步散播开来,越来越多的普通人、小地主和市场商贩,还有地位比他们优越的人——行会首领、小领主、位高权重的人,他们自问:弟弟怎么能从已故兄长的儿子手中夺取王位呢?谁能忍气吞声地听任这样的事情发生而不提出异议呢?如果一个男人毕生都为壮大自己的家族而努力,到头来取得的成果却被自己矮小差劲的弟弟所享有,他如何能够瞑目呢?

  我和爱德华曾去过许多地方,那儿的人民还记得,爱德华是个英俊的男人,我是他美貌的妻子,他们还记得漂亮的公主和活泼健壮的小王子。他们说我们是可贵的家族,给英国带来了和平,还带来了数量足够多的王位继承人,他们说,不让我们的儿子坐上王位,不让我们处在应有的地位上,是一起暴行。

  我给儿子、小爱德华国王写信,让他鼓起勇气,但我的信原封未动地退了回来。封缄没有破坏,信没有拆开过,甚至都没有人再盯我的梢了。他们似乎根本不承认小爱德华在塔里的王家套房里。我急切地等着战争爆发,好把他解救出来,希望我们能够提前开战,不必等待理查德虚荣的游行队伍北上,穿过牛津郡、格洛斯特郡、庞蒂弗拉克特和约克。在约克郡,他给他那个消瘦的、病恹恹的儿子举行了加冕礼,将他加冕为威尔士王子。他把我的爱德华的头衔授予了他的儿子,就像我的儿子已经死了一般。这天,我整日跪地祈祷,请上帝为我遭到的这一侮辱报仇。这会不会不只是一种侮辱?我不敢往下想。我不敢这样想:也许这个头衔是真的空了出来,我儿子已经死了。

晚上,伊丽莎白来找我,她搀着我站了起来。"你知道你叔叔今天做了什么事吗?"我问她。

她把脸别了过去。"我知道,"她平静地说,"市镇传报员在广场上到处喊,我在门口都能听到。"

"你没有开门吧?"我不安地问。

她叹了口气。"我没有开门。我从不开门。"

"理查德公爵窃取了你父亲的王位,现在他又把你弟弟的头衔给了自己的儿子。为了这件事,他非死不可。"我预言道。

"你觉得死的人还不够多吗?"

我拉着她的手,让她转过身来,正对着我。"咱们说的是英国王位——你弟弟生来就有的权利。"

"咱们说的是自家人的性命,"她无动于衷地说,"您还有女儿呢,您知道吗?您有没有考虑过我们生来就有的权利?整个夏天我们都窝在这里,就像老鼠一样,而您整天都在祈祷,希望能报仇雪恨。您最宝贵的儿子要么还在被关押着,要么已经死了——您甚至都无法确定。您把另一个儿子送到了不为人知的地方。我们甚至都不知道他在哪儿,是死是活。您渴望得到王位,但您甚至都不知道,这个王位您还有没有儿子可坐。"

我剧烈地喘息着,向后退了一步。"伊丽莎白!"

"我希望您传话给叔叔,告诉他您接受他的统治。"她冷冷地说,我握着她的手,感觉她的手就像寒冰一样,"希望您告诉他,咱们已经准备好达成协定了——就是说，他提什么条件都行。我希望您能说服他，让他放了我们，让咱们住在格拉夫顿，过老百姓的平常日子，远离伦敦，远离阴谋、叛国罪和死亡威胁。如果您现在投降，我们也许还能让弟弟们回家。"

"这样一来，我就从哪儿来，又回哪儿去了！"我喊道。

"您在格拉夫顿和您的父亲母亲，还有与您生下理查德和托马斯的丈夫一起生活，过得不快乐吗？"她飞快地问，她问得那样突然，我没来得及仔细思考该如何作答。

"快乐，"我没有防备地说，"是的，那时我觉得快乐。"

"我想要的就是这个，"她说，"我希望妹妹们也能过得快乐。但您坚持要让我们继承您的不幸。我希望继承您当王后之前的快乐。我不想要王位，我想嫁给我爱的人，自由自在地爱他。"

我望着她。"你这样，就等于是否定了你的父亲，否定了我，否定了把你造就成金雀花王朝约克公主的一切。如果你不求上进，不抓住机遇，你会变得跟女仆杰玛没有什么两样。"

她平静地回望着我。"我宁愿变得像女仆杰玛一样，也不愿变得像您一样。"她说，她的声音里充满了年轻姑娘刺耳的不屑，"晚上杰玛可以回自己家的床上睡觉。杰玛可以拒绝干活。杰玛可以逃走，另找一个主人，给他效力。但您被拴在了英国的王位上，把我们也变成了奴隶。"

我把手抽了出来。"你不准像这样跟我说话。"我对她冷冷地说。

"我说的是真心话。"她说。

"那就闭上嘴，只在心里想好了。我可不想连自己的女儿都对自己不忠诚。"

"咱们可不是战时的部队！别跟我说什么不忠诚！您想怎么样？判我犯下叛国罪，将我斩首？"

"咱们就是战时的部队，"我言简意赅地说，"我可不允许你背叛我，另搞一套。"

我说得一点不错，因为我们就是一支开始行军的部队，那天夜里，我们迈出了第一步。肯特郡率先起义，萨赛克斯郡也响应号召，一道起兵。但诺福克公爵仍然对理查德忠心耿耿，他从伦敦带兵南下，拦截我方部队，致使他们无法与西面的战友会合。诺福克公爵把吉尔福德的唯一一条路给封锁了。有一个人穿过了伦敦，雇了一条船，借着雾气和落雨的掩护，来到避难所的河边大门前。

"约翰爵士。"我隔着栅栏门打了个招呼。由于铁门蹭在潮湿的石墙上，会发出尖厉的声音，我不敢把门打开，再说，我也不了解他，我信不过任何人。

"我是来表达我的同情的，夫人，"他笨拙地说，"想知道——我兄弟和我想知道——您是不是还想让我们支持亨利·都铎。"

"什么？"我问，"你说这话是什么意思？"

"我们每天都为王子祈祷，还给他点起了蜡烛，当我们听说，一切都已经太晚的时候，我们赖盖特镇的所有人都为他感到难过。我们……"

"等等，"我赶忙说，"等等，你想说什么？"

他的大脸盘一下子充满了惊骇的神色。"哦，愿上帝宽恕我，您可别说您还不知道，我就像个傻子一样，把坏消息告诉了您。"

他用手扭绞着帽子，帽子上的羽毛浸到了台阶上的河水里。"哦，高贵的夫人，我是个傻瓜。我应该先落实清楚……"他不安地望着我身后的漆黑走廊。"叫侍女来吧，"他说，"您可别昏过去。"

尽管我感到天旋地转，但我牢牢抓住了栅栏。"我不会的，"我口干舌燥地保证说，"我不会昏过去的。你说，爱德华国王被处决了？"

他摇了摇头。"我只知道他死了。愿上帝保佑您的甜美容颜，原谅我给您带来了如此噩耗。如今我们只想知道，您有什么打算。"

"没有公开执行死刑吗?"

他摇了摇头。"没有公开。可怜的孩子们。我们什么也不能确定。我们只是听说,王子们遇害了,愿上帝保佑他们。叛军将会继续攻击理查德国王,他仍然只是一个篡位的君王,不过我们会把亨利·都铎作为下一位继承人扶上王位,这是对国家最有利的安排。"

我笑了,爆发出嘶哑、不快的笑声。"玛格丽特·博福特的孩子?而不是我的孩子?"

他环顾四周寻求援助,我的狂笑吓着了他。"我们原先并不知道。我们发誓要解救出王子来的。我们全都为了您而集合到了一起,夫人。所以现在我们不知该如何是好,现在您的王子已经不在了。托马斯·霍华德的士兵拦住了去路,我们没法前往您兄弟的营地,没法去问他。我们觉得,最好的办法就是我悄悄溜到伦敦来问您。"

"谁告诉你他们死了?"

他想了想。"是白金汉公爵的一名手下说的。他给我们送来了一些金子,还给手无寸铁的士兵送来了武器。他说,我们可以相信他的主人,因为伪王理查德杀害王子,他已经与伪王反目成仇了。他说,公爵之前一直是理查德国王的忠实仆人,以为他会保护王子们,但当他发现伪王害死了王子们,他大为震惊,改换了阵营。他说,公爵知道伪王做过什么,说过什么,但他没能阻止他杀人,"他再次小心地看了看我,"愿上帝保佑您。您不用找侍女来吗?"

"所有这些都是公爵的人告诉你们的?"

"他是个好人,全都是他说的。他还付钱,让士兵们为白金汉公爵干一杯。他说,伪王理查德在出行前,下令将他们秘密处死,当他将此事告知公爵时,王子已经被处死了。公爵发誓,他受够了这个杀人犯的统治,不会再服从理查德国王了,我们都应该起兵反抗这个杀害王子的人。公爵本人会成为比理查德更贤明的国王，他有权要求得到王位。"

如果我儿子死了，我一定会知道的，不是吗？我哥哥死去时，我听到了河里的歌声。如果我儿子、家族的继承人、英国王位的继承人死了，我一定会知道的，不是吗？我儿子遇害的地方离我不到三英里，我怎么可能不知道呢？所以我不相信他死了。除非他们把血迹斑斑的尸体拿给我看，我才会相信。他没有死。我不相信他死了。除非我看到他的尸体盛在棺材里，否则我是不会相信的。

"听我说，"我靠近栅栏，言辞恳切地对他说，"你回肯特郡去，告诉你的伙伴，他们要为王子起兵，因为我儿子都还活着。公爵搞错了，国王没有杀死他们。我知道这一点，因为我是他们的母亲。告诉他们，就算爱德华已经死了，他弟弟理查德也还平安无事地活着，躲藏在别的地方。他在安全地潜伏着，还会回来收复王位。你回肯特郡等候消息去吧，等到有人召集你们起兵出征的时候，你们就满怀自豪地出发吧，因为你们要推翻伪王理查德，解救我和我的儿子。"

"那公爵呢？"他问，"还有亨利·都铎呢？"

我不屑地挥挥手，不去想他们。"我确信他们是我们的忠诚盟友，"我用深信不疑的口吻说，但我心里已经不那么确信了，"你对我忠诚，约翰爵士，我会记住你和每一个为我们母子而战的人，等我重掌政权，我会报答你们的。"

他鞠了一躬，俯身倒退着走下楼梯，小心地登上摇晃的小船，他的身影在河上黑沉沉的雾气中变得模糊不清了。我等到他身影消失，桨声变弱后，低头望着黑沉沉的河水。"公爵，"我对着河水喃喃低语，"白金汉公爵到处宣扬，说我儿子死了。之前他还发誓要营救他们，还给叛军送黄金和武器，如今他为什么要这么做？为什么他要在召集叛军的时候，告诉他们王子死了？"

我跟女儿们，还有留在避难所里的几个仆人一起吃了晚饭，但我没心思听七岁的安妮认真地朗读《圣经》，也没有心思和伊丽莎白一起，向仆人打听他们刚刚听到的消息。我像四岁的凯瑟琳一样没法集中注意力。我脑子里没有别的，尽是这个问题：*为什么会传出我儿子死了这样的谣言？*

我打发姑娘们早早上床睡了，我没心思听她们玩牌或唱歌。我整夜在自己屋里徘徊不已，从门边走到河畔的窗口，再折回来。既然我儿子活着时，理查德已经得到了想要的一切，他干吗还要杀死他们？他已经说服枢密院，把他们贬低为私生子，他已经让议会通过一项法案，否定了我的婚姻效力。他自命为下一位王位继承人，由大主教本人亲自给他进行了加冕。他那个病恹恹的妻子安妮被加冕为英国王后，他们的儿子被授予威尔士王子的封号。所有这些事情都是在我躲在避难所里、我儿子被关在牢里时完成的。理查德已经赢了，他为什么还要加害我们？事到如今，他为什么还要加害我们？现在人人都知道王子在他的掌控之下，他若是犯下了罪行，如何能逃过千夫所指？人人都知道，他违背我的意愿带走了理查德，这件事再公开不过了，大主教本人曾发誓，说绝不会有人加害理查德王子。

独自骑马离开，把要做的事情交给别人来做，这不像是理查德的作风。当他们兄弟三个决定杀死亨利国王时，他们三人在门外会合，一起进了屋，尽管他们脸色阴沉，但他们意志坚定。约克家的王子们就是这样：他们不惮于犯下恶行，但他们不会假别人之手，他们会直接动手。理查德绝不会冒险请别人杀死两个无辜的王子，贿赂卫兵，藏匿尸体。我曾见过他是怎样杀人的：直截了当，不加警告，公然进行，毫无愧疚。他曾在一堆建筑木料上将威廉·黑斯廷斯爵士斩首，假如他想用枕头闷死一个孩子，那他连眼睛都不会眨一下。如果需要动手的话，我发誓，他一定会亲自动手。至少，他会亲自下令，并且在一旁监督。

我思前想后，努力说服自己：是赖盖特的约翰爵士弄错了，我儿子爱德华还活着。但我一次又一次地转到窗前，俯视着夜色中雾气笼罩的河水，怀疑是不是我弄错了，把所有的事情都弄错了，甚至信错了梅露西娜。也许理查德当真找到了愿意杀死王子的人选，也许我已经失去了天赋的直觉，只是自己还不知道而已。也许，我对形势根本就不了解。

到了天蒙蒙亮的时候，我再也无法独自煎熬下去了，我派一名信差去请刘易斯大夫来。我让人喊醒他，让他起床，说因为我病得厉害。等到卫兵放他进来的时候，我的谎言竟然成了真，因为精神苦恼，我竟然真的发起烧来。

"夫人，您有何吩咐？"他小心翼翼地问。

烛光下，我一脸憔悴，我的头发编得笨手笨脚的，我的裙袍皱皱巴巴的。"既然咱们没有办法把我的儿子爱德华救出来，你一定要让你的手下、信得过的人到塔里去，保卫他，"我直言不讳地说，"玛格丽特夫人必须动用她的影响力，必须动用她丈夫的名号，保护好我的儿子。他们处境堪忧，他们的处境很危险。"

"您有新消息了？"

"有谣言说，我儿子死了。"我说。

他并不惊讶。"上天不容，夫人，不过我担心，这不止是谣言。白金汉公爵之前曾警告过我们，他说，伪王为了夺取王位会把侄子害死。"

我稍稍瑟缩了一下，就好像我伸出手来，正要摸一个地方，结果看到那儿有条蛇正在晒太阳。

"没错，"我说，我突然警觉起来，"我也是这样听说的，放出风来的也是白金汉公爵的手下。"

他给自己画了个十字。"愿上帝宽恕我们。"

"但我希望,他还没有下这样的毒手,我希望能阻止它。"

他点点头。"唉,我就怕咱们亡羊补牢为时已晚,他们已经死了。夫人,我很为您难过。"

"谢谢你的同情。"我平静地说。我的太阳穴在一鼓一鼓地作痛,我没法思考。感觉就好像我正在看着那条蛇,它也在回望着我。

"上帝保佑,但愿这次起义能够推翻下此毒手的叔父。咱们要对付这位心狠手辣、杀死孩子的人,上帝会站在咱们这边的。"

"只要这件事真的是理查德做的。"

他突然看着我,仿佛我说的这句话让他吃了一惊,尽管王子已经遇害这一想法他还能承受得住。"还有谁能做得出这样的事?还有谁会从中获益?是谁杀死了威廉·黑斯廷斯爵士、您的哥哥和另一个儿子的?是谁害死了您的亲人,谁是您的死对头,夫人?您还能怀疑谁呢!"

我感到自己在发抖,泪水涌了出来,弄疼了我的眼睛。"我不知道,"我犹疑不定地说,"我唯一能肯定的是,我儿子没死。如果他被人害死了,作为母亲,我是会知道的。你问问玛格丽特夫人就知道了:如果她的亨利死了,她会知道。身为母亲,总能感觉到的。不管怎么说,至少我的理查德还平安无事。"

他上钩了,我看到了他的反应——我看到他那水汪汪的眼睛里闪过一丝窥探的神色。"哦,是吗?"他问道,引我开口。

我已经说得够多的了。"愿上帝保佑他们两个都平安无事,"我改口说,"不过你告诉我,为什么你如此确定他们已经死了?"

他把手轻轻放在我的手上。"我不愿让您悲伤难过。但自从伪王离开伦敦,就再也没有人看到过他们,公爵和玛格丽特夫人都相信,伪王在动身之前就已经害死了他们。我们没有办法救他们。当我们向塔发动攻击时,他们已经死了。"

我把手从他那安慰的抓握中抽了出来,放在我那作痛的前额上。我真希望自己能头脑清晰地进行思考。我记得莱昂内尔告诉我说,他听到仆人们喊道,把孩子们带到塔更里面的房间去。我记得他告诉我,他与爱德华仅有一门之隔。但刘易斯医生干吗要骗我呢?

"如果公爵不声不响,对我们的事岂不是更有利?"我问,"我的盟友和家人正在招募士兵营救王子,但公爵告诉他们说,王子已经死了。如果王子已经死了,我的人干吗还要起兵呢?"

"他们现在知道,跟日后知道,没有什么分别。"他圆滑地说,这一回答未免太圆滑了些。

"为什么?"我问,"在战争打响之前,他们为什么应该知道?"

"这样一来,人人都会知道,是伪王下令这样做的,"他说,"这样一来理查德公爵就背上了罪名,您的人会起兵复仇。"

我无法思考,我想不通这一点有什么可要紧的。我能感觉出,这番话里有不实之处,但我无法把它确切地指明。我知道,有某个环节出了问题。

"但谁会怀疑是理查德国王害死了他们? 就像你说的,是他害死了我的亲人。我们为什么要在这时宣扬我们担心的事情,把我们的人搞糊涂呢?"

"没有人会怀疑的,"他向我保证,"这样的事除了理查德,别人决计做不出来。别人不会从这桩罪行中得到好处。"

我忽然觉得很不耐烦,一下子站了起来,敲打着桌子,碰翻了烛台。

"我不明白!"

他一把抓住烛台,烛火摇晃着,在他那友善的面庞上洒下了可怕的阴影。有那么一刻,他又变成了我最初见到他时的那副样子,那时塞西莉告诉我,死神来到了门外。我感到恐惧,呼吸粗重起来,往后退得离他远了一些,他把烛台小心翼翼地放回桌上,然后站定了,因为我,未亡人王后,此刻也正站着。

"你走吧,"我语无伦次地说,"原谅我,我太痛苦了,心里不知该怎样才好。你走吧。"

"我给您一剂帮您安睡的药好吗?您感到难过,我很遗憾。"

"不用,我能睡得着。谢谢你的陪伴,"我吸了一口气,把头发从脸上拨到后面,"你用智慧让我的心平静了下来。我现在已经心绪平和了。"

他露出迷惑不解的神情。"可我什么都还没说呀。"

我摇摇头。我迫不及待地想让他离开。"你分担了我的忧愁,已经是朋友的善举了。"

"我今天上午要做的头一件事,就是去见玛格丽特夫人,把您担心的事情转告她。我会请她在塔里安插人手,打探令郎的消息。如果他们还活着,我们会找到他们,保护好他们。我们会确保他们平安无事。"

"至少理查德王子还平安无事。"我一不留神把话说了出来。

"他比他哥哥更安全吗?"

我露出了心怀秘密的女人特有的微笑。"大夫,如果你有两件稀世珍宝,担心贼人偷取,你会把这两件珍宝都放在同一个盒子里吗?"

"理查德不在塔里?"他声若细丝,双眼大睁,颇为激动。

我把手指放在唇上。"嘘。"

"但当初是两个孩子死在床上……"

是吗?哦,是吗?你为什么这样肯定?我冷着脸,没有露出半分表情,他向我鞠了一躬,转身朝门口走去。

"请转告玛格丽特夫人,我恳求她像保护自己的亲生儿子那样,保护我那关在塔里的儿子。"我说。

他又鞠了一躬,离开了。

白王后

孩子们睡醒后,我告诉她们我病了,要在自己屋里待着。我在门口拦着伊丽莎白,不让她进屋,我对她说我要睡觉。我才不需要睡觉呢,我需要的是弄清事情的究竟。我捧着头在屋里走来走去,绞尽脑汁冥思苦想,我脚上没有穿鞋,这样她们就听不到我的脚步声了。我只能孤身一人,与这些阴谋家周旋。白金汉公爵和玛格丽特夫人是一伙儿的,或者说,他们两个只为自己着想。他们是假装为我效劳,充当盟友,又或者,他们当真是忠诚的,我不相信他们,是错怪了他们。我的思绪千回百转,我揪扯着两鬓的头发,仿佛疼痛有助于思考似的。

我曾诅咒过暴君理查德,但眼下还不急于要他的命。他关押了我的儿子,但到处散播谣言,说他们已经死了的人并不是他。他是违背了他们的意愿,违背了我的意愿,把他们关押了起来,但他并没打算要杀死他们。他已经通过谎言和欺骗取得了王位和威尔士王子的头衔。他要自立为王,没有必要杀死他们。在没有杀害我儿子的情况下,他已经得到了胜利。他手上没有沾血,就已经得偿所愿了,所以如今他没有必要再加害爱德华。理查德安安稳稳地坐在王位上,枢密院已经认可了他,贵族们接纳了他,他在国内巡游,国人欢呼着迎接他。是有一股叛军正在我的策划下集结,但他以为霍华德已经平定了叛乱。至少他认为自己是安全的。他只需要把我的儿子一直关押着,关到我认输为止,伊丽莎白就规劝我这样做。

但白金汉公爵有权在理查德之后继承王位——但前提必须是我的两个儿子全都死了。只要我的儿子没死,他主张王位的要求就是徒劳的。如果理查德病怏怏的儿子死了,理查德又在战争中落败,白金汉就会造反成功,他就可以坐上王位。没有人会否认,他是下一位次的继承人——尤其是在所有人都知道我儿子已经死了的情况下。之后白金汉会像我的爱德华一样,提出王位应当由自己来继承,但在塔里还有一位旗鼓相当的对手。当我的爱德华率领得胜的部队进入伦敦后,他马上跟两个兄弟一起进了伦敦塔,真命天子被关押在里面,尽管亨利的力量比起天真的孩子大不了多少,他们还是杀死了他。等白金汉公爵打败理查德,他也会开赴伦敦,进入塔里,声称要查明我儿子的真实情况。最后会有一段停顿,长得足以让人们回想起王子已死的谣言,开始感到恐惧,这时白金汉会一脸悲痛地走出来,说他发现我的儿子已经死了,埋在铺好的大理石下面,或者藏尸于碗柜之中,杀害他们的人是他们那邪恶的叔父理查德。这才是他散布谣言的真实企图。到那时他会说,既然王子已经死了,王位将由他来继承,没有任何一个活着的人能反对他。

白金汉是英国的军事统帅。现在他手里就掌握着塔的钥匙。

我咬着手指,在窗前站定。有关白金汉的事,先想到这里。现在我再想想我的挚友玛格丽特·斯坦利夫人和她的儿子亨利·都铎吧。他们是兰开斯特家族的继承人,她也许以为,这是英国重新转向兰开斯特家族的大好时机。她必须和白金汉、我的追随者结盟;单凭那个都铎孩子带来的外国军队,尚不足以打败理查德。他过的一直是流亡的生活,这是他重返英国、当上国王的大好时机。如果不是贪图王位,她才不会蠢到去背叛理查德呢。她的新丈夫是理查德的重臣,他们在新的宫廷里地位颇佳。她已经与理查德商量过宽恕她儿子,让他平安回国的事宜。理查德已经准许她把土地交给儿子继承。她干吗要让这些都陷入岌岌可危的境地,只为了让自己高兴,对我施恩?怎么可能?她干吗要冒这么大的风险?她这样做,其实是为她自己的儿子谋求王位,这样的可能性不是更高吗?她和白金汉两个人都准备让国人知道,我的两个儿子都已经命丧理查德之手。

亨利·都铎的心肠是不是够硬,足以让他宣称自己要营救王子,结果却进塔将王子扼死,再出来宣布他为之奋战的王子已死的噩耗?他会不会与同盟兼好友白金汉一起分割国土呢，由他分得威尔士的封地，白金汉分得北方？或者，如果白金汉战死，亨利岂不就成了独一无二的王位继承人？他母亲会不会派自己的仆人到塔里去，不是去救我儿子，而是趁他熟睡时把他闷死？她这样虔信圣洁的女人能不能下得了这样的毒手？为了她自己的儿子，她会不会不顾一切，甚至连谋害我儿子的事情也做得出？我不知道。我想不出。我唯一能确定的就是，甚至就在他们为王子而出战的途中，白金汉公爵和玛格丽特也在散布谣言，他们相信王子已经死了，他们的盟友失口说，两个孩子被杀死在床上。唯一一个没有让世人为他们哀悼的人，唯一一个没有从他们的死亡中获益的人，就是我的死对头：格洛斯特的理查德。

我用一早晨的时间估量自己的危险程度，甚至到了晚餐时间，我也什么都无法确定。我儿子今后是死是活，也许要看我认为谁是友，谁是敌，但直到现在，我还是不能确定。我给出的暗示——至少我儿子理查德还平安无事，不在塔里——应该能让任何一个杀人凶手停下想想，我希望我已经赢得了些许时间。

下午，我写信给我的兄弟，他们正在英格兰的南方县郡集结兵力，我把这个阴谋通知他们，也许可以防患于未然。我在信里写到，我们的敌人理查德如今仍然是我们的敌人，但他的不良企图与我们盟友的险恶用心相比，算不了什么。我把信使派了出去，我也不知道他能不能找到我的兄弟，或者找到他们时来不来得及。但我说得一清二楚：

我相信，我儿子眼下还平安无事，因为白金汉公爵和他的盟友亨利·都铎还没有抵达伦敦。理查德是我们的敌人和篡位者，但我相信，如果白金汉和都铎得胜进入伦敦，他们会把我们都害死。你们必须阻止白金汉的进军。无论如何，你们都必须赶在他和亨利·都铎前面进塔，把咱们家的孩子营救出来。

当晚，我站在临河的窗边聆听着。伊丽莎白推开了卧室的房门，其他姑娘们都在卧室里睡着了，她来到我身边站定，一脸凝重。

"情况怎么样了，母亲？"她问，"请告诉我。您关在屋里一天了。您接到坏消息了吗？"

"是的，"我说，"告诉我，这些天你有没有听到河里的歌声，就像我哥哥安东尼和我儿子理查德·格雷遇害那晚一样？"

她移开了自己的目光。

"伊丽莎白？"

"跟那天晚上不一样。"她描述道。

"但你还是听到了一些声音？"

"很模糊，"她说，"很轻柔的轻吟浅唱，就像一首摇篮曲，像一首哀歌。您什么也没听到吗？"

我摇摇头。"但我很为爱德华担心。"

她走过来，把手放在我的手上。"我可怜的弟弟又有新的危险了吗？"

"我觉得是。我认为，白金汉公爵一旦打败了伪王理查德，就会调转矛头对付我们。我已经给你的舅舅们写信了，但我不知道他们能不能阻止得了他。白金汉公爵的兵力很可观。他正在威尔士沿着塞文河行军，接下来就会进入英格兰，我不知道该如何应对才好。我不知道，我在避难所里能做什么，好确保我的儿子免遭他的毒手。我们必须阻止他，不让他靠近伦敦。如果我有办法把他困在威尔士，我一定会那么做的。"

她若有所思地来到窗前。河流散发出的潮湿气息漫入了沉闷的房间。"我希望天会下雨，"她懒洋洋地说，"天很热，我真希望能下雨。"

仿佛在回应她的愿望一般，一股凉风拂入室内，这时，雨点吧嗒、吧嗒地打在敞开的窗户格子上。伊丽莎白把窗户推得更开,好看清天空,黑云沿着河谷飞掠过来。

我走过去,站在她身旁。我看到,雨水落在黑沉沉的河面上,大大的雨点在河面上击出了涟漪,仿佛鱼儿吐出水泡一般,然后涟漪越来越多,直到绸缎般的河面被落下的雨点打得坑坑洼洼。这时暴雨袭来,势头凶猛,我们眼前一无所见,只见瓢泼大雨从天而降,仿佛天堂向着英格兰敞开了。我们笑了起来,在暴雨中关上窗,雨水打湿了我们的脸庞和胳膊,我们别上了窗子,又走到别的房间,关上窗户,挡上窗板,抵御倾泻而下的暴雨,仿佛我的悲伤和忧愁都变成了如泪的暴雨,倾洒在英格兰的大地上。

"这场雨会带来一场洪水。"我预言道,我女儿默默地点了点头。

雨下了一整夜。伊丽莎白像小时候一样睡在我床上,我们躺在温暖干燥的床上,聆听着急促的落雨声。我们听到,雨水接连不断地冲刷着窗户,河水哗哗作响。水沟里注满了水,雨水在屋顶流淌着,声音如泉水喷涌一般。我们睡着了,就像两位水之女神,在大雨和上涨的水势中酣睡着。早上我们醒来时,天色仍然漆黑如夜,雨还在下着。水位已经升得很高,伊丽莎白走到河边的门前去看,她说积水已经漫过了台阶。由于气候恶劣,河上所有的小船都被固定住了,仅有寥寥几艘渡船在河上往返,上面的船夫弓着背、缩着头,躲避着劈头盖脸的狂风暴雨,他们的脑袋闪着湿淋淋的水光。早上,姑娘们待在窗前,看着湿淋淋的小船来来往往。河水已经灌满了河道,正要开始泛滥,船只漂浮的水位都高于以往,后来河水猛涨起来,水势变得颇为汹涌,所有的小船都被收了起来,被拴住或拖上了岸。我们点着了炉火,照亮雷雨天气里的房间,外面又黑又潮,跟十一月似的,我和姑娘们玩牌,有意让她们赢了。我真喜欢这场大雨的声音。

伊丽莎白和我搂在一起,聆听着雨水从教堂屋顶倾泻而下,浇洒在人行道上，我们睡着了。到了清晨时分，我听到房顶的瓦片漏雨，滴在地上，我起床又生了一把火，拿一把壶接着雨水。伊丽莎白揭开窗板看了看，说雨下得还是那么大，看样子要下一整天。

姑娘们玩起了诺亚方舟的游戏，伊丽莎白给她们读了《圣经》上的这则故事，她们后来拿玩具和粗陋的枕头充当一对对动物，玩了起来。所谓的方舟就是我的桌子，她们把桌子倒放，在桌腿之间绑上了床单。我让她们在方舟上吃过晚饭，在睡前又对她们好言安慰，告诉她们诺亚遭遇的大洪水是很久很久以前的事，即便是为了惩罚恶行，上帝也不会再降下那样凶猛的洪水了；眼下这场雨没有什么坏处，只会把坏人困在自己家里，不让他们出来害人。洪水会让坏人无法接近伦敦，我们就安全了。

伊丽莎白笑眯眯地望着我，姑娘们上床之后，她擎着一支蜡烛走进地下墓穴，去查看河水的水位。

她说，水位涨到了前所未有的高度。她认为，河水会上涨好几英尺，没过走廊，淹到台阶。如果雨水短时间内不停，水位还会升得更高。我们没有危险——这里到河边有两道石头台阶的距离——不过住在河岸的穷苦人家只好收拾起少许的家当，弃家而逃了。

第二天早晨，杰玛来见我们时，把裙子系了上去，膝盖以下都沾上了泥水。街上坑坑洼洼的地方全蓄上了水，好些房子倾倒在地，上游桥梁垮塌，好些村庄与外界断了联系。从没有人在九月里见识过这等豪雨，而且雨还在下个不停。杰玛说，集市上已经没有新鲜食品了，因为很多道路已被冲毁，农民们没法供货过来。由于缺少面粉，面包价格大涨，有些面包师没法给烤炉生火，因为连他们的柴火都湿了。杰玛说，晚上她要留在我们这儿过夜——她害怕离开时还要在满街的泥水中蹚行。

早上，雨依然未停，姑娘们待在窗边，眼望着奇特的光景，讲给我们听。一头淹死的母牛从窗下漂过，把教堂里的人吓了一跳。一辆翻覆的大车被卷入河水。建筑用的木材一根根地滚入洪水，撞在河边大门的台阶上砰砰作响。河边的大门被大水所封，已经无法供人出入，走廊已被淹没，我们只能看到铁艺部件的顶端和外面的一抹天光。河水肯定有十英尺高了，水流准会灌入地下墓穴，冲刷着沉眠的死者。

我不指望兄长们会派人来送信。在这样的天气里，我不指望任何人能从西南边赶到伦敦来。我用不着听人说，也知道发生了什么事。河水阻住了白金汉，洪流拦住了亨利·都铎，雨水倾泻在他们的士兵身上，英国各地的水涨了上来，保护着它们的王子。

1483年10月

伪王理查德对自己的挚友——这个被自己栽培成英国军事统帅的人——倒戈相向感到大为震惊,他很快意识到,即使王家护卫队的兵力再多一倍,也敌不过白金汉公爵招募的士兵。他必须招募一支军队,他命令英国所有的健壮之士响应号召,要求他们为自己尽忠效力。尽管人们行动迟缓,但大多响应了他的号召。诺福克公爵拖住了南方的叛军。他确信伦敦安然无恙,但他毫不怀疑,白金汉将会在威尔士起兵,亨利·都铎会从布列塔尼走水路与他会合。如果亨利带来了一千名士兵,那么叛军数量将会与国王的部队旗鼓相当,结果如何将会难以预料。如果他带来的兵力多于这个数目,理查德就会在厄运和加斯帕·都铎的大军夹击下苟延残喘,要知道加斯帕·都铎是兰开斯特家族最优秀的将领之一。

理查德行军至考文垂,他把玛格丽特夫人的丈夫、亨利·都铎的继父斯坦利男爵紧紧地带在身边。斯坦利的儿子斯特兰奇男爵从家里失了踪。他的仆人说,他召集了一支由佃户和家臣组成的大军,正在赶去投效主人。理查德担心的是,谁也不知道他的主人是谁。

理查德从考文垂领兵南下,截断从前的朋友、如今的叛徒白金汉的去路,不让他与南方各郡的起义军会合。他的打算是:等到白金汉渡过塞文河进入英格兰时,将会发现,在瓢泼大雨中等待他的并不是盟军,而是王家部队。

道路泥泞不堪，部队行进缓慢。桥梁被大水冲垮，部队必须绕道行进，另找地方横着渡河。军官的战马和全副武装的士兵在齐胸深的泥水中举步维艰，士兵们垂头丧气，衣服湿漉漉地贴在身上，到了晚上休息时，他们没法生火，因为什么都是湿的。

理查德冷酷地驱赶着士兵们不断行进。让他聊以自慰的是，他知道，他喜爱并且最最信任的白金汉公爵亨利·斯塔福德同样也在泥水、上涨的河水和下个不停的雨水中艰难跋涉着。理查德心想，这种恶劣的天气对招募叛军大为不利，对年轻的公爵大为不利，他可不像自己这样经验老到。这种恶劣的天气对于指望海外盟友援助的人大为不利。白金汉当然不能指望，在这样的狂风暴雨中，亨利·都铎还能出海航行，他也同样无法与南方各郡的里弗斯家族叛军互通音信。

然后国王收到了好消息。白金汉所面对的不光是一刻不停的滂沱大雨，他还不断遭到威尔士的沃恩家族的袭击。他们是这片领土的首领，对年轻的公爵毫无好感。公爵原本希望他们会让他起兵反对理查德，甚至也许会帮他作战，但他们没有忘记，正是白金汉公爵把托马斯·沃恩从主人、年轻的国王身边带走，将他处死的。每到一个路口，都会遇到几名敌人端着枪，把他们的前排士兵射倒后骑马就跑。每到一处山谷，都有士兵埋伏在树上往下扔石头，射火箭，在雨中把矛枪像雨点一样投过来，打击白金汉队伍中落在后面的士兵，直到他们分不清雨点和矛枪为止，他们的敌人就像雨水一样无从躲避，残酷无情、一刻不停地从天而降。

白金汉没法派遣信使骑马去威尔士，请出忠于都铎家族的威尔士士兵。他派出去的侦察兵一走出大部队的视野，就会被人干掉，所以他的部队并没有像玛格丽特夫人保证的那样，不断壮大，不断补充骁勇善战的兵员。相反，每天晚上，每次停止行军，甚至在白天的大路上，他的士兵都会开小差溜号。他们说,他是个没福气的将领,大水会把他的战役毁掉。每次整队行进,士兵都会变得更少,他看得出,在大水覆盖的道路上展开的队伍不像之前那么长了。当他骑着马跑前跑后,给士兵打气,向他们保证胜利必定属于他们时,他们都不看他。他们始终垂头丧气,仿佛他那乐观的说辞和重重的落雨声都是毫无意义的聒噪。

　　白金汉并不知道,但他猜测,在这始终不停的滂沱大雨中,他打算背叛的那位盟友——亨利·都铎,也同样备受挫折。他也被摧折白金汉部队的同一场暴风雨困在了海港里。亨利·都铎有五千名雇佣兵,军力庞大,不可战胜,出钱雇佣他们并为其提供武装的是布列塔尼公爵,这支部队足以征服整个英国。他有骑兵、战马、大炮和五艘战船,这样一支远征军必胜无疑,可是暴风雨困住了他们。尽管战船躲在避风港里,但也颠簸不已,东倒西歪,把缆绳拽得砰砰响。士兵们猫在船里,等待渡过英国海的短暂航程,他们头晕目眩,呕吐不已,着实可怜。亨利·都铎像困在笼子里的雄狮一般,在甲板上大步踱来踱去,等待雨过天晴,风向变换。天空倾泻下雨水,落在他那一头黄铜色头发的脑袋上,毫无怜悯之意。海天交接之处黑云滚滚,还会降下更多的雨,风始终在往陆地上吹,让他的船一直在港口的墙上磕磕碰碰。

　　他知道,在海的彼岸,他的命运正在酝酿形成之中。他知道,如果白金汉在不用他帮助的情况下,独自战胜了理查德,那么王位就没有他的份了。一个篡位者会被另一个篡位者取而代之,自己仍将流亡在外。他必须前去参战,把赢家杀死,不管他是谁。他知道,自己必须马上起航,但他做不到:大雨倾泻而下,他哪里也去不成。

　　白金汉对亨利·都铎的想法一无所知。他的生活已经缩减成了大雨中的长征,每次他扭头往后看,身后的士兵都变得更少。他们已经筋疲力尽了,已经有好几天没有吃过热乎的东西,他们在齐膝深的泥地里蹒跚前行，当他说"很快就要到渡河口了，过了渡河口就是英格兰，那里是干燥的陆地，感谢上帝"的时候，士兵们点点头，但并不相信他的话。

他们拐了个弯儿，去塞文河的渡河口，那儿的河又宽又浅，军队可以从那里进入英格兰，迎击敌人，而不是与大水作战。每个人都知道那个渡河的地方——白金汉不断地保证说，再走几英里就到了。那儿的河床坚实，底下是石头，像大路一样踏实，河水不过几英寸深。几个世纪以来，士兵们一直从那儿往返于威尔士，它是进入英格兰的入口。在塞文河的威尔士这边，有一家小酒馆，在英格兰那边则有个小村庄。他们以为渡河口这里会被大水淹没，河水会很深，也许酒店门口还会堆上沙袋吧，但是当他们听到咆哮的河水声时，他们大惊失色，整齐划一地止住了脚步。

渡河口已经不存在了，他们根本看不到地面。威尔士这边的小酒馆已经被淹没了，远处对岸的村庄整个消失了。塞文河已经不再是一条河了，它已经远远超出了河岸，变成了一个大湖，一片无用的水域。他们看不到对岸的英格兰，他们甚至也看不到河的上游和下游。这已经不再是一条河，而是一片兴风作浪的内海。大水已经吞没了陆地，把它完全吞噬了，仿佛陆地从来就不曾存在过一般。已经分不出哪里是英格兰，哪里是威尔士了，只有水，欢快奔腾的水。大水已经带走了一切，谁也不打算以身犯险。

当然，谁也没法渡河。他们徒劳地寻找着熟悉的风景——那条通往河水浅处的小路，但它在深深的水下。有人觉得，他们看到水里面有东西，意识到那是树冠，他们打了个寒战。这条河已经淹没了一片树林，威尔士的那些树怎么也呼吸不到空气了。世界已经变了样。两支军队无法会合，大水横陈在中间，战胜了一切。白金汉的叛乱已经完了。

白金汉一声不吭，他没有下命令。他做了个小小的的手势，就像是举手投降，不是朝着他的士兵，而是朝着这场毁了他的洪水。就好像他在向大水，向水的力量拱手服输一般。他调转马头，从泥泞中策马离开了，他的士兵让他走了。他们知道，一切都结束了。他们知道，叛乱结束了，被英国的水给打败了，这些水就像是被水之女神召唤出来的一样。

1483年11月

天黑了，差不多有十一点了。睡前，我跪在自己的床脚前祈祷着，这时我听到有人在轻轻地敲着外面的大门。我的心雀跃起来，我马上想到，来的人也许是我儿子爱德华、我儿子理查德，我马上想到，是他们回家来了。我赶忙站起来，在睡衣外面披上斗篷，戴上头巾，跑去开门。

我听到街上鸦雀无声，尽管白天人们一直在议论着，国王理查德回到了伦敦。人们没完没了地议论着，他会如何惩处叛徒，他会不会闯进避难所来抓我，现在他有证据证实我在全国举兵反对他。他知道这一点，他也知道谁是我的盟友：玛格丽特夫人和背信弃义的白金汉公爵。

没有人知道我的亲人是死是活，是否被俘：我的三个亲爱的兄弟、我儿子托马斯·格雷，他们在汉普郡和肯特郡与叛军在一起。我听到了各种各样的流言，他们跑去投奔布列塔尼的亨利·都铎了，他们战死在沙场，他们被理查德处决了，他们叛变投降理查德了。我只能像每个英国人一样，等待可靠的消息。

大雨抹去了道路，冲毁了桥梁，将一座座城镇整个淹没。很多消息陆续传到伦敦，人们为之激动不已，谁也不知道哪些消息是确实可信的。但暴风雨已经停息了。等到河水回落，我就能听到亲人们的战况和消息了。我祈祷着，希望他们没有远离英格兰。万一战败了，我们的计划是投奔爱德华的妹妹——勃艮第的玛格丽特，从藏身所找到我儿子理查德，在海外将战争继续开展下去。我确信，理查德国王将会在国内实行暴政，加强统治。

有人在连连拍门，还把门闩晃得咔咔响。这可不是个担惊受怕的逃亡者，不是我儿子。我走到大木门前，拨开门上的栅栏往外看去。是个男人，像我一样高，他的兜帽拉到前面，遮住了面容。

"什么事？"我简短地说。

"我需要面见未亡人王后，"他低声说，"我有至关重要的消息。"

"我就是未亡人王后，"我说，"你说吧。"

他窥视四周。"姐姐，让我进去。"他说。

我一点儿也不觉得，他是我弟弟。"我可不是你姐姐。你以为你是谁啊？"

他把兜帽往后一掀，举起手中的火把，我看到了他那张英俊的黑脸庞。不是我弟弟，而是我小叔，我的敌人理查德。"我以为我是国王。"他以乖戾的幽默感说道。

"嗯，我不这么想。"我面无笑容地说，但他笑了起来。

"木已成舟了，"他告诉我，"结束了。我经过了任命和加冕，你的叛军已经彻底失败了。不管你是否愿意承认，我都是国王。我是单独来的，没有带武器。让我进去吧，伊丽莎白姐姐，这对咱们都好。"

尽管不情愿，我还是这样做了。我拨开小门的门闩，打开小门，他闪身进了屋，我把门闩再次闩好。"你想做什么？"我问，"我只要一喊，男仆就会过来。你和我有着血海深仇，理查德。你杀死了我哥哥和我儿子，我永远也不会原谅你。为了报仇，我已经诅咒了你。"

"我不指望你能原谅我，"他说，"我甚至根本就没这样想过。你知道，你反对我的图谋有多么过分。要是你运气好的话，我已经被你给害死了。

我们双方进行了一场战争，对此你跟我一样清楚。你已经报仇雪恨了。你和我都知道，你给我带来了什么样的痛苦。你在我身上施了魔法，我的胸口疼，我的胳膊突然间就不听使唤了。我拿剑的那条胳膊。"他提醒我："我还能更惨吗？你诅咒了我拿剑的那条胳膊。你最好祈祷，希望你永远也不用我来保卫你。"

　　我仔细地看着他。他已经三十一岁了，但他眼睛下面的阴影和脸上的皱纹就像老人一样。他看起来备受折磨。我想象得出，他害怕自己的胳膊在作战时不听使唤。他这一辈子都在努力，让自己像身材高大、肌肉结实的哥哥们一样强壮。如今，有什么东西正在吞噬他的力量。我耸了耸肩。"要是你生病了，应该去看医生。你就像孩子一样，自己虚弱无力，就说是魔法作祟。也许都是你胡思乱想出来的吧。"

　　他摇摇头。"我可不是来诉苦的。我来是有别的事。"他打住话头，望着我。他有着约克家族的直率面容，有我丈夫的那种率直的眼神。"告诉我，你已经把你儿子爱德华平安地救出来了吗？"他问我。

　　我感到我的心猛地一跳，痛苦难当。"为什么你要问我？不是你把他抓走的吗？"

　　"你回答我好吗？你把爱德华和理查德平安救出来了吗？"

　　"没有。"我说。我可以像心碎的母亲一样号啕大哭，但不能当着这个人的面。"你为什么要问这个？"

　　他叹了一口气，跌坐在门房的椅子上，把脸埋在手里。

　　"他们不在塔里吗？"我问他，"你没把我儿子锁起来吗？"

　　他摇摇头。

　　"你把他们弄丢了？你把我儿子弄丢了？"

　　他还是没有吭声，只点了点头。"我还希望你已经把他们偷着带出来了，"他说，"以上帝的名义，告诉我吧！如果你把他们带出来了，我不会去抓他们，我不会伤害他们。你让我发什么誓都行。不管你把他们送到哪儿去了，我都发誓绝不去找他们。我甚至不会问你他们在哪儿。告诉我，你把他们平安地带出来了，这样我就心里有数了，我必须要知道。我想要知道，都快想疯了。"

我无言地摇了摇头。

他摩挲着自己的脸和眼睛，仿佛因为缺少睡眠，它们变硬了一般。"我去过塔里，"他透过指缝说，"我一回伦敦就去了。我感到害怕。所有的英国人都说他们死了。玛格丽特·博福特夫人的手下到处宣扬说王子们死了。白金汉公爵告诉你的士兵，说我害死了王子，他们应该报仇——从而把你的部队变成了他的，让他们为他赢得王位而战。他告诉他们，他会带领他们为死去的王子复仇。"

"你没杀他们？"

"我没有，"他说，"我干吗要那么做？想想看吧！我干吗要杀他们？事到如今，干吗要杀他们？你的人攻打白塔时，我把他们送到了更里面的房间。有人昼夜看守他们——就算我想杀他们，我也做不到。他们一直有卫兵看守着，如果我动手了，卫兵会知道的，他会说出去。我已经把他们变成了私生子，玷污了你的名誉。你的儿子对我已经不构成威胁了，就像你的兄弟们一样——他们已经是败军之将了。"

"你害死了我哥哥安东尼！"我朝他喊道。

"对我来说，他是个威胁，"理查德回答说，"安东尼能召集起军队来，他懂得怎样带兵打仗。他比我更善于作战，你儿子在这方面则不行，你女儿也不行。他们对我不构成威胁。我也不会威胁他们。我没有杀他们。"

"那他们在哪儿？"我哀号道，"我儿子爱德华在哪儿？"

"他们是生是死，我也不知道，"他可怜兮兮地说，"也不知道是谁杀了他们，或者捉了他们。我还以为是你把他们偷着带出来了，所以我才来找你。如果不是你，又会是谁呢？你有没有让什么人去带走他们？有谁会背着你带走他们，把他们扣作人质吗？"

我摇摇头，想不出答案。这是我一生中所面临的最严峻的问题，但我满心悲伤，脑筋都迟钝了。"我没有办法思考。"我绝望地说。

"努力试一试，"他说，"你知道谁是你的盟友。你私下结交的朋友，我隐秘的敌人。你知道他们可能会怎么做。你知道他们向你做过什么许诺，你与他们做过哪些打算。想想吧。"

我用手捂住头，来来回回地走着。也许理查德在骗我，他已经杀死了爱德华和小侍童，现在要嫁祸给别人。但相反，正像他说的那样，他没有理由那么做，还有，如果他真的做了，他为什么不敢承认呢？他已经镇压了叛军，谁还能抱怨什么呢？他干吗还要来找我？当我丈夫害死亨利国王时，他把他的遗体展示给世人看，给他办了一场体面的葬礼。之所以要杀死他，就是为了告诉世人，亨利的家系已经终结了。如果理查德为了终结爱德华的家系杀死了我的儿子，他一定会公开宣布，如今他已经得胜回朝，他会把王子的遗体交给我安葬。他会说他们是病死的。更有甚者，他会说，是白金汉害死了他们。他可以嫁祸给白金汉，为他们举办一场体面的葬礼，别人除了为他们哀悼，无计可施。

这么说，也许是白金汉公爵害死了他们，也许，这就是他散布谣言背后的真相？这两个王子死了，他就离王位更近了两步。又或许是玛格丽特夫人害死了他们，为她儿子亨利·都铎继位扫清道路？我儿子死了，都铎和白金汉得益最大。如果我儿子死了，他们就是下一位次的王位继承人。会不会是玛格丽特夫人一面装作是我的朋友，一面下令害死了他们？她会不会狠下那颗虔诚圣洁的心，下此毒手呢？白金汉会不会一面发誓要拯救他们，一面加害自己的外甥呢？

"你找过他们的尸体吗？"我问，我把声音压得很低。

"我把塔翻了个底朝天,也问过了他们的仆人。他们说,一天晚上他们安顿王子上床睡了,早晨醒来他们就不见了。"

"他们是你的仆人!"我喊道,"遵从你的指示!我儿子是在你的看管之下死掉的,你真想让我相信你没有害死他们?你想让我相信他们消失了?"

他点点头。"我想让你相信,如果他们死了,或者被捉走了,不是我下的命令,我不知情,也不愿意。当天晚上我正在远方,准备跟你兄弟作战。"

"哪天晚上?"我问。

"开始下雨的那天晚上。"

我点点头,想起那个轻柔的声音对伊丽莎白唱了一支摇篮曲,那个声音那么微弱,我根本听不到。"哦,那天晚上。"

他犹豫地说:"你相信吗?我没有害他们。"

我面对着他,这个我丈夫爱过的男人,他的弟弟。他曾为我的家族和儿子与我丈夫并肩作战。他曾害死我的哥哥和我父姓格雷的儿子。也许他还害死了我的王子爱德华。"不,"我冷冷地说,"我不相信你,我不信任你。但我不能确定。我什么也不能确定。"

他点点头,仿佛接受了一项不公正的裁决,"我也一样,"他低声说,仿佛在窃窃私语,"我也什么都不知道,谁都不信任。在这场亲族之战中,我们已经消除了信任,只剩下了猜疑。"

"你打算做什么?"我问。

"我什么也不做,什么也不说,"他决定,他的声音软弱无力,"谁也不敢直接来问我,尽管他们会怀疑我。我什么也不说,人们爱怎么想就怎么想吧。我不知道你的儿子出了什么事,但谁也不会相信这一点。如果我能找到他们,他们还活着,我会让他们露面,证实自己是清白的。如果我找到了他们的遗体,我会展示给人们看,归罪于白金汉。但我找不到他们,生不见人，死不见尸，所以我没法给自己辩白。人人都以为是我在照顾两个孩子的时候，无缘无故地残酷杀害了他们。他们会管我叫魔鬼。"他顿了顿。"今后不管我怎么做，这一劣迹是抹不掉了。差不多所有人都会永远记住我的这一罪行，"他摇摇头，"但不是我做的，我也不知道是谁做的，我甚至都不知道他们是不是真的遇害了。"

他停住话头，突然想起来似的问我："你打算做什么？"

"我？"

"你之前待在避难所里，是因为你相信你的儿子处于危险之中，我可能会加害他们，你要确保姑娘们的安全。"他提醒我，"现在最糟的事已经发生了，她们的兄弟已经不在了，你的姑娘们怎么办？你怎么办？如今再在避难所里待下去，已经没有意义了——你已经不再是膝下有王子继承人的王室成员。你只是姑娘们的母亲。"

就在他说这番话的时候，爱德华已然亡故的痛苦向我袭来，我发出呻吟，肚子疼了起来，就像他出生时那样。我跪在石板地上，痛得弯下了腰。我听到自己发出了呻吟声，身子颤抖不已。

他没有快步上前安慰我，甚至没有站起身来。他稳坐在椅子里，用手支着一头黑发的脑袋，望着我像失去长子的农妇一样恸哭。他没有说话，没有否定我的悲伤，也没有肯定它。他任由我哭泣着。他在我身边坐了很长时间，任由我哭泣着。

过了一会，我掀起斗篷的边儿，拭去脸上的泪水，坐在脚后跟上，看着他。

"你失去了亲人，我很难过，"他用正式的口吻说，仿佛我并没有跪在石头地面上，披头散发，满面泪痕，"我没有下命令，也不是我做的。为了坐上王位，我并没有伤害他们。我登基之后也没有伤害他们。他们是爱德华的儿子。因为爱德华，我爱他们。上帝知道，我爱爱德华。"

"不管怎么说，这一点我是知道的。"我说，我的语气像他一样正式。

他站起来。"你现在会离开避难所吗？"他问，"待在这儿，你一无所得。"

"我已经一无所有了，"我同意他的话，"一无所有。"

"我会与你达成协议，"他说，"如果你愿意出来，我会保证你的安全，姑娘们享有好的待遇。大姑娘们可以进宫。我会把她们作为侄女，以礼相待。你可以跟她们一起来。我会征得你的同意，把她们许配给好人家。"

"我会回家去，"我说，"带她们一起走。"

他摇摇头。"对不起，这我不能答应。我会把你女儿留在宫里，你可以到黑茨伯里去住一段时间，约翰·奈斯菲尔德爵士会照顾你。对不起，但是让你和佃户、姻亲住在一起，我不放心，"他犹豫地说，"我不能让你到你可能兴兵对付我的地方去。我不能让你到你能找到同盟的地方去。倒不是我怀疑你，你明白的，而是我信不过任何人。我从不信任任何地方的任何人。"

他身后响起了脚步声，他转身抽出匕首，放在身前，准备搏斗。我爬起身，把手放在他的右臂上，轻而易举地把它压了下去，他十分孱弱。我记起了自己对他的诅咒。"收起来，"我说，"是我女儿。"

他后退一步，伊丽莎白从暗处走出来，来到我身旁。她穿着睡衣，外面披着斗篷，她的头发编成了辫子，头上戴着睡帽。她像我一样高了。她站在我身旁，向她叔叔庄重地行礼。"大人。"她说着，略施一礼。

他几乎没有向她鞠躬，而是惊讶地直视着她。"你长大了，伊丽莎白，"他迟疑地说，"你真的是伊丽莎白公主吗？我都快认不出你了。我上次见你时，你还是个小姑娘，现在你已经……这么大了。"

我瞥了她一眼，惊讶地看到，她脸红了。在他迷乱的眼神下，她脸红了。她拨了拨头发，仿佛希望自己穿着整齐，而不是像小孩子一样赤着脚。

"回你房间去。"我突然说。

她行了个屈膝礼,听话地转过身去,但她在门边站住了。"你们是在说我弟弟爱德华吗?"她问,"我弟弟平安无事吗?"

理查德望着我,不知该不该据实相告。我转身对她说:"回你房间去吧。回头我再告诉你。"

理查德站了起来。"伊丽莎白公主。"他低声说。

她又停住了脚步,尽管我已经叫她走开,她朝他转过身来。"什么事,大人?"

"我很抱歉,你弟弟不见了,但我想让你知道,这不是我的错。他们从塔里的房间里消失了,没有人能告诉我,他们是生是死。今天我来找你母亲,看看是不是她把他们偷着带出来了。"

她飞快地瞥了我一眼,什么也没有表露出来。我知道,她在想,起码我们家的理查德还好端端地待在佛兰德斯,但她没有表露出来。

"我弟弟不见了?"她惊讶地重复道。

"他们有可能已经死了。"我说,痛苦让我的声音变得沙哑。

"您不知道他们的下落?"她问国王。

"真希望我知道,"他说,"我不知道他们的下落,也不知道他们是否平安无事,所有人都会以为他们已经死了,都会归罪于我。"

"他们是在你的看管之下,"我提醒他,"如果有人把他们扣作人质,为什么不说出来呢?至少,是你在外打仗,想要保住王位的时候,让我儿子死掉。王位本来应该是他的。"

他点点头,仿佛接受了这一责难,转身要走。伊丽莎白和我无言地看着他拉开门闩。

"我不会原谅这件事对我和我的家族造成的伤害,"我警告他,"不管是谁害死了我儿子,我都会诅咒他的家族,让他们没有长男可以继承家业。"

不管是谁带走了我儿子,他都会失去自己的儿子。他会终生寻找自己的继承人。他会埋葬自己的长子,缅怀他,因为我甚至都不能埋葬我自己的孩子。"

他耸了耸肩膀。"不管是谁做的,诅咒他好了,"他满不在乎地说,"让他断子绝孙好了。因为他葬送了我的名望与和平。"

"我们两个都会诅咒他,"伊丽莎白站在我身边说,"他带走了我们家的孩子,将会付出代价。他会后悔害死了我们的亲人。他会遗憾自己做出了这桩可怕的恶行。他会满怀悔恨,哪怕我们永远都不知道是谁做的。"

"哦,咱们会知道的,"我像女巫合唱一般接口说,"他的孩子一死,咱们就知道了。等到他的儿子、继承人死了,咱们就知道他是谁了。咱们就会知道,咱们的诅咒起作用了,年复一年,世世代代,他的家系终有一天会死绝。等到他埋葬了自己的儿子,他就会死在我们的诅咒之下。到那时,咱们就知道是谁带走了咱们家的孩子,他就会知道,咱们的诅咒是一报还一报。等到他只有姑娘继承家业时,咱们就知道他是谁了。"

他穿过小门,回头望着我们两人,嘴角露出一丝扭曲的笑容。"你们还不明白吗?只有一件事比没能如愿更糟糕,"他问,"我已经知道是什么事了。我原先希望做国王,现在我当上了国王,一点儿也不觉得快乐。伊丽莎白,你母亲有没有告诫过你,在希望什么事能实现时要慎重?"

"她告诫过我,"她平静地说,"自从您夺走了父亲的王位,抓走了我舅舅和兄弟,我就不再抱什么希望了。"

"那她就会告诫你,不要滥施诅咒。"他转身苦笑着对我说,"你记不记得,当年你为了毁掉沃里克,吹出一阵风,把他吹离加莱,他女儿在海里生了孩子,那孩子没能活下来?这件武器帮了我们的忙,别人谁也召唤不出这样的大风来。不过你还记得吧,那场暴风迟迟没有停息,险些让你丈夫和我们都葬身大海?"

我点点头。

"你的诅咒效用太久了,会伤及无辜的,"他说,"也许有一天,你会希望我的右臂健壮有力,足以保护你。也许有一天,你会后悔,不该让某人的儿子和继承人死掉,哪怕他们的确有罪,哪怕你的诅咒当真实现了。"

理查德国王的报复重重地落在了背叛的贵族和叛军首领身上,他原谅了那些被误导的小人物。他发现盟友斯坦利男爵的妻子玛格丽特·博福特是这场阴谋的主使,而且是她儿子和白金汉公爵之间的中间人。他把她逐出王宫,让她丈夫对她严加约束,不让她离开住处。她的盟友莫顿主教和刘易斯医生逃离了英国。我儿子托马斯·格雷也逃走了,眼下在布列塔尼半岛亨利·都铎的宫廷里。这个宫廷里都是年轻人,他们都是心怀希望的叛逆者,充满了野心和欲望。

理查德国王控告我儿子托马斯·格雷,说他是叛国者、奸夫,仿佛叛国和恋爱是相似的罪行一般。他控告他叛国,悬赏他的首级。托马斯从布列塔尼写信给我,告诉我说,如果亨利·都铎之前能够登陆,叛变肯定会成功。他们的战舰被我和伊丽莎白召唤出来整治白金汉的暴风雨给摧毁了。那个宣称要来解救我们的年轻人差点淹死。托马斯毫不怀疑,亨利·都铎能够召集一支规模庞大的部队,足以战胜一位约克王子。他告诉我,一旦冬季的暴风停息,亨利就会卷土重来,这次他必胜无疑。

他会亲自坐上王位,我在给儿子的回信中写到,他已经不再假装要为我儿子的王位继承权而战了。

我儿子回信说:"对,亨利·都铎不会为别人而战,只会为自己而战,也许他一向如此,今后也不会改变。但是亲王——他这样称呼自己——会把王冠带给约克家族,因为他会娶伊丽莎白为妻,让她当英国王后,他们的儿子将会是英国国王。

"您的儿子本应是英国国王的，"托马斯还写道，"但您女儿还是可以做王后。我是不是应该告诉亨利，如果他打败了理查德，伊丽莎白会嫁给他？这样会把我们的亲戚和姻亲都变成他的同盟，我看不出您和妹妹们今后将会怎样，因为篡位者理查德仍然在位，您还躲在避难所里。"

我在回信中写道：

告诉他，我仍然信守对他母亲玛格丽特夫人许下的承诺。等他打败理查德，夺得王位，伊丽莎白就会嫁给他，让约克家族和兰开斯特家族合而为一，让战争永远结束。

我停了停，加上一句。

问问他，看他母亲是否知道，我儿子爱德华出了什么事。

1483年12月

　　我一直等到年关岁末,全年最黑暗的一天晚上,我等到最黑暗的一个时辰:午夜过后、一点之前,然后我拿起蜡烛,在冬装外面披上暖和的斗篷,去敲伊丽莎白的门。"我要走了,"我说,"你要来吗?"

　　她已经准备好了。她已经拿好了蜡烛,披上了斗篷,把兜帽拉上去盖住了金发。"是的,当然。我也失去了亲人,"她说,"我也想报仇。他们害死了我弟弟,让我离王位更近了一步,离我想过的生活更远了一步,让我身处危险的中心。我并不感激他们。当初我弟弟孤身一人,无人守护,从我们身边被带走。肯定是有人狠心害死了我们的王子和那个可怜的小侍童。不管是谁,都应该受到诅咒。我要诅咒他。"

　　"这诅咒会报应到他的儿子身上,"我告诫她,"他的孙子身上。会终结他们的家系。"

　　在烛光里,她的眼睛像猫眼一样,发出了绿光。"也许吧。"她说,这话就像她外婆在诅咒或祝福别人时说的一样。

　　我在前面领路,我们穿过寂静的地下室,走下石阶,走过墓穴,然后又走下一段冰冷的石阶,脚下湿漉漉的,地上结了冰。最后,我们听到河水在大门旁拍岸的声音。

　　伊丽莎白打开铁门的锁,我们一起把门推开。水涨了上来,达到了冬季的水位，河水黑沉沉的，犹如玻璃，在夜色中湍急地奔流着。但这时的水位远远不能与我和伊丽莎白召唤出来、不让白金汉和亨利·都铎接近伦敦的大水相比。如果那天晚上，我知道有人要害我的儿子，我会借着大水乘船出去找他。我会乘着大水前去搭救他。

"咱们怎么做？"伊丽莎白因为寒冷和恐惧而颤抖着。

"咱们什么也不做，"我说，"咱们只要告诉梅露西娜就行了。她是我们的祖先，我们的向导，她会像我们一样，感受到丧子之痛。她会找出凶手，带走他们的儿子，作为报复。"

我从兜里取出一张纸，摊开递给伊丽莎白。"大声读出来。"我说。在她向湍急奔涌的河水朗读时，我把两支蜡烛举在她身边。

"望您了解，我们家族的儿子爱德华被叔父理查德囚禁在伦敦塔里，理查德如今当上了国王。望您了解，我们找了个可怜的孩子给他做伴，充当我们的次子理查德，我们把真正的理查德平安送到了佛兰德斯，请您在斯凯尔特河守护他。望您了解，有人要么带走了我们的儿子爱德华，要么就是趁他熟睡时害死了他，但梅露西娜！我们找不到他，也找不到他的尸身。我们不知道凶手是谁，也不能把他送去接受公正的审判，如果我们的孩子还活着，请您找到他，送他平安回家。"她的声音有些颤抖，我得攥紧拳头，才忍住没有哭出来。

"望您了解，我们遭遇了这一不幸，但无人为我们秉公做主，所以我们来找您，母亲，我们把这一诅咒放在您黑暗的深水中，我们诅咒那个带走我们孩子的人，不管他是谁。我们的孩子还没长大，没有当上国王，就被带走了，尽管他生来就应当成为国王。所以，不用等凶手的儿子长大成人，就带走他吧。把他的孙子也带走吧，等您带走他的时候，我们就能从他的死讯得知，是我们的诅咒发挥了作用，这是他带走我们的孩子付出的代价。"

她读完后，眼里充满了泪水。"把它折成纸船。"我说。

她把纸轻松地折成了一艘完美的小船，自从我们第一次被困在河边的避难所里时，姑娘们就学会了折纸船。我伸出蜡烛。"点着它。"我低声说。她把纸船凑到蜡烛的火焰上，船首着起火来。"把它放进河里。"我说。她把着火的小船轻轻地放在水面上。

风吹着小船，它颠簸着，火苗摇曳着，随后火焰一下子变亮了。湍急的流水带走了它，它打着旋漂走了。有那么一会儿，我们还看得到它，火焰与火焰的倒影，诅咒与诅咒的倒影，在黑暗的水面上相互辉映，然后急流把它们带走了，我们眼前只有一片漆黑。梅露西娜已经听到了我们的话，把我们的诅咒带到了她的水之王国。

"结束了。"我说，转身离开河边，打开大门，让她进去。

"这就结束了？"她问，仿佛她原本指望我乘坐小船沿河而下。

"这就结束了。我只能做这么多了，如今我变成了徒有虚名的王后，儿子都不见了。我现在能做的只剩诅咒了。不过上帝知道，这件事我做得还不错。"

1483年圣诞节

为了让姑娘们开心，我纵情欢笑。我派杰玛去买新的锦缎，我们一起缝制裙子，她们把我从国库拿来的最后一批钻石戴在头上，当做是圣诞节的王冠。落败的肯特郡给我们送来了一只大个的阉公鸡、葡萄酒和面包，作为我们的圣诞大餐。我们自己唱颂歌，自己演戏，自己祝酒。最后我安顿姑娘们就寝时，她们都很开心，仿佛她们已经忘了约克宫廷的圣诞节一般，当初每一位大使都说，他从未见过更富有的宫廷；仿佛她们已经忘了她们的父亲是英国国王，她们的母亲是这个国家的人见过的最美丽的王后。

我女儿伊丽莎白跟我在炉火边坐到深夜，剥着干果，把果皮扔进红红的灰烬中，它们蹿出火焰，爆出火星。

"你哥哥托马斯·格雷写信告诉我说，亨利·都铎打算自立为王。你今天在雷恩大教堂订了婚。我应该恭喜你。"我说。

她转过身，朝我露出了欢快的笑容。"我是个结过不少婚的女人，"她说，"我曾经与沃里克的侄子订婚，后来又与法兰西王储订婚，您还记得吗？您和父亲管叫我'王妃'，我还特意上了法语课，以为自己很了不起。当时我确信自己会成为法兰西王后，现在呢，看看我吧！所以我想，我要等到亨利·都铎登陆、打赢仗、加冕为王，然后亲自请求我的时候，我才会觉得自己是个订了婚的女人。"

"不过，你是到了婚龄了。"我几乎是自言自语，我想起，当她叔叔理查德说她长大了、他几乎认不出她的时候，她的脸一下子红了。

"咱们在这儿，什么事也不会发生的。"她说。

"亨利·都铎没有经过战争考验，"我说出自己的想法，"他这一辈子都在逃跑，躲避我们的暗探，他从来没有转过身来，正面迎战。他见识过的唯一一场战争是他的监护人威廉·赫伯特指挥的，那时他是为我们而战！等他登陆英国，昭告天下说你是他的新娘时，每个拥戴我们的人都会支持他。其他人会因为痛恨理查德而支持他，哪怕他们对亨利并不十分了解。每个被理查德带来的北方人剥夺了地位的人都会出来支持他的。这次造反没有成功，有太多人感到遗憾。理查德赢得了战争，但他失去了民心。他承诺要实现公正和自由，但平定造反之后，他提拔了北方的贵族，跟盟友一起施行统治。这一点谁都不会原谅他。你的未婚夫会招募到数以千计的新兵，他还会从布列塔尼带兵过来，但最终的胜败还要看他在战场上的表现，看他是不是像理查德一样勇敢。理查德是战场上的冷血杀手，自幼就跟你父亲在英国南征北战；亨利在打仗方面还是个新丁。"

"如果他赢了，又遵守诺言，那么我就会成为英国王后。我跟您说过，总有一天我会成为英国王后的。我早就知道。这是我的命。但我从来没有这样的野心。"

"我知道，"我轻轻地说，"但如果这是你的宿命，你就必须做好本分。你会成为不错的王后，我知道。我会陪在你身边。"

"我想嫁给一个我爱的人，像您嫁给父王一样，"她说，"我想嫁给心爱的人，而不是仅凭双方父母之命嫁给一个陌生人。"

"你生来就是公主，而我不是，"我提醒她，"再说，我初婚的时候也是听从了父亲的安排。直到我寡居之后，才可以自由地选择对象。你得活得比亨利·都铎更长久，之后就可以随心所欲了。"

想到这儿，她咯咯笑了起来，眉宇间变得开朗了。

"当年你外婆的丈夫一死，她就嫁给了他的年轻侍从，"我提醒她，"还有亨利国王的母亲，她偷偷嫁给了一个都铎家族的小人物。还有我，我在守寡之后嫁给了英国国王。"

她耸耸肩。"您有野心，我没有。您绝不会爱上没有钱财地位的人。但我不愿意当英国王后。我不想要可怜的弟弟的王位。我已经见识过了，为了得到王位需要付出什么样的代价。父亲赢得王位后，连年征战不休，咱们又落到了这步田地——待在这个比监狱强不了多少的地方——因为您还希望我们赢得王位。哪怕要我嫁给兰开斯特家族的一个流亡分子，您也要得到王位。"

我摇了摇头。"等到理查德把他的提议传达给我，咱们就出去，"我说，"我向你保证，到时候咱们就走。明年圣诞节的时候，你肯定不会继续躲在这里了。我向你保证，伊丽莎白。"

"咱们出去之后，不必非得过风光体面的生活，您知道的，"她难过地说，"咱们就找个舒适的房子住，像普通人家那样生活就行。"

"好吧。"我说，假装同意了这一想法。我们是王族，怎么可能普通呢？

1484年1月

我收到了儿子托马斯·格雷的来信,它从亨利·都铎位于布列塔尼的流亡宫廷几经辗转来到我手中,信的落款日期是1483年的圣诞节那天。

他信守承诺,发誓要信守与您的女儿伊丽莎白在雷恩教堂订立的婚约。他还自立为英国国王,我们全都支持他。他接受了我们的致敬和宣誓效忠,我像别人一样,也宣誓了。我听到有人问他,小爱德华国王可能还活着,在这样的情况下,他怎么能继承王位呢?他的回答挺有意思……他说,他有确切的证据证明,小爱德华国王已经不在人世了,他为此感到心痛,我们应当为他报仇雪恨,讨伐害死他的人——篡位者理查德。我问他,他有什么证据,我提醒他,爱德华活不见人,死不见尸。他说,他确切地知道,是理查德的手下害死了您的儿子。他说,他们趁着王子熟睡之际,用枕头闷死了他们,然后把他们埋在了塔的楼梯下面。

我把他拉到一边,跟他说,只要他告诉我们尸体在哪儿,在塔里的哪一段楼梯下面,我们至少可以安排仆人到塔里去,或者收买塔里的仆人,让他们找到尸体。我说,如果我们在他攻打英格兰之初找到了尸体,我们就可以控告理查德谋杀,全国的人都会站在我们这边。"哪一层楼梯?"我问,"尸体在哪儿?谁告诉你他们被害了?"

White Queen

母亲，我没有您那种看透人心黑暗的本领，但他身上有些我不喜欢的地方。他别开了目光，说那样做没有用处，他已经考虑过了，但有一个牧师挖出了他们的尸体，用柜子装着他们，给他们举行了基督教葬礼，之后把他们葬在了泰晤士河的深水中，永远也找不到。我问他那个牧师叫什么名字，他说他不知道。我问他，牧师怎么知道尸体埋在哪里，为什么他要把尸体沉到河里，而不是送到您的面前？我问他，既然是基督教的葬礼，为什么把他们的尸体沉到了河里？我问他，是河的哪一段，他说他不知道。我问他，这些事他是听谁说的，他说是他母亲玛格丽特夫人说的，他对她深信不疑。她这样告诉他，那么事实也必定如此，他坚信不疑。

我不知道您怎么看待这件事。

我觉得恶心。

我把托马斯的来信放进大厅的炉火里。我拿起一支笔，削了削笔尖，咬了咬顶上的翎毛，开始动笔给他回信。

我同意你的看法。亨利·都铎和他的盟友跟我儿子的死必有干系。要不然，他怎么知道他们死了、是怎么死的？理查德这个月就要赦免我们了。离开觊觎王位的都铎，回家来吧。理查德会宽恕你的，咱们可以团聚了。不管亨利在教堂里许下了什么誓言，不管有多少人向他致敬，伊丽莎白都不会嫁给杀害他弟弟的凶手，如果他真的是凶手，那么我对他儿孙的诅咒会在他身上得到应验。如果亨利参与害死我儿子，没有哪个都铎家的孩子能活到成年。

主显节结束了，议会在伦敦重新召开，给我带来了不利的消息：议会通过了理查德国王的请求，作出裁决，称我的婚姻是无效的，我的孩子是私生子,我是一个情妇。理查德曾作过这样的宣告,没有人与他争辩,如今这一结论变成了法律,议员们像众多哈巴狗一样,点头通过了这一裁决。

我没有向议会提出抗议,我也没有让我的任何朋友代我们提出抗议。这是我们从藏身所这个牢笼获得解脱的第一步。这是把我们变成伊丽莎白所说的"普通人"的第一步。既然法律说我不过是理查德·格雷爵士的未亡人,先王的情妇,既然法律说,我的孩子都是非婚生子,那么我们是死是活,是监禁还是释放,就无关紧要了。我们在哪儿,做些什么,就无关紧要了。这一裁决让我们得到了解脱。

我认为,更重要的是,不光是伊丽莎白不用再过这种与世隔绝的沉寂生活了,或许我儿子理查德也可以回到我们中间,但我没把这个想法说出来。因为我们失去了王室的身份,也许我儿子可以回来跟我们团聚了。只要他不再是王子,或许我可以让他回来。他一直化名为彼得,住在图尔奈的穷人家里。他可以继续化名为彼得,到我的格拉夫顿宅邸做客,做我心爱的小侍童,我的心肝,我的欢乐,长久地陪在我身边。

1484年3月

我接到玛格丽特夫人送来的消息。我一直好奇，何时才能再次听到这位最亲爱的朋友和盟友的消息。她计划的白塔突袭落得个悲惨的失败结局。她儿子满世界宣扬说我儿子死了，说只有他母亲知道他们死亡和埋葬的详情。她策划的叛乱以失败收场，我也对她产生了怀疑。她丈夫仍然身居高位，深得理查德国王宠信，尽管她参与叛乱一事举世皆知。当然，她是个不可靠的朋友、可疑的盟友。她似乎无所不知，似乎什么也没做，她也从未受到过惩罚。

她解释说，她一直没有机会写信，也不能亲自来拜会我，因为她一直被她丈夫斯坦利男爵严密监视着，斯坦利男爵是理查德真正的朋友，在最近这次起义中是理查德的支持者。原来，斯坦利的儿子斯特兰奇男爵召集了一小股部队，是去支援国王理查德；种种说他去支援亨利·都铎的传言都是误会。他的忠诚无可怀疑。但是有足够的人证明，玛格丽特夫人的暗探往返于布列塔尼，策动她儿子亨利·都铎自立为王。有密探证实，她的重要顾问、朋友莫顿主教说服白金汉公爵造反。甚至有人发誓，说她与我达成了协议，让我女儿嫁给她儿子，证据是圣诞节那天，亨利·都铎在雷恩教堂宣布他将娶伊丽莎白为妻，发誓自己会成为英国国王；他周围的所有随从，其中包括我儿子托马斯·格雷，跪地宣誓效忠，也承认他是英国国王。

　　我能想象得出，玛格丽特·博福特的丈夫斯坦利肯定说了不少好话才让国王相信，尽管他妻子是叛徒和阴谋家，但他本人压根儿就没想过，自己的继子夺走王位，自己能捞到什么好处。然而看起来，他是想过的。"永不改变"的斯坦利依然深得篡位君王的宠信，他妻子玛格丽特被软禁在家，原先的仆人也不准继续服侍她了，她不能写信寄信，尤其不能送信给自己的儿子。她的土地、资财和遗产都被没收了，但这些财产全都赏给了她丈夫，只要他能一直把她约束好。

　　她的资财和土地都被丈夫据为己有，她本人又被软禁在家，她还发表了不再写信和参与阴谋的誓言，作为一个强势的女人，她看起来并不怎么气馁。她确实不怎么气馁，因为她又给我写信，策划起阴谋来。我由此推测出，斯坦利的所谓"永不改变"只是忠于他自己的利益而已，也许他一向如此——一面向国王宣誓效忠，一面让妻子策划叛乱。

　　信的开头写道：夫人，亲爱的姐姐——我应当这样称呼您，因为您是我未来儿媳的母亲，我儿子未来的岳母。她写起东西来辞藻华丽，在生活中很情绪化，信上有一块污痕，好像是她想到我们的孩子即将成亲，喜极而泣留下的泪痕。我嫌恶地看着它。哪怕我不怀疑她是最邪恶的善变之人，我也不会因为看到这点泪痕就觉得心里温暖。

　　听我儿说，令郎托马斯·格雷想要离开宫廷，他好说歹说才挽留住令郎，我很为此担心。夫人，亲爱的姐姐，令郎怎么了？您能否劝他放心，告诉他你我两家利益一致，并无彼此之分，还有他是我儿亨利的亲信之人？我恳求您，以慈母的身份命令他忍耐流亡之际的患难，待日后大功告成，必有重赏。如果他听到了什么风声，或者心存畏惧，应该向我儿亨利·都铎明说，我儿自能让他安心。世人尽爱说些讥谤的言语，托马斯眼下还不想表露变节者的身份,也不愿以懦弱的面貌示人。

我被关在这里,消息并不灵通,但我听说暴君理查德打算让你家长女进宫。我恳求您,别让她们去。亨利不愿让自己的未婚妻在敌人的宫廷陪侍,受到种种诱惑,而且我也知道,作为母亲,您在感情上,也接受不了将女儿交到杀子仇人的手中。想想看,把令嫒交给杀害她们弟弟的人,将会怎样!她们看到他,一定会觉得心里难受。把她们留在避难所里,要比逼她们去吻他的手、听他妻子支配好得多。我知道,你我都这样想,决不能送她们入宫。

哪怕只为了令郎,如果理查德能将他们释放,请让令嫒与您一起安静地待在乡下;如果理查德不肯释放他们,也请平静地留在避难所里,等到大婚之日,伊丽莎白就会成为王后和我心爱的儿媳。

你最真挚的朋友,像你一样被囚禁起来的
玛格丽特·斯坦利夫人

我把信拿给伊丽莎白看,只见她的笑容越来越明显,最后她终于放声大笑。"哦,上帝啊,这个糟老太婆!"她喊道。

"伊丽莎白!她可是你未来的婆母!"

"是啊,等到大婚之日过后,她就是婆母了。她为什么不愿意让我们进宫?为什么我们得受人保护、免遭诱惑?"

我把信拿回来重读了一遍。"理查德将会知道你跟亨利·都铎订婚的事。都铎公开宣布过这件事,搞得尽人皆知。理查德知道,这样一来,里弗斯家族的姻亲都会归附到都铎那边。如今约克家族都得追随你,你是我们唯一的继承人。把你们这些姑娘家带到宫里,安排你们嫁给他自己的亲朋好友,对他大有裨益,那样一来,都铎就会再次陷于孤立,你这位约克家族的女继承人就会嫁给平民。玛格丽特最担心你撇开她的亨利,跟上哪个英俊的贵族,让亨利显得像个傻瓜一样,赔了夫人,又丢了援军。"

她耸了耸肩。"母亲,只要咱们能出去,就是陪您住在乡下,我也高兴。"

"我知道,"我说,"但理查德想让你们这些大姑娘进宫,让人们看到你们在他的看管之下,各个都平安无事。你、塞西莉和安妮都去吧,有布丽吉特和凯瑟琳留下陪我就行了。他想让人们知道,我允许你们去他那儿,认为你们在他的照顾下不会有危险。我宁愿让你们出去散散心,也比闷在家里强。"

"为什么?"她端详着我,问道,"告诉我。我不喜欢您说这番话的腔调。您肯定心里有什么打算,母亲,我可不想再掺和到什么阴谋当中了。"

"你是约克家族的继承人,"我简简单单地说,"你永远都会处于阴谋之中。"

"那您去哪儿?为什么不跟我们一起进宫?"

我摇摇头。"那个瘦骨嶙峋的安妮·内维尔坐在我的王后位子上,把我的裙袍裁瘦了穿在身上,把我的首饰戴在她那皮包骨头的脖子上,我看不下去。我可不能把她当作英国王后,给她行屈膝礼。我做不到,伊丽莎白,就是要我的命我也做不到。对我来说,理查德从来就不是什么国王。我见过真正的国王,他是我的爱人。我做过真正的王后。对我来说,他俩只不过是篡位者,我可看不下眼去。

"我会被交给约翰·纳斯菲尔德照看,他曾在这儿保卫过我们。我会去他在黑茨伯里的领地住,我对这一安排十分满意。你们这些姑娘家到宫里去锻炼锻炼吧。是时候让你离开母亲,出外闯荡一下了。"

她像小姑娘一样拥抱我,亲吻我。"进宫比做囚犯好,我会喜欢的,"她说,"尽管要跟您分开,感觉很怪。我长这么大,还从来没有跟您分开过。"她打住话头。"可您不会觉得孤独吗?不会太挂念我们吗?"

我摇摇头，把她的身子拉到跟前，低声说："我不会孤独的，因为我希望理查德回来。我希望能再次见到儿子。"

"爱德华呢？"她问。

我没有回避，直视着她那充满希望的眼神。"伊丽莎白，我想，他一定是死了，因为我想不出谁会带走他，还不告诉咱们。我觉得白金汉和亨利·都铎肯定把两个孩子害死了，他们不知道咱们已经把理查德安全地藏起来了，只想扫清夺取王位的道路，归罪于理查德国王。如果爱德华还活着，那么求上帝保佑他找到回家的路。窗边永远都会点亮一支蜡烛，照亮他回家的路，我的房门永远不锁，万一哪天是他想要开门。"

她的眼里噙满泪水。"但您已经不指望他能回来了，是吗？"

"我不指望啦。"我说。

1484年4月

　　我那黑茨伯里的新家位于威尔特郡的一处宜人的乡间地带，在索尔兹伯里平原的乡间旷野上。约翰·奈斯菲尔德是个很随和的监护人。他看得出，站在国王一边对自己有好处，但他并不想把我牢牢盯紧。一旦他确信我不会有事，不会逃跑，他就去谢里夫哈顿面见国王去了，理查德把北方的王宫建在那儿。他正在建造一座足以与格林尼治相媲美的宫殿，这儿的北方民众敬重他，拥戴他的妻子——内维尔家族的最后一位成员。

　　奈斯菲尔德下令，让我随自己高兴，照看他的家宅，很快我就从王宫里要来了家具和器物。我为姑娘们安排了一个像样的幼儿园和一间教室。我要在花园里种上我最喜欢的水果，我买了一些骏马，安置在马厩里。

　　在避难所里过了那么多个月之后，如今我早上醒来，感到满心欢喜，我可以打开门，到外面散步了。这时正是春暖时节，鸟儿啼鸣，从马厩里选一匹马骑出去，令人感觉心旷神怡，仿佛脱胎换骨一般。我把鸭蛋放在母鸡的身子下面，望着小鸭孵出来，在院子里蹒跚而行。当我看到它们走向鸭池，怕水的母鸡在岸上斥责它们时，不由笑了起来。我看着马厩边围场里的马驹，与驯马师攀谈，看哪匹马长大后适合让人骑，哪匹适合拉车。我和牧羊人一起看小羊羔，一起到田野里去。我和放牛的人谈论着小牛犊，谈论着应该什么时候给它们断奶。我又变成了那个从前的我，一个英国的乡下妇人，心里记挂的都是田地农活儿。

小姑娘们从禁闭中解脱出来，简直乐疯了。每天我都会逮到她们做我不让她们干的事：在水流湍急的深河里游泳，爬干草堆，弄坏干草，爬苹果树，折苹果花，带着公牛跑进田地里，还猛跑到大门前，当公牛抬头望着她们时，她们就尖叫着跑开。她们喜气洋洋，让人不忍心处罚。她们就像是生平头一次来到田野的小牛犊一样。她们甩开腿到处跑，看到天空那样高远，世界那样宽广，不知要怎样表达自己的惊讶之情。她们吃的饭比在避难所时多一倍。她们在厨房里流连不去，缠着厨师要剩下的饭菜吃，挤奶女工很愿意给她们刚做好的黄油，让她们抹在热乎乎的面包上吃。她们又变成了无忧无虑的孩子，不再是见不得光的囚犯。

早晨，我刚刚骑行了一趟，正在马厩院子里准备下马，这时我惊讶地看到，奈斯菲尔德骑马进了宅子的大门。他看到我的马之后，来到院子里，翻身下了猎马，把缰绳扔给马夫。从他下马时弓着背的沉重姿态，我知道有什么不好的事发生了。我伸出手去摸着马的脖子，摸到了厚实的鬃毛，心里略感安慰。

"出什么事了，约翰爵士？你的表情看起来很严肃。"

"我觉得我应该来把这个消息告诉您。"他言简意赅地说。

"伊丽莎白出事了？不是我的伊丽莎白有什么事吧？"

"她平安无事，一切都好，"他让我放心，"是国王的儿子爱德华，愿上帝看顾他，祝福他，把他带到天上的王位去。"

我感到太阳穴在一鼓一鼓地搏动着，像是某种预警。"他死了吗？"

"他一向身体不佳，"奈斯菲尔德断断续续地说，"他一直不是个健壮的孩子。不过，在举行授权仪式，我们喊他威尔士王子时，他的气色看起来还不错，我们以为他一定能继承……"他打断了话头，想起我也有一个儿子，曾是威尔士王子，当初看起来也一定会继承王位。"抱歉，"他说，"我不是有意的……不管怎么说,国王宣布宫廷服丧哀悼。我想应该尽快通知您。"

我郑重其事地点点头,但我的心思活络了起来。他是不是死于梅露西娜的复仇?是不是诅咒起了作用?这是不是证明了我说过的话——我们会看到,害死我的儿子、继承人的那个凶手,自己的儿子和继承人也将死掉,这样一来我就知道他是谁了。现在这个孩子死了,是不是她在向我表明,理查德就是害死我儿的凶手?

"我会向国王与安妮王后致哀的。"我说,转身朝屋里走去。

"他没有继承人了,"约翰·奈斯菲尔德重复了一遍,仿佛他不敢相信,自己带来的消息竟是如此重大,"他所做的一切,捍卫国家、接掌王位,他做的所有这一切,所有这些斗争……现在他已经没有继承人了。"

"是啊,"我冷言冷语地表示同意,"他白忙了一场,如今他的儿子死了,他的家系就要断绝了。"

✦

我听女儿伊丽莎白说,宫廷陷入了哀伤之中,变得如同一座敞开的坟墓,王子的离世让他们全都感到受不了。理查德听不得笑声和音乐,她们必须垂下目光,轻手轻脚地走路。宫里没有了游戏和运动,尽管天气变得越来越暖和,他们正处于绿意盎然的英国中心地带,他们周围的山川溪谷都有人在玩乐。理查德伤心至极。他与安妮·内维尔结婚十二年来,只生了这么一个孩子,现在这个孩子又不在了。如今他们已经不年轻了,已经不可能再生养了,就算他们还能生出孩子,也不敢保证,在约克家族制造出来的野蛮气氛中,这个孩子能不能当上约克王子。理查德再清楚不过了,男孩必须长大成人,体魄健壮能征善战,并且能够终生作战,才能做得了英国国王。

他指定自己的哥哥克拉伦斯的乔治之子爱德华——约克家族唯一的遗子——为自己的王位继承人，但没过几个月，我听到谣言说，他的继承权又要被剥夺了。我并不觉得吃惊。理查德已经意识到，这个孩子太柔弱，保不住王位，这一点我们都知道。克拉伦斯公爵乔治集自负、野心和彻底的愚蠢于一身，他的儿子怎么可能做得了国王。他是个甜蜜可人、面带笑容的孩子，但智力迟钝，真是可怜。任何人想要坐上英国的王位，都得像蛇一样心思灵敏、心地诡谲才行。他必须生来就是王子，在宫廷长大。他必须习惯面对危险，在成长中培养出勇气。乔治可怜的弱智孩子永远也做不到这些。但如果不是他，那又该找谁来继承呢？理查德非得指定一位继承人不可，据理查德所知，约克家族只剩女孩了。只有我知道，还有一位王子在图尔奈过着贫苦的生活，学习着书本、音乐和语言，等待着时机，他的姑妈在远方照看着他，就像童话故事一般。他是约克家族的花朵，生长在异国的土壤里，等待着时机。现在他是约克家族王位的唯一继承人，如果他叔叔知道他还活着，也许会指定他做继承人。

我写信给伊丽莎白。

我听到了宫里传来的消息，感到有些困扰——你是否觉得，理查德的儿子死了，是梅露西娜向我们指明，理查德就是害死我们家孩子的凶手？你经常见到他，你是否觉得他知道，是我们的诅咒毁了他？他看起来像不像是一个自食其果的恶人？或者你认为，这一死亡只是偶然事件，害死我们家孩子的另有其人，他儿子将会死于我们的报复？

1485年1月

一月的一个寒冷的下午,我在等待女儿们从王宫归来。我希望她们能赶回来吃晚饭,我在门前的台阶上上下下徘徊着,往我戴了手套的手指上哈气取暖。这时,夕阳正在西沉,朝着山丘沉落下去,它红彤彤的,犹如兰开斯特家族的红玫瑰。我听到了马蹄声,朝小路张望着,她们来了,大队人马守卫着我的三个女儿,几乎就像是一支王家护卫队,她们三个位于队列正中,脑袋和衣裙在马背上起起落落。转眼间,她们的马停住了步子,三个女孩翻身下马,我不加区别地亲吻着她们明丽的脸蛋和冰凉的鼻子,握着她们的手,惊讶地喊道:"长高了,都出落得那么漂亮了。"

她们步履轻快地跑进屋,入席用餐,像是饿坏了。她们吃饭时,我望着她们。伊丽莎白变得比以前更美了。她离开了避难所,摆脱了恐惧,变得活力四射,我知道她会变成这样。她脸颊红润,眼睛闪闪发亮,还有她那身衣服!我感到难以置信,又看了看她的衣服:上面有刺绣和织锦,还镶嵌了名贵的宝石。这身裙袍与我当王后时穿的相比,也毫不逊色。"上帝啊,伊丽莎白,"我说,"你的裙袍是从哪儿来的?这跟我当英国王后时穿的一样华美。"

她的眼神不敢与我的眼睛接触,她的笑容也不见了。塞西莉轻蔑地嗤笑着。伊丽莎白突然斥责她:"你就闭嘴吧!咱们说好了的。"

"伊丽莎白！"

"母亲，您不知道，一直以来她都是什么德性。她不适合给王后做宫女。她总是乱嚼舌头。"

"姑娘们！我送你们进宫，是叫你们去学礼仪，而不是叫你们像卖鱼的婆娘一样拌嘴。"

"您问问她，看她有没有学礼仪！"塞西莉嘟囔着，"您问问伊丽莎白，看她有多守礼仪。"

"我当然会问，你们俩上床睡觉之后，我们就会谈的。"我严厉地说，"要是你们言语无礼，就早点给我上床睡觉去。"我转脸问安妮。"安妮，"我的小安妮抬头望着我，"你有没有好好学习？好好地练习音乐？"

"有，母亲，"安妮恭敬地说，"不过圣诞节期间我们放假，我跟姐姐们一起去了威斯敏斯特宫。"

"我们在这儿喂猪来着，"布丽吉特郑重其事地告诉姐姐们，"凯瑟琳吃了太多的杏仁糖，晚上犯恶心。"

伊丽莎白笑了，紧张的表情不见了。"我真想你们这些小妖精，"她温柔地说，"吃完晚饭，我跟你们玩，要是你们愿意，可以跳舞。"

"咱们还可以玩牌，"塞西莉提出，"宫里又允许玩牌了。"

"国王从悲痛中恢复过来了吗？"我问她，"安妮王后呢？"

塞西莉扬扬得意地瞥了姐姐伊丽莎白一眼，伊丽莎白的脸一下子变红了。"哦，他恢复过来了，"塞西莉说，她笑不可抑，"看起来，他恢复得很不错。我们都觉得很惊讶。你不这样认为吗，伊丽莎白？"

遇到女人——哪怕是我女儿——恶语相向的时候，我的耐心一向有限，这时我感到忍无可忍。"够了，"我说，"伊丽莎白，马上到我的房间来，其他人继续吃饭。塞西莉你给我好好想想这句谚语：*一句好话胜过十句恶言。*"

我起身离桌，走出房间。伊丽莎白跟在后面，我感觉得到，她很不情愿。我们走进我的房间，她关上了门，我直截了当地问她："女儿，这是怎么回事？"

只有那么一秒钟，她看起来像是要忍着不说，随后她就像听到猎犬叫声的雌兔一样发起抖来。她说："我很想征求您的意见来着，但我没法给您写信。我只能等到见您的时候当面跟您说。我原打算等到晚饭后就跟您说的。我没有骗您的意思，母亲……"

我坐下来，招手让她坐在身旁。"是有关我叔叔理查德的事，"她轻轻地说，"他，哦，母亲，他就是我的一切。"

我发现，我坐得稳稳当当的。只是我的手挪动了位置，我双手紧握，不让自己吭声。

"我们刚进宫的时候，他待我很好，后来他还特意确保我做侍女做得开心。王后人很好，是个很容易服侍的女主人，但他会把我叫出去，问我开不开心。"她顿住话头。"他问我想不想您，还告诉我，他欢迎您随时到宫里去，宫廷会对您以礼相待。他还说起我父亲，"她说，"他说，如果父亲看到我现在的样子，一定会很骄傲。他说，我有些地方很像他。哦，母亲，他人真好，我都不敢相信他……他……"

"他什么？"我问，我的声音就像是她的话的微弱回音。

"他喜欢我。"

"是吗？"我感到一股寒意，就像冷水当头浇下，"他喜欢你？"

她急切地点着头。"他一直不爱王后，"她说，"当初，他认为自己有义务娶她为妻，保护她免遭兄长克拉伦斯公爵乔治的算计。"她望了我一眼。"您还记得吧？您当时也在宫里，对吧？他们打算诱骗她，送她去修道院。乔治打算窃取她的遗产。"

我点了点头。我记得，事情并非如此，但我看得出，这种说法更容易打动单纯女孩的心。

"他知道，如果乔治把她带走，做他的受监护人，那么她的财产也会被他夺走。当时她急于结婚，他觉得，与她结婚，是他能够做到的最理想的安排。他娶她为妻，确保了她的人身和财产安全，让她放下了心。"

"是嘛。"我说。我记得当时的情况是，乔治得到了一名内维尔家的女继承人，理查德赶紧把另一个抢到了手，他们争夺着遗产，就像两条野狗一样。但我看得出，理查德给我女儿讲的事情经过更有侠义风范。

"安妮王后身体不佳，"伊丽莎白低下头小声说，"他确信，她不能再生孩子了。他问过大夫，他们确定她不会再怀孕了。他必须留下后代，继承英国王位。他问我，您会不会把我们家的一位王子平安地送走了。"

我的神经一下子绷紧了，就像利剑在磨刀石上磨出火花一般。"你是怎么说的？"

她朝我笑了起来。"我信任他，我觉得把真实情况告诉他也无妨，我可以把任何事都告诉他，但我知道，您不愿意让我说实话，"她讨人喜欢地说，"我说，除了他告诉我们的情况，我们什么都不知道。他又一次说，这件事让他感到心碎，但他并不知道，我们家的孩子在哪儿。他说如果他知道，他会让他们做自己的继承人。母亲，想想看吧，他这样说了。他说，如果他知道咱们家的孩子在哪儿，他就会把他们救出来，让他们做自己的继承人。"

他会这样做吗？我思忖着。但我怎么知道，他会不会派刺客来？"这很好，"我平静地说，"尽管如此，你别告诉他理查德的事。我还信不过他，虽说你相信他。"

"我是相信他！"她喊道，"我信任他。我可以把生命都托付给他，我以前从未见过这样的男人。"

我没有吭声。要是提醒她，她并不了解男人，她也不会听的。她长这么大，多数时间都是金枝玉叶，像关在金匣子里的瓷娃娃一样。她成年时，与母亲和妹妹在一起，过的是囚徒般的生活。她认识的唯一一些男人都是牧师和男仆。她还没有心理准备去面对一个有魅力的男人，他会影响她的情绪，诱惑她，要她去爱。

"你们的关系发展到什么地步了？"我直言不讳地问，"你们两个已经进展到何种地步了？"

她别过脸去。"这很复杂，"她说，"我也为安妮王后感到难过。"

我点了点头。我猜，尽管我女儿为安妮王后感到难过，但这阻止不了她夺走王后的丈夫。毕竟，她是我女儿。当我认准了，想要得到什么东西时，什么也阻止不了我。

"你们发展到什么地步了？"我问她，"照塞西莉说的，人们已经开始传闲话了。"

她一下子脸红了。"塞西莉什么都不知道。她只是看到了别人也看到的东西，她对我吸引了所有人的注意感到嫉妒。她看到王后宠爱我，把自己的裙袍和首饰借给我，拿我当女儿一般，让我去陪理查德跳舞，让他陪我散步，当她生病无法外出时，她让理查德陪我出去骑马。真的，母亲，是王后本人让我去陪他的。她说，没有谁能像我一样让他开心，所以宫里的人说王后太宠我了，国王太宠我了。我只不过是一名宫女，享受的待遇却像……"

"像什么？"

她低下头小声说："宫里地位最高的贵妇。"

"因为你穿的裙袍？"

她点点头。"都是王后的裙袍，她让人照着她的款式给我做衣服。她喜欢让我们穿一样的衣服。"

"是她把你打扮成这样的吗？"

伊丽莎白点了点头。她不知道，这件事让我大为不安。"你是说，她让人按照她自己衣服的材质、式样给你做衣服？"

我女儿迟疑地回答："嗯，当然，她穿着不怎么好看。"她没有多说，不过我想象起了悲伤、疲惫、病恹恹的安妮·内维尔，与我女儿这个光彩照人的姑娘并肩而立的样子。

"在尾随王后进入房间的人当中，你是不是排在最前面？你是不是享有高人一等的特权？"

"没有人说起那条把我们变成私生子的法令。人人都叫我公主。当王后不吃晚饭时——她经常不吃，那么我就作为地位最高的女士坐在国王身边用餐。"

"这么说，是安妮王后让你去陪国王的，让你享有她的地位，所有人都看到了这种情形。理查德没看到吗？后来呢？"

"他说，他爱我。"她悄声说。她想要表现得谦逊一些，但骄傲和喜悦之情在她的眼中闪闪发亮。"他说，我是他这辈子爱的第一个人，也会是最后一个人。"

我从椅子里站起身，走到窗前，拉开了厚实的窗帘，好让我看到明亮的寒星在威尔特郡高地黑魆魆的土地上空闪耀。我觉得，我明白理查德想做什么了，我一点也不认为他是爱上了我女儿，王后也不是出于喜爱之情才让人给她做袍子。

理查德在利用她，玩一场冷酷的游戏，为的是侮辱她、侮辱我，让曾经与她定下终身的亨利·都铎显得像个傻瓜。都铎会探听到风声的，只要他母亲的眼线一坐上船，他就会听说，自己的未婚妻爱上了自己的敌人，当上了国王的情妇，王后默默含笑地望着这一切，这件事宫里无人不知。理查德为了伤害亨利·都铎，不惜使自己的侄女蒙羞。安妮王后只会顺从，而不会反对理查德。内维尔家的两个姑娘对于她们的丈夫来说都像是擦靴匠一般：自从结婚第一天起，安妮就扮演起了恭顺的奴仆。再说，她也没有拒绝他的余地，他身为英国国王，却没有后代，而她没有了生育能力。她会祷告，让他不要把自己废掉。她没有任何权力，没有可以继承王位的子嗣，没有尚未长大的婴儿，没有受孕的机会，她没有任何牌可出。她是个没有未来的、不孕的女人，将来她不是去修道院，就是葬身坟茔。她必须面带笑容，服从命令，抗命不遵不会带来任何好处。哪怕安妮帮助国王毁坏了我女儿的清誉，也许到头来她仍然会一无所得，只能是她与国王的婚姻被体面地宣告无效。

"他有没有让你撕毁你与亨利·都铎的婚约？"我问她。

"没有！这与那件事毫无关系！"

"哦，"我点点头，"不过你看得出，一旦消息传出去，这件事将是对亨利·都铎的极大侮辱。"

"反正我怎么样都不会嫁给他，"她喊道，"我恨他！我相信，是他派人害死了我弟弟。他会到伦敦来，夺走王位的。我们知道这一点，所以我们才召唤出了那场大雨。但现在……但现在……"

"现在怎么了？"

"理查德说，他会废掉安妮·内维尔，娶我为妻。"她用低不可闻的声音说。她容光焕发，满脸喜色。"他说，他会让我做王后，我的儿子将会坐上我父亲的王位。我们会缔造出约克家族的王朝，白玫瑰将会永远成为英国之花，"她迟疑地说，"我知道您信不过他，母亲，但他是我的爱人。您能不能看在我的分上爱他？"

我想，这是母女之间最古老、最难回答的问题。*我能不能看在你的分上爱他？*

不能。这个人曾对我丈夫心怀嫉妒，他杀死了我的哥哥和我的儿子理查德·格雷，假如他不曾做过更糟的事，他也夺走了我儿子爱德华的王位，让他暴露于危险的境地。但我用不着对我最美的这个孩子说实话。我用不着对这个最直率的孩子坦诚相告。她爱上了我的敌人，想要有个圆满的结局。

我朝她张开了怀抱。"我只想让你幸福，"我撒谎说，"如果他爱你，肯真心对你，你也爱他，那我就别无所求了。"

她来到我的怀里，把头倚在我的肩上。但我女儿并不傻。她抬起头，笑着对我说："我会当上英国王后。至少这会让你满意。"

女儿们跟我一起住了近一个月的时间，我们过着普通人家的生活，就像伊丽莎白以前向往的那样。第二个礼拜，下起雪来，我们找出奈斯菲尔德的雪橇，给一匹拉车的马系上，出了趟远门，我们到邻居家去了一趟，随后我们发现雪融化了，只好留下过夜。第二天，因为他们不能把马借给我们，我们只好走烂泥路回家，我们不用马鞍，轮流骑在我们那匹大马的马背上，一路欢歌笑语。我们走了一个白天，才回到家里。

到第二个星期过半时，宫里派来一名信使，他带来一封信给我，一封信给伊丽莎白。我叫她单独到我房间来，别的姑娘正在厨房里做晚餐吃的杏仁糖，我们在写字桌两端拆开了各自的信。

我收到的信是国王写的。

我想，伊丽莎白已经跟您说了，我是那样爱她，我想告诉您我有什么打算。我打算让妻子承认，自己已经过了生育的年龄，让她到柏孟塞修道院去住，与我解除婚约。我会寻求教会的赦免，然后娶令嫒为妻，她会成为英国王后。您将会获得王后之母的头衔，我会在我们大婚之日将希恩和格林尼治的王宫，还有您的皇家年金归还给您。令嫒将会与您一起住在宫里，您可以亲自安排她们的婚事。她们将会成为英国王后的妹妹，约克王族的女儿。

如果您的某个儿子躲藏在外，您知道他的下落的话，现在您可以派人去找他了。在伊丽莎白给我生下儿子之前，我会指定他为继承人。我会与伊丽莎白为爱情而结婚，但我确信您看得出，我们要下这样的决心，殊为不易。我希望您能赞成，但不论怎样我都会继续进行下去。我依然是您亲爱的亲人。

国王理查德

我把这封信从头到尾读了两遍，他狡黠的措辞让我不怀好意地笑了起来。"我们要下这样的决心，殊为不易"，我觉得用这样的说法来描述我们之间的血海深仇实在是轻描淡写，他害死了我哥哥和我儿子，我由此煽动起一场叛变，并且对他拿剑的那条胳膊施加了诅咒，但理查德是约克家族的人——他们把胜利看作是理所应当的——而且这些提议对我和我的家人来说都还不错。如果我儿子理查德可以平安回家，在姐姐的宫廷里再次成为王子，那么我就得偿所愿，别无所求了，我哥哥和我的儿子就不是白白牺牲了。

我望着桌子对面的伊丽莎白。她脸色绯红，热泪盈眶。"他向你求婚了？"我问她。

"他发誓说，他爱我。他说他想我，他想让我回宫，他让您跟我一起回去。他想让所有人知道，我会成为他的妻子。他说，安妮王后已经准备退位了。"

我点点头。"只要她还在宫里，我就不去，"我说，"你回去吧，但你一举一动都要谨慎。即使王后让你陪他走走，你也要叫上一个同伴。还有，你不准坐在王后的位置上。"

她想要打断我的话，但被我抬手阻止了。"真的，伊丽莎白，我不想让别人说你是国王的情妇，尤其是你还想做他的妻子。"

"可我爱他。"她简短地说，仿佛这就足够了似的。

我望着她，我知道我的表情并不温和。"你可以爱他，"我说，"但要是你想让他娶你，把你变成王后，你除了爱他，还有别的事要做。"

她把信按在心口。"他爱我。"

"也许他是爱你，但如果有什么对你不利的流言蜚语，他就不会娶你了。谁也不是光凭爱情当上英国王后的。你必须出好自己的牌。"

她吸了一口气。我女儿可不傻，她是个彻头彻尾的约克家的人。"告诉我，我该怎么做。"她说。

1485年2月

二月里天色昏暗的一天,我与女儿们道别,望着她们的卫兵们骑着马跑进终日围绕在我们身边的雾霭里。很快她们的身影就消失了,仿佛消失在雾气中、水中一般,重重的马蹄声渐渐变弱,消失了。

大姑娘们一走,屋里显得颇为空旷。在想念她们的同时,我发现自己的思绪转到了我的儿子身上:我死去的宝宝乔治、我那失踪的儿子爱德华,还有我那不在身边的儿子理查德。自从爱德华去了塔里,我就再也没有收到他的音信;自从理查德写了第一封信来,说他一切都好,别人叫他彼得,我也再没收到过他的音信。

我不再谨小慎微,不再担惊受怕,我开始抱起希望来。我想到,如果理查德国王娶伊丽莎白为妻,让她做王后,那么我又会在宫里受到欢迎,我会获得王后之母的地位。我会确保理查德值得信任,然后派人去接我儿子。

如果理查德信守承诺,指定我儿子做他的继承人,那么我们就会恢复应有的地位:我儿子恢复他与生俱来的继承人地位,我女儿成为英国王后。这并不像当初爱德华和我构想的那样,那时我们有一个威尔士王子和一个约克公爵,那时我们像年轻的傻瓜一样,以为我们会长生不老。但这样已经很不错了。如果伊丽莎白能够嫁给自己爱的人,成为英国王后,如果我儿子能够继理查德之后成为国王，那么这样的结局已经够好了。

等到我回到宫里掌握权力时，我会派人寻找我儿子的尸体，不管它是埋在便利梯下面，像亨利·都铎向我们保证的那样，还是葬身河底，像他更正的那样；不管它是被撇在某个黑暗的杂物间，还是被藏匿于教堂的圣地内，我都会找到他的尸身，找出害他的凶手。我会了解事情的真相：不管他是在被俘之后反抗时意外身亡，还是在被带走后患病身亡，又或是像亨利·都铎确信的那样，被杀死在塔中，葬身于塔里。我会知晓他的结局，体面地安葬他，为他的灵魂举行盛大的弥撒，让后人传颂不已。

1485年3月

伊丽莎白写信给我,言简意赅地告诉我,王后的健康每况愈下。她没有多说,也不必多说,我们都明白,如果王后死了,就不必宣告婚姻无效、安排安妮王后去修道院了,她会用最简单、方便的方式退出这场婚姻。王后为悲伤所折磨,她会无缘无故地一连哭泣好几小时,国王不肯到她身边陪伴她。我女儿作为王后的忠实侍女,记录下了这一情况,她没有告诉我,她有没有溜出病房,与国王在花园里散步,灌木树篱里的毛茛和草地上的雏菊是不是让他们感到人生苦短,不乏欢乐,正如它们会让王后感到人生苦短,不乏悲伤。

然后三月里的一天早上,我醒来时,天空异乎寻常地黑暗,一团黑暗遮没了太阳。母鸡不肯出窝,鸭子把头埋在翅膀下面,蹲在河岸上。我带着两个小女儿来到屋外,我们不安地徘徊着,望着原野上的马匹躺下之后又起身走动,仿佛它们弄不清,这时究竟是白天还是晚上。

"这是一个预兆吗?"布丽吉特问,在我的孩子当中,她倾向于在万事万物中寻找上帝的旨意。

"这是天体的一种运动,"我说,"我见过月亮发生这样的事,但从没见过太阳这样。它会过去的。"

"这不是约克家族的预兆吗?"凯瑟琳附和道,"就像陶顿的三个太阳一样?"

"我不知道，"我说，"但我不觉得，咱们有什么危险。你们心里可曾觉得你们的姐姐会有麻烦吗?"

布丽吉特若有所思地看了一会儿，然后这个一向有话直说的孩子摇了摇头。"只有在上帝大声跟我说话时，"她说，"只有在他大声呐喊时，牧师说，那才是他的声音。"

"那么，我认为，咱们没有什么好担心的了。"我说。我没有预感到什么，尽管黑暗的太阳让我们周围的世界显得怪异而陌生。

的确，不到三天，约翰·奈斯菲尔德骑马来到黑茨伯里，身前打着一面黑旗，带来了消息：王后在久病之后去世了。他是来告诉我的，不过他也把消息昭示于天下，理查德的其他手下也会这样做。他们都会强调说，王后长期患病，终于得到了天国的犒赏，她那专情、挚爱的丈夫为她哀悼。

"当然，有人会说她是中毒而死，"厨师高高兴兴地对我说，"在索尔兹伯里的集市上，人们就是这么说的。是搬运工告诉我的。"

"真是荒唐！谁会给王后下毒？"我问。

"他们说，是国王亲自下毒。"厨师说，她转过头去，露出狡黠的表情，仿佛她知道宫廷的重大秘闻一般。

"国王谋害自己的妻子？"我问，"他们认为，他突然起意，要害死跟了自己十多年的妻子？"

厨师摇了摇头。"在索尔兹伯里，国王名声不佳，"她说，"起初，他们很喜欢他，以为他会带来公正，会让普通人得到公平的报酬，但自从他把北方的贵族看得比什么都重，人们就什么坏话都说了。"

"你可以告诉他们，王后身子一向虚弱，她一直没有从丧子之痛中恢复过来。"我有力地说。

厨师朝我笑着。"我是不是不要说，下一步他会选谁做王后？"

我沉默了。我没意识到，谣言已经发展到了这种地步。"这方面的事就不要说了。"我无力地说。

✦

自从我收到消息，得知安妮王后已死，满世界的人都说理查德要娶我女儿为妻，我就一直在等待着这封信的到来。它来了，像往常一样沾有泪痕，出自玛格丽特夫人之手。

致伊丽莎白·格雷夫人

夫人：

我注意到，令嫒伊丽莎白——已故的爱德华国王公认的私生女——犯下了亵渎上帝、违背自己誓言的罪行，与她叔叔、篡位者理查德一起玷污了自己的名声。这件事大错特错，违背情理，就连天使们也不敢观看。因此，我已建议我儿亨利·都铎——正统的英国国王——让他不要跟这样的姑娘结婚。议会的法令和她自己的行为先后使她丧失了清白的名声。我已经为他安排了一门亲事，让他娶一个出身更高贵、行为举止更符合教义的年轻姑娘。

在你丧偶、蒙羞之后，还要因为女儿做出可耻之事再一次难过得抬不起头来，我为你感到遗憾，我向你保证，我在祈祷时，提到世人的愚蠢和虚荣时，会想到你的。

我仍然是你的教友，我会为你向基督祈祷，希望你到老年时，能够学到真正的智慧和女性的尊严。

玛格丽特·斯坦利夫人

我嘲笑着这个女人的傲慢自大，但笑过之后，我感到一股寒意，一阵寒战，一股不祥之兆。玛格丽特夫人终生都在等待着得到我曾占有的王位。我有无数的理由认为她儿子亨利·都铎也在等待着得到英国国王之位。他自立为王，吸收着被驱逐的人、叛乱者、对国王不满的人，他们都是不能在英国安身立足的人。他至死都会对王位孜孜以求，也许他早日上战场、早日战死会更好一些。

理查德有我女儿陪伴在身边，能够面对任何批评，一定能够战胜亨利带来的任何兵力。但我颈背上的这股冰冷的刺痛告诉我的是另一种情况。我又拿起信，从中感受到了这个兰开斯特家族女继承人铁一般的自信。这个女人充满了骄傲。近三十年来支持她的，就是她的野心。我应该对她心怀警惕，如今她认定我无权无势，不打算再假装对我友好了。

我感到好奇，不知她现在打算让亨利娶谁为妻？我猜她会到处寻找女继承人，也许是赫伯特家的姑娘，但只有我女儿才能把英国人民的爱戴和约克家族的忠诚带给亨利·都铎。玛格丽特夫人尽可以发泄她的不满，但这无济于事。如果亨利想要统治英国，他必须与约克家族结盟，不管怎么样，他都得跟我们打交道。我拿起了笔。

亲爱的斯坦利夫人：

我在来信中读到，你听信了诽谤之词和流言蜚语，从而怀疑我女儿伊丽莎白的忠实和清誉，我真的很遗憾，我女儿的忠实和清誉一向是无可置疑的。我不怀疑，你和他的无端怀疑会让你和令郎想起，她是约克家族地位最高的女继承人。

她受到叔叔和婶婶的宠爱，这是她应得的，只有那些爱说闲话的贫民区里的人，才会说其中有什么不正当的地方。

当然，我感谢你的祈祷。我认为这一婚约的种种好处显而易见，除非

白王后
8.94

你当真想要撤回婚约,我认为这不大可能。我送上我最美好的祝福,并且感谢你的祈祷,我知道,它们出自一颗卑微而可敬的心灵,上帝对它们尤为欢迎。

伊丽莎白·R

我署名"伊丽莎白·R",我好久不曾这样做过了,但我在折起信笺,滴上蜡油,用我的封缄盖印时,我为自己的傲慢态度笑了起来。"伊丽莎白女王[①],我对着羊皮纸说,"我会成为王后的母亲,而你还是斯坦利夫人,你儿子会死在战场上。伊丽莎白·R。你就给我受着吧。"我对着信说:"你这个老丑八怪。"

---

① 前文署名中的R即为Regina(女王)之略。

1485年4月

母亲,您一定得进宫来,伊丽莎白匆匆给我写了一封信,把它折了两下,打上了两道封缄。

事情全都错了。国王陛下认为自己必须去伦敦向贵族们声明,他不会娶我为妻,他从来没有动过这样的念头,以此粉碎他给可怜的王后下毒的谣言。用心不良的人说,他一心想要娶我为妻,等不及她死去或同意。现在他认为,他必须宣布:他只是我的叔父而已,别无其他。

我告诉他,没必要做这样的声明,我们可以安静地等待这些流言蜚语自己平息下去,但他只听理查德·拉特克里夫和威廉·凯茨比的话,他们发誓说,如果他侮辱了人们对他亡妻——诺森伯兰郡的一位内维尔家族成员——的记忆,北方会起兵反对他的。

更糟的是,他说,为了我的名声着想,我必须离开宫廷,但他不让我投奔您。他要送我去玛格丽特夫人和托马斯·斯坦利爵士家做客,偏偏是他们这两个烂人。他说,他相信,不论发生了什么事,托马斯男爵都是能保证我安全的少数几个人之一。如果玛格丽特夫人肯接纳我,那么谁也不会怀疑,我的名声无可挑剔。

母亲,您必须阻止这一切。我可不能跟他们在一起:玛格丽特夫人会

白王后

折磨我的,她一定以为我背叛了与他儿子订立的婚约,因为她儿子的缘故,她一定会对我怀恨在心。您一定得给理查德写信,甚至亲自进宫告诉他,我们在一起不会有事,会过得和和美美的,我们只需要等待流言蜚语平息下去,我们一定终成眷属。他身边没有可靠的谏臣,也没有肯讲真话的幕僚。他指望着这些被人们称作猫和老鼠的人,他们生怕我的影响力会抵消他们的影响力,我会报复他们对我们的亲人犯下的罪行。

母亲,我爱他。他是我在这个世界上唯一的欢乐。我的心灵和身体,我的一切,都是他的。您曾说过,要做英国王后,光有爱情还不够,您得告诉我,我该怎么办才好。我不能去斯坦利家住。我该怎么办?

说真的,我真不知道她该怎么办,我可怜的姑娘。她爱上的这个人今后能否生存下去,全看他是否能够掌握英国的民心。假如他昭告全国,说自己要在妻子尸骨未寒的时候迎娶侄女为妻,那么转眼之间,他就会把整个英国北方拱手让给亨利·都铎。他们不喜欢别人侮辱安妮·内维尔,不论她是否还活着,而北方一向是理查德的力量源泉。他不敢冒犯约克郡、坎布里亚、达勒姆或诺森伯兰郡的人。他根本不敢冒这样的风险,而在亨利·都铎招兵买马、组建军队、万事俱备只等春潮来临的当口,他更是不敢冒险。

我让信使去吃饭,晚上好好休息,做好准备,明早就把我的回信捎回去。然后我到河边散步,聆听着河水在白色的石头上静静流淌的声音。我希望梅露西娜会跟我谈谈,或者我能在河里找到一股线,上面系着一枚形似王冠的指环;但我毫无收获地回到了家。我只能用自己在宫廷多年积累的经验,和我认为理查德敢冒何种风险的判断,给伊丽莎白回信。

White Queen
8.97

女儿：

  我知道你有多难过——我从每一句话里都读得出来。勇敢点儿。形势很快就会明朗了，今年夏天，一切都会有所改观。去斯坦利家吧，尽力取悦他们夫妇。玛格丽特夫人是个虔诚、意志坚定的女人，没有哪个监护人比她更能粉碎谣言了。她的清誉会把你变得像处女一样贞洁无瑕，你必须以这种面目示人，不论今后会发生什么。

  如果你能喜欢上她，让她也喜欢上你，那么一切都好。我从来没有喜欢过她，不过起码，你得跟她愉快地相处一阵，你不会在她身边待上很长时间的。

  理查德这样做，是把你安排到了远离流言蜚语、远离危险的安全境地，直到亨利·都铎为抢夺王位而发动的战争告终为止。等到战争结束，理查德获胜时——我认为他一定会获胜——他就会风风光光地把你从斯坦利家接回来，娶你为妻，以此作为庆功之举。

  最亲爱的女儿，我不指望你能在斯坦利家过得开心，但他们是全国最适合让你表明心迹的家庭，你可以向他们表明，你忠于对都铎的婚约，你过的是贞洁的生活。等到战争结束，亨利·都铎一死，那么谁都不会再说什么反对你的话了，北方人的异议也将平息下去。与此同时，就让玛格丽特夫人以为，你愿意信守对亨利·都铎的婚约，并且希望他获胜好了。

  这段时间对你来说并不容易，但理查德必须腾出精力，召集士兵前去作战。男人前去作战时，女人必须等待和筹划。这段时间就是你等待和筹划的时间，你必须意志坚定、谨慎小心。

  别被"诚实"束缚住手脚，它无关紧要。

给你我的爱和祝福
你的母亲

白王后
3.98

拂晓时分,我被什么东西给唤醒了。我就像草场里蹲坐的野兔一样,嗅着空气里的气息。我知道,有什么正在酝酿发生。甚至在这儿,威尔特郡这一内陆地带,我都能闻到风向变了,我几乎能闻出风中的盐味儿。风是从南方吹来的,从正南方吹来的,这是适合攻打英国的风向,是往岸上吹的风。不知怎的,我仿佛清楚地看到,成箱的武器被运到甲板上,士兵们踩着踏板,跳到船上,军旗被收拢,拿到船头撑开,全副武装的士兵在码头集合。我知道亨利让自己的士兵、船只到码头待命,船长们正在规划航线:亨利准备起航了。

我希望我能知道,他会在哪里登陆。但我怀疑连他自己也搞不清。他们会解开船头和船尾的缆绳,把缆绳扔到船上,扬帆起航,这六艘船将会驶出避风港。一旦他们出海,船帆将会怒张着,帆脚索将会噼啪作响,这些船将会在海浪里颠簸起落,但这时,他们会尽力掌好舵。他们也许会去南部海岸——在康沃尔和肯特,叛军总会受到热烈欢迎——或者他们会去威尔士,在那里,都铎这个名字可以召唤数千士兵前来。风会裹挟着他们前进,他们不得不祈求平安,然后他们会看到陆地,盘算着他们登陆的地方究竟是哪里,迎风驶入海岸,找到安全的避风港。

理查德可不傻——他知道,冬季的暴风一旦平息,敌军就会渡海前来。他正在英国中部诺丁汉的大城堡里集结后备部队,召唤手下的贵族,筹备今年即将打响的战争。要不是去年我和伊丽莎白为了保护我的儿子召唤出一场暴雨,让白金汉无法靠近伦敦,那么这场战争去年就已经打响了。

今年亨利遇上的是顺风:战争势必会打响。都铎这孩子是兰开斯特家族的人,这次战争是亲族之战的最后一仗。我毫不怀疑,约克家族将会赢得胜利,他们一贯获胜。沃里克已经死了——甚至就连他的女儿安妮和伊莎贝尔都死了——兰开斯特家族已经没有大将了。现在只剩加斯帕·都铎还有玛格丽特·博福特的儿子与兵力雄厚的理查德一决雌雄了。理查德和亨利都没有继承人。两人都明白，他们这一战都是为了自己。两人都知道，一旦对方死了，战争就会结束。在英国，我丈夫身故前后，我见过许多战役，但没有哪次战役像这次一样赶绝彻底。我预测，会有一场持续时间不长的残酷战斗，以一方阵亡收场，胜利的一方将会得到英国王位和我的女儿。

我希望看到玛格丽特·博福特穿着一身黑衣，为她的儿子戴孝。

她的悲伤将会为我和我的家族开辟出新的生活。起码，我可以派人去接我儿子理查德了。我认为是时候了。

两年来，自从我把我的儿子送走那天起，我就一直期待着这一天，期待着把我的计划付诸实施。我给爱德华·布兰普敦爵士写了一封信，他是个忠心耿耿的约克派、大商人，世面灵通，曾经做过海盗。当然他不怕冒点小风险，甚至还会感到乐在其中。

他来那天，厨师语气急促、含混不清地说出了这样的消息：亨利·都铎登陆了。都铎的战船被风吹到了米尔福德港的岸边，他正在威尔士带兵前进，沿途征召符合标准的士兵。理查德正在一边征兵，一边率军开赴诺丁汉。英国再次进入战争状态，什么事都有可能发生。

"艰难时期又来临了。"爱德华爵士彬彬有礼地对我说。我到离宅子很远的河岸上来见他，这里柳树成林，遮住了我们的身影，往来通行的路上看不到我们。爱德华爵士的马和我的马颇为友好地啃食着低矮的青草，我们站在那儿，用目光寻觅清澈河水里的褐色鲑鱼。我们避开旁人的眼光是对的：爱德华爵士是个仪表堂堂的男子，衣着华美，一头黑发。我一向对他宠爱有加，他是爱德华的教子，他脱离犹太身份的洗礼是爱德华举行的。他对爱德华这位教父向来格外敬爱，我对他十分信赖，可以将身家性命,甚至比身家性命更重要的东西托付给他。当初就是他安排船只将小理查德带走的,我把这件事很放心地交给他办,如今我希望他能把理查德带回来,我相信他也能办好。

"我觉得,眼下的时局也许对我和我的家族有利。"我说。

"我愿意为您效劳,"他说,"全国上下都被征兵一事搞得心烦意乱,我想,您要我办什么事,我都可以去做,没有人会注意到。"

"我知道,"我笑着对他说,"我没有忘记,你曾为我效劳过一次,那次你用船把一个孩子送到了佛兰德斯。"

"这次我能为您做什么?"

"你去佛兰德斯的图尔奈城,"我说,"到圣约翰桥去。在那儿看水闸的人名叫乔安·沃贝克。"

他点点头,默默记下这个名字。"我在那儿去找什么?"他低声问。

我把这个秘密保守了那么久,我几乎说不出口来。"你会找到我的儿子,"我说,"我儿子理查德。你找到他,把他带回来。"

他抬起严肃的面孔望着我,他那褐色的眉毛闪闪发光。"他这会儿回来安全吗?他会坐上他父亲的王位吗?"他问我,"您已经与理查德国王达成了协定,让爱德华的儿子接替他做国王?"

"愿上帝保佑,"我说,"是啊。"

✦

梅露西娜这个女人无法忘怀自己的泉水湖泊,她把儿子留给丈夫,带着女儿离开了。男孩们长大成人后,变成了勃艮第的公爵,统治着基督教界。女孩们继承了母亲预见未来的本领,还有她对未知事物的认识。她再也没有见过她的丈夫,她从来没有停止对他的思念,在他死去时,他听到她在为自己唱歌。这时他明白了她一向懂得的道理:妻子是否半人半鱼,丈夫是否只是一介凡人,并不重要。只要有足够的爱,那么没有什么——就连天性,乃至死亡——能阻挠他们的爱情。

到了午夜,我们约定好的时间。我听到有人在轻轻敲着厨房的门,我用手遮着蜡烛,过去开门。炉火照得厨房满室暖意,侍者们睡在这间屋子角落的稻草堆里。我走过时,狗儿抬起了脑袋,但是没有人看到我。

虽是深夜,但屋外暖融融的,我开门时,烛火并没有摇晃,我看到一个高大男子和一个男孩,是个十一岁的男孩,站在门前台阶上。

"进来吧。"我悄声说。我领他们进屋,走上木头台阶,进入我的私人房间,这里点着灯,炉火正旺,已经备好了酒。

然后我转过身,用颤抖的双手放下蜡烛,望着爱德华·布朗普顿爵士带来的男孩。"是你吗?真的是你吗?"我低声道。

他长大了,他的个子有我肩膀高了,但我只要看到他那像他父亲一样的古铜色头发和淡褐色眼睛,我就认出了他。他有着同样的狡黠笑容,孩子气地昂着头。当我伸出手去时,他来到了我怀里,像小时候一样。他是我思念已久的小儿子,他生在和平时代,生活丰裕,从不知道世道艰难。

我嗅着他的气息,就像母猫找回了一只丢失的小猫。他皮肤的气味像原来一样。他的头发散发着别人的发油香气,他的衣服散发着海风留下的咸腥,但他的脖子和耳后仍然散发着原先的气味,我的宝贝儿子的气味。不管他变成了什么样,凭着这股气味,我都能认出他来。

"我的孩子。"我说,我感到心里洋溢着爱意。"我的孩子,"我又说道,"我的理查德。"

他用胳膊环住我的腰,紧紧地拥抱着我。"我坐过船,去过很多地方,我会说三种语言。"他把脸埋在我肩膀上说。

"我的孩子。"

"现在我觉得还算不坏。起初感觉怪怪的。我学了音乐和修辞。我鲁特琴弹得相当不错。我给您写了一首歌。"

"我的孩子。"

"他们叫我皮尔斯,就是英语里的彼得。他们还叫我波金,这是昵称,"他把身子离开我,望着我的面孔,"您会叫我什么名字呢?"

我摇摇头。我说不出话来。

"你母亲暂时叫你皮尔斯,"爱德华爵士做出了这样的决定,他正在壁炉旁烤火,"你还不能恢复真实的身份。目前你仍然要保留你在图尔奈的化名。"

他点点头。我看得出,这一身份对他来说就像一件衣服,他已经学会了如何穿上、如何脱掉。我想到那个人,那个迫使我送这个小王子流亡、让他躲在船夫家把他当学童送去上学的人,我想,我永远也不会原谅他,不管他是谁。我的诅咒在他身上发挥着效用,他的长子将会死去,对此我丝毫也不同情。

"我让你们单独待着吧。"爱德华爵士机敏地说。

他离开屋里,回到了自己的房间。我坐在炉火旁的椅子里,我儿子拖过一张矮凳,坐在我身旁。他有时把身子往后仰,顶在我的腿上,我能摸到他的头发,有时转过身来向我解释什么事情。我们谈论着他的缺席,他不在我身边时学到了哪些东西。他过的并不是王子的生活,但他受到了良好的教育——爱德华的妹妹玛格丽特在这方面是很可靠的。她送钱给修士,作为一个可怜男孩的学费,她详细说明,他们必须教他拉丁文、法律、历史和治国方略。她还让他学习地理,了解世界各国的边界。她还想起了我哥哥安东尼,让他学习算术和数学,还有古代哲学。

"玛格丽特夫人说,等我长大了,我会回英国接掌父亲的王位,"我儿子对我说，"她说，很多人等待的时间比我更长，机会比我更渺茫。她说，亨利·都铎就是个例子，现在他觉得自己有机会了。当年亨利·都铎不得不逃离英国，那时他还没有我大，如今他带着部队回来啦！"

"他是终身流放。但愿上帝不要让你有这样的遭遇。"

"咱们要去观战吗？"他热切地问。我笑了。"不，战场可不是小孩子去的地方。不过等到理查德打了胜仗，开进伦敦时，咱们，还有你姐姐，就跟他一起去。"

"那时我就可以回家了？回宫里了？永远都跟您在一起？"

"对，"我说，"对。咱们就会在一起了，咱们应该这样。"

我伸出手，抚摸着他眼前的刘海。他叹了口气，把脑袋放在我的腿上。有那么一会儿，我们一动也不动。我能听到，在我们身边，这座老房子在夜里吱吱作响，外面某个地方有一只猫头鹰在叫。

"我哥哥爱德华呢？"他轻声问，"我一直希望，您把他藏在某个地方了。"

"玛格丽特夫人没说吗？爱德华爵士没说吗？"

"他们说，他们不知道，他们也不确定。我以为您会知道呢。"

"恐怕他已经死啦，"我轻轻说，"被白金汉公爵和亨利·都铎买通的人给害了。恐怕你哥哥已经不在了。"

"等我长大了，我要给他报仇。"他骄傲地说，他真是个十足的约克王子。

我把手轻轻放在他的头上。"等你长大了，如果你当上了国王，你可以生活在和平安宁之中，"我说，"等到那时，我已经为他报完仇了。已经结束了。我已经为他的灵魂举行了弥撒。"

"但不是为了我的灵魂！"他孩子气地咧嘴笑了起来。

"不，是为了你们俩，因为我像你一样，得装作你们已经死了。不过在我为你祈祷的时候，至少我知道，你还活着，平安无事，会回到家里来。再说，让伯蒙西教堂的善良女人们为你祈祷，对你没有害处。"

"她们的祈祷可以让我平安回家。"他说。

"是啊，"我说，"我们都这样祈祷来着。自从你走了，我每天祈祷三次，每时每刻我都在想念你。"

他把脑袋伏在我的膝头，我用手指摸索着他的金发。在他耳朵后面的后脑勺上生着鬈发，我可以把鬈发绕在手指上，就像套上金戒指一般。直到他像小狗一样开始轻轻地打鼾，我才发觉我们已经坐了好几小时，他很快就睡着了。他那颗热乎乎的脑袋压在我的膝头上，就在这时，我才真正意识到，他真的回到了家里，王子回到了自己的王国。等到日后我们打赢战争，约克家的白玫瑰将会在英国的绿色树篱中再次绽放。

·全书完·

作者手记

这本新作——金雀花王朝系列的第一部作品——源于我的这一发现：伊丽莎白·伍德维尔是英国历史上最值得注意、最引人深思的王后之一。本书讲述的她的生平大半属实，而非纯粹虚构：她的一生远远超出了我的想象！她是勃艮第公爵最美丽的后裔，勃艮第家族颇为珍视家族相传的这一传统说法——他们是水之女神梅露西娜的后代。当我发现这一点时，我意识到，在伊丽莎白·伍德维尔王后这位遭到漠视、为人不喜的人物身上，我可以重新书写这位英国王后的生平，她不但是水之女神的后裔，也是一个经过审讯、被认定施行巫术的女人的女儿。

我本人对中世纪人们对魔法的观感饶有兴趣，我们从这些观感中可以看出，女性有着什么样的力量，人们对强势的女人抱有什么样的偏见。我知道，作为研究人员和作家，这一领域有着丰富的素材可供发掘——事实证明，的确如此。

我们知道，伊丽莎白最初见到爱德华，是请求后者在金钱方面给予资助。他们两人秘密成婚，但她站在橡树（如今，这棵树依然在北安普敦郡的格拉夫顿里吉斯生长着）下面等他，他们在路上相逢相识，是种广为流传的传说，是否属实不得而知。她拔出他的匕首自卫，不让他强奸自己，也是那个时代的传闻，历史上是否真有其事，我们也不得而知。但她与爱德华的生活留下了不少详细的记录，我的这本小说就是在历史记录和野史逸闻的基础上点染而成的。当然，有时我不得不在针锋相对、彼此矛盾的不同说法中做出选择，不得不用自己的解说和记录，填补历史留下的缝隙。

与我以往的作品相比，这本小说的虚构成分更多一些，这是因为我们回溯到了比都铎王朝更为古老的历史时期，那时留下的历史记录也更不完备。另外，当时英国战事连年不断，许多决定都是背地里作出的，没有留下文献记录。有些最为重大的决定都是见不得光的阴谋，我常常得从仅有的少许证据中，推论演绎出某些特定行动背后的原因，或者推论演绎出究竟发生了什么事。比如，人们所说的"白金汉阴谋"并没有可靠的证据证实，但我们知道，玛格丽特·斯坦利夫人、她的儿子亨利·都铎、伊丽莎白·伍德维尔和白金汉公爵，是反对理查德的叛军首脑人物。显然，他们冒险行事，原因各不相同。我们有些证据证实，有些人充当了中间人。我们对某些计划有所了解，但确切的谋略和权力结构则是不为人知的，至今依然如此。我查看了留存下来的证据，以及密谋所带来的种种后果，在本书中尝试着还原出事情的原貌。那场暴雨在历史上确有其事，当然，其中的超自然元素是杜撰出来的，是一种不乏乐趣的想象。

同样，我们甚至不了解（人们作出了上百种推测）塔里的王子们究竟有着什么样的遭遇。我推测，伊丽莎白·伍德维尔在长子爱德华王子被人带走之后，会为次子理查德王子安排一处避风港。我真的怀疑，在她疑心长子被理查德关押之后，她是否还会把次子交给同一个人。许多认真的历史学家给出了这样一种刺激的暗示：也许理查德王子并未遇害。我由此推测，也许她根本没有把他送到塔里，而是给他找了一个替身。但我要告诫读者的是，这一点并没有确凿的证据佐证。

同样，如果王子们的确遇害了，那么他们是怎么死的，是谁下的命令，也没有确定性的证据予以证实。当然，王子们的尸体也没有被人们找到。我推测，国王理查德并没有谋害孩子们，对他来说，那样做得不偿失。我也不相信，假如理查德真的是杀害她儿子的凶手，伊丽莎白·伍德维尔还会把女儿们托付给他照顾。另外，她把自己的儿子托马斯·格雷从亨利·都铎的宫廷召回，似乎也表明，她并不看好都铎自立为王，而与理查德结为盟友。直到如今，所有这些仍然神秘难解，我不过是在历史学家所作的种种推测上，增添了我的推测而已。历史学家所作的一些推测可以在参考书目中列举的书中找到。

我从学者大卫·鲍德温（David Baldwin）教授那儿受惠甚多，他是《伊丽莎白·伍德维尔：塔中王子的母亲》一书的作者，我既要感谢他在这本书中对这位王后所作的清晰而不乏同情的刻画，也要感谢他为这本小说提出的建议。我还要感谢许多历史学家和爱好者，他们的研究以他们对这一历史时期的钟爱为基础，如今我分享到了同样的钟爱之情，我希望您也能分享到同样的情愫。

我为本书而作的研究和撰写本书的更多情况，可以在我的网站PhilippaGregory.com上了解到，网站上还有我在英美等世界各国、在常规网络广播网站为本书举行巡回研讨会的详情。

参考书目

Baldwin, David. Elizabeth Woodville: Mother of the Princes in the Tower. Stroud, Gloucestershire: Sutton Publishing, 2002.

——. The Lost Prince: The Survival of Richard of York. Stroud, Gloucestershire: Sutton Publishing, 2007.

Castor, Helen. Blood & Roses: The Paston Family in the Fifteenth Century. London: Faber and Faber, 2004.

Cheetham, Anthony. The Life and Times of Richard III. London: Weidenfeld & Nicolson, 1972.

Chrimes, S. B. Henry VII. London: Eyre Methuen, 1972.

——. Lancastrians, Yorkists, and Henry VII. London: Macmillan, 1964.

Cooper, Charles Henry. Memoir of Margaret: Countess of Richmond and Derby. Cambridge University Press, 1874.

Crosland, Margaret. The Mysterious Mistress: The Life and Legend of Jane Shore. Stroud, Gloucestershire: Sutton Publishing, 2006.

Fields, Bertram. Royal Blood: Richard III and the Mystery of the Princes. New York: Regan Books, 1998.

Gairdner, James. "Did Henry VII Murder the Princes?" English Historical ReviewVI (1891): 444 - 464.

Goodman, Anthony. The Wars of the Roses: Military Activity and English Society, 1452 - 97. London: Routledge & Kegan Paul, 1981.

——. The Wars of the Roses: The Soldiers' Experience. London: Tempus, 2005.

Hammond, P. W., and Anne F. Sutton. Richard III : The Road to Bosworth Field. London: Constable, 1985.

Harvey, Nancy Lenz. Elizabeth of York, Tudor Queen. London: Arthur Baker, 1973.

Hicks, Michael. Anne Neville: Queen to Richard III. London: Tempus, 2007.

——. The Prince in the Tower: The Short Life & Mysterious Disappearance of Edward V. London: Tempus, 2007.

——. Richard III. London: Tempus, 2003.

Jones, Michael K., and Malcolm G. Underwood. The King's Mother: Lady Margaret Beaufort, Countess of Richmond and Derby. Cambridge University Press, 1992.

Kendall, Paul Murray. Richard the Third. New York: W. W. Norton, 1975.

MacGibbon, David. Elizabeth Woodville (1437 - 1492): Her Life and Times. London: Arthur Baker, 1938.

Mancinus, Dominicus. The Usurpation of Richard the Third: Dominicus Mancinus ad Angelum Catonem de occupatione Regni Anglie per Ricardum Tercium Libellus, translated and with an introduction by C.A.J. Armstrong. Oxford: Clarendon Press, 1969.

Markham, Clements, R. "Richard III: A Doubtful Verdict Reviewed," En glish Historical Review VI (1891): 250 - 283.

Neillands, Robin. The Wars of the Roses. London: Cassell, 1992.

Plowden, Alison. The House of Tudor. London: Weidenfeld & Nicolson, 1976.

Pollard, A. J. Richard III and the Princes in the Tower. Stroud, Gloucestershire: Sutton Publishing, 2002.

Prestwich, Michael. Plantagenet England, 1225 - 1360. Oxford: Clarendon Press, 2005.

Read, Conyers. The Tudors: Personalities and Practical Politics in Sixteenth Century England. Oxford University Press, 1936.

Ross, Charles. Edward IV. London: Eyre Methuen, 1974.

——. Richard III. London: Eyre Methuen, 1981.

Seward, Desmond. A Brief History of The Hundred Years War: The English in France, 1337 – 1453. London: Constable and Company, 1978.

——. Richard Ⅲ, England's Black Legend. London: Country Life Books, 1983.

Simon, Linda. Of Virtue Rare: Margaret Beaufort, Matriarch of the House of Tudor. Boston: Houghton Mifflin, 1982.

St. Aubyn, Giles. The Year of Three Kings, 1483. London: Collins, 1983.

Thomas, Keith. Religion and the Decline of Magic: Studies in Popular Beliefs in Sixteenth and Seventeenth Century England. London: Weidenfeld & Nicolson, 1971.

Weir, Alison. Lancaster and York: The Wars of the Roses. London: Jonathan Cape, 1995.

——. The Princes in the Tower. London: Bodley Head, 1992.

Williams, Neville. The Life and Times of Henry Ⅶ. London: Weidenfeld & Nicolson, 1973.

Willamson, Audrey. The Mystery of the Princes: An Investigation Into a Supposed Murder. Stroud, Gloucestershire: Sutton Publishing, 1978.

Wilson-Smith, Timothy. Joan of Arc: Maid, Myth and History, Stroud, Gloucestershire: Sutton Publishing, 2006.

Wroe, Ann. Perkin: A Story of Deception. London: Jonathan Cape, 2003.